황금삼족오

살수는 흐르고 있는가

2

나남
nanam

나남창작선 170

황금삼족오 ❷ 살수는 흐르고 있는가

2022년 2월 25일 발행
2022년 2월 25일   1쇄

지은이   김풍길
발행자   趙相浩
발행처   (주) 나남
주소   10881 경기도 파주시 회동길 193
전화   (031) 955-4601 (代)
FAX   (031) 955-4555
등록   제 1-71호 (1979.5.12)
홈페이지   http://www.nanam.net
전자우편   post@nanam.net

ISBN   978-89-300-0670-5
ISBN   978-89-300-0668-2 (전5권)

책값은 뒤표지에 있습니다.

나남창작선 170

대하역사소설 양만춘

황금삼족오
살수는 흐르고 있는가

2

김풍길 지음

나남
nanam

평양성 일대

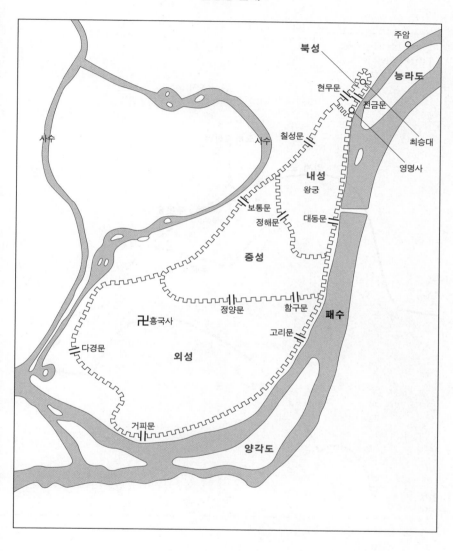

수양제 제1차 침략도

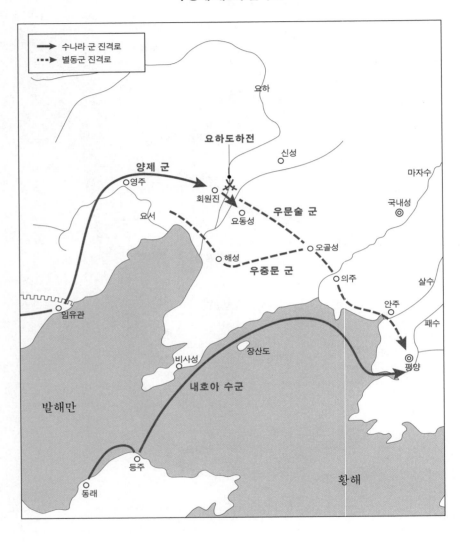

요서 유격전도

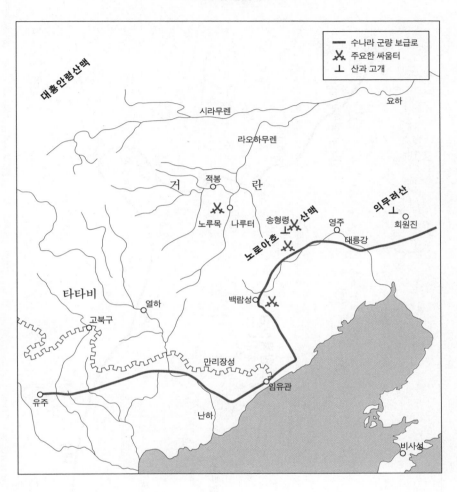

패수싸움

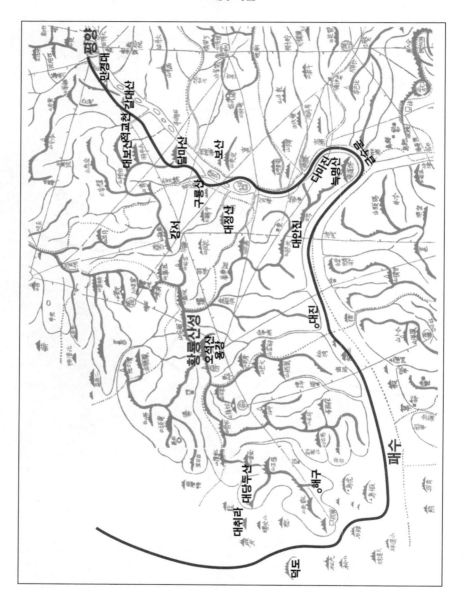

살수대첩

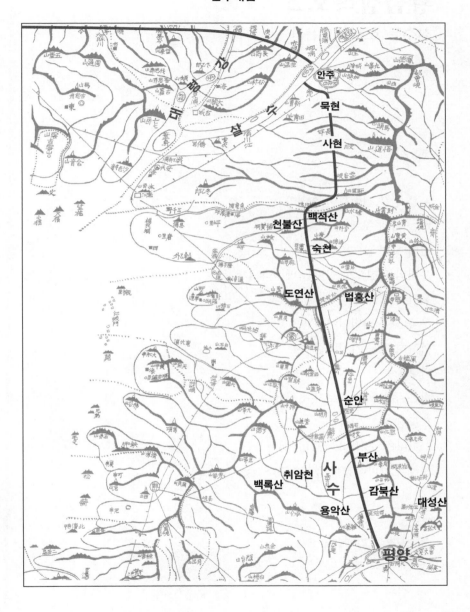

황금삼족오 2
살수는 흐르고 있는가

차례

황금삼족오 3

빛의 나라

황금삼족오 전5권

등장인물 소개

양만춘   수당의 고구려 침략 때 나라를 지킨 영웅. 요서에 원정하여 거란 과 타타비 연합군을 이끌고 수나라 군 보급로를 공격함.

을지문덕   살수에서 수양제의 별동군 30만을 전멸시킨 전쟁영웅이자 변함 없는 양만춘의 후원자.

건무   영양태왕의 이복동생. 영양태왕이 병환으로 쓰러지자 섭정에 올 라 전쟁을 지휘하다 후일 영류태왕으로 등극함.

해부루   요동성 성주. 수양제 원정군에 맞서 요동성을 지킴.

고정의   고구려 왕족 출신의 뛰어난 검객. 양만춘의 인품에 반해 끝까지 밀어준 강직한 성품의 장군이자 정치가

해오름   조의선인 흑의대의 꽃. 양만춘의 대선배이자 후원자.

나친   실위 부족 장수. 목숨을 구해 준 양만춘에게 은혜를 갚으려 그의 곁에서 그림자처럼 수행한 충직한 사나이.

야율고오   거란인으로 양만춘과 무려라성에서 같이 자란 죽마고우.

다샤   거란 여인으로 야율고오의 아내. 타타비 부족의 여족장.

무념 선사   양만춘이 조의선인 훈련을 받을 때 스승.

수양제　　역사상 유례없는 100만 대군을 동원해 고구려 원정에 나선 수나라 황제.

우문술　　수양제의 오른팔. 요동성에서 막히고 살수에서 패전함.

우중문　　요서에서 양만춘에게 당하고 살수에서 패전한 후 병들어 죽음.

단문진　　수나라 병부상서. 양만춘의 기습으로 요서에서 전사.

내호아　　진나라에서 항복한 장수. 수나라 수군을 이끌고 여러 차례 고구려를 침략함.

양현감　　수양제의 패전을 틈타 천하의 패권을 쥐려 반란을 일으킴.

푸른 강물 길이길이 흘러라

平壤城

백두산 줄기가 서로 뻗어 묘향산(妙香山) 8만 4천 봉으로 솟았다가 남으로 달려 패수(浿水, 대동강)를 만나 그 기운이 뭉쳐 활짝 꽃을 피우니, 평양성의 진산(鎭山) 모란봉[錦繡山]이다.

낭림산 깊은 골짜기 작은 샘물이 비류강, 마탄강, 남강 물을 모아 패수가 된다. 이 강물이 모란봉과 능라도에 이르러 평양성을 감싸 안고 굽이쳐 남으로 청류벽과 덕암을 지나고, 다시 서쪽으로 휘돌아 양각도와 두루섬을 거쳐 사수(蛇水, 보통강) 물까지 모으며 숨을 고른다.

위대한 임금 광개토태왕(廣開土太王)께서 산과 물이 어울린 복된 땅을 눈여겨보아 나라의 심장으로 점찍어 영명사(永明寺)를 비롯한 9개 큰 가람(伽藍)을 세우고(392년), 그 아들 장수태왕 때 여기로 서울을 옮기니 평양성의 시작이다. 왕성(王城)을 지난 강물은 낙랑벌을 적시며 유유히 흘러 급수문(急水門) 험한 물목에서 바닷물과 부딪쳐 한 번 힘을 겨루다 황해로 들어간다.

평양성은 양원왕 8년(552년) 건립을 시작해 평원왕 28년(586년)에 완성한 조롱박 모양의 평산성(平山城, 산성과 평지성이 결합된 성)이다.

우뚝 솟은 모란봉(96m)을 감싸 안은 북성(北城)은 험준한 요새이고, 도두산에서 창광산 그리고 만수대 산비탈과 청류벽을 잘 살려 쌓은 내성(內城)과 중성(中城) 역시 산성(山城)이지만, 외성(外城)만은 패수와 사수 강기슭 언덕과 제방을 이용해 쌓은 평지성(平地城)이다. 성벽 둘레가 16km이고 성벽의 총연장 23km, 성안 넓이가 무려 11.85km²(약 355만 평)에 달한다. 성 북쪽은 합장강, 서쪽으로 사수, 동과 남은 드넓은 패수가 흘러 사방을 천연의 해자(垓子)로 둘러쌌으니, 천하에 보기 드문 난공불락의 성이다.

왕궁과 관청이 내성에, 귀족과 벼슬아치 집들은 중성에 모여 있고, 가장 면적이 넓은 외성에는 일반 백성이 살았다. 낙랑벌, 재령벌 곡식과 낭림산맥의 목재가 강물을 따라 이곳에 모여들고, 순풍(順風)에 돛을 달면 하루 만에 바닷고기와 소금이 운반되니 참으로 풍요로운 땅이라, 아득한 옛날 단군께서 나라를 여시고 왕검성(王儉城)을 세우신 이래 대대로 나라의 중심이었다.

수양제는 평양성을 둘러 뽑으려고 역사상 유례없는 백만 원정군을 탁군(현재 북경 부근)에 모으도록 명령했다. 대운하(大運河)에는 밤낮으로 보급품을 실어 나르는 배의 돛이 꼬리를 물어 수천 리 연이었고, 군량을 실어 나르는 우차(牛車)와 손수레가 길을 메웠다. 전쟁의 먹구름이 거센 폭풍처럼 몰려오고 있었건만, 평양성 백성은 여느 때나 다름없이 평화롭게 새해를 맞이했다.

16

자객 습격

영명사(永明寺) 가는 길은 바위절벽을 끼고 강을 따라 뻗은 십오 리 벼랑길. 지나치는 사람도 없고 멀찌감치 뒤따라오는 삿갓 쓴 봇짐장수 셋만 보일 뿐이었다. 양만춘은 품속에 시빌 카간[施畢可汗]의 밀서(密書)를 지녔기에 신경이 곤두서 있었다.

주암(酒岩)을 지나니 짧은 겨울 해가 산 너머로 지고 달이 높이 솟아 눈 덮인 길을 비췄다. 모란봉은 어둠에 잠겼으나, 왼쪽 낭떠러지 아래 패수 강물은 은빛으로 반짝이고 능라도 버들 숲엔 밤안개가 흘러내렸다. 산기슭 어디메 매화꽃이 피었는가. 이따금 우는 부엉이 울음소리 따라 은은한 향기가 피어올랐다.

산모롱이를 돌아서니 돌연 어둠 속에 살기(殺氣)가 쏟아졌다.

'벼랑 위에 자객이 숨어 있는가?'

오른쪽은 수풀 우거진 벼랑, 반대쪽은 청류벽 절벽 아래 강물이 흐르니 피하기 어려운 막다른 골목. 누가 왜 노리는지 알 수 없으나, 고스란히 당할 수밖에 없었다.

등줄기에 식은땀이 흘러내렸으나 호흡을 가다듬고 마음을 가라앉히며 조심스럽게 주위를 살펴보았다. '호랑이와 마주쳐도 평상심(平常心)을 잃어서는 안 된다'고 입속으로 되뇌며, 언제라도 칼을 뽑을 자세로 천천히 나아갔다.

어둠 속 자객이 언제 공격해 올지 모르는 숨 막히는 대결은 몸과 마음을 몹시 지치게 했다. 차라리 빨리 습격해 주기를 바랄 즈음,

시커먼 그림자가 검은 새처럼 벼랑에서 뛰어내리며 그의 정수리를 향해 번개같이 칼을 내리쳤다.

양만춘은 재빨리 몸을 틀어 피하면서 칼을 뽑아 자객 옆구리를 베어갔다. 검은 천으로 복면을 한 사내는 그의 반격을 예상했다는 듯 가볍게 왼쪽으로 비켜나며 어깨에서 허리로 비스듬히 베어왔다. "쨍!" 하며 두 개의 칼이 부딪쳐 불꽃을 튕겼다.

자객은 이빨 사이로 낮은 기합소리를 뱉으며 그의 허점을 날카롭게 찔렀다. 하마터면 맹렬한 검세(劒勢)에 눌려 양만춘은 칼을 놓칠 뻔했으나 가까스로 두 걸음 물러나 자세를 바로잡았다. 하지만 자객은 끈질기게 따라붙으면서 숨 쉴 틈 없이 공격을 퍼부었다.

일찍이 만나본 적이 없는 뛰어난 칼잡이〔劍客〕. 분명히 그보다 한 수 위 고수(高手)였다. 그는 자객의 매서운 칼 놀림에 죽음의 공포를 느꼈지만 삶에 대한 집착을 버리고 마음을 비웠다. 숨을 고르고 정신을 칼끝에 모았다.

무념무상(無念無想).

이제까지 배워온 검법이론이나 고정관념을 떨쳐버리고, 검이 가는 대로 물 흐르듯 공간(空間)을 갈라갔다.

양만춘의 칼 놀림이 부드럽게 변하자 사내는 뜻밖이라는 듯 칼날 같던 눈빛이 한순간 흔들렸다. 양만춘은 자객의 자세에서 작은 틈을 보자 서슴지 않고 앞으로 나아가며 목을 찔렀다. 자객은 의외의 공격에 당황한 듯 뒤로 한 걸음 물러섰다. 양만춘이 숨 쉴 틈을 얻자 재빨리 주위를 살피고 뒤돌아보니 주암부터 따라오던 봇짐장수들이 창을 뽑아 들어 도망칠 길을 막았다.

'고국에 돌아온 지 얼마 되지 않거늘, 이 낯선 곳에서 누가 내 목숨을 노리는 것일까?'

"잠깐만, 혹시 사람을 잘못 본 게 아니오. 왜 공격하시오?"

"문답은 필요 없다. 목만 내어놓으면 될 것을."

사내는 종소리같이 울리는 목소리로 말을 끝내기도 전에 어마어마한 기세를 뿜어내며 성난 호랑이처럼 공격을 퍼부었다.

한순간 이상한 생각이 들었다. 자객이란 수단방법을 가리지 않고 단칼에 쳐 죽이고 바람같이 사라져야 마땅하거늘, 이 괴상한 사내는 신나게 몰아붙이면서도 치명적인 공격을 하지 않는 듯한 느낌을 주었다.

'그렇다면 겉으로 보이는 무시무시한 공격과 달리 죽이려는 마음이 없는 것일까?'

그러나 검술 실력이 워낙 뛰어났기에 시간이 흐를수록 몇 번이나 목숨을 잃을 뻔한 위기가 계속되었다. 갑자기 산이 덮쳐누르듯 엄청난 기압을 내뿜으며 칼을 상단(上段)으로 치켜 올려, 땅에 뿌리를 내린 거목처럼 움직임을 멈추고 정수리를 겨누었다. 괴한의 눈길에는 조그만 움직임도 허락지 않는 기백이 서려 있었다. 활시위를 힘껏 당긴 듯 팽팽한 긴장감. 섣불리 움직였다가는 그 순간 칼날이 번개같이 내려치리라.

이마로부터 쉴 새 없이 땀방울이 흘러내려 눈앞이 흐릿해지고 죽음의 예감이 밀려왔다. 양만춘은 이를 악물었다. 기왕 이렇게 된 바에야 목숨을 맞바꾸자고.

전금문 쪽에서 호루라기 소리가 들리더니 횃불이 어지럽게 흔들리며 말 달려오는 소리가 들렸다. 괴한은 날카롭게 휘파람을 불더니 새처럼 빠르게 벼랑을 타고 도망치며 말했다.

"억세게 운이 좋은 놈이로군!"

양만춘은 땅바닥에 털썩 주저앉아 안도의 한숨을 내쉬며 고개를 갸웃거렸다.

'왜 나를 베지 않았을까? 그리 어렵지 않았을 텐데 ….'

말발굽 소리와 함께 전금문을 지키던 군사들이 횃불을 들고 달려왔다. 투구를 쓰고 갑옷 입은 장수가 칼을 빼어 들고 소리쳤다.

"누구냐. 신성한 땅 영명사 앞길에서 싸우는 놈이!"

"부름을 받고 오다가 괴한의 습격을 받았소."

"다친 데는 없으시오? 젊은 장수가 찾아온다더니 그대였구려."

영명사(永明寺)는 광개토태왕 때 평양에 세운 9개 절 가운데 하나로, 모란봉 동쪽 중턱에 아도 스님께서 세우시고 돌아가실 때까지 머물렀던 큰 가람이다. 세월이 흘러 단청(丹靑)은 퇴색하고 섬돌에는 푸른 이끼가 끼었으나 그로 인해 더욱 장엄하고 신비로운 기운을 더하였다.

송림 우거진 오솔길을 지나 일주문(一柱門)을 들어서니 석등(石燈) 불빛이 비치는 종루(鐘樓) 앞에 상좌 스님이 마중을 나와 영명루(永明樓, 현재 부벽루)에 올랐다. 패수 강물이 눈앞에 흐르고 강 건너 낙랑벌 너머 그림같이 산들이 솟았고, 능라도 버들 숲은 밤안개에 싸여 고즈넉했다. 누각에는 을지문덕과 부여성 명림덕무

성주가 바둑 삼매경에 빠져 있고, 주지 스님 혜명대사가 옆에서 구경하다가 차를 권했다.

"때맞추어 보름날 오시어 평양 8경 중 으뜸인 영명루 밝은 달을 구경하시는군요."

늙은 스님이 걱정스러운 얼굴로 물었다.

"절 앞에서 좋지 않은 일을 당했다면서요?"

"네, 복면을 쓴 괴한에게 습격을 받았습니다."

"거룩한 땅에서 사람 목숨을 노리다니. 무예는 어떠하던가요?"

"무척 뛰어난 솜씨였습니다. 목숨을 건진 것은 오로지 하늘의 보살핌 덕분입니다."

"제가 서너 집 모자라는군요."

바둑이 끝났는지 명림 성주가 패배를 선언하고 반상(盤上)의 검은 돌을 거두어 바둑통에 쓸어 담았다.

"너무 일찍 포기하는 게 아니오? 화국(和局, 서로 비기는 것) 가능성도 있어 보였는데 …."

"을지 대인께서 욕심을 내어 중앙 흑마를 잡으러 오신다면 저도 흑대마의 생사는 하늘에 맡기고 좌변 흑집을 키워 화국도 가능했겠지만, 조심스러운 분이시니 그러실 리 없지요? 먼저 좌변 흑진을 공격해 이득을 취한 후 중앙 흑마를 공격할 테니 서너 집은 모자라겠습니다."

"허허, 그렇구려. 오늘은 이만합시다."

을지문덕은 백돌을 바둑통에 넣은 후 돌아앉았다.

"명림 성주, 이 젊은이가 양만춘 누초라네."

명림덕무가 반가운 얼굴로 다가와 손을 잡았다.

"자네를 보니 문득 부친 생각이 나는군. 양 가라달은 정말 훌륭한 장수였지. 그보다 더 뛰어난 싸울아비가 되어 주게나. 을지 대인은 나만 보면 자네가 돌궐에서 펼친 무용담을 자랑하느라 침이 마르신다네. 그런데 오다가 괴한의 습격을 받았다고?"

"무사해서 다행이야. 누가 습격했는지 짐작이 가지만, 여기 오는 것을 어떻게 알았을까?"

을지문덕은 걱정스러운 얼굴로 주위를 둘러보았다.

"그런데 더 급한 일이 있지. 수나라 백만 대군이 곧 몰려온다는 것을 아시고, 요즘 폐하께서 잠을 이루지 못하시네."

양만춘은 품속에서 향나무 상자를 꺼내 시빌 카간의 서신을 바치면서 입을 열었다.

"백만이라 하나 대부분 훈련도 제대로 받지 못한 농민병(農民兵)에 불과합니다. 게다가 수양제에게 치명적인 흠이 있습니다."

"뭐라고? 양광(楊廣)에게 큰 약점이 있다고?"

을지문덕이 눈을 빛내며 바짝 다가앉았다.

"제가 본 바로는 양제는 허영심이 많고 남의 말을 듣지 않는 데다 백성의 사정을 눈곱만큼도 생각지 않는 폭군입니다."

"그것이 이번 전쟁의 승패와 무슨 상관이 있단 말인가?"

"4년 전, 양제가 50만 대군을 이끌고 야미 카간(啓民可汗)을 방문했던 걸 을지 대인께서도 보셨잖습니까. 그때 시빌은 수나라 군을 겉모습만 번지르르한 허수아비 군대라고 비웃었습니다. 제가 서역에서 돌아올 때도 감주(장액)에서 서역의 왕들을 불러 모아 위엄을 뽐냈는데, 겉모양을 꾸미느라 온갖 사치와 낭비를 하면서도 병사들은 굶주림에 시달렸습니다. 게다가 기련산맥을 준비 없이 넘다가 큰 눈보라를 만나 수만 명 군사가 얼어 죽었답니다. 이런 자가 우두머리이니 어찌 빈틈이 없겠습니까?"

눈을 감고 있던 을지문덕이 조용히 입을 열었다.

"그렇다면 적의 치명적인 약점이 무엇일까?"

"보급(補給)입니다. 보급로를 끊는다면, 오래 버티지 못합니다. 그렇게 되면 많은 병력은 힘이 아니라 오히려 짐이 되겠지요."

"세 사람이 함께 길을 걸으면 그중 한 사람은 스승으로 모실 만하다더니, 오늘 이 젊은이를 보니 그 말이 가슴에 와 닿는군요."

명림 성주가 미소를 띠면서 주지 스님께 얼굴을 돌렸다.

"혜명 스님, 오늘은 즐거운 날이군요. 이런 좋은 날 어찌 술 한 잔 나누지 않을 수 있겠습니까?"

"중에게 술이라니 당치 않으신 말씀. 산나물과 곡차(穀茶, 술의 다른 표현)라면 모르겠습니다만."

스님이 웃으며 자리에서 일어나자 을지문덕이 손짓으로 양만춘을 부르더니 다정하게 등을 두드리며 낮은 목소리로 말했다.

"이제 확신이 서는군. 내일 태왕폐하를 뵈러 가겠네. 한 가지 부탁이 있네. 자객에게 습격당한 건 일체 내색 말고 아무 일 없던 것처럼 행동해 주게. 마침 내일은 양(羊)해(辛未年, 611년, 영양태왕 22년) 대보름이니 시내 구경도 잘 하고."

고정의(高正義)는 어젯밤 대대로(大對盧, 1위 관직 정1품) 연태조(淵太祚)의 부름을 받았다.

"자네와 조용히 나눌 이야기가 있네. 이 일은 다른 사람이 알아서는 안 되니 꼭 비밀을 지켜주게."

"염려 마시고 말씀하십시오."

고정의는 대답하면서도 자존심이 상했다.

'명예를 생명보다 무겁게 여기는 싸울아비로서 무사도(武士道)에 어긋나는 짓을 한 적이 없거늘, 새삼스레 다짐까지 받다니.'

"내일 저녁 한 젊은이가 영명사로 갈 걸세. 그 뒤에 우리 집 애셋이 삿갓을 쓴 장사꾼 차림으로 뒤따를 터이니 알아보기 쉽겠지. 그자는 나라에 큰 해를 끼칠 놈이니 목숨을 거두어주게."

'독실한 불교 신도인 나에게 하필 성스러운 불당 앞에서 사람을 죽이라고 하다니.'

그는 내키지 않았으나 국정을 담당하는 재상의 부탁이어서 말 못 할 사정이 있으리라 여기며 묵묵히 받아들였다. 마침 을지문덕이 영명사에 머문다는 걸 알고 마음이 흔들렸다.

'그렇다면 필시 을지 대장군과 가까운 사람일 테고, 그곳에서 목숨을 빼앗으라 함은 그분께 경고를 보내려는 뜻이겠지?'

고구려는 장수태왕 이래 남수북진파(南守北進派)와 남진북수파(南進北守派)가 대립했다. 국내성을 비롯한 요동 지역 성주들은 중국과 겨루며 북으로 뻗어가 요동 벌판을 개척하고 부국강병(富國强兵)을 하자고 주장했으나, 평양성을 비롯한 남쪽 지역 귀족은 이들과 이해관계가 달라 신라에 빼앗겼던 아리수(한강)를 되찾는 것이 눈앞에 놓인 첫째 목표라고 반박했다.

평양성 고정의 가문은 남진북수파에 속해 있었다. 중국이 남북으로 분열됐던 광개토태왕과 장수태왕 때 삼한(三韓)을 통일할 좋은 기회가 있었건만, 이를 놓친 걸 남진북수파는 두고두고 아쉬워했다. 그러나 이제 통일제국 수(隋)나라가 고구려를 정복하려고 호시탐탐 노리고 있었다.

국가의 명운(命運)을 걸고 수나라 침략을 막아야 할 현재 상황에서 연태조의 남진정책보다 을지문덕이 주장하는 북진정책이 설득력을 갖는 것은 눈앞에 닥친 현실이었다.

고정의는 젊은이와 칼을 마주친 순간 죽일 마음을 버렸다.

달빛 아래 보이는 늠름한 얼굴, 스무 살 남짓한 젊은이 눈길이 어찌 저리 바다처럼 차분하게 가라앉을 수 있을까? 장래가 기대되는 보기 드문 인재였다. 그의 검술 솜씨로 젊은이 목숨을 빼앗는 것쯤 그리 어렵지 않았지만, 뜻밖에 기습을 당해서 큰 충격을 받았을 텐데도 목숨이 위태로울 때조차 흔들림 없는 침착한 모습과 곧 평상심을 되찾는 자세를 보고 감탄했다.

'이런 사나이가 나쁜 놈일 리 없다. 대대로가 무엇인지 오해하고 있음이 틀림없다.'

바둑을 두어보면 상대방 품격(品格)을 짐작한다지만, 칼을 한 번 맞겨루면 사람 됨됨이를 알 수 있다는 게 그의 굳은 신념이었다. 고정의는 호루라기 소리에 이어 군사들이 몰려오는 것을 다행으로 여겨 휘파람을 불어 철수를 명령했다. 암살에 실패하고 돌아오면서 유마거사(維摩居士)를 그린 족자를 품속에서 꺼냈다. 담징이 왜국으로 떠나면서(610년) 주었던 선물. 유마거사는 언제나 봄바람 불 듯 자비로운 눈매로 고정의의 마음을 어루만져 주었다. 그런데 오늘 아침 그 눈동자는 꾸짖는 듯한 눈길이었고, 아직도 엄격한 표정을 풀지 않고 있었다.

연태조는 불같이 노하여 펄펄 뛰었다.

"고구려 제일검(第一劍)이 그까짓 애송이 하나 처리 못 하다니."

고정의는 한마디 변명도 하지 않았고 젊은이 목숨을 빼앗지 않은 데 후회도 없었다. 다만 어떤 사나이이기에 연태조가 저렇게 죽이려 애쓰는지 궁금했다.

'도대체 그 젊은이 정체가 무엇일까? 정말 나라에 해로운 자라면 목숨을 걸고라도 반드시 없애겠다. 그러나 올바른 사람이면 누가 뭐라고 하든 보호해 주리라.'

무희 서하

양만춘은 장사꾼 차림으로 평양 외성(外城) 저잣거리를 거닐었다. 정월 대보름이라 거리는 시끌벅적했고 짐을 가득 실은 마차와 수레가 길을 가득 메웠는데, 사람들의 얼굴 어디에도 다가오는 전쟁 그림자를 찾아볼 수 없었다.

번화가 한 모퉁이에 소그드 상점 깃발이 걸려 있어 다가갔더니,

머리칼을 높이 틀어 올려 비단 끈으로 묶은 여인이 풍만한 가슴과 잘록한 허리를 돋보이게 드러내고 말리화(재스민) 향기를 풍기며 상점 밖으로 나왔다.

장안의 기녀(妓女) 모습이 떠올라 뒤돌아보자, 여인은 눈을 똥 그랗게 뜨고 꿩 본 매 같은 눈빛으로 아래 위를 훑더니 붉은 혀를 날름 내밀어 아랫입술을 핥았다. 말괄량이는 한쪽 눈을 감았다 뜨며 요염하게 추파를 던지다가, 망아지처럼 튼실한 엉덩이를 보란 듯 살래살래 흔들며 빨간 마차 쪽으로 춤추듯 헤엄쳐갔다.

양만춘이 잠깐 소그드 상점에 들렀다가 나왔더니 어느 틈에 마차가 사라져 버려 말 한마디 건네지 못한 게 못내 서운했다.

거리 구경을 하노라니 사람들이 떼를 지어 외성 서쪽 다경문으로 몰려가서 웬일이냐고 물었다.

"시골서 오신 분이군요. 오늘은 나라님(영양태왕)이 보통벌에 거동하시어 석전(石戰)이 벌어지는 날이라오. 정월 대보름 구경거리 중 으뜸은 돌팔매질 싸움이 아니겠소!"

사수(蛇水)를 사이에 두고 수천 명 젊은이가 붉은 깃발을 높이 세운 홍군(紅軍)과 푸른 깃발을 휘두르는 청군(靑軍)으로 나뉘어 기세등등하게 마주보고 있었다. 평양성 안 젊은이는 홍군이 되고, 성 밖에 사는 이들은 청군이었다. 장군 복장을 갖춰 입은 양군(兩軍) 대장이 앞에 나서 자기편을 둘러보고 격려하자, 우렁찬 구호를 외치며 일제히 붉은 띠와 푸른 띠를 이마에 질끈 동여맸다.

겨우내 방구석에 움츠렸다가 봄기운이 돌자 바깥으로 뛰쳐나와 마음껏 젊은 기분을 발산하는 놀이가 정월대보름 석전이다. 싸움터 양편에는 구경꾼이 모여들어 응원에 열을 올렸고, 엿장수와 떡장수가 좌판을 메고 팔러 다니는가 하면, 공터엔 포장(布帳)을 치고 술장수, 밥장수가 손님을 끄느라고 소란스러웠다.

영양태왕이 의장대를 앞세우고 나타나자 온 군중이 "나라님, 만수무강하소서!"라고 외쳐 넓은 보통벌이 떠나갈 듯했다. 누각 위로 오르자 우렁찬 군악이 울려 퍼지고, 오른팔을 쳐드니 시위대장이 명적(鳴笛, 우는 화살)을 쏘아 올렸다.

양군은 일제히 함성을 지르며 상대편을 향해 돌을 던지기 시작했다. 먼저 동쪽 홍군이 쐐기형 공격대형으로 강을 건너 청군 본대로 돌진했다. 앞장선 무리가 머리를 보호하려고 투박스런 가죽모자를 쓰고 막대기를 든 채 붉은 깃발을 흔들며 달려가자, 강 언덕에서 기다리던 청군 방어대도 이에 질세라 홍군 선봉대를 반격했다.

한동안 혼전(混戰)이 계속되다가, 홍군 기습대 한 떼가 청군 옆구리로 돌격하자 아우성과 비명소리가 터지며 청군이 밀려났다. 이번에는 청군 쪽에서 비 오듯 홍군에게 돌팔매질을 하더니 본진 뒤에 숨었던 젊은이들이 홍군 뒤쪽을 습격하니 홍군이 견디지 못하고 강 건너로 쫓겨 갔다. 석전에서 싸우는 모습은 전쟁터 못지않게 치열했다. 수천 명 젊은 물결이 밀려갔다 물러나며 일진일퇴(一進一退)를 거듭할 때마다 구경꾼도 덩달아 함성을 지르다가 안타까운 한숨을 내쉬었다.

양만춘이 석전 구경에 흠뻑 빠져 있는데 뒤에서 낭랑한 목소리가 들려왔다.

"싸움 구경이 재미있나요. 어느 쪽이 이길까요?"

멋을 내느라 자그만 조우관(鳥羽冠)을 머리 위에 살짝 얹어 비단 끈으로 매고, 흰 가죽혁대로 털가죽 옷을 단정히 여민 소년 무사였다. 어깨가 유난히 좁은 게 흠이었지만 서글서글한 맑은 눈에 우아한 기품을 지녔는데 처음 만났는데도 궁금한 게 어찌 그리도 많은지 종달새같이 지저귀며 쉴 새 없이 이것저것 물었다.

한낮에 시작한 석전이 해질 무렵에야 끝났다. 그렇게 몰리면서도 끝내 숨겨둔 청군 젊은이 200명이 비 오듯 쏟아지는 돌팔매 세례를 뚫고 홍군 본진으로 쳐들어가 대장기를 빼앗았다.

태왕이 자리 잡은 누각에서 나팔소리가 울려 퍼지고 청군의 승리가 선포됐다. 양만춘은 한잔 술이라도 나누려고 소년 무사를 찾았으나, 석전 구경에 넋을 잃어 사람 물결에 휩쓸렸는지 작별인사도 없이 사라져버렸다.

"오늘은 빨리 끝났구먼. 지난해는 사흘이 지나도 결판이 나지 않아 심판들이 의논해 승패를 정했는데."

"꽤 많은 사람이 상했겠군요."

양만춘이 걱정스러워 물었다.

"옛날에는 수십 명씩 죽기도 했지요. 몇 년 전부터 나라님께서 물풀매(끈에 돌을 매달아 휘둘러 던지는 짓)는 물론 강돌(차돌) 사용을 금하고부터 별로 죽지 않는답니다."

어둠이 내리면서 평양성 성벽 위로 달이 솟아올랐다. 정월 대보름달이 너무 붉으면 가뭄이 들고 희면 물난리가 걱정이라는데, 올해는 알맞게 중황색(中黃色)인 걸 보니 풍년이 들 것 같았다. 만경대 언덕에서 달집을 태우는지 불길이 활활 치솟았다. 그 불길을 바라보며 다가오는 전쟁의 승리와 평화가 찾아오기를 두 손 모아 빌었다.

휘영청 보름달 아래, 다경문에서 고리문에 이르는 동서대로를 따라 집집마다 대문과 처마에 등을 내걸고 가로수에도 줄을 매달아 등불을 밝혀 온 성안이 꽃동산 같았다. 그중 흥국사 앞마당은 부유한 신자들이 부처께 바친 팔각등으로 불바다를 이루었다. 등에 불을 켬은 연등(燃燈)이요, 이를 보며 마음을 밝힘이 관등(觀燈)이라. 부처 앞에 불을 밝혀 마음을 바르게 하고, 자비로운 은덕이 온 누리에 펼쳐지기 바라는 간절한 소망이 담겨 있었다.

길가에 늘어선 작고 둥근 연등의 행렬을 보며 부처님은 화려한 팔각등보다 가난한 백성의 정성이 담긴 저 소박한 등불을 더 기꺼워하리라 싶었다.

양만춘이 흥국사를 지나 운하(運河)● 옆 대동루(大同樓)에 말을 매자 소그드 상인이 누각(樓閣, 술집 건물) 2층 창가로 안내했다. 누각 안에는 거드름을 피우는 벼슬아치와 부유한 장사치를 비롯해 온갖 사람이 연극이 시작되기를 기다렸다. 이윽고 징을 치니 누각

● 지금은 평양성 내에서 운하를 찾아볼 수 없지만 옛 고구려 시대에는 평양성 외성(外城) 안으로 운하가 뚫려 있었음.

앞 운하 배 위에 만든 가설무대의 막이 올랐다.

달빛 아래 흰 옷과 푸른 옷을 입은 소년 무사가 나란히 서서 관중에게 나부시 절을 하더니 발꿈치를 들어 빙글 돌아 마주보고 섰다. 북소리가 울리자 두 무사는 칼춤을 추기 시작했다.

앞으로 나가다 뒤로 물러서고 서로 비껴 자리를 바꾸면서 날래게 칼을 휘두르니, 꽃을 따라 나비가 날고 두 송이 연꽃이 푸르고 희게 피어났다. 갑자기 북소리가 급하게 울리자, 긴 칼을 휘두르며 바람같이 돌진해 찌르고 짧은 칼로 상대방 칼을 막아 반격하니, 회오리바람 몰아치고 소나기 쏟아지듯, 흰 뱀 푸른 뱀이 뒤엉켜 싸우는 듯 사람은 어디 가고 번쩍이는 칼 빛만 가득했다.

흰 절풍(고구려 무사들이 쓰던 세모꼴 고깔모자)을 쓴 소년 무사가 낯이 익었다. 보통벌에서는 몰랐는데, 가슴을 풀어 헤치고 허리를 질끈 동여맨 차림새로 칼춤을 추어 여인인 걸 알아차렸다.

그녀가 관중의 환호에 답하여 한쪽 무릎을 꿇고 정중하게 군례(軍禮)를 올리며 일어서는 순간 그와 눈이 마주치자 방긋 웃었다.

어느덧 막간(幕間) 사물놀이도 끝나고 〈왕자 호동과 낙랑 공주〉를 시작한다고 외치는 소리가 들렸다. 막(幕)이 오르니 포장을 둘러친 무대 가장자리마다 장작불이 활활 타오르고, 무대 한가운데 오색찬란하게 채색된 큰 북이 감나무 받침대 위에 놓여 있었다. 적군이 침입하면 저절로 울려 이를 알려준다는 낙랑의 보물, 자명고(自鳴鼓)였다.

기다리는 시간이 길어져 여기저기 기침소리가 날 즈음, 거문고 가락이 은은하게 흐르면서 낙랑공주가 봄을 맞아 바람난 암망아지처럼 허리를 흔들며 나타났다. 복사꽃이 활짝 핀 듯 요염한 얼굴, 초승달 같은 눈썹 아래 별처럼 빛나는 눈, 양쪽 뺨에는 매혹적인 보조개가 패어 있었다. 여인이란 옷차림과 화장에 따라 저렇게 달리 보이는 것일까? 분명 소그드 상점 앞에서 추파를 던졌던 말괄량이였고, 석전 구경하던 소년 무사였으며 조금 전 칼춤 추던 그 여인이 아닌가. 양만춘은 여우에 홀린 듯 멍하니 바라보았다.

낙랑공주는 칠흑 같은 머리 위에 자그만 금관을 앙증스레 얹었고, 젖가슴 맨살을 대담하게 드러낸 채, 구슬 목걸이와 허리에 몇 가닥 오색비단 끈을 늘어뜨려 은밀한 곳만 살짝 가리고 속살이 훤히 비치는 얇은 비단 너울을 둘렀다.

여인은 넋을 잃고 쳐다보는 관중을 한 바퀴 둘러보더니 음악에 맞추어 춤추기 시작했다. 달빛 아래 풍만하고 무르익은 몸매가 흰 비단 너울 사이로 은은히 비치고 쭉 뻗은 다리가 드러났다. 그녀는 큰 북 주위를 빙글빙글 돌더니, 때때로 두 손을 활짝 펴서 새처럼 허공으로 뛰어오르다가, 북 아래 꿇어앉아 두 손으로 얼굴을 가리고 괴로워하며, 기쁨과 슬픔을 온몸의 율동으로 표현했다. 이윽고 악단의 연주가 빨라지며 은근하고 부드럽던 춤사위가 격렬한 몸놀림으로 바뀌었다.

공주가 빨갛게 상기된 얼굴로 백사(白蛇) 같이 요염하게 온몸을 용틀임하고 듬직한 아랫도리를 잉어처럼 꿈틀거리며 북으로 다가가서 가슴에 숨겨둔 작은 칼을 꺼내 들자 연주가 멎었다. 여인은 애원하는 모습으로 하늘을 우러러보며 망설이다가 징 소리가 크게 울리자 북을 찢었다. 그녀가 찢어진 북에 엎드려 흐느끼는데, 어느덧 선율이 흥겨운 가락으로 바뀌었다.

황금빛 조우관에 장끼 꽁지깃을 꽂은 왕자 호동(王子 好童)이 나타나자, 공주가 왕자를 맞이하는 춤을 추면서 머리에 꽂은 매화꽃 가지를 바쳤다. 음악의 흐름이 거센 파도처럼 솟구치면서 춤사위는 점점 격렬해졌다. 사랑의 기쁨을 나타내는 몸짓인가? 바람같이 빠르게 빙글빙글 호선무(胡旋舞)를 추니 비단너울이 팽이처럼 돌아갔다.

갑자기 구슬픈 피리소리가 울려 퍼지며 검은 옷을 입은 늙은이가 까마귀 춤을 추면서 나타났다. 낙랑왕(樂浪王) 최리(崔理)였다. 늙은이는 찢긴 북을 보고 슬퍼하다가 험상궂고 성난 얼굴로 사납게 까마귀 춤을 추며 공주 주위를 맴돌더니 무릎을 꿇고 애원하는 딸에게 다가가 가슴에 단검을 꽂았다. 깜짝 놀란 왕자가 달아나는 늙은이를 뒤쫓아 칼로 베고 돌아왔으나 공주는 이미 숨져버렸다. 왕자가 쓰러진 공주를 품에 안고 몸부림치며 애타게 울부짖자, 피리소리의 구슬픈 가락에 맞춰 황조가(黃鳥歌)가 울려 퍼지면서 막을 내렸다.

관중은 무르익어 터질 듯한 공주의 몸매와 현란한 춤사위에 도취되었다가 그녀의 죽음에 긴 탄식을 토했다.

낙랑공주가 무대 위로 다시 올라오자 우레 같은 박수와 휘파람소리로 누각이 떠나갈 듯했다. 소그드 상인은 넋을 잃고 공주를 쳐다보는 양만춘에게 빙그레 웃으며 소곤거렸다.

"조심하게. 위험한 여자야. 평양성 귀족 가운데 저 여인 때문에 신세 망친 사내가 얼마나 되는지 모른다네."

여인은 색동주름 치마저고리로 바꿔 입고 2층 귀빈석을 돌면서 꾀꼬리 같은 목소리로 인사했다. 지체 높은 귀족과 부유한 상인들이 그녀의 꽃바구니에 돈과 금붙이를 다투어 던져 넣었다.

양만춘의 눈길이 여인을 뒤따르다가 특별관람석에 앉아 있는 유난히 키 크고 체격이 우람한 싸울아비와 눈이 마주쳤다. 웬일인지 무척 눈에 익었으나 어디서 만났는지 생각나지 않았다.

여인이 꿀 같은 미소를 배시시 흘리며 풍만한 가슴이 이마에 닿을 듯 가까이 다가왔다. 모든 사람의 눈길이 쏠리는 것 같아 얼굴을 붉히면서 품속에서 은전 몇 냥을 꺼내 바구니에 넣었다.

"당신이 연극을 보러 와 주어 너무너무 기뻐요."

그녀는 눈웃음을 치며 매화 꽃가지를 슬그머니 그의 손안으로 밀어 넣었다. 왕자 호동에게 주었던 바로 그 꽃가지였다.

"내 이름은 서하(瑞霞)예요."

미처 대답하기도 전에 서하는 다른 관객에게 옮겨갔다.

"그녀가 젊은이를 찍었구먼. 나중에야 어찌됐건 향기 짙은 꽃이 유혹하니 기분이 무척 좋겠군."

소그드 상인의 빈정거림 속엔 부러움이 섞여 있었다.

양만춘은 여러 번 각기 다른 모습으로 다가온 서하에게 경계심이 들었다. 그의 행동을 샅샅이 꿰뚫지 않고서야 어찌 하루에 세 번이나 만나는 우연이 거듭되랴. 그럼에도 저렇게 매혹적인 여인이 많은 사람 중에 자기에게 마음을 주어 자랑스러웠다.

고정의는 양만춘과 눈이 마주치자 가슴이 뜨끔했으나 다음 순간 가슴을 쓸어 내렸다. 화려한 귀족 옷차림을 한 지금의 모습에서 어찌 검은 복면의 자객을 연상하겠는가. 그러나 주위를 둘러보다가 쓴웃음을 지었다.

양만춘과 얼마 떨어지지 않은 곳에 을지 대장군의 호위무사가 장사꾼 차림으로 사방을 두리번거리는 게 보였기 때문이었다.

'저 젊은이는 대장군께서 매우 소중하게 여기는 사람이로군.'

제자 비룡이 전금문 수문장에게 알아봤으나 아무도 그의 이름을 몰랐다. 성안에서 처음 만난 자는 돈밖에 모르는 자린고비 소그드 상인이니, 그렇다면 부유한 상인 아들일까?

그가 타는 말은 누구라도 한눈에 반할 만큼 보기 드문 명마였다. 그런 말은 귀족이나 부호라도 쉽사리 가질 수 없는 것. 그런데 고구려 어디에도 그런 성(姓)을 가진 부호는 없다지 않은가. 고정의는 생각하면 할수록 그 정체가 아리송해 머리를 절레절레 흔들었다.

양만춘이 여관에 돌아와 쉬고 있는데 누군가 문을 두드렸다. 뜻밖에 서하가 서 있었다. 붉은 비단 옷을 아무렇게나 걸친 그녀 주위에 말리화 향기가 떠돌았다. 말리화는 기녀(妓女)의 꽃이라 할 만큼 장안 기생이 좋아하던 향내지만, 야래는 그 꽃이 낮에는 닫히고 밤이 되어야 교태를 드러내는 음탕한 꽃이고, 향내도 정신을 맑게 하는 것이 아니라 지나치게 관능적이어서 천한 창기(娼妓)나 쓴다며 경멸했다. 그러나 서하의 짙은 살 내음과 너무 잘 어울려 사람 넋이라도 빨아들일 듯 매혹적이었다.

"당신은 정인(情人, 애인)을 문 밖에 세워두고 바라보는 게 취미인가 보군요?"

말괄량이는 남의 눈 따위 거리낄 것 없다는 듯 거침없이 웃음을 터뜨렸다. 몹시 당황해 급히 문을 열어주자 여인은 거추장스럽다는 듯 겉옷을 벗어던졌다.

서하의 몸놀림에는 욕정의 냄새가 물씬 풍겼다. 엉덩이를 묘하게 흔들며 한쪽 눈을 찡긋 감아 추파(秋波)를 던지더니, 다리를 높이 치켜들며 앙증스럽게 작은 빨간 가죽신을 사내 쪽으로 벗어던지자 마음을 뒤흔드는 야릇한 내음이 방 안에 퍼졌다. 놀랍게도 여인의 발은 어린애보다 조그만 전족(纏足)이었다. 맨발의 여인은 놀란 사내 눈길을 아랑곳 않고 부풀어 오른 입술을 혀로 핥으며 불타는 눈을 사내 얼굴에 못 박은 채 빙빙 돌면서, 짤록한 허리와 암팡진 엉덩이를 뒤뚱뒤뚱 오리처럼 흔들며 걸었다.

얇은 잠옷은 탐스러운 몸을 가리기는커녕 신비로운 곡선을 도드라지게 드러냈고, 촉촉이 젖은 눈빛이 대담했다가 수줍고, 교활해 보이다가 순진한 표정으로 쉴 새 없이 바뀌면서 반짝거렸다.

"어떤 사람인지 알고 싶어요. 당신은 자기가 멋쟁이란 걸 알고 있나요? 나는 아름다운 보석이나 멋있는 사내를 보면 참지 못해요. 게다가 내가 짝사랑했던 소년과 너무 닮았거든."

화장을 지운 맨 얼굴은 그리 예쁘지 않았다. 눈꼬리는 치켜 올라갔고 입술은 두터웠으며 까무스름한 살결에 불룩 솟은 젖가슴이 징글맞게 컸다. 그럼에도 사내 넋을 뽑는 강한 힘이 느껴졌다.

여인이 입맛을 다시자 윗입술이 말려 올라가면서 송곳니가 드러나고 긴 혀를 내밀어 붉은 입술을 핥았다. 서하의 노골적인 육탄공격은 경계심을 불러일으켰다.

　'내가 머무는 곳을 어떻게 알고, 무엇을 바라며 접근한 걸까?'

　소그드 상인의 경고가 머리에 떠올랐다.

　"그녀는 신선한 고기를 찾아 헤매는 굶주린 야차(夜叉). 마음에 드는 사내를 보면 어떻게 해서라도 손아귀에 넣지. 마치 즐거운 놀이라도 하듯 온갖 방법으로 유혹해 극락의 쾌락을 흠뻑 맛보여 주지만, 사내 넋을 뽑자마자 무참히 짓밟은 다음 새로운 희생물을 찾아 냉정하게 돌아서는 천의 얼굴을 가진 바람둥이!"

　나비처럼 나풀나풀 춤추며 다가오더니 어느새 매끄러운 팔을 뻗어 사내를 꽁꽁 동여매었다. 여인이 요녀(妖女)고 사내를 파멸시키는 위험한 늪이란 걸 알면서도 거침없는 애무와 짙은 향내를 맡자 두려워하던 마음이 봄눈처럼 녹아버렸다.

　순간 그녀는 먹이를 노리는 고양이처럼 눈에서 황금빛을 내뿜으며 노래를 불렀다. 눈 속엔 불꽃이 일렁거리고 목소리는 꿀같이 끈적거렸다. 여인은 행여나 사내가 눈길을 돌릴세라, 노랫가락에 맞춰 허리를 비틀어 듬직한 엉덩짝에 걸친 얇은 매미허물을 바닥으로 흘려 내리면서 뱀 춤을 흐느적거렸다.

　노래를 끝낸 여인은 묶어 올린 머리를 풀어 내리고, 탐스러운 가슴을 내밀며 느릿느릿 다가왔다. 말리화보다 더 짙은 신비로운 향내를 내뿜으며, 선뜩한 느낌의 두 마리 구렁이가 사내 허벅지를 스스럼없이 옭아매더니 스르르 기어올랐다. 누가 뱀의 눈을 마주 보지 말라 했던가. 서하는 먹이의 얼을 뽑는 꽃뱀. 땀방울에 젖어 꿈틀거리는 허리 움직임이나 귓불을 간지럽히는 달콤한 입김보다 뜨겁게 원하는 눈빛이 사내를 사로잡았다. 마음 한편에선 어서 달아나라고 속삭였지만 야릇하게 반짝이는 눈이 넋을 빨아들여 요사스러운 마법의 세계로 이끌었다.

사뿐히 내려앉은 꽃뱀은 먹이를 덮치듯 사내를 휘감았고, 자그만 얼굴이 다가오더니 입속으로 파고드는 감미로운 혀를 느꼈다. 여인은 사내의 가장 약한 곳을 찾아내어 쓰다듬고 간지럽히다가 물고 핥으며 뜨거운 입김을 끊임없이 불어넣었다. 끝없는 목마름에 시달린 야차는 탐욕스럽게 사내를 삼키며 숨이 끊어질 듯 헐떡이고 미쳐 날뛰다가 먹구렁이처럼 휘감아 조이면서 쾌락의 마지막 한 방울까지 쥐어짜 내려 온몸을 뒤틀었다.

여인이 지핀 불은 사내에게 옮겨 붙었다. 숨 가쁘게 토해내는 속삭임과 욕망이 맞부딪치는 질퍽한 소리는 피를 뜨겁게 달구었고, 신음소리가 높아갈 때마다 사내 몸속에도 뜨거운 너울이 파도치듯 밀려들었다. 그녀는 쾌락의 환희가 불꽃처럼 타오를 때마다 격렬하게 몸부림치며 승리의 노랫가락을 거침없이 터뜨렸고, 눈은 의기양양하게 빛나고 말려 올라간 입술 사이로 하얀 송곳니가 드러났다. 이윽고 긴 머리칼을 미친 듯 휘두르며 하늘을 향해 외마디 비명을 길게 뿜어 올리는 모습은 먹이를 앞발로 밟고 서서 달을 향해 울부짖는 암컷 이리였다.

조의선인 皁衣仙人

영양태왕(嬰陽太王, 재위 590~618년)은 환갑을 넘겼음에도 젊은
이처럼 원기 왕성하고 눈빛에 힘이 넘쳤다.

"시빌 카간이 보낸 국서(國書)는 잘 받아보았다. 돌궐을 우호국
(友好國)으로 만드느라 애쓴 경의 충성스러움을 어여삐 여기노라.
비록 나이가 어리나 큰일을 맡기기에 부족함이 없다고 믿어 대모
달(大模達)로 임명하고 요서(遼西) 원정군을 맡기니, 짐의 믿음대
로 큰 공을 세워 나라를 지키고 조상에게 영광을 돌려라."

태왕이 어버이같이 인자한 미소를 짓고 대견하다는 듯 양만춘을
내려다보았다. 곁에서 모시던 근신(近臣)이 황금빛 바탕에 검은
삼족오(三足烏)를 수놓은 군기(軍旗)와 손잡이에 봉황을 아로새긴
지휘도를 받쳐 들고 나왔다.

"나라님 은혜 바다와 같사옵니다. 소장(小將) 마음과 몸을 다 바
쳐 나라님께 충성하고 맡기신 임무를 완수하겠습니다!"

태왕이 옥좌 가까이 다가오도록 손짓했다.

"양 대모달, 고개를 들라. 이번 전쟁은 말〔馬〕해(598년 수문제의
침략전쟁, 358쪽 참조)보다 더 힘든 싸움이 되리라고 모두 걱정하고
있음을 잘 알고 있노라. 이런 국난을 앞두고 울절(鬱折, 3위 관직, 종
2품) 을지 대장군뿐만 아니라 이웃나라 카간〔可汗〕까지 힘써 추천
하는 믿음직한 인재를 얻었으니 짐에게 홍복(洪福, 큰 복)이 찾아왔
구나."

왕궁을 나와 고구려 군 총사령부인 원수부(元帥府)에 들렀다.

"대모달 양만춘, 요서 원정군 사령관이 된 것을 축하하네."

을지문덕이 기뻐하며 양만춘의 손을 잡았다.

부여성 성주 명림덕무가 하사(下賜) 받은 군기를 보더니 자리에서 벌떡 일어났다.

"아니, 이건 황금삼족오가 아닌가!"

을지문덕도 믿기지 않는 듯 두 눈을 부릅뜨고 찬찬히 살펴보더니 옷깃을 여미었다.

"이 깃발은 그 옛날 광개토태왕께서 비려(碑麗, 거란) 정벌 때 요서 벌판에 휘날렸던 군기가 틀림없군. 이것은 단순한 깃발이 아니라 성스러운 상징이야. 폐하께서 얼마나 자네를 끔찍이 여기시는지 알겠네!"

양만춘은 너무나 엄청난 말에 얼떨떨하다가 물었다.

"제 임무는 무엇인가요?"

"천 명의 기병을 이끌고 적 보급부대를 공격해서 배후를 교란시키는 중요한 임무이네. 원정군 규모는 말객(末客, 대모달 밑의 고위 무관)이 지휘하는 부대보다 적지만, 누구 명령도 받지 않는 독립군일세. 돌궐이나 거란에 대하여 고구려를 대표하는 중요한 직책이기에 대모달로 임명했으니 부디 큰 공을 세우게."

을지문덕 곁에 있던 명림덕무가 덧붙여 설명했다.

"원수부 내에도 몇 사람만 자네의 진짜 임무를 알고 있을 뿐이야. 국내성에 가거든 병사들을 장사꾼으로 꾸며서 정체가 드러나지 않게 조심하게나. 특히 원정군의 무운장구(武運長久)를 빌려고 광개토태왕릉(陵) 근처에 얼씬도 하지 말게. 그곳엔 대대로 연태조뿐 아니라 우리 적들의 눈이 번뜩일 테니까."

'백만 적군 속에 겨우 천 명이라니.'

양만춘은 기가 막혔다. 이번 전쟁을 승리하려면 수나라 군 보급로를 공격해야 한다고 주장했고 선봉으로 싸울 것을 희망했었다. 원정군 규모는 적어도 만 명을 훨씬 넘으리라 예상했지 기껏 천 명밖에 되지 않으리라고는 생각지 않았고, 더구나 사령관을 맡으리라고 상상도 못 했다.

"대장군님, 이번 작전은 마땅히 백전노장(百戰老將)이 맡아야 할 텐데 어찌하여 소장같이 어린 싸울아비에게 감당하기 힘든 임무를 맡기십니까?"

을지문덕은 젊은 장수에게 얼마 안 되는 병사를 주고 벼락감투를 씌워 죽음의 땅으로 내모는 것 같아 안쓰러웠던지 눈을 들어 먼 산만 바라보자, 명림 성주가 다가와 그의 어깨에 손을 얹었다.

"그 대답은 내가 하겠네. 자네 임무는 적 후방 깊숙이 영주(營州, 현재 朝陽)에서 유격전을 벌이는 것이네. 조집운산(鳥集雲散, 새처럼 모였다 구름같이 흩어진다)처럼 요서 원정군은 강한 적을 만나면 도망치고 불리하면 싸움을 피하다가, 약한 적을 마주치면 무찔러야 하네. 아직 한 번도 하지 않았던 새로운 방식으로 싸우려면 예상하지 못한 어려움에 부딪치며 헤쳐 가야 하는데, 기왕의 전투 경험이 무슨 도움이 되겠나? 누구도 상상키 어려운 대담한 작전을 펼쳐 적군을 깨뜨릴 젊은 두뇌가 필요하다네."

을지문덕이 고개를 끄덕였다.

"지난날 수문제 침략군을 막을 때와 달리 지금 우리 형편은 많은 병력을 빼낼 여유가 없네. 4년 전 대흥안령 전투에서 모든 사람이 고개를 저을 때 자네는 10배 넘는 적과 싸워 승리하지 않았던가? 그리고 원정군 작전 지역에 사는 거란인과 그 뒤에 있는 돌궐을 잘 다독거릴 사람은 자네뿐이라 폐하께 추천했네."

을지문덕은 눈길이 마주치는 걸 피하며 혼잣말처럼 중얼거렸다.

"나는 능력 못지않게 자네의 행운을 믿네. 아마 최초 기습에서 큰 성과를 거두겠지만, 그 후 끝없이 쫓길 게야. 다만 요서 원정군을 뒤쫓으려면 적은 몇 갑절 더 많은 기병이 필요할 테지. 양 대모달! 원정군은 싸워 이기기보다 적의 공격을 재주껏 피해 끝까지 살아남는 게 가장 중요한 임무라네."

양만춘은 요서 원정군을 파견하는 진정한 의미를 깨달았다.

'가장 큰 임무는 적의 보급에 타격을 가하는 것이지만, 그에 못지않게 중요한 임무는 미끼가 되어 적의 가장 강력한 공격력인 기병대를 후방에 묶어두는 것이다. 그렇다면 많은 병력보다 기동력이 뛰어난 소규모 병력으로 치고 빠지는 작전이 쓸모 있으리라.'

양만춘은 을지문덕에게 고개를 숙였다.

"대인! 한동안 뵙지 못하겠군요. 도움이 될 말씀이라도⋯."

"자네는 바둑을 잘 두지 않나. 꼭 잡을 수 있다는 확신이 서지 않으면 요행을 바라고, 상대방 말을 잡으러 무리수를 두기보다도 상대방을 위협하면서 조금씩 실리를 챙겨 이기는 게 바둑의 묘리(妙理) 아니던가. 그렇지만 바둑 한 판 두는 데 얼마나 많은 위기가 닥치던가? 그때그때 잘 헤쳐 나가는 건 자네 몫이라네!"

삼신산(三神山)이라 불리는 묘향산•은 고구려에서 가장 신령스러운 산으로 국선도(國仙道) 조의선인(早衣仙人) 총본산이었다.

살수(청천강)를 거슬러 올라 향산천(香山川)에서 산골짜기로 들어서니 돗대봉이 반겨주었다. 돌궐로 가기 전 오랜 동안 몸과 마음을 닦았던 곳이어서 고향에 온 듯 반가웠다. 울창한 숲과 맑은 시냇물은 예와 다름없었고, 시냇가 기둥같이 솟은 바위 옆에 솟대가 서 있었다. 여기서부터 국선도(國仙道)의 거룩한 땅 태극도장이었다. 검은 옷에 흰 깃을 단 조의선인이 마중 나왔다.

묘향산에서 봄기운이 가장 먼저 들어온다는 탐밀봉 밑 양지바른 기슭에 벌써 진달래가 꽃망울을 터뜨리고 산벚나무 줄기에도 물이 올랐다. 산굽이를 돌아 계곡에 들어서니 그윽한 향기가 온몸을 휘감았다. 묘향산 향내, 얼마나 그리웠던가. 눈을 감고 심호흡을 하니 조의선인이 자랑스레 말했다.

"누운 측백나무와 향나무 향(香)이 곱고 진하지요. 이 향기 때문에 향산(香山)이라 부르기도 한답니다."

상원계곡에서 흘러내리는 시냇가 넓은 풀밭엔 쌀쌀한 날씨에도 웃통 벗은 수십 명 앳된 소년들이 땀을 흘리며 무예를 단련하고 있었다. 스승인 무념 선사 얼굴이 그립게 떠올랐다. 10년 전 전국 경당에서 뛰어난 성적을 올린 소년 틈에 끼어 이곳에 왔었다. 밤낮

• 서산대사(西山大師)는 금강산보다 묘향산을 명산(名山)으로 꼽았음.

가리지 않고 계속된 엄격한 수련은 무척 힘들었지만 그런 단련을 거쳐야 조의선인의 사명을 감당할 수 있다.

    도장 정문이 보이자 말에서 내렸다. 눈같이 흰머리에 붉은 얼굴의 태극상인(太極上人)이 의자에 앉았고, 네 분 늙은 장로가 좌우에 서 있었다. 양만춘이 태극상인에게 삼배(三拜)를 올린 후 을지문덕의 서신을 올렸다.

    "먼 길 오느라 피곤할 테니 오늘은 편히 쉬도록 하라."

    태극도장 본전(本殿)을 물러나와 한달음에 불영대로 달려갔다. 조의선인은 인격과 바탕을 갖추지 않은 자는 가르치지 않아〔不其人 不傳〕, 제자가 스승을 선택하는 게 아니라 스승이 제자를 뽑았다. 양만춘은 무념 선사의 어버이 같은 사랑 속에 수련했다. 오래간만에 만난 스승은 흰 머리칼이 많이 늘었다.

    "어디 보자. 못 보던 사이 훤칠한 젊은이가 되었구나."

    양만춘은 그동안 궁금하게 여겼던 일을 물어보았다.

    "스승님, 그때 저보다 뛰어난 선배와 동기생이 많았는데 어찌하여 저를 제자로 받아주셨습니까?

    "무예(武藝)의 길은 타고난 천재라도 뜻을 세우고 힘껏 노력하는 자를 당하지 못하고, 깨달음을 얻어 일가(一家)를 이루는 사람은 무예를 사랑하고 즐기는 자이더구나. 더구나 하늘을 두려워하고 겸손한 마음을 가졌다면 더 이상 무엇을 바라겠느냐. 조의선인은 무예만 뛰어난 싸울아비가 아니라 명예를 목숨보다 귀하게 여기고 백성에게 순한 양 같고 적에겐 호랑이 같은 참된 사나이를 말한다.

그러니 네가 뜻을 이룰 때도 초심을 잊지 말고 항상 겸손하거라."

무념 선사는 대견스럽다는 듯 제자를 쳐다보았다.
"상인(上人)께서 뜻밖에 네게 조의선인 자격을 내리셨단다. 지난 4년 동안 밖에서 활동한 것을 높이 평가하시어 수련을 계속해 왔다고 인정한 게야. 그런데 어떤 임무를 맡았느냐?"
"천 명의 기병대를 이끌고 적 후방에서 싸우게 되었습니다."
"생각 깊은 을지 대인이 그런 결정을 내렸다면 그럴 만한 까닭이 있겠지만, 자랑스러움보다 걱정이 앞서는구나."
"스승님, 어찌해야 이 어려운 임무를 감당할 수 있을까요?"
눈을 감고 생각에 잠겼던 무념 선사가 물었다.
"너는 어떻게 싸울 작정이냐?"
"약한 적을 만나면 싸우고 강한 적을 만나면 피해야지요."
"그렇게 하려면 무엇이 필요할까?"
"정확한 정보와 빠른 기동(機動)입니다."
"그렇다면 상인께 흑의대(黑衣隊)의 도움이 필요하다고 말씀드리려라. 정보를 수집하고 암습(暗襲)하는 데는 흑의대가 최고이니라. 뛰어난 은신술을 가진 데다, 뜻하지 않았던 곳에서 적을 만나 백병전을 벌이거나 적 진영 깊숙이 숨어들어 적장을 암살하는 것까지 무엇이든 해치울 수 있는 가장 강한 싸울아비니까. 그런데 문제가 있구나. 그들 모두가 너보다 훨씬 선배들이니….
내일 너를 조의선인으로 받아들이는 의식이 열린다. 사제(師弟) 백석에게 대부(代父)가 되어 달라고 부탁하마. 그는 생각이 깊고 겸손한 데다 흑의대원에게 존경받으니 도움이 될 게다. 만춘아! 명심할 게 있다. 승리하는 장수라야 부하의 믿음을 얻을 수 있으니 첫 싸움의 승리가 무엇보다 중요하다. 꼭 이길 수 있다는 확신을 갖게 될 때까지 참고 기다릴 줄 알아야 한다."

　

무념 선사는 양만춘이 꺼낸 군기(軍旗)를 보더니 눈을 감고 오랫동안 깊은 생각에 잠겼다.

"너는 그 깃발에 담긴 뜻을 알겠느냐?"

"네, 해님의 심부름꾼인 삼족오입니다. 광개토태왕께서 비려를 원정할 때 휘날린 군기라더군요."

"태왕의 연호(年號)가 무엇인지 기억하느냐?"

"영락(永樂)이어서 살아계셨을 때 칭호는 영락태왕으로 불렸다고 배웠습니다."

"그렇다. 광개토태왕께서는 재위 22년간 남으로 아리수(阿利水, 한강)를 건너 백제 서울 한성(漢城)으로 진격하고, 신라를 침입한 왜(倭)와 백제 연합군을 깨뜨려 낙동강 하류까지 진출하셨다. 서쪽으로는 요하를 건너 멀리 염수(鹽水, 시라무렌) 강가 비려(거란)는 물론 후연(後燕)의 숙군성(宿軍城, 현재 廣寧)까지 정벌하시어 수백 년 동안 외적에 짓밟혔던 고조선의 옛 땅을 모두 되찾은 위대한 태왕이시다. 무려 1,400개 부락을 평정하고 점령한 성(城)이 64개라 국강상 광개토경 평안호태왕(國岡上 廣開土境 平安好太王)이라 불리시지. 그러나 그분은 위대한 정복군주였을 뿐 아니라 백성의 편안하고 복된 삶(永樂)을 이룩하려 온갖 정성을 기울이셨던

인자한 태왕이셨다. 영양태왕께서 하사하신 이 유서 깊은 깃발에
는 비려의 옛 땅 요서(遼西)에서 승리뿐 아니라 백성을 사랑하던
영락태왕의 뜻을 이어가기를 바라는 마음이 담겼을 게다. 만춘아,
그분이 품었던 웅대한 꿈을 가슴 깊이 새겨라. 아울러 네 자신이
황금삼족오가 되어 곤경에 빠진 백성을 구하고 대고구려의 꿈을
마음껏 펼치거라!"

"스승님, 그렇다면 황금삼족오의 진정한 뜻은 하늘의 뜻에 따라
밖으로 고조선의 넓은 강역(疆域)을 굳게 지키고 안으로 만백성이
더불어 잘사는 나라를 세우라는 소명(召命)이겠군요."

동이 트니 젊은 조의선인이 안내하러 왔다.

새벽안개에 싸인 연무장 풀밭을 지나 숲길을 따라가니 이끼 긴
큰 바위가 보였다. 상원문이었다. 이 길은 묘향산에서 가장 아름
다운 폭포의 길. 금강문을 지나 수정같이 맑은 물이 희고 깨끗한
돌부리를 휘돌아 흐르는 상원 물터에 이르니, 울창한 수풀 사이로
청조(靑鳥)가 날아갔다. 아침에 청조를 보면 좋은 일이 생긴다는
데 과연 어떤 일이 일어날까?

지옥골에서 바위 벼랑을 타고 기어오르니 인호대(引虎臺). 쏟아
지는 아침 햇살에 안개가 걷히면서 웅장한 묘향산 전경(全景)이 눈
앞에 펼쳐졌다. 북으로 구름 위에 떠 있는 법왕봉과 오선봉의 기
암절벽이 눈앞으로 다가오고, 남으로 탐밀봉과 깃대봉 봉우리가
아침놀에 잠겨 아스라한데, 햇살에 반짝이는 향천 시냇가 태극도
장 본관(本館)이 조그맣게 내려다보였다.

금빛 은빛 물 구슬이 쏟아져 내리는 산주폭포, 구름 속으로 흰 용이 꿈틀거리며 하늘로 치솟는 용연폭포, 푸른 하늘에 흰 비단 폭을 펼친 듯한 천신폭포가 한눈에 들어왔고, 수풀 너머 상원암 기와지붕이 안개에 잠겨 있었다. 그윽하게 스며드는 송진 내음과 소나무 가지를 스쳐가는 바람소리를 들으며, 5년 전 처음 인호대에 올랐던 기억을 되새기는데, 길잡이가 길을 재촉했다.

백석 도인이 상원암에서 마중 나왔다. 미소를 머금은 가느다란 눈과 뚱뚱한 몸집의 겉모습과 달리 몸놀림이 민첩하고 걸음걸이가 특이한 데다 눈빛이 맹수같이 빛났다. 단순한 검객이 아니라 인술 (忍術, 어둠 속에서 펼치는 재빠른 기습무술)을 닦은 고수(高手)임이 틀림없었다.

"사형(師兄) 부탁으로 대부(代父)를 맡게 되었어. 자네같이 뛰어난 인재의 대부가 되어 무척 기쁘다네."

상원암 위쪽은 금지(禁地)였으므로 흑의대 허락을 받아야 올라갈 수 있는 곳이었다. 불유각 맑은 샘물을 한 바가지 마신 뒤 백석 도인이 앞장서서 가파른 길을 올랐다. 깎아지른 너설바위를 타넘고 집채만 한 너럭바위 곁을 지나니 고사목(枯死木) 지대. 발목까지 파묻히는 흰 눈 위에 누운 측백나무와 향나무가 짙은 향기를 내뿜었고, 푸른 하늘 아래 우뚝 솟은 법왕봉(1,392m)이 보였다. 주먹을 치켜든 거인, 먹이를 노리는 괴물, 달려가는 사슴과 학모양 형형색색 바위들이 모여 있는 만물상(萬物相)을 지나 암벽을 타고 법왕봉 정상에 올랐다.

멀리 동쪽 비로봉에서 용이 꿈틀거리듯 험산준령이 흘러내려와 파도처럼 이어졌다. 북에는 살수 푸른 물줄기 너머 영변의 약산이, 넓게 펼쳐진 서쪽 벌판 너머로 망망한 황해바다가 보였다.

향로봉에 다가갈수록 그윽한 향내가 더욱 짙어졌다. 누운 향나무, 누운 측백나무와 잣나무가 흰 눈 위에 녹색주단을 깔아 놓은 듯 펼쳐졌고, 여기저기 들쭉나무가 모진 눈바람에도 꿋꿋이 서 있는데, 눈 속에 만병초가 노란 꽃잎을 피워 고산지대 정취를 풍겼다. 석가봉을 지나 보름달같이 둥글고 풍만한 원만봉 뒤 산등성이를 도니 드디어 묘향산 제일봉인 비로봉(1,909m)이었다. 비로봉은 그리 험하지 않았다. 온갖 비범(非凡)함을 뛰어넘어 평범함이 가장 위대한 걸까? 제각기 기묘한 아름다움을 자랑하는 8만 4천 봉 중 가장 평범한 봉우리가 최고봉이라니!

비로봉 정상에는 세 분 장로가 미리 와서 하늘에 제사드릴 제단을 차렸다. 수석 장로가 양만춘에게 엄숙하게 물었다.

"조의선인 계율(戒律)을 지키겠는가?"

"하늘을 받들며 그 뜻에 어긋남 없이 바르게 살 것을 맹세하옵고, 나라님께 충성하고 백성을 소중히 여기며 싸울아비 길을 묵묵히 걸어 조의선인의 명예를 지키겠습니다!"

둘째 장로가 백석 도인에게 다짐했다.

"조의선인 양만춘의 대부로서 맡은 바 임무를 다하겠는가?"

"항상 대자(代子)를 감찰해 바른 길로 이끌겠사오며, 잘못된 길로 빠질 때는 계율에 정해진 벌을 달게 받겠습니다."

수석 장로가 조그만 청동거울과 조의선인 옷을 주며 외쳤다.

"이제 양만춘을 국선도(國仙道) 조의선인으로 받아들이고 하늘에 아뢰오니, 올바른 선인(仙人)으로 자랑스러운 삶을 살도록 지켜주옵소서!"

태극도장 넓은 연무관(鍊武館)에는 태극상인을 비롯해 모든 장로와 도인이 앉았고 백여 명 흑의대가 줄지어 서 있었다. 양만춘은 조마조마한 마음으로 이들을 쳐다보았다.

어젯밤, 상인(上人)은 염려스러운 얼굴로 "비록 네가 대모달의 벼슬을 받았다 하나 이제 갓 조의선인이 된 몸. 흑의대원 모두가 선배인데 이들을 이끌 자신이 있는가?"라고 물었다.

"백만 적군 속에서 천 명 군사로 싸우려면 최고 전투집단인 흑의대 도움이 반드시 필요하나, 선배님을 제대로 이끌 수 있을지 염려스럽습니다"고 대답했지만, 양만춘은 걱정이 되어 잠을 설쳤다.

수석 장로가 일어나 입을 열었다.

"양 대모달이 흑의대 도움을 요청했다. 나는 상인의 뜻을 받들어 선언한다. 요서 원정군에 참가할 대원만 앞으로 나오라!"

무거운 침묵이 연무관을 덮었다. 백석 도인이 자리에서 일어나 흑의대 대열 앞으로 나와 태극상인에게 무릎을 꿇었다.

"원정군에 종군(從軍)하겠습니다. 저는 대부(代父)로서 양 대모달이 조의선인의 길을 올바르게 걷도록 감독하겠사오나, 한 사람 싸울아비로서 나라님께 충성을 바치듯 양 대모달의 군령(軍令)을 받들고 기꺼이 복종할 것을 상인께 서약합니다!"

전쟁 영웅이고 흑의대의 꽃인 해오름이 대열을 벗어나 백석 도인 뒤에 무릎을 꿇자 모두 의외란 듯 술렁이었다. 뒤이어 흑의대원들이 몰려나왔다.

백석 도인이 미소를 머금고 흑의대원을 둘러보았다.

"싸움은 요서에서만 벌어지는 게 아니니 30명만 뽑겠소."

태극상인은 자리에서 일어나 선택된 흑의대원 하나하나 얼굴을 둘러보며 만족스러운 낯으로 격려했다.

"너희들은 원정기간 동안 조의선인 사제 간이나 선후배를 떠나 마음을 하나로 모아 양 대모달 군령(軍令)에 따라야 한다. 나는 너희들이 자랑스럽다. 영광스러운 승리가 빛나길 빈다!"

고정의는 양만춘의 움직임을 들을수록 혼란스러웠다.

왕궁에서 폐하를 알현하고 원수부에 들른 일이나, 숨 쉴 틈 없이 바로 묘향산 국선도 총본산을 찾은 것도 그러하거니와 사내를 홀려 넜을 뽑기로 소문난 요녀 서하의 유혹을 받고도 다음 날 홀쩍 평양을 떠났다니 무척 흥미로웠다.

"스승님, 그 젊은이가 흑의대의 샛별인 해오름과 같이 개마국(蓋馬國)으로 향하고 있습니다. 뒤쫓아 가볼까요?"

"비룡아, 구태여 그럴 필요까지 없다. 곧 흑의대가 국내성으로 출동한다는구나. 그리로 가면 그자가 반드시 나타날 거야."

고정의는 지금 양만춘의 주변에서 무엇인지 중대한 일이 벌어지고 있음을 눈치 챘다. 연태조에게 이 젊은이의 정체를 물어보려던 생각을 버리고 그 움직임을 스스로 살펴보기로 마음을 굳혔다.

하늘 아래 첫째 마을

蓋馬高原

비바람 몰아쳐 급히 백두 오르니

묏부리 너설바위 우뚝 솟았는데

푸른 물 튀어 올라 하늘에 떠 있구나.

모래톱 희게 빛나고 사슴 떼 무리지어 노니네

아침 해 동녘 땅 밝히고 가을바람 만주 벌 부는구나

세상근심 멀리 떨치고 온갖 욕망 깨끗이 씻어내노라.

진눈깨비 흩날리다 무지개 뜨네

서 있는 자리 높아 북두성 가까워라.

속마음 씻어내어 달처럼 맑게 하니

갖옷(털가죽 옷) 소매 사이 가을바람 상쾌하다.

하늘과 땅 꿰맨 자국 없고 흐르는 구름 붉었다 푸르르구나.●

● 박한영 스님 오언절구 중

설한령 雪寒嶺

설한령 가는 길은 험준한 계곡 따라 아흔아홉 굽이 고개를 넘어가는 오르막길. 우뚝 솟은 낭림산맥에는 먹구름이 산봉우리를 뒤덮었다. 길가 아름드리 가래나무 숲엔 칡과 다래 넝쿨이 치렁치렁 엉켰고, 발밑 시내는 얼음같이 찬 급류가 흘러내렸다. 냇가를 따라 깎아지른 검은 절벽과 큰 바위가 길을 막았다.

고개 어귀에 도착하니 한낮이 지난 지 얼마 되지 않았는데 산속 하늘은 손바닥만큼 좁아 눈 덮인 산마루 너머로 해가 졌다. 산골짜기 밤은 순식간에 찾아와 금세 사방이 어두워지고 이따금 마른 번갯불이 번쩍였다. 주위 40리에 인가(人家)가 없다기에 횃불을 밝히고 어두컴컴한 산길을 계속 올라갔다.

고개 중턱에 이르자 먹구름이 모여들더니 눈이 내렸다. 3월이건만 진눈깨비가 하얀 병풍을 둘러치듯 눈가루를 쏟아부어 몇 발짝 앞도 보이지 않았고, 휘몰아치는 눈발에 숨쉬기도 어려웠다.

"힘내세요, 10리만 더 올라가면 산막이 있습니다."

길잡이 말을 듣고 말발굽까지 빠지는 눈 속을 20리 더 갔으나 산막은 없고 길은 점점 험해졌다. 고개를 갸웃거리던 길잡이가 주위를 살피더니 얼굴이 새파랗게 질려 눈보라 때문에 길을 잃었다며 울상을 지었다. 눈보라는 더욱 세차게 몰아치고 날도 캄캄해졌다.

"해오름 님, 유르트(돌궐식 천막)를 준비해온 게 다행이군요. 오늘 여기서 야영하고 눈이 그치거든 길을 찾읍시다."

양만춘은 길가 둔덕에 유르트를 치고 바닥에 곰의 털가죽을 깐

후 불을 피워 물을 끓였다. 날이 밝아도 바람은 잦아들지 않고 눈보라는 줄기차게 쏟아졌다. 폭설의 무게를 견디지 못한 나뭇가지 부러지는 소리가 여기저기서 들리고, 유르트 앞 늙은 소나무도 눈이 쌓여 축 늘어졌다. 온 천지가 잿빛이더니 어두워지자 기온이 급격히 내려가 한겨울 추위가 휘몰아쳤다. 새벽녘이 되어서야 눈발이 약해졌다.

두런두런 말소리가 들려 유르트 문을 걷고 내다보니 털가죽 옷을 입고 가죽신발에 설상화(雪上靴)를 덧신은 산 사나이 두 사람이 다가왔다.

"여긴 두 발 짐승이 다니는 곳이 아닌데 웬 사람이여?"

험상궂은 얼굴의 털보가 의아스러운 듯 눈알을 굴렸다.

"길을 잃었습니다. 설한령으로 가려 했는데."

"설한령이라니? 이쪽은 천외물산으로 가는 골짜기인데."

털보를 뒤따라오던 땅딸보가 고개를 갸우뚱거렸다.

"지난여름 산사태로 설한령 앞 산모롱이가 무너졌지 않았나. 그걸 모르고 길을 잘못 든 게지."

"개마국으로 가는 사람입니다. 길을 안내해 주지 않겠습니까?"

양만춘이 정중하게 부탁했더니 털보는 고개를 가로젓고 땅을 가리켰다.

"눈이 무릎까지 쌓인 게 보이지 않소? 설한령은 아마 허리까지 빠질 게야. 아무래도 며칠 더 기다려야 할 거구먼."

이들은 설한령 기슭 화전민촌 사냥꾼들로 마침 눈이 내려 사냥

나왔다가 불빛을 발견하고 이상하게 여겨 찾아왔다고 했다.

산등성이 사이 골짜기는 온통 굴참나무 숲이었다. 멧돼지 일가족이 나무뿌리를 파먹으려 쌓인 눈을 헤쳤다. 100관이 넘을 듯한 멧돼지 한 마리가 바닥에 배를 대고 배밀이를 하며 눈이 깊이 쌓인 계곡을 건너고 있었다. 두 사나이는 산등성이로 올라가 발 썰매로 바꿔 신고 날카롭게 벼린 창을 들더니, 서로 마주보고 눈짓하며 고개를 끄떡였다. 멧돼지는 사냥꾼의 접근을 눈치 챈 듯 전후좌우를 살펴보며 경계 자세를 취했다.

빈틈을 노리던 털보가 발 썰매를 타고 번개같이 골짜기 아래로 내달리며 재빠르게 멧돼지 목에 창을 내리꽂았고, 뒤따라 땅딸보도 창을 깊숙이 찔렀다. 멧돼지가 비명을 지르며 자세를 흩뜨리자, 건너편 산등성이까지 갔던 털보가 되돌아서 쏜살같이 발 썰매를 지치고 내려와 또다시 멧돼지 멱통에 창을 힘껏 찔렀다.

사냥꾼은 나무를 찍어 만든 발구(나무 썰매)에 멧돼지를 싣고 마을로 향했다. 서낭당 고개를 넘으니 당나무 옆에 솟대가 서 있었다. 신나는 잔치가 벌어졌다. 아낙네들이 아궁이에 장작불을 지펴 큰 가마솥에 물을 끓이고, 디딜방아로 빻은 메밀가루에 느릅나무 껍질과 뿌리 가루를 섞어 반죽하는 사이, 사내들은 국수틀을 솥 위에 걸어 놓고 메밀반죽을 넣어 힘껏 눌렀다. 펄펄 끓는 가마솥으로 국수발이 떨어지면서 익자 아낙네들이 국수를 채로 건져 얼음물에 헹궈냈다. 멧돼지 뒷다리는 통째로 굽고, 내장을 씻어 솥에 끓였다. 고기를 굽고 국수가 익으니 마을 남녀노소가 모여

먹고 마셨다.

신명이 난 젊은이들이 함지박에 담은 물에 바가지를 엎어놓고 두드리며 걸쭉하게 호랑이 노래를 부르자, 아낙네들도 이에 질세라 모두 일어나 덩실덩실 춤추며 삼베타령을 구성지게 뽑았다.

길쌈은 개마고원에 사는 부녀자의 가장 중요한 벌이가 되고 가족의 옷감을 얻는 일이었으나 물레로 실을 뽑고 베틀로 삼베를 짜는 일은 고된 노동이었다. 잘 구운 멧돼지 뒷다리와 소금에 절인 더덕을 안주 삼아 들쭉술 향기에 취해 있는데, 돌연 산이 무너지는 듯한 소리와 함께 호랑이 울부짖음이 들려왔다.

"갑돌이 벼락틀에 범이 걸려들었구먼."

털보는 부러운 듯 입맛을 다셨다.

개마고원 산골마을에서 호랑이를 사냥하는 함정을 '벼락틀'이라 하는데, 굵은 통나무를 문짝같이 엮어 한쪽을 땅에 고정시키고, 다른 쪽은 비스듬하게 줄을 매어 세워둔다. 그 위에 무거운 돌 수십 짐을 쌓아 올린 후, 그 아래 살아 있는 돼지를 미끼로 줄을 매어 놓는다. 호랑이가 미끼를 물면 줄이 벗겨지며 통나무 틀이 바위 무게 때문에 무너져 내리면서 호랑이를 깔아 죽이게 된다.

벼락틀이 무너지자 호랑이가 재빠르게 피했지만 하반신이 틀 위 바위에 깔렸다. 마을 장정이 횃불을 들고 모여들었다. 호랑이는 상반신을 치켜들고 사납게 몸부림치며 입으로 틀을 물어뜯다가 앞발로 통나무를 후려쳤다. 굵은 통나무가 꺾어지고, 산더미같이 쌓인 틀 위 바위들이 들썩거리면서 금방이라도 튀어나올 것처럼 보였다. 벼락 치는 듯한 호랑이의 울부짖음은 가슴을 진동시켰고 성난 눈에는 불이 철철 흘러 마주 보기가 어려웠다.

털보는 앞으로 걸어 나가 호랑이를 노려보더니 긴 창을 들어 올려 두 눈 사이에 깊이 박았다. 호랑이가 잠잠해지자 양만춘 일행에게 자기 집에 가서 한잔 하자고 권했다.

두터운 굴피나무 껍질로 지붕을 이은 귀틀집에 들어서니 돌배 익는 향기가 집안에 그윽했다.

"개코야, 뒤뜰에 묻어둔 돌배술 가져오너라."

술잔이 거듭되자 흥이 난 털보는 아들에게 창 쓰는 기술을 손님에게 보여 주라고 소리쳤다. 열다섯 살쯤 되었을까? 실팍한 몸집의 소년은 춤추듯 창을 휘둘러 선반 위에 진열된 열두어 개 돌배에 번개같이 창질을 했다. 꼭지마다 칼로 벤 듯 창의 흔적이 나 있었으나 돌배는 조금도 상하지 않았다.

"젊은이, 대단한 솜씨로군."

"아부지 솜씨 따라가려면 아직 멀었구먼요. 찌르는 순간 온몸의 힘을 한곳에 모으는 데는요."

소년은 부끄러워하며 얼굴을 붉혔다.

"그럼, 그럼. 그러나 한 번 가본 곳 땅 생김새를 기억하거나 짐승 발자국을 뒤따르는 데는 아들이 나보다 한 수 위지."

털보는 자기 부자(父子)가 개마고원에서 제일가는 사냥꾼이라면서 짐승을 추적할 때 발자국을 살펴보면 크기와 무게 그리고 언제 지나갔는지 알 수 있고, 암수도 구별할 수 있다고 했다. 사람

발자국을 보아도 남녀노소는 물론 건강상태와 기분까지 짐작한다
고 자랑했다.

　양만춘은 소년이 탐이 났다.

　"아들에게 넓은 세상을 구경시킬 생각이 없습니까?"

　"개코야, 니 생각은 어때?"

　"아부지, 나 이 사람 따라갈 테여."

　사흘을 지나 아침이 되자 동쪽 하늘이 맑은 황금빛으로 빛났다.
공기는 투명한 수정 같았고 눈을 밟을 때마다 바싹바싹 소리를 내
었다. 고갯마루로 가는 50리 길은 아흔아홉 굽이, 산길이 끝없이
이어져 하늘까지 올라가는 것 같았다.

　드디어 설한령 고갯마루. 멀리 동쪽으로 개마고원의 장엄한 풍
경이 펼쳐졌다. 장진강 계곡이 꾸불꾸불 용틀임치며 눈 아래 가로
놓였는데 강은 작은 물줄기를 합쳐 은빛 뱀처럼 반짝였고, 그 너
머 눈 덮인 산봉우리가 서로 높이를 다투며 파도치듯 끝없이 이어
졌다. 뒤돌아보니 험한 산줄기가 묘향산까지 아득히 뻗었고, 고
개 밑 낭떠러지 아래에서 안개가 뭉게뭉게 피어올랐다.

　고갯마루 옆 양지바른 곳에 통나무로 지은 귀틀집 산막(山幕)이
있어 한발 먼저 달려간 개코가 불을 피웠다. 흙바닥에 거적을 깔
아놓은 방 안 화덕 옆에 장작이 차곡차곡 쌓여 있었다. 이런 산막
은 개마고원같이 인적이 드문 곳에서 무서운 자연의 횡포로부터
살아남기 위해 만든 대피소였다. 이른 봄 날씨는 변덕스러웠다.
어느 틈에 산 아래서 올라온 안개가 고갯마루를 덮더니 공기 속에

폭풍을 예고하는 숨결이 느껴졌다.

장진강 계곡으로 내려가는 비탈길은 낮의 햇빛과 밤 추위로 빙판을 이루어 말발굽에 설피화를 신겼는데도 위태로웠다. 어두워서야 강기슭 외딴 어부 집을 찾았다. 큰 솥에 끓인 잡어(雜魚) 어죽으로 허기진 배를 채우고 따뜻한 온돌방에서 원기를 되찾았다.

초저녁 무렵 웽웽거리며 불던 마파람이 밤이 깊어가며 점점 거칠어지더니 새벽녘이 되면서 얼음장끼리 부딪쳐 깨지는 소리가 온 계곡에 울려 퍼졌다. 잠을 설친 어부가 중얼거렸다.

"용가리•가 찾아왔군."

여느 산골마을 봄은 처마 밑에 달린 고드름에서 낙숫물이 떨어지고 시냇물 얼음장 밑으로 물줄기가 흐르면서 소리 없이 찾아오지만, 개마고원의 봄은 어느 날 갑자기 용가리와 함께 밀려온다.

용가리가 불면 꽁꽁 얼어붙었던 강물이 순식간에 녹아 두께 석 자가 넘는 집채만 한 얼음덩이가 서로 부딪치고 강을 가득 메우면서 큰물이 계곡을 뒤덮는다.

그러나 여섯 자 이상 물이 불어 무섭게 흘러내리던 강물은 하룻밤만 지나면 거짓말같이 줄어들고 강변으로 밀어붙였던 얼음덩이도 하루 이틀 사이에 녹아버린다.

• '용가리'란 남쪽에서 부는 봄바람이 개마고원을 넘으면서 푄현상이 일어나 건조하고 뜨거운 바람이 되어 부는 것을 말함.

백두산 가는 길

옛 개마국 서울이었던 개마성(蓋馬城)은 목책으로 둘러싸인 마을로 개마고원을 다스리는 행정 중심지고, 동해안 옥저(沃沮)에서 생산되는 소금과 해산물, 개마고원에서 캔 산삼과 담비 같은 짐승의 털가죽을 국내성으로 운반하는 상업과 교통의 요지였다. 병영(兵營)은 성 밖 후미진 강가에 있었다.

요서 원정군은 을지문덕이 돌궐 사신으로 갔다가 고구려를 침략하려는 양제의 야심이 굳음을 알고 조직한 정예부대였다. 그는 수문제 침략전쟁 때 부모를 잃은 젊은이들을 전국에서 모으고, 이에 더해 개마고원에 사는 말갈족(靺鞨族, 362쪽 참조) 사냥꾼의 날랜 젊은이들을 4년 동안 끊임없이 훈련시켰다.

양만춘은 이들을 소집하여 사냥대회를 열었다. 전군을 10개 단(團)으로 나누어 7개 단은 짐승을 몰게 하고, 3개 단은 목을 지켜 몰아온 짐승을 잡도록 했다.

"이번 사냥은 적을 포위 섬멸하는 군사훈련이다. 사냥에서 뛰어난 능력을 보이는 자는 니루(25인을 이끄는 소대장)로 임명할 테니 자신의 능력을 마음껏 발휘하기 바란다."

허천강 상류의 불개미령에서 몰이가 시작되었다. 붉은 깃발을 내걸고 나팔소리가 울려 퍼지자 산봉우리에 봉홧불이 올랐다. 뒤이어 우로는 부전령 산줄기인 회사봉과 삼봉으로, 좌로 수백산 산줄기인 옥련산과 백산까지 일제히 봉화가 타오르면서 몰이꾼으로 동원된 7개 단 병사가 일제히 꽹과리를 치고 나팔을 불며 허천강 계곡으로 짐승을 몰았다.

각 단 지휘자는 하늘 높이 연을 날리고 봉우리마다 횃불을 휘둘러 서로 연락하면서 포위망을 압축했다. 낮에는 짐승을 몰고 밤이면 능선을 따라 모닥불을 피우고 보초를 세워 짐승이 빠져나가지 못하게 경계를 철저히 했다. 나흘 후 허천강 계곡 안으로 짐승 떼를 몰아넣고 북소리와 함께 본격적인 사냥이 시작되었다. 호랑이와 곰 같은 맹수가 포위망을 뚫기 위해 병사를 공격하자, 다섯 사람이 한 조가 된 병사들은 서로 보호하고 여러 조가 협동하여 활과 창으로 맹수를 사냥했다. 하루 종일 사냥이 계속되어 수십 마리 맹수와 백여 마리 멧돼지, 수백 마리 사슴과 노루를 잡아 사냥한 짐승이 산같이 쌓였다.

병사들은 집단사냥을 통해 지휘자의 판단과 상호간 협동심이 얼마나 중요한지 뼈저리게 깨달았다. 양만춘은 사냥에서 뛰어나게 활약한 병사들을 니루로 임명하고, 자기 위치를 지키지 못해 짐승을 놓치거나 비겁한 행동으로 다른 병사를 위험에 빠뜨린 자에게 채찍질로 벌을 주었다.

"해오름 님, 병사의 실력이 어떻던가요?"

"사기(士氣)와 전투력은 그런대로 만족스러우나 하급지휘관의 통솔력이 어딘지 부족합니다. 우수한 백인대장과 범 같은 니루야말로 군대를 지탱하는 기둥입니다. 지휘관과 병사는 눈빛만으로 서로 뜻을 전달할 수 있게 마음이 하나로 뭉쳐야 강한 군대가 될 수 있지요."

"을지 대인께서 원정준비를 하려면 3개월 이상 걸린다고 하기에 백두산에 올라가 승리를 기원하는 천제(天祭, 제사)를 드리려 합니다. 이번 기회에 해오름 님이 백인대장과 니루를 이끌고 가면서 몸소 훈련시키면 어떻겠습니까?"

"정말 잘되었군요. 저는 양 대모달과 하루 거리를 두고 뒤따르면서 강철같이 단련시키겠습니다."

출정식(出征式)은 병사뿐 아니라 개마국 주민에게도 흥겨운 축제였다. 사냥한 산짐승과 어부들이 잡아온 물고기로 식탁을 풍성하게 차렸고, 여기저기서 모아온 들쭉술, 돌배술, 머루주가 잔치를 흥겹게 했다.

출정식 다음 날부터 사람들의 눈길을 끌지 않기 위해 날마다 원정군 1개 단, 100명씩 장사꾼 차림으로 개마고원 특산물과 동해의 마른 해산물을 싣고 국내성으로 출발시켰다. 양만춘은 해오름과 함께 천제를 드리기 위해 백인대장과 니루들을 이끌고 백두산으로 향했다.

개마고원은 4월이 되어서야 서리가 그치고 봄이 온다. 겨우내 어디 숨어 있던 것일까. 봄의 전령 용가리가 불고 가자 어저께까지 하얀 눈밭이던 드넓은 개마고원 눈길 닿는 곳마다 봄바람 따라 산불 번져가듯 꽃이 피어났다. 봄이 짧은 고원지대에는 봄꽃과 여름꽃이 한꺼번에 피어나는데, 날씨 탓인지 개마고원 꽃들은 그 빛깔이 유난히 화려하고 향내가 짙다. 이때쯤 되면 거친 황무지가 온통 거대한 꽃밭을 이루고, 양지바른 산기슭에 진달래가 드넓은 고원을 불태우려는 듯 붉은 불꽃으로 휩싸인다. 덤불마다 분홍 꽃 잎으로 뒤덮이고 여기저기 이름 모를 꽃들이 다투어 피어 서로 아름다움을 자랑했다.

백두산 가는 길은 험한 산봉우리와 고갯길 어두운 골짜기를 지나는데, 넓은 고원은 원시림으로 덮여 눈 닿는 데까지 아득히 숲이 펼쳐졌다. 가도 가도 무인지경(無人之境). 숲의 정적을 깨뜨리는 건 급류 소리와 이따금 들려오는 짐승의 울부짖음뿐. 숲속에 간혹 햇살이 새어 들었지만 이끼가 깔린 땅은 축축했다.

열흘이 지나서 북동쪽에 높은 산줄기가 나타나자 길을 안내하던 늙은 말갈 부족장이 밝은 목소리로 외쳤다.

"저 산이 백두산에서 뻗어 내린 마천령 산줄기라오."

산의 경사면에 하늘로 곧게 치솟은 삼나무 숲이 우거지고, 햇살 드는 공터엔 금매화와 하늘매발톱꽃이 아름다움을 서로 다투는데, 뾰족한 모자를 쓴 사나이들이 늙은 삼나무 아래서 무엇인가 찾고 있었다. 그들은 도토리 물로 염색한 바지저고리에 새끼줄을 칭칭 감았고 어깨에 망태기를 멨다.

"산삼 캐는 심마니입니다. 산삼은 하늘과 땅의 정기(精氣)가 모인 만병통치 영약(靈藥)이지요. 산신령이 기르므로 꿈에 계시를 받아야 캘 수 있는 데, 그 사자(使者)인 범이 지킨 답니다."

"이런 위험한 곳에 무기도 없이 지팡이만 가지고 다니나요?"

"심마니들은 나쁜 짓을 한 자는 범에 찢겨 죽지만 깨끗한 사람은 해를 입지 않는다고 믿지요. 그래서 산삼 캐러 갈 때 떠나기 전날

밤 온몸을 깨끗이 씻고, 경건하게 기도합니다."

포태천(胞胎川) 개울을 따라 북으로 가니 베개봉이 보이고 비탈
길을 오르니 허항령. 여기서 동쪽으로 아득히 숲의 바다가 펼쳐졌
다. 숲의 바다를 벗어나자 푸른 숲을 병풍같이 두르고 흰 모래톱
이 펼쳐진 맑은 호수가 눈앞에 펼쳐졌다. 삼지연(三池淵) 호숫가
에 아가씨 속살같이 흰 자작나무들이 나란히 서서 우아한 모습을
자랑했다. 키가 훌쩍 큰 미인송(美人松)이 우거진 숲속에는 이끼
가 청록색 주단(綢緞)을 펼쳤는데, 군데군데 자그맣고 하얀 종 모
양의 은방울꽃이 향기로운 숨결을 내뿜었다.

구름과 안개가 걷히며 호수 너머 저 멀리 우뚝 솟은 산봉우리.
꿈에도 그리던 백두산이 장엄한 모습을 드러내고 있었다. •

삼지연에서 무두봉으로 가는 길에는 이깔나무, 가문비나무 같
은 바늘잎나무(침엽수)와 사시나무, 달피나무 같은 넓은잎나무(활
엽수)가 하늘을 찌를 듯 높이 솟았고, 그 밑에 들쭉나무, 월귤나무
같은 키 낮은 관목들이 무성하게 자랐다. 그러나 산을 오를수록
나무의 키가 작아지고 거센 바람 탓인지 줄기와 잎이 남동쪽으로
치우쳐 마치 바람에 날리는 깃발 모양으로 자라고 있었다.

무두봉에 올라서니 백두산 봉우리가 눈앞에 다가왔다. 남동으

• 백두산은 고구려 멸망 후 250년이 지난 10세기경(915~930년 사이) 대폭
발을 했으므로 지금과 고구려 때의 지형은 큰 차이가 있을 터이나, 당시의
모습을 알 길 없어 부득이 현재를 기준으로 풍경을 묘사했음.

로 천리천평(千里天坪) 끝없이 펼쳐진 숲 너머 우뚝 솟은 연지봉과 웅장한 남·북 포태산이 장관을 이루었다. 매 한 마리가 삼지연에서 날아와 머리 위를 한 바퀴 돌더니 백두산 암벽으로 날아갔다. 군데군데 쌓인 부석(浮石) 더미와 눈 쌓인 계곡을 20여 리 오르니 드디어 대연지봉(大臙脂峯).

다시 산등성이를 올라 백두봉 아래 계곡에 유르트를 쳤다. 눈과 얼음으로 뒤덮인 황량한 땅에도 바위구절초와 둥근바위솔 같은 고산식물이 드문드문 보이고 사람 키만 한 난쟁이 사스래나무가 자랐다. 생명이란 얼마나 강인한 것인가! 두터운 펠트를 이중으로 치고 바닥에 곰 털가죽을 깔아도 추위는 살을 에는 듯하고 바람은 유르트를 날릴 듯 거세게 불어왔다.

어둠과 함께 눈보라가 몰아쳤다. 이런 날씨라면 내일 해돋이를 보기는커녕 오르기나 할 수 있을지 걱정스러웠다. 한밤중이 지나자 거짓말처럼 눈보라가 그치고 바람이 잔잔해지며 손에 잡힐 듯 밤하늘 가득 별이 돋았다. 천변만화(千變萬化)하는 백두산 날씨. 다만 천지신명의 가호로 맑게 개기만 기도할 뿐.

새벽 여명 백두산 정상을 향해 출발했다. 가파른 산등성이와 깎아지른 벼랑 길. 우박 섞인 칼바람이 얼굴을 때리고 짙은 구름은 좀체 걷힐 기미가 없었다.

숨이 턱에 차서 백두봉(兵使峯)에 오르니 하늘의 조화로 구름이 성큼 열리면서 눈 아래 검푸른 천지(天池)가 보였다.

아직 어둠이 걷히지 않은 하늘에 천지를 병풍처럼 둘러싼 크고 작은 15개 봉우리가 구름옷을 입거나 맨 얼굴로 다가왔다. 숨 막히는 장엄한 광경. 바람이 새벽안개를 쓸어가면서 눈앞이 환히 열리자, 멀리 동쪽으로 아스라한 숲의 바다 위로 붉은 해가 머리를 내밀었다. 해님은 구름을 불태우고 그 눈부신 빛을 거침없이 온 누리에 뿌리면서 힘차게 솟아올랐다.

구름 덮인 백운봉이 장미꽃같이 피어나더니 연이어 차일봉, 청석봉 봉우리가 불타올랐다. 새벽안개 속에 잠긴 검푸른 천지 물도 아침노을에 물들기 시작했다. 모두 동쪽 하늘을 향해 엎드려 경배(敬拜) 했다.

늙은 말갈 부족장이 서둘러 제단을 쌓고 준비한 제물을 진열하자, 양만춘은 하늘과 산천에 술을 붓고 경건하게 절하면서 요서 원정군의 무운장구(武運長久)를 빌었다.

"하늘이시여, 당신의 아들들이 이제 백만 적군 속으로 들어가나이다. 어여삐 여기시어 잘 이끌어 주시고 나라와 겨레를 지키는 방패가 되게 하소서!"

해오름과 함께 열두 백인대장과 니루들이 한목소리로 외쳤다.

"하늘이시여, 저희를 이끄소서!"

해님이 하늘 높이 떠오르니 백두봉을 비롯하여 크고 작은 봉우리 모습이 맑은 천지 물속에 어리고, 어둠이 걷힌 산봉우리들이 새로운 생명을 얻어 꿈틀거리는 듯했다.

국내성 國內城

국내성은 4백 년간 고구려 서울이었던 고도(古都)이다. 용산(龍山), 우산(禹山), 칠성산(七星山)을 병풍같이 뒤에 두르고 앞으로 마자수(압록강)를 내려다보는 고구려에서 둘째로 큰 성읍이었다.

고정의는 옛 배움터였던 용산의 이불란사(伊弗蘭寺)로 향했다. 용산은 국내성 동쪽에 솟은 산으로 산 위에 올라서면 남으로 푸른 강물이 유유히 흐르고 남서쪽 번화한 시가지가 한눈에 들어와 주위 풍경도 아름답지만, 산기슭에 자리 잡은 광개토태왕릉과 아도화상(阿道和尙)이 우리 땅에 처음 세웠던 이불란사가 있어 그 이름이 드높았다. 그는 이곳에 올 때마다 위대한 조상 광개토태왕릉을 먼저 찾아뵈었다.

마자수 강가 벌판에 우뚝 선 웅장하고 거대한 비석[國岡上 廣開土境 平安好太王碑]에는 손바닥만큼 큼직한 굳세고 소박[古拙]한 예서(隸書)가 태왕의 위대한 정복과 업적을 노래하고 있었다. 그는 이 비석을 볼 때마다 왜 그때 고구려가 삼국통일을 이루지 못했는지 못내 아쉬웠다.

태왕릉을 지키는 사람이 모여 사는 절 아랫마을을 지나 아름드리 소나무 숲에 들어섰다. 이불란사로 가는 산길은 세월이 멈춘 듯 예와 다름없었다. 개울을 가로지르는 돌다리 앞에서 말을 내려 계단을 오르자 거대한 돌기둥이 나란히 마주 서 이곳이 성스러운 땅임을 알려 주었다. 미인송(美人松) 나뭇가지가 드리운 붉은 일주문(一柱門)을 지나니 푸른 솔 울창한 숲 앞에 고풍스러운 대웅전이 고정의를 반겨주었다. 스님의 독경(讀經) 소리는 예와 같이 들려오고, 9층 탑 옆 늙은 매화나무 꽃향기는 맑고 그윽했다. 대웅전 부처 앞에 향을 피우고 눈을 감았다. 속세를 떠나온 듯 향 내음은 아늑하고 풍경소리는 번뇌를 씻어 주어 마음이 편안해졌다.

마당을 쓸고 있는 사미(沙彌, 어린 중)에게 무명 선사(無明禪師) 계신 곳을 물으니 언제 돌아올지 모른다며 고개를 젓기에 오랜만에 월명암에 가 보려 산길을 올랐다. 암자 마루에 놓여 있는 거칠게 다듬었지만 살아 숨 쉬는 듯한 부처 모습을 보자 문득 담징의 얼굴이 떠올랐다.

어머니가 돌아가시자 소년 고정의는 세상만사가 귀찮아 태학(太學)을 그만두고 수련하던 검(劍)도 팽개쳤다. 아버지는 머리를 깎고 출가(出家)하겠다는 아들의 고집을 꺾지 못해 평소 존경하던 이불란사의 무명 선사에게 맡겼다.

고구려 불교는 왕이 바로 부처〔王卽佛〕라는 사상을 바탕으로 삼은 호국불교(護國佛敎)로, 나라를 다스리는 정신적 기둥이었기에 왕실과 귀족의 두터운 보호를 받았다.

고정의는 왕족이라 대접받는 데 익숙해서, 무명 선사가 곁에 두고 불경의 심오한 진리를 가르쳐 주며 번뇌를 벗어날 오묘한 법을 깨우쳐 주리라 기대했으나, 선사는 꾸짖듯 말했다.

"번뇌에 빠졌다고 해서 출가하는 것도 옳지 않거니와 머리를 깎는다고 사문(沙門, 스님)이 되는 것은 아니다. 인연이 있어 깨달음을 얻고서야 비로소 부처의 제자가 되는 것. 자기를 버리지 못하고 깨우침도 없이 머리를 깎아 봐야 세상 온갖 더러운 때가 더덕더덕 묻은 돌중이 될 뿐이다. 어찌 부처님 이름을 팔아 백성의 먹을거리나 축내는 도적이 되려는가. 사문이란 중생(衆生)을 돕는 자이지 폐를 끼치는 버러지가 아니다."

한식경이 지난 후에야 무명 선사는 목소리를 부드럽게 했다.

"마음이 움직이면 만상(萬象)이 일어나고, 마음이 멸(滅)하면 모든 상이 사라지나니, 먼저 너의 마음을 찾아보아라. 그 속에 부처가 있으리니!"

그러더니 산꼭대기 외딴 암자 월명암에 보냈다. 그곳엔 고정의보다 서너 살 아래인 순조가 있었다. 그는 영명사에서 온 몸집이 작고 수줍은 소년이었다. 이 사미에게 숨 쉬는 법을 배우고, 그것도 모자라 일하기 싫거든 먹지도 말라며 매일 땔감을 한 짐 해오고 채마밭을 가꾸라 하다니.

소년이 가르쳐주는 가부좌(跏趺坐) 하고 숨 고르는 법이래야 그가 검도를 배우면서 평상심을 닦는 수련을 통해 이미 터득한 것과 별로 다르지 않았다. 순조는 고정의가 궁금해서 묻는 말에는 빙그레 웃거나 모른다는 대답이 고작이고, 틈만 나면 땅바닥이나 송판(松板)에 숯으로 무엇인가 그리다가 다가가면 황급히 지우기 일쑤였다.

한 달 후 무명 선사가 두 사람이 얼마나 마음공부를 했나 보려고 월명암에 올라왔다. 순조가 가부좌를 하고 숨을 고르며 좌선에 들어가자 선사는 흡족한 표정으로 고개를 끄떡였다.

"옳거니. 눈을 감고 앉아 있다고 좌선하는 게 아니라 무심(無心)의 경지로 들어가야 좌선이라 할 만하지."

고정의 차례가 되자 불호령이 떨어졌다.

"어두운 마음은 닦지 않고 '나'만 살아있구나! 나를 죽여야 어리석음에서 돌이켜 반야(般若, 지혜)를 얻고, 마음을 거울같이 닦아야 선정(禪定)에 이를 것이니라. 먼저 마음을 다스려라. 마음에 물결이 일고 사라지는 걸 부질없이 쫓아봐야 허공에 울리는 메아리뿐이니 깨달음을 얻어 어리석음의 뿌리를 잘라내어라."

고정의는 부끄러움을 무릅쓰고 용기를 내어 물었다.

"어찌해야 마음을 다스리고 깨달음을 얻을 수 있겠습니까?"

의외로 선사는 부드러운 표정으로 그의 눈을 들여다보았다.

"그것은 가르칠 수 없는 것. 스스로 네 속에서 끄집어내야지."

곁에서 그 말을 들은 순조가 밝은 얼굴을 지었다.

다음 날 아침 순조가 수줍은 얼굴로 머뭇거리다 고정의에게 간곡히 부탁했다. 시냇가 수백 년 된 붉은 소나무를 베는 게 쉬운 일은 아니었으나 모처럼 부탁이어서 도와주었다. 그날부터 순조는 시냇물에 몸을 깨끗이 씻은 후 소맷자락을 걷어붙이고 부처를 조각하는 데 여념이 없었다. 늙은 소나무 안에 잠들어 있는 부처를 깨워 일으키려는 듯 끌과 망치로 거침없이 나무를 깎았다.

혼자 남은 고정의는 좌선하다가 심심해서 목검(木劍)을 들고 나가 검을 휘둘렀다.

어느 날 삼매경(三昧境)에 빠져 검을 휘두르는 고정의와 순조가 새긴 불상을 보더니 무명 선사가 두 사람을 불렀다.

"만법귀일(萬法歸一, 깨달음을 얻는 길은 하나가 아니라 수없이 많다)
하니 익숙한 데서 도를 찾는 것도 좋겠지. 너희가 잘 아는 길에서
잃어버린 마음을 찾고 깨달음을 얻으라. 본래 지녔던 순수한 마음
을 지키는 게 으뜸가는 정진이니라〔守本眞心 第一精進〕.

도(道)란 멀리 있지 않고 깨달음을 얻으면 바로 부처라 했다. 순
조는 마음속에 살아 있는 부처를 찾은 듯하구나. 네 검도 집착에
서 벗어나 무심의 경지에서 그리 멀지 않은 것 같다. 《유마경》(維
摩經)에 계율(戒律)의 노예가 되지 말고 도에서 비도(非道)의 세계
로 나아가 머물 줄 알아야 한다지 않더냐. 깨끗함을 찾는 것만 불
법을 닦는 게 아니다. 더러운 진흙탕 속에서 연꽃을 피우듯, 지옥
에 들어가서도 죄에 물들지 않고 마귀와 어울려도 도를 따를 수 있
을 때 참된 깨달음을 얻는 것이니라. 네가 머물 곳은 사바(娑婆) 세
계. 때가 되면 산을 내려가거라."

고정의는 꽁꽁 얼어붙었던 마음이 풀리는 걸 느꼈다.

3년이 지나 순조는 '담징'이란 법명(法名)을 받고 그림공부를 계
속하려 구자국(쿠차)으로 떠났다. 고정의도 수나라와 전쟁이 일어
나 산을 내려갔다.

두 사람이 헤어진 지 10여 년이 지나 작년 설날 담징이 불쑥 찾
아왔다. 수줍고 삐쩍 말랐던 사미가 아니라 바다같이 깊은 눈을
가진 스님이 되어 있었다.

"무명 선사께서 큰 법기(法器)가 될 그릇이라 하시더니 스님께

서 이제 도를 깨우치신 것 같군요."

"과분하신 말씀. 이제 나라님(영양태왕) 명을 받고, 불법의 빛을 밝히기 위해 왜국으로 떠나게 되었습니다. 선사님께서 애착(愛着)이란 한갓 업(業)에 불과하다고 하셨지만, 어리석은 중은 다시 돌아오기 어려운 먼 나라로 떠나려니 시주님 얼굴을 한 번 보고 가지 않을 수 없구려. 게다가 지키지 못한 약속도 있으니까요."

담징은 품속에서 한 축의 두루마리를 꺼냈다.

"선사께서 고 시주께 《유마경》을 주셨던 생각이 나서 마음에 떠오르는 유마거사(維摩居士) 모습을 그렸지요. 평상심을 지니시는 데 작은 보탬이 되었으면 합니다."

족자 속의 유마거사는 자애로운 얼굴에 넉넉한 미소를 띠고 있었다.

"감사하오. 옛 약속을 잊지 않고 이런 귀한 선물을 주시니. 스님께서 가시는 곳에 부처의 나라가 이루어지고 서시는 곳마다 미륵의 땅이 되소서."

국내성 남문 밖 초문사(肖門寺)는 이불란사와 함께 소수림태왕 4년(374년)에 창건된 우리나라 최초의 절이다. 이불란사는 국내성에서 떨어져 있어 스님이 수도하는 도장이고 광개토태왕릉을 지키는 왕실 원찰(願刹)로 잡인 출입을 금해 한적한 절이 되었지만, 남문시장 거리의 초문사는 백성이 드나드는 번화한 절이었다.

양만춘이 국내성 큰 상인 대씨(大氏) 노인을 만나러 초문사 앞을 지나려니 절에서 나오던 가마 휘장이 열리며 화려한 옷차림의 여인이 내렸다. 원수는 외나무다리에서 만난다더니 뜻밖에 서하였다.

"반가워요. 도련님을 이곳에서 만나 뵙다니!"

"아가씨께서 여긴 웬일이시오?"

서하는 원망스럽다는 듯 눈을 곱게 흘기면서 애교가 뚝뚝 흐르는 몸짓으로 투정을 부렸다.

"저는 국내성에 못 올 사람인가요? 제가 그리도 싫던가요? 작별 인사도 없이 매정하게 떠나버리시다니. 우리 극단은 며칠 후 요동 성에 가요. 무정한 도련님, 길에서 이럴 게 아니라 어디 호젓한 곳에 가서 회포나 풀어요."

그녀는 눈웃음치며 매달렸다. 양만춘은 대씨 노인과 약속도 약속이지만 오래 이야기하다가 무슨 망신을 당할지 몰라 못 지킬 약속임을 뻔히 알면서도 여인이 머물고 있는 다루(茶樓)에 꼭 찾아가겠다고 다짐하고서야 풀려났다. 초문사 옆 골목에서 메기수염 사내가 이들의 실랑이를 험상궂은 눈초리로 노려보았다.

대씨 노인은 홍안백발로 마음씨 좋게 생겼는데, 그 옆에 어린애같이 밝게 웃는 자그만 늙은 여인이 앉아 있었다. 국내성에서 가장 부유한 상인의 부인인데, 길거리 어디서나 흔히 볼 수 있는 시골 아낙네처럼 베옷을 입었고, 미소 짓는 얼굴도 사람을 편하게 했다. 잠자코 술시중을 들던 노부인이 미소를 띠며 물었다.

"장군님은 대상을 따라 서역에 다녀오셨다고 들었습니다. 그곳 상인과 친분이 있나요?"

"네, 소그드 상인과 인연이 조금 있었지요."

무심코 대답하다가 깜짝 놀라 노부인을 다시 한 번 쳐다보았다. 평범하게 생긴 얼굴에 수수한 옷차림이었지만 사람 마음을 끄는 힘을 느꼈다. 총명하게 생긴 눈이 별처럼 빛을 뿜었다.

'내가 서역에 갔던 걸 아는 사람은 몇 사람 되지 않을 텐데!'

"장군님, 원정 가는 곳이 거란 땅이라면 돌궐에 가깝지 않습니까? 돌궐에서는 소그드 상인이 큰 힘을 가졌다던데요."

"그렇습니다."

"지난 몇 년간 수나라 사람은 우리 상품을 구경도 못 했으니 무척 많이 올랐을 테고, 여기는 팔 길이 막혀 값이 바닥이니 장사하기에 이보다 좋은 때가 어디 있겠어요? 장군님 군자금(軍資金)에 보탬이 되고 백성의 삶에도 숨통이 트이겠지요."

양만춘은 자기도 모르게 고개를 끄덕였다.

"좋습니다. 언제까지 준비가 되겠습니까?"

"닷새면 어떨까요? 우리 물건만이면 내일이라도 준비하겠지만, 이번 원정길에 국내성에 쌓여 있는 상품을 모두 싣고 가시지요."

그러더니 한참이나 머뭇거리다 조심스레 입을 떼었다.

"장군님, 부탁이 있습니다. 저희 아들이 셋이온데 막내 대아찬은 장사도 밝지만 좀 엉뚱한 데가 있습니다. 거두어 주시면 아들도 길이 열리고, 장군님께 도움이 되리라 생각됩니다."

양만춘은 저렇게 슬기로운 부인의 자식이라면 틀림없으리라 싶어 선선히 승낙하고 노부인의 의견을 물었다.

"전쟁에 도움이 될 만한 좋은 생각이 있으면 말씀해 주십시오.

깊이 새기겠습니다."

"그렇다면 아녀자의 얕은 생각이지만 말씀 드리지요. 전쟁이 일어나면 가장 모자라는 게 곡식입니다. 많은 젊은이가 전쟁터에 나가 농사짓기 어려우니 아무리 쌓아 놓아도 기근을 피할 수 없지요. 원정군이 싸우는 곳에서 먹을 양식을 자급자족하여 백성을 괴롭히지 않을 수 있다면 그보다 더 큰 공덕이 없을 겁니다. 오늘 제가 너무 많은 말씀을 드렸군요."

부인이 자리에서 일어났으나 그는 골똘하게 생각에 잠겼다.

'싸움터에서 군량을 마련하려면 어떤 방법이 있을까?'

늙은 상인이 어린애같이 밝게 웃었다.

"우리 집 주인은 제 아내라는 뜻을 이제 알겠지요?"

"네, 참으로 현명하고 생각이 깊은 분이군요."

상인은 자랑스럽게 아내를 얻은 이야기를 했다.

상인의 아버지는 자수성가로 큰 재산을 모았는데, 외아들을 보니 세상물정 모르는 철부지여서 걱정이 많았다. 아들을 장가보낼 때가 되자 '쌀 한 말 가지고 남자 종과 여자 종을 거느리고 석 달을 버티는 아가씨를 며느리로 삼겠다'고 공표했다.

"여러 명 아가씨가 왔지만 석 달은커녕 한 달도 못 버티고 굶주림에 못 이겨 물러갔지요. 아무리 죽을 끓여 먹는다 해도 어른 세 사람이 쌀 한 말 가지고 어떻게 석 달을 버틸 수 있겠어요?"

소문이 퍼지자 이제는 찾아오는 아가씨도 없었다. 아내는 가난한 어부의 딸이었는데, 첫날부터 쌀 한 되를 퍼내 밥을 푸짐하게 지어놓고 먹으라 하니, 이러다간 며칠 만에 쌀이 떨어지겠다고 종들이 걱정했으나 빙그레 웃기만 했다. 사흘이 지나자 "든든히 먹었으니 이제 일하러 갑시다. 저희는 나물을 캘 터이니 아저씨는 나무를 해다 팔아 양식을 사 먹읍시다"라고 했다.

석 달 후 와서 보니 세 사람이 모두 보름달같이 훤한 얼굴이었고 오히려 쌀 한 가마니가 남아 있었다. 아버지는 크게 기뻐하며 "너야말로 내 며느리구나" 하고는 바로 혼인시켰다.

"네 집사람은 소서노(召西奴, 고구려 동명왕의 부인이고 백제 온조왕의 어머니) 같은 여걸이고 지혜로운 여인이다. 살아가면서 어려운 일이 닥치면 반드시 집사람 의견을 듣고 결정하여라."

아버지가 돌아가실 때 말씀하신 그 유언을 지금까지 지키고 있다면서 상인은 사람 좋은 얼굴로 껄껄 웃었다.

대아찬은 스물도 안 된 젊은이였지만 어려서부터 장사꾼으로 잔뼈가 굵은 탓인지 성품이 침착하고, 부잣집 도련님답지 않게 햇빛에 얼굴이 검게 그을었고 힘깨나 쓸 듯 체격이 듬직했다. 그리고 상품을 포장하고 정리하는 것부터 병사들을 장사꾼으로 위장시키는 일까지 원정준비를 빈틈없이 처리하는 솜씨가 믿음직스러웠다.

양만춘은 대아찬에게 원정하는 데 부족한 점이 없는지 물었다.

"의원이 필요합니다. 제가 작년에 먼 곳으로 장사하러 갔다가 일꾼들이 배앓이와 설사로 고생하는 걸 보았습니다."

대아찬은 젊은이답게 시원시원하게 대답했다.

"마땅한 의원을 구할 수 있을까?"

"성 밖 주통촌에 사는 젊은 의원이 의술에 뛰어납니다. 원정군의 수가 많으니 충분한 약재를 모으려면 며칠 걸릴 겁니다."

양만춘도 오랫동안 원정하게 되면 칼과 화살보다 병들어 죽는 병사가 더 많다는 말을 들은 적이 있었다. 대아찬같이 생각이 깊은 인재를 곁에 두게 되어 흐뭇했다.

고정의는 지난 3월 연태조가 물러나고 남수북진파(南守北進派) 우두머리 을지문덕이 대대로가 되었다는 소식을 들었다. 공교롭게도 양만춘이 평양성에 나타난 지 불과 2개월. 이 정체를 알 수 없는 젊은이는 폭풍을 몰고 다니지 않는가. 그대로 두고 볼 수 없다고 마음을 굳혔다.

'이자야말로 남수북진파의 앞잡이로 수나라를 도발시켜 전쟁을 일으키려 하는 평화의 적이다!'

한 번 의심의 눈으로 보니 모든 행동이 수상했다.

개마국에서 몰래 훈련시킨 군사를 은밀하게 동원해 출병(出兵)을 서두르는 게 결정적 증거였다. 그뿐 아니라 평양성에서 만났고 여기 초문사 앞에서 다시 연락을 취한 서하란 계집과 유랑극단은 수나라 세작(간첩)일지도 모른다는 의심이 들었다.

'그렇다면 이놈을 사로잡아 무서운 음모를 파헤치고 가담한 자를 모두 뿌리 뽑아야 한다. 그런데 지금 머리에 떠오르는 이 찜찜한 기분은 도대체 무엇 때문일까?'

무명 선사께서 돌아오시어 이불란사로 달려가서 엎드려 절하자 선사께서 한참 동안 고정의를 물끄러미 쳐다보았다.

"아직 마음을 다스리지 못했군. 얼굴에 살기가 가득한 걸 보니."

"전쟁을 일으켜 만백성을 도탄에 빠뜨리려는 놈 때문입니다."

고정의는 이제까지 일어났던 모든 일을 무명 선사께 자세히 이야기하자 묵묵히 듣고 있던 선사가 무겁게 입을 열었다.

"그렇다면 왜 그 젊은이를 베지 않았더냐?"

"없앨 기회가 있었습니다만, 그때 본 그 사나이 눈은 결코 악인의 눈이 아니었습니다."

오랫동안 명상에 잠겼던 무명 선사가 입을 열었다.

"방아불락(放我不落)이란 말을 아직도 기억하느냐?"

"네, 절벽 끝 나뭇가지에 매달려 발버둥 쳤던 나무꾼 이야기지요. 손을 놓으면 천길 벼랑 아래 떨어져 죽을 것 같고, 계속 붙들고 있자니 힘이 점점 빠졌다던 … ."

"그 나무꾼은 어찌 되었더냐?"

"나무꾼이 나뭇가지를 놓았더니 바로 발밑이 땅이어서 아무 일도 일어나지 않았다면서, 헛된 집착을 버리라고 하셨습니다."

무명 선사는 엄숙한 얼굴로 고개를 끄덕였다.

"옛말에 사귀는 사람을 보면 그 인간의 성품을 짐작할 수 있다고 했다. 그 젊은이는 모르지만 대씨 늙은 부인은 잘 알고 있다. 여자 유마거사라 해도 부족함이 없는 훌륭한 보살이지. 나무꾼처럼 네가 알고 있는 게 옳다는 집착에서 벗어나 먼저 그 젊은이를 찾아가 직접 살펴보고 판단해라. 그러고 나서도 베어야겠다면 베거라!"

채석장에서

원정을 떠나려니 가장 골칫거리가 군량(軍糧). 길도 없는 먼 요서 땅까지 천 명 군사의 먹을거리를 운반하는 게 쉽지 않았다. 양만춘은 대씨 부인의 충고에 따라 유목민에게 꼭 필요한 물품을 싣고 가 이를 팔아 현지에서 식량을 조달하기로 했다. 마차 한 대 소금은 그 서른 배, 좋은 쇠붙이로 만든 칼은 그 무게의 수백 배 식량과 바꿀 수 있었다. 요서 원정군은 매일 2개 단(團)씩 장사꾼으로 꾸며, 이런 상품을 마차에 싣고 부여성을 향해 출발했다.

마지막 날은 대씨 노인이 국내성에서 수집한 값비싼 특산물(特産物)을 운반하는 날이었다. 아침 일찍 양만춘은 해오름이 이끄는 다섯 명 조의선인과 더불어 동강마을로 향했다. 마을에는 개마국에서 모아온 담비털가죽과 귀한 물건을 실은 두 대의 마차가 기다리고 있었다.

뜻밖에 마차 바퀴축이 부러져 수리하느라 시간이 많이 걸렸다. 본대(本隊)와 만나기로 약속한 시간이 훌쩍 지났기에 용산과 우산 사이 토구령을 넘어 장백산맥에서 갈라져 나온 노령산맥(老嶺山脈) 산골짜기 지름길로 들어섰다. 고갯마루에 닿았을 즈음, 선두에서 달리던 조의선인이 산기슭에서 거울로 햇빛을 되쏘아 신호를 보내는 걸 보고 멈추었다. 뒤이어 석문구(石門溝) 채석장터에도 거울신호가 세 번 번쩍거렸다.

"산적들일까?"

"국내성에서 불과 50리도 떨어지지 않은 곳에 산적들이 있을 리 없습니다. 심상찮은 일이니 사태를 좀더 파악하고 행동을 취하는 게 좋을 듯합니다."

대아찬의 말을 듣고 해오름도 오래지 않아 해가 기울 테니 국내성으로 되돌아가자고 했다. 양만춘은 평양성에서 자객의 습격을 받았던 일이 떠올랐으나, 적이 이미 함정을 팠다면 물러나기보다 나아가는 편이 오히려 나으리라고 여겼다.

"우리 땅에서 무엇이 두려워 머뭇거리겠소. 석문구를 지나 20리만 가면 우리 본대가 머물고 있을 테니, 적의 습격에 대비하면서 그대로 뚫고 나갑시다."

"양 대모달님은 원정군 총사령관입니다. 호위를 맡은 저로서는 사령관을 위험에 빠지게 할 수 없소. 먼저 옷을 벗어 저에게 주시고 반 시각 휴식을 취하면서 싸울 태세를 갖추고 출발합시다."

해오름이 신중하게 말했다.

"반 시각 쉬는 것은 좋으나 선배님께 위험을 떠넘길 수 없소."

두 사람이 옥신각신하자 짐꾼 두목이 말했다.

"소인이 마차를 제대로 챙기지 못해 생긴 일입니다. 다행히 제가 장군님 체격과 비슷하니 옷을 바꾸어 입고 앞장서겠습니다."

메기수염은 동이 트자 성문을 나서는 양만춘 일행을 노려보면서 이를 갈았다. 그의 얼굴은 질투심으로 일그러졌다.

'고구려를 떠나기 전, 저 빤지르르한 상판대기 장사꾼 목을 반드시 베리라. 내가 사내구실을 못 하고부터 서하가 바람피우는 건 어쩔 수 없지만 넋까지 몽땅 빼앗기는 것만은 도저히 참을 수 없다.'

원한에 찬 눈에서 시퍼런 불이 쏟아졌다. 그 눈빛은 맹수라도 꼬리를 말고 슬슬 피하리만큼 험상궂었다.

"어젯밤 마차 바퀴를 부숴 놓았으니 그놈 출발이 늦어지겠지. 단장, 당신은 여인과 짐을 실은 마차를 이끌고 먼저 요동성으로 떠나시오. 나머지 단원들은 즉시 노령고개로 출발하자."

그는 채석장터에 대기한 국내성 불량배에게 거울신호를 보냈다. 양만춘 일행이 노령고개를 넘자, 길가 숲속에 숨었던 10여 명 단원은 제각기 자기 말에 안장을 얹고 그 뒤를 밟았다.

고정의는 양만춘의 정체를 밝혀내고, 필요하면 목숨을 빼앗아서라도 음모를 막겠다고 결심했다. 그러나 국내성 성주가 성안에서 낯선 움직임이 있어도 눈감아 달라는 을지문덕의 부탁이 있었다고 고정의에게 경고했기에 성내에서 손을 쓸 수가 없었다. 그렇다고 무명 선사의 말씀처럼 직접 만나 시비를 가리는 것도 곤란했다. 검객이란 목숨을 걸고 대결했던 적수(敵手)의 눈을 결코 잊지 않으니, 양만춘이 영명사 앞길에서 습격했던 자객임을 당장 알아챌 테니까. 그런데 그가 몇 명의 흑의대원과 함께 이곳을 떠나려 한다는 연락을 받았다.

고정의는 양만춘을 사로잡으려 즉시 제자를 소집했다. 국내성 고검문(高劍門) 규모는 평양성 도장 못지않게 컸다. 국내성 수문장(守門將) 이리매가 급히 말을 달려와 고정의에게 깍듯이 스승에 대한 예의를 갖추더니, 성주가 고검문 제자의 움직임을 알고 무척 걱정한다고 전했다. 고정의가 성안에서는 어떤 행동도 않겠다고 안심시키자 이리매가 임무를 마치고 돌아가려다가 살그머니 다가와 비밀정보를 알려 주었다.

"스승님, 오늘 들어온 끔찍한 소식입니다. 지난 2월 수나라 황제가 전쟁을 선포하는 조서(詔書)를 내렸다고 합니다."

고정의는 깜짝 놀라 정신이 번쩍 들었다.

'뭣이라. 양제가 선전포고를 했다고! 그렇다면 이야기가 달라진다. 저 젊은이 행동은 불장난이 아니라 침략군의 기선을 제압하는 바람직한 작전이다. 하지만 양제가 고구려 원정을 명령했다는 정보를 이제 막 들었거늘, 어떻게 오래전부터 알고 있었단 말인가?'

유랑극단에 숨어들어 갔던 비룡이 단장의 짐 속에 있던 고구려 성들의 지도와 방어시설을 기록한 문서를 가져왔다. 유랑극단은 짐작한 대로 수나라 세작(간첩)이 틀림없었다.

고정의는 극단과 이들이 요동성에서 만날 다른 세작까지 모조리 체포하라는 편지를 요동성 성주에게 보내고, 노령고개에서 기다리던 제자들을 해산시키려는데, 고검문 검도(劍道) 사범이 헐레벌떡 뛰어들어 왔다.

"스승님, 늦게 와서 죄송합니다. 그런데 오는 도중에 들으니 국내성 왈패두목 털보가 모든 부하를 소집했다는군요."

고정의는 왠지 심상찮은 사태가 벌어질 것 같은 꺼림칙한 느낌이 들어 칼을 들고 일어났다.

석문구로 가는 길은 소청구하(小淸溝河)를 따라간다. 계곡 동쪽에 노령산맥 험준한 산이 솟았고, 강을 내려가면 강줄기가 서쪽으로 꺾이는 곳에 녹수교란 다리가 있는데, 산비탈을 따라 채석장

터가 길게 뻗었고 그 아래로 강과 나란히 길이 나 있었다.

양만춘은 적이 매복했다면 채석장일 것이고 그곳에서 싸움이 벌어지리라고 판단했다. 조의선인 세 사람에게 산줄기를 타고 채석장 뒤로 돌아가 적의 뒤통수를 치게 하고, 그 틈을 타서 나머지 사람은 마차를 방패삼아 위험지역을 돌파하기로 했다.

녹수교에 다다랐을 때 뜻밖에 완전무장한 10여 명 말 탄 사내가 쏜살같이 뒤쫓아 왔다. 좁은 계곡에서 싸우기보다 도망치는 게 나을 듯싶어 마차의 속도를 높이라고 외쳤다.

녹수교를 지나 서쪽으로 달리자 채석장 앞 길가의 집채만큼 큰 바위 뒤에서 화살이 날아와 맨 앞에서 말을 달리던 짐꾼 두목의 가슴에 꽂혔다. 그것을 신호로 수십 개 화살이 마차를 향해 쏟아지더니, 털북숭이 괴한이 나무 뒤에서 튀어나와 짐꾼 두목의 목을 베려고 칼을 빼어 들었다.

양만춘이 마부석에 앉았다가 즉시 활을 들어 털북숭이를 쏘자 바위그늘에 숨었던 검은 복면(覆面) 괴한 수십 명이 일제히 칼을 뽑아 들고 함성을 지르며 뛰어내려 왔다. 앞장서서 달려오던 괴한이 그의 화살을 맞고 쓰러져 공격이 주춤한 틈을 타서 마차를 방패삼아 앞으로 달려갔으나, 이미 앞길은 목책으로 가로막혔고 뒤에는 기마병이 따라붙었다.

덫에 걸려들었다. 앞으로 나아가려니 목책으로 막혔고 산기슭엔 복면괴한들, 뒤에는 완전무장한 기마병 십여 명.

채석장 뒤쪽에서 적을 공격하러 떠난 조의선인은 아직 보이지 않았고, 길 아래는 낭떠러지여서 탈출이 어려웠다. 마차에 실은 짐을 빼앗으려고 괴한들이 불화살로 공격하지 않는 건 그나마 다행이었다. 양만춘은 눈을 부릅뜨고 사방을 둘러보았다. 기마병 선두에 달려오는 자는 메기수염을 기른 서하의 마차몰이꾼이었다. 언제나 싱글벙글 웃고 약간 모자란 듯한 사내였는데 오늘은 성난 맹수같이 칼을 휘두르며 돌진해 왔다. 재빠르게 힘껏 활을 당겼으나, 메기수염은 무예에 능숙한지 얼굴을 숙여 가볍게 화살을 피하면서 눈앞으로 다가왔다.

노령고개 위 숲속에 숨어 있던 고정의와 그 제자들은 양만춘이 탄 마차와 짐꾼 다섯 명이 고갯마루로 다가오는 것을 내려다보았다. 그 뒤 멀찍이 말장수가 십여 필 말을 끌고 따라왔다.

그런데 고갯길 아래서 마차가 나타나더니 그 속에서 완전무장한 사내들이 내려와 말장수가 끌고 가던 말에 마구를 채우는 걸 보고, 고정의는 양만춘을 노리는 게 자기만이 아님을 깨달았다.

"저놈들이 수상하다. 뒤쫓아라!"

고갯마루엔 어느 틈에 통행을 가로막는 표지판이 세워졌고 그 옆에 군복을 입은 세 사내가 길을 막았는데, 군관 복장의 사나이는 유랑극단에서 왕자 호동을 연기하던 배우였다.

'요동성으로 출발했던 유랑극단 단원들이 여긴 웬일일까?'

고정의는 말을 달려가며 칼등으로 그들을 쳐서 쓰러뜨렸다.

"이놈들을 묶어라. 그리고 계속 추격하자."

양만춘 일행을 공격하던 10여 명 기마병들은 뒤에서 쫓아오는 고정의의 맹렬한 기세에 넋을 잃었다. 이제 상황이 바뀌어 기마병들이 좁은 길 앞뒤에서 포위당한 꼴이 되었다.

기마병 몇이 고정의 칼에 목숨을 잃자 나머지 무리는 말에서 뛰어내려 허둥지둥 절벽 아래 개울로 달아났으나, 메기수염은 어떤 일이 있어도 양만춘을 죽이려 결심했는지 결사적으로 덤벼들었다. 메기수염이 내리친 칼을 피하고 반격하자 그는 재빨리 칼을 휘둘러 막았다. 이때 양만춘을 호위하던 해오름이 한 걸음 앞으로 나서며 메기수염 오른팔을 베자 비로소 무릎을 꿇었다.

"네놈은 서하의 말몰이꾼 아닌가? 왜 우리를 습격했느냐?"

"장사꾼 치고 몸가짐에 빈틈이 없어 이상하게 여겼더니 역시 무사였구나. 너를 죽이지 못한 것이 원통할 뿐."

메기수염은 재빨리 품속에서 단도를 꺼내어 자기 목을 찔렀다. 채석장 뒷산에 조의선인 셋이 나타나고 기마 무리가 무너지자, 마차를 습격해 짐을 빼앗으려던 국내성 불량배들은 겁을 집어먹고 항복하거나 흩어져 도망쳐서 싸움은 싱겁게 끝났다.

어둠이 깔리기 시작하는데 채석장 뒷산 봉우리에서 불꽃이 치솟았다.

"일당 중 쥐새끼 한 마리가 살아남아 짝패에게 도망치라는 신호를 보내는군. 비룡, 남은 자를 추적해 모조리 잡아라."

양만춘이 고정의에게 달려가 목숨을 구해준 은혜를 감사하려다가 그의 얼굴을 보고 깜짝 놀랐다.

"앗, 그대는⋯."

눈, 그 눈을 어찌 잊을 수 있으랴! 영명사 앞길에서 검은 복면을 쓰고 습격했던 자객이 틀림없었다.

"나를 알아보는구려."

"그날 은인께서 검에 사정(私情)을 두신 점 깊이 감사드립니다."

"이미 지난 일. 나는 고정의라네."

"네에? 고구려 제일검 고정의 장군이란 말씀이십니까?"

"고구려 제일검이란 가당치 않지만 고검문 도장 주인이고, 요하에서 수문제 군사와 맞서 싸웠던 건 사실일세."

유랑극단의 남은 자를 뒤쫓는 제자들을 바라보던 고정의가 고개를 돌렸다.

"한 가지 궁금한 게 있네. 젊은이는 수나라가 우리나라를 침공할 것을 어떻게 미리 알았는가?"

"4년 전 을지 대인을 따라 돌궐에 갔다가 수양제를 직접 보았고, 작년 가을 양제가 시빌 카간에게 고구려를 침공하려 하니 돌궐 기병대를 보내달라고 요청해서 알게 되었습니다."

고정의는 자기도 모르게 신음소리가 나왔다.

'이 젊은이가 누구이기에 그렇게 중대한 국제관계 비밀을 속속들이 안단 말인가? 나는 겨우 오늘에야 안 사실을…….'

그제야 을지 대장군을 만나고 왕궁에 들어간 일이나 개마국에서 비밀리에 병력을 동원했던 게 이해가 되고, 연태조가 꼭 죽이라고 명령했던 사정을 납득할 수 있었다. 고정의는 한때 없애버리기로 결심했던 사나이를 새삼스럽게 다시 쳐다보았다. 깊은 바다처럼 착 가라앉은 눈은 평범한 싸울아비의 모습이 아니었다.

고정의는 문득 요하같이 유유히 흐르는 큰 강물의 흐름을 보았다. 사람이란 오래 사귄다고 반드시 서로를 잘 아는 것도 아니고, 한순간 만남으로도 마음이 통하고 뜻을 합칠 수 있다. 생각도 않았던 말이 불쑥 튀어나왔다.

"양 대모달, 자네 원정대에 종군(從軍) 할 수 없을까?"

"네에? 장군님께서 …. 그 말씀 거두어 주십시오. 감당할 수 없습니다."

"왕족이나 고구려 제일검으로 보지 말고 한 사람 싸울아비로 보아줄 수 없겠나? 전쟁이 터지면 어차피 어디선가 싸워야 할 텐데, 내가 보기엔 요서 원정군이 가장 외롭고 위험한 싸움을 할 것 같네. 나는 검객일세. 칼잡이가 강한 적과 겨루어 승부를 가리듯 한 사람 사나이로서 운명 앞에 당당히 맞서보고 싶다네!"

양만춘은 백만 원군이라도 얻은 것처럼 감격해서 큰절을 올렸다. 고정의가 급히 일으켜 세우며 엄숙히 말했다.

"군대는 일사불란한 지휘계통이 그 생명이오. 이제부터 양 대모달은 나의 지휘관. 이런 행동은 군기(軍紀)를 무너뜨리는 짓이오."

문득 고정의는 품속 유마거사가 어떤 눈으로 내 행동을 지켜볼지, 연태조가 이 소식을 들으면 얼마나 놀랄까 상상하니 빙그레 미소가 흘러나왔다.

봄이 오면 꽃 피고

遼西春風

　　요하 서쪽부터 만리장성에 이르는 넓은 요서 땅에는 몽골족에 속하는 거란인이 초원에 흩어져 유목생활을 하며 살았다. 전설에 의하면 먼 옛날 백마를 타고 라오하무렌을 내려온 신인(神人)과 시라무렌을 따라 검은 소[靑牛]가 끄는 수레를 탄 천녀(天女)가 목엽산(木葉山)에서 만나 아들 여덟을 낳은 것이 거란 8부족의 시작이라 한다.

　　거란이 8부족으로 분열해 다투던 7세기 무렵, 요서는 고구려와 돌궐, 중국이 서로 견제하여 힘의 균형을 이루었던 완충지대였다. 수문제가 중국을 통일하고 이 지역 교역의 중심지 영주(營州)에 위충(韋沖)을 파견해 공격적인 팽창정책을 쓰면서 긴장이 높아졌다. 특히 605년(영양태왕 16년, 대업 1년) 수양제가 야미 카간[啓民可汗]을 꾀어, 고구려로 가는 대상(隊商)으로 꾸민 돌궐 군 2만이 거란 부족을 습격해 4만의 남녀를 사로잡은 참극(慘劇)도 벌어졌다.

　　한편 거란 땅 서쪽 열하(熱河)에는 말과 풍속이 거란인과 비슷한 타타비[奚 또는 막고해]라 불리는 부족이 살고 있었다.

거란의 꽃

라오하무렌(老哈河)과 영금하(英金河) 강물이 합류하여 넓은 모래사장이 펼쳐진 강 언덕에 10여 가구 작은 어촌이 자리 잡았고, 떡갈나무 숲과 초원을 가로질러 10여 리 서쪽으로 가면 거란 다샤 부족이 모여 살았다. 어촌 마을은 강에서 고기를 잡고 살았지만, 봄과 가을에는 강 하류 고구려 상인이 쇠와 생활필수품을 실어 와서 거란인이 가져온 가죽과 양털을 사고파는 장이 서기에, 이때쯤에는 어촌도 제법 활기를 띠었다.

야율고오(야율은 거란인의 성(姓)으로 수말을 뜻함)는 거란 부족의 움직임을 살펴보라는 을지문덕의 명령을 받고 요서 지방을 두루 둘러본 후 거란 한가운데 있는 이곳에 자리 잡았다. 그는 이 마을에서 늙은 어부 야실쿠유를 도와 작은 돛단배를 타며 라오하무렌 주변의 지형과 강의 물길을 익히고 틈틈이 지도를 그렸다.

새벽하늘에 별들이 하나둘 사라지고 강 위로 물안개가 피어올라 뽀얗게 뒤덮었다. 야율고오가 삿대로 언덕을 밀어 강 가운데로 배를 띄우자, 거센 흐름을 타고 두 강물이 만나는 까치섬을 향해 빠르게 흘러갔다. 건너편 넓게 펼쳐진 초원 위로 먼동이 트면서 까치섬 갈대밭과 참나무 숲에 아침놀이 활활 타올랐다.

돛단배는 물살 빠른 여울을 가로질러 섬 동쪽 기슭 바위 아래 깊은 소(沼)에 다다랐다. 이곳은 버드나무가 우거져 숲을 이루고 그 그늘엔 물이 깊어 큰 물고기가 모여들었다. 늙은 어부는 밑밥을 뿌린 후 낚싯줄을 멀리 던졌다. 주위 풍경을 바라보는 것도 무료할 즈음 물 위에 떠 있던 찌가 한들한들 하더니 천천히 물속으로 가라앉았다.

"낚아채라!"

야율고오는 노인의 말에 따라 낚싯대를 들어 올렸으나 낚싯대는 활같이 휘어 물속으로 끌려들어가고 강한 힘에 배가 흔들렸다. 도망치려는 물고기를 잡으려 노인까지 힘을 합쳐 낚싯줄을 당겼다 풀어 주며 힘겨루기가 계속되었다. 이윽고 다섯 자가 넘는 황금빛 잉어가 물거품을 일으키며 물 위로 떠오르더니 다시 물속으로 들어갔다.

"낚싯대를 위로 치켜들어라. 물고기란 한 번 물에서 나오면 힘이 빠지게 되어 있어."

한참동안 힘을 겨루다 끝내 잉어는 뱃전으로 끌려왔고 노인은 조심조심 그물로 휘감아 올렸다. 시작이 좋아선지 한낮이 되기 전 커다란 잉어 다섯 마리, 십여 마리 쏘가리와 메기를 낚았다.

"내일이 축제날인데 운이 좋군. 오늘 잡은 잉어와 그동안 사냥한 수달 가죽을 팔면 괜찮은 말 한 마리는 사겠군."

축제날 아침. 야율고오는 다우카이〔桃花〕마을로 마차를 몰면서 일 년 전 이 길에서 만났던 소녀를 다시 볼 수 있을까 싶어 가슴이 설레었다. 떡갈나무 숲을 지나니 초원이 시작되었다.

푸른 하늘에 뭉게구름이 둥실둥실 떠 있고, 눈길 미치는 데까지 아득히 펼쳐진 초원에는 수백 마리 말들이 무리를 지어 달리고,

양떼가 햇빛 쏟아지는 녹색의 언덕으로 천천히 퍼져나갔다. 개울가 자작나무 희디흰 줄기가 여인의 속살같이 아름다웠다.

지난번 여기서 만났었지. 부풀어 오른 꽃봉오리 같던 소녀. 흰 들꽃을 엮어 만든 화관을 머리에 쓰고 검은 머리칼을 휘날리며 미끄러지듯 달려오던 모습이 마치 어제 있었던 일처럼 선명하게 떠올랐다. 초롱초롱한 눈망울을 별처럼 빛내며 소녀가 물었었다.

"우리 부족 사람이 아니지요?"

"어떻게 알았니?"

"옷차림이 다르니까요."

사랑스럽게 눈을 굴리던 소녀의 눈동자에 호기심이 가득하였다.

"그래, 나는 강가 어촌에서 온 야율부족 사람인데 돛단배를 타고 물고기를 잡지."

"강에 떠다니는 배 말인가요. 내가 찾아가면 태워줄 수 있어요? 나는 가끔 강을 따라 먼 나라로 가는 꿈을 꾸거든요."

"그럼, 찾아오면 태워주고말고."

"아이 좋아라. 약속했어요!"

소녀가 다가와 새끼손가락을 내밀어 그의 새끼손가락에 걸자 가슴이 뜨거워졌다. 소녀는 마치 그의 마음을 잘 안다는 듯 당당히 머리를 쳐들고 물끄러미 쳐다보더니 당돌하게 말했다.

"처음 볼 때부터 아저씨가 좋았어. 다른 애를 이뻐하면 안 돼!"

제법 키가 크고 몸은 성숙했으나 아직 앳된 소녀를 내려다보며 어처구니없었지만, 여인에게 처음 받아본 호의라 얼굴이 붉어졌다. 당황하는 사내를 보더니 은방울 굴리듯 즐겁게 웃었다. 그는 소녀의 풋풋한 향내와 숨결을 맡으며 아늑한 평화를 느끼고, 그녀의 검은 눈동자에서 도망칠 수 없으리란 느낌이 들었다.

소녀는 끝내 야율고오를 찾아오지 않았다. 산비둘기 울음소리 같던 속삭임, 꿈꾸듯 강 쪽을 바라보던 귀여운 모습이 못내 그리워서 몇 차례나 마을을 찾아가 보았지만 끝내 그녀를 볼 수 없었다. 때로는 환상 속에서 숲의 요정을 본 게 아닌가 싶었다.

다우카이 마을에는 그 이름처럼 마을을 둘러싼 복숭아나무들이 꽃을 활짝 피우고 있었다. 축제가 시작되었다. 밤하늘에 별이 가득 돋아 은빛 바다 같았다. 자작나무 숲 위로 달이 높이 솟아 초원을 은빛으로 물들이자 마을 안 넓은 공터 여기저기 나무더미에 불길이 타올랐다. 긴 겨울이 가고 봄이 찾아와 초원에 풀이 무성한 걸 감사하는 축제였다.

높아가는 북소리, 흥겨운 젊은이들의 환성. 모닥불 위에 고기가 익고 쿠미즈(마유주) 잔을 서로 권하느라 왁자지껄하는 소음 속에서 바야흐로 잔치는 고비에 달했다. 북소리가 잠잠해지고 말소리가 그치더니 갑자기 징소리가 울려 퍼졌다. 높이 쌓아 올린 화톳불 뒤에서 흰 옷 입은 열두 명 젊은 여인이 손에 작은 북을 들고 발목에는 방울을 달고서 둥글게 원을 그리면서 춤을 추며 나타났다. 맨 앞에서 머리에 복사꽃 관을 쓰고 다정하게 미소를 짓는 여인은 바로 그 소녀였다.

야율고오는 벼락을 맞은 듯 숨이 멎었다. 그녀는 어느덧 성숙한 여인이 되었다. 꽃이 피어나듯 싱싱한 젊음이 얼굴에 넘쳐흐르고,

신비롭게 빛나는 검은 눈은 달빛을 받아 매혹적으로 빛났다. 늘씬한 몸매는 기품이 넘치고 윤기 나는 검은 머리칼은 허리까지 내려왔다. 북 장단에 맞추어 봉긋한 가슴을 앞으로 내밀고 하늘을 향해 뛰어오를 때면 하얀 다리가 새의 날개같이 날아올랐다.

그녀가 주위의 눈도 꺼리지 않고 바람을 가득 안은 돛처럼 머리를 꼿꼿이 세워 봄밤의 대기를 가르면서 다가오자 그의 가슴은 터질 듯 두근거리고 입은 바싹바싹 타들어 갔다.

"만나보고 싶었어요!"

산비둘기 울음 같은 목소리가 귓가에 들리자 숨이 막혔다.

"그동안 몇 번이나 여길 찾아왔지만 만날 수 없었어."

그는 더듬거리며 어색한 목소리로 대답했다.

"어머니가 위독하다는 소식에 그다음 날 갑자기 떠나게 되었어요. 자작나무 껍질에 편지를 쓰면 사랑이 이루어진다기에 처음 만났던 자작나무 줄기에 글을 새겼는데 못 보았나요? 우리 거기로 가 보아요."

야율고오는 그녀도 자기를 잊지 않고 그리워했다는 걸 알자 기쁨으로 가슴이 벅찼다. 초원에서 싱그러운 풀 향내를 실은 바람이 불어왔다. 환한 달빛이 계곡으로 쏟아져 내려 시냇물은 금빛 은빛으로 반짝이고 그녀의 긴 머릿결도 신비로운 빛을 뿜어냈다. 하얗게 빛나는 찔레꽃 덤불을 넘어 벼랑을 내려가니 흰 시냇물이 도란도란 속삭이며 흘러갔다.

"여기에요. 보세요!"

그녀를 처음 만났던 자작나무의 하얀 밑동에 칼로 새긴 글씨의 흔적이 또렷이 남아있었다.

'급히 다우카이 마을을 떠납니다. 내년 봄 다시 만나기를〔急去桃花村 來春願再見〕.'

"너무 보고 싶더라고요. 그래서 다시 마을로 돌아왔지요."

기쁨이 강물처럼 밀려들었다. 야율고오는 일찍이 이렇듯 강렬한 열정을 느낀 적이 없었다. 이 꿈 같은 행복이 행여 사라질세라 그녀를 양팔로 꽉 껴안았다. 그의 품속에서 작은 새처럼 오들오들 떨면서도 사랑과 신뢰를 담은 눈으로 쳐다보는 소녀의 모습을 내려다보았다.

"다음 보름날, 붉은바위산〔赤峰〕에서 봄 축제가 열린답니다. 젊은 남녀가 다른 부족에서 짝을 찾는 축제이지요. 꼭 오셔야 해요. 다샤는 당신을 기다릴 거예요."

"가고말고. 어떤 일이 있어도 반드시."

그녀는 신비로운 미소를 띠고 새끼손가락을 내밀더니, 올 때처럼 바람같이 사라졌다. 다만 꿈이 아니라는 듯 향긋한 향내만 남긴 채.

붉은바위산 아래 영금하 강변 초원에는 거란족 대축제를 위해 여기저기 파오(천막)가 세워지고 강가 나루터에는 술과 음식을 파는 천막이 들어섰다. 이제 막 도착한 야율고오와 야실쿠유는 말을 주막 앞 버드나무에 묶고 들어가 음식을 시켰다.

주막 안쪽에 수나라 관리 복장을 한 자와 험상궂은 돌궐인 서너 명이 둘러앉아 술에 취해서 떠들고 있었다. 갑자기 주막이 조용해져 돌아보니 다샤 일행이 들어왔다. 반가운 마음에 일어나 인사하려는데 술 취한 수나라 망나니가 그녀에게 다가갔다.

"야 고것 참, 한 입에 삼켜도 비린내도 나지 않겠군."

술 취한 음성에는 짐승 같은 욕정이 짙게 배어있었다. 사내가 비틀거리며 다샤 앞을 막아서서 불쑥 술잔을 내밀었다. 그녀가 얼굴을 붉히자 곁에 섰던 늙은이가 가로막았다.

"아무리 술에 취해도 처음 보는 여인에게 너무 무례하지 않소?"

"넌 뭐야? 다치고 싶지 않으면 저리 꺼져."

"진정하시오. 나는 저 애 작은아버지요."

"이런 천한 거란놈 같으니. 귀하신 몸이 하찮은 계집을 예뻐해주면 영광스럽게 생각해야지."

술 취한 사내가 늙은이를 밀치고 소녀의 손목을 잡으려 하자 뒤에 섰던 사촌오라버니가 막았다. 그러자 사내가 갑자기 칼을 뽑아 내려쳤다. 그 순간 한 자루 비도(飛刀)가 날아가 사내 손목을 꿰뚫었다.

"이놈들을 한 놈도 남기지 말고 모조리 잡아라."

우두머리가 외치자 돌궐인들은 일제히 칼을 뽑아 들었다.

"어서 피하시오."

야율고오는 다샤 일행에게 소리치고 연이어 비도를 날렸다. 비도는 어김없이 돌궐인의 칼 잡은 손목에 박혔다.

"너희 중 움직이는 놈이 있으면 다음엔 목을 꿰뚫을 것이다."

야율고오가 돌궐인을 감시하는 사이에 늙은 어부는 주막 앞에 매여 있던 말을 모조리 초원으로 내쫓고, 두 사람은 다샤가 간 방향으로 말을 달렸다.

얼마 가지 않아 다샤 일행을 따라잡았다. 사촌오라버니의 부상이 심해 부축하며 달리느라 속력을 낼 수 없었다.

"촌장님, 아드님이 많이 다쳤구려. 빨리 치료해야겠소."

야실쿠유가 근심스럽게 말했다.

"저 숲 너머 친구 집이 있으니 거기서 아들을 치료해야겠소. 젊은이는 다샤를 데리고 어서 이곳을 피하시오."

"내가 이 근처 지리를 잘 아니 촌장님 흔적을 지운 후 동쪽으로 피하겠소. 야율고오는 아가씨와 함께 골짜기 오솔길을 따라 남쪽으로 가거라. 붉은바위산 골짜기를 넘으면 초원이 나올 거야."

야실쿠유는 버들가지를 꺾어 말발굽 자국을 지우면서 당분간 마을에 돌아오지 말고 멀리 달아나라고 재촉했다.

야율고오는 오솔길을 따라 골짜기로 들어갔다. 구름이 산 중턱에 낮게 드리워 언제 비가 쏟아질지 알 수 없었다.

"곧 어두워질 텐데 날씨도 좋지 않으니 잘 곳을 찾아야겠어."

"아직 해가 남아 있는데 더 가서 쉬어야 하지 않을까요?"

그녀는 두려움에 가득 찬 얼굴로 근심스럽게 쳐다보았다.

"산속엔 밤이 빨리 찾아와. 아직 아무것도 먹지 못했잖아."

5월이건만 산속 바람은 목덜미를 선들거리게 했다. 다행히 시냇가에서 얼마 떨어지지 않은 느티나무의 밑동 바위틈에 두서너 명이 들어갈 만한 굴이 있었다. 겨울철에 곰이 동면(冬眠) 했는지 짐승 냄새가 짙게 배어 있었다.

"이젠 먹을 걸 마련해야지. 다샤는 마른 나뭇가지를 주어 와."

그는 곧게 뻗은 박달나무 가지를 베고 그 끝을 창같이 뾰족하게 다듬어 개울로 갔다. 물웅덩이 옆 바위에서 맑은 물속을 들여다보니 자갈과 돌 틈 사이로 팔뚝만 한 쏘가리가 유유히 헤엄치고 있었다. 숨을 멈추고 정신을 집중해 노려보다가 쏘가리가 몸을 틀면서 정지하는 순간 번개같이 나뭇가지를 내리꽂았다.

나뭇가지에 꽂힌 쏘가리는 퍼덕거리며 물 위로 끌려나왔다. 오래지 않아 물고기 세 마리를 잡았다.

"오늘 저녁은 이것으로 참아. 내일 초원에서 더 맛있는 걸 먹게 해줄 테니."

밖에서 불빛이 보이지 않게 굴 안에 불을 피웠다. 모닥불에 구운 쏘가리 맛은 기가 막혔다.

고원에 핀 사랑

산속 밤은 빨라 해가 지자 곧 어두워졌다. 구름이 골짜기 아래로 내려앉으면서 어둠과 함께 비가 오더니 번개가 번쩍이고 산 위로부터 천둥소리가 굴러왔다. 푸른 섬광이 번쩍이고 천둥이 우르릉거릴 때마다 다샤는 두려움으로 새파랗게 질린 얼굴을 그의 가슴에 묻었다.

"번개는 죄 없는 사람을 해치지 않아. 이 비로 우리 흔적이 말끔하게 지워져 쫓아올 수 없게 되었으니 오히려 다행이지."

사내는 겁먹은 어린 노루 같은 소녀가 애처롭고 귀여워 가만히 안아주며 위로했다. 바깥은 이제 구름과 비와 어둠이 하나가 되었다. 초저녁에 활활 타오르던 모닥불도 점점 사그라들자 밤의 냉기로 그녀는 이빨을 마주치며 사시나무 떨듯 떨었다.

"추워요."

"다샤, 착하지."

야율고오가 겉옷을 벗어 그녀를 감싸주며 자그마한 몸을 꼭 껴안자 아기가 어미에게 달라붙듯 가슴을 파고들었다. 여인의 향긋한 머리칼 냄새와 달콤한 몸 향내에 까닭 모를 열기가 솟아올랐다. 용기를 내어 뺨을 쓰다듬으며 이마에 입을 맞추자 여인은 스스럼없이 달려들어 그의 입술을 덮쳤다. 꽃잎처럼 달콤한 감촉, 입맞춤이 거듭될수록 가슴에는 사랑의 샘이 넘쳐흐르고 추적자에 대한 두려움이나 추위를 잊게 했다.

아침이 오자 언제 천둥 번개가 쳤냐는 듯 하늘은 맑게 개고 공기는 향기로웠다. 간밤에 내린 비로 초목은 싱그러운 기운이 가득하고 햇살에 반짝이는 숲속에는 산새들이 지저귀며 날아다녔다.

"상쾌한 아침이군. 다샤, 이제 어디로 가지?"

"타타비〔奚〕 부족 땅으로 가요. 외할아버지께서 살고 계신데 아름답고 살기 좋은 고장이에요."

"그곳으로 가는 길을 알아. 작년 가을 고구려 장사꾼이 쇠와 소금을 싣고 와서 늙은 어부를 따라 장사하러 갔거든."

두 연인은 쫓기는 것도 잊고 신나는 나들이라도 떠나듯 재잘거리면서 산을 넘었다. 눈앞에 넓은 초원이 펼쳐졌다. 한낮이 지나 양 떼를 모는 노인을 만났다. 야율고오가 선량하게 보이는 노인에게 다가가 물을 달라고 부탁하자, 그들을 쳐다보고 중얼거렸다.

"초원을 여행하면서 물주머니도 가지고 다니지 않다니…. 아, 그러고 보니 밉살스러운 타브가치 놈을 혼내준 젊은이로군. 오늘 한 무리 돌궐인이 당신들을 찾아 동쪽으로 몰려가던걸."

사람 좋은 웃음을 지으며 노인은 쿠미즈가 가득 든 가죽주머니와 육포, 그리고 담요 한 장까지 억지로 야율고오에게 안겨주었다.

"할아버지, 라오하무렌 나루터는 어디로 가야 하나요?"

"저기 언덕이 보이지? 그 너머 남동쪽으로 가면 '자라목'이라 불리는 골짜기인데 얼마 가지 않아 작은 버드나무 숲이 보일 거야. 그 숲을 끼고 흐르는 시내를 따라 내려가게. 나루터를 건너 동쪽으로 가면 영주고 남쪽으로 가면 백랑성이라네."

야율고오는 언덕을 넘어 자라목을 지나자 버드나무 숲과 반대쪽인 서쪽으로 갔다.

"할아버지가 가르쳐준 길과 다른 쪽으로 가고 있네요."

"그럼. 이 방향으로 가야 타타비로 갈 수 있어."

그녀가 머리를 갸우뚱거리자 할아버지는 착한 사람 같았지만 혹시 쫓아오는 자가 그분을 위협해 우리가 가는 곳을 알게 되면 위험하므로 일부러 나루터로 가는 척했다고 설명해 주었다.

소녀는 그의 목에 매달려 기쁨의 환성을 질렀다.

"나는 영주로 가는 줄 알고 걱정했잖아요."

밤이 되어 언덕 위 나무 아래 쉬고 있자 먼 북서쪽 초원에서 세 가닥 횃불이 흔들리더니, 이윽고 수십 개 횃불이 모여들어 자라목을 지나 나루터로 달려가는 게 내려다보였다. 그녀는 그의 품에 뛰어들어 산비둘기 울음소리를 내며 깡충깡충 뛰었다.

"사랑하는 이가 이처럼 믿음직스러운 사람이라니!"

우람한 느릅나무가 몇 그루 서 있는 곳에 맑은 샘이 솟았다. 온몸이 황금색으로 빛나는 암수 두 마리 꾀꼬리가 샘가에서 물을 튀기며 목욕을 즐기다가 두 연인을 보더니 나뭇가지로 날아올라 아름다운 노래를 불렀고, 물까마귀 두 마리는 서로 고개를 까딱이며 사랑을 나누느라 여념이 없었다. 샘가 잔솔밭에서 살찐 장끼 한 마리가 잔뜩 거드름을 피우며 나타나 까투리들 앞에서 제 모습을 뽐내느라고 오색빛깔 목을 으쓱거리며 이리저리 걸어 다녔다. 야율고오가 활을 꺼내 들자 다샤가 웃으면서 막았다.

"오늘은 좋은 날, 까투리 얼굴을 봐서 장끼 신랑을 용서하세요."

"좋아, 그 대신 오늘 점심은 육포밖에 없어."

저녁 무렵 버드나무가 우거진 숲에 닿았다. 나무줄기 사이로 작은 호수가 보였고 호숫가 깨끗한 모래밭 옆에 갈대가 무성했다. 호수에는 한 무리 청둥오리가 유유히 헤엄치고 있었다.

"정말 운이 좋군. 오리고기 별미를 먹게 되었으니."

야율고오는 두 개 바위로 둘러싸여 밖에서는 불빛이 보이지 않는 곳에다 구덩이를 파서 그 속에 돌을 가득 채우고, 사냥한 오리 두 마리에 진흙을 발라 그 안에 넣고서 그 위에 마른 나뭇가지를 한 아름 쌓아 불을 피웠다. 활활 타오르던 불이 사그라들자 재를 헤치고 땅속에 묻은 오리를 꺼내니 맛있는 냄새와 함께 뜨거운 김이 모락모락 올라왔다. 잘 익은 오리고기를 먹으면서 다샤는 행복한 표정으로 밝게 웃었다.

"마치 즐거운 들놀이라도 나온 것 같아요."

호수 너머 숲 위로 달이 솟아올랐다. 달빛에 비친 구름 아래 부드러운 은빛 그림자가 드리우고 관목 숲에서 뜸부기 울음소리가 들렸다. 다샤가 초원의 감미로운 향기를 가득 들이마시며 사르르 눈을 감더니 가벼운 한숨을 쉬며 말했다.

"너무 행복해요. 함께 있는 이 순간이."

이틀간 강행군에 피곤했던지 다샤는 그의 어깨에 기대어 쌔근쌔근 숨소리를 내며 잠이 들었다. 그녀는 즐거운 꿈이라도 꾸는지 이따금 산비둘기처럼 쿡쿡거리며 웃었다. 하늘엔 견우(牽牛)가 은하수 건너편 직녀(織女)를 그리워하며 애타게 사랑의 신호를 보내고 있었다.

'칠월 칠석(七夕)날 두 연인은 은하수를 건너 만나게 될 터이지. 우리 사랑도 그렇게 이루어지기를.'

달이 기울자 샘물이 맑은 소리로 노래하고, 호수에 떠오른 별의 속삭임과 나무가 자라고 풀잎이 돋아나는 소곤거림조차 들리는 신비한 밤이었다. 야율고오는 그녀의 편안히 잠든 모습을 지켜보며 다짐했다.

"반드시 너의 행복을 지켜 주리라."

활활 타오르던 모닥불이 사그라들고 밤하늘을 가득 메웠던 별들도 하나둘 사라지면서 먼동이 텄다.

동쪽 지평선 위로 구름을 불태우며 솟아오른 해가 넓은 초원을 황금빛으로 채웠다. 멀리 남으로 칠노도산(七老圖山) 산맥 푸른 봉우리들이 희미한 보랏빛 안개에 싸여 지네같이 꿈틀거리며 길게 뻗었고, 남서쪽 대흥안령 산줄기는 구름 위로 우뚝 솟았다.

"저 산줄기만 넘으면 타타비 부족의 땅, 지금 출발하면 한낮쯤 산마루에 닿을 수 있을 거야."

보기와 달리 먼 거리여서 오후 늦게야 고갯마루에 닿았다. 이 고개는 남과 북으로 물이 흘러가는 분수령으로 양쪽 날씨도 뚜렷이 달라 북쪽 눈 덮인 고갯길엔 매화나무가 겨우 꽃망울을 터뜨릴 때도, 고개를 넘으면 눈이 녹아 진달래가 활짝 피는 곳이다.

고갯마루에 서니 남쪽으로 높고 낮은 산에 둘러싸인 아담한 분지가 한눈에 들어왔다.

"이제 타타비 부족 마을에 가까이 왔구먼. 오늘 밤 머물 곳을 찾아보아야지."

"저는 숲속에서 먹을 걸 찾을게요."

운이 좋았는지 야율고오는 남향받이 둔덕 시냇가에서 사냥꾼이 세운 듯한 통나무집을 발견했다. 집 옆에 서 있는 늙은 느티나무 아래 맑은 옹달샘도 있었다.

"도끼도 있고 솥이나 그릇도 있는 걸 보니 아마 사냥철에 묵으려 지은 집인가 봐. 오늘은 여기에 머물러야겠어."

솥에다 마른 육포를 찢어 넣고 숲에서 따온 버섯과 산나물을 넣어 죽을 끓이니 맛있는 냄새가 퍼졌다.

"제대로 끓인 음식을 먹으니 사는 것 같네요."

다샤는 적의 추적을 벗어난 안도감에선지 참새처럼 재잘거렸다.

"아니, 이게 누구신가? 며칠 집을 비웠더니 웬 너구리들이 들어와 주인행세를 하는구먼."

어깨에 사슴을 둘러맨 텁석부리가 종소리 같은 목소리로 투덜거리면서 곰 같은 몸을 뒤뚱거리며 들어와 마루에 걸터앉았다.

"죄송합니다. 허락도 받지 않고 들어와서 …."

"그건 나중에 따지기로 하고, 맛있는 냄새가 나는데 한 그릇 줄 수 없겠나. 배가 몹시 출출하거든."

털보는 험상궂어 보였지만 눈은 따뜻하게 웃었고, 짐짓 화가 난 듯 투정을 부렸지만 입꼬리는 반갑다는 듯 말려 올라갔다.

"나는 사냥꾼 구르('강건하다'는 뜻의 거란말)야. 이곳은 후미진 곳인데, 부모 허락 없이 배가 맞아 떠도는 날라리인가?"

"말씀이 지나치군요. 사정이 있어 지나가는 길손입니다. 내일 아침 일찍 떠나겠습니다."

야율고오는 다샤 앞을 막아서며 사냥꾼을 노려보았다.

"내 말에 화가 났구먼, 젊은이가 예쁜 아가씨와 다정하게 눈길을 나누는 걸 보니 심술이 나서 한번 해본 소린데 …."

텁석부리는 그사이에 죽 한 그릇을 다 비우고 더 달라고 손짓하면서 혼잣말처럼 웅얼거렸다.

"젊다는 것 좋지. 사랑이라, 암 좋고말고. 젊었을 때 나도 사랑하는 여인과 함께 살던 좋은 시절이 있었네. 노여움을 풀게나. 갈곳이 마땅치 않거든 내일 떠날 것 없이 얼마든지 머물게. 그래야 예쁜 아가씨가 끓여주는 맛있는 죽을 얻어먹을 게 아니겠나."

그는 무척이나 멋진 말을 했다는 듯 너털웃음을 터뜨렸다.

"귀한 손님이 왔으니 술 한잔 않을 수 있나."

곧 광에서 돌배술 한 독을 가져오더니 사슴 꼬리를 잘라 털을 벗긴 다음 파와 마늘을 양념으로 불에 구워 두 사람에게 권했다. 사슴꼬리 구이는 별미였다. 텁석부리는 뒷다리를 안주 삼아 술을 마시면서 젊은 시절 사랑했던 여인의 이야기를 늘어놓았다.

"그런데 자네들은 어디로 가는가?"

"타타비 부족 족장님 야야스(수령)가 외할아버지예요. 우리는 그리로 가는 중이지요."

즐겁게 웃으며 농담을 즐기던 텁석부리가 갑자기 고통스러워하며 화난 듯이 술을 벌컥벌컥 들이켜더니, 새삼스럽게 다샤의 목에 걸린 목걸이를 뚫어지게 보고 고개를 끄덕였다. 몇 번이나 한숨짓고 망설이다가 침통한 목소리로 말했다.

"아가씨, 나쁜 소식을 전해야겠네. 지난해 그 부족 개망나니 한 놈이 불한당 떼거리를 끌어들여 늙은 족장 야야스님을 몰아냈지. 족장님과 가족은 산산이 흩어져 아직도 그 행방을 알 수 없네. 지금 그 망나니는 수나라 세력을 등에 업고 흡사 왕이라도 된 것처럼 부족민을 괴롭히고 있어."

"설마 할아버지와 제 사촌들이 죽지는 않았겠지요?"

다샤가 울먹이며 묻자 텁석부리는 안타깝다는 듯 고개를 저었다.

"양광이 황제가 되자 여기도 바람이 거세게 불고 있지. 듣자니 뵈클리(고구려)를 치겠다고 백만 대군을 모았는데 반항하는 부족이 있으면 버릇을 가르치겠다고 엄포를 놓고 있네. 그러니 우리 타타비(해)뿐 아니라 유목민 모두가 숨죽이고 있지. 먼저 당하긴 싫으니까. 그러나 기회가 오면 다들 일어나겠지."

말을 하면서 텁석부리 목소리가 점차 높아갔다. 그의 말을 듣고 두 사람은 맥이 빠져 털썩 주저앉았다.

"젊은 사람이 그만한 일로 기운을 잃다니, 힘내라고. 사정을 알았을 테니 고향으로 돌아가게나."

야율고오는 그동안 일어났던 일을 자세히 이야기했다.

"그렇다면 집으로 돌아갈 수 없겠군. 젊은이가 대단한 일을 했구먼. 정말 잘했어. 삼 년 묵은 체증이 다 내려가네그려."

텁석부리는 술잔을 내려놓고 입맛을 다시며 생각에 잠겼다가 다시 활기를 찾았다. 눈은 웃으면서도 짐짓 심각한 얼굴로 말했다.

"젊은이가 내 말을 들어준다면 도와줄 수 있을 것 같네만."

"어떤 일이신지요?"

"야야스 족장님 외손녀와 지금 바로 결혼해 주게."

두 사람은 뜻밖의 말을 듣고 텁석부리를 멍하니 쳐다보았다.

"자네들은 언제 세상이 바뀌어 고향으로 돌아갈지 알 수 없지 않은가? 더구나 다샤는 결혼해 사내애를 낳아야 타타비족 여족장(女族長)으로 부족을 이끌 자격을 얻을 테니."

그는 술이 거나해진 탓인지 흥이 나서 말을 이어갔다.

"사람은 젊을 때 결혼해야 한다네. 암, 그렇고말고. 결혼이란 정말 좋지. 알콩달콩 사랑하다 토닥토닥 싸움질, 아들딸 낳고 살다 보면 고운 정 미운 정, 나이 들고 자식 크면 노루같이 순하던 마누라 표범같이 암팡져가는 것도 다 인생의 낙이 아니겠나?"

종소리같이 울리던 목소리가 어느덧 슬픔을 머금더니 그리운 옛일을 회상하는 듯 퉁방울 같은 눈동자에 물기가 어렸다.

"…… ."

"그래그래, 숙맥(菽麥) 같은 젊은 게 좋으면 좋다고 말하겠나. 대답이 없는 건 승낙한 것으로 알고 내일 당장 결혼식을 치르세."

"네에? 내일이라고요."

두 사람은 서로 쳐다보며 어이없어했고, 그녀는 얼굴뿐 아니라 목덜미까지 분홍빛으로 물들었다. 이윽고 다샤가 수줍게 고개를 끄덕이자 텁석부리는 신이 나서 말을 이어갔다.

"샤먼 할멈은 오늘 아침 아랫마을에서 보았으니 주례는 준비됐고, 축하 손님이야 내일 아침 집 주위에 콩 두어 되 뿌리고 샘터 옆에 소금을 조금 갖다 놓으면 한 무리 새 떼에 운이 좋으면 산양이나 고라니도 나타나겠지. 양가 부모는 내가 대신하기로 하고 …. 잔치 음식이야 멧돼지 뒷다리에 오늘 잡은 사슴고기면 아쉬운 대로 되겠는데. 아깝다 아까워. 그동안 아껴둔 삼 년 묵은 머루주 한 통이 없어지겠군."

신나게 떠들던 텁석부리가 정색하며 말했다.

"신혼살이에 알맞은 곳을 알지. 여기서 산등성이를 타고 30리만 가면 황제도 부러워할 멋진 골짜기가 있네. 그곳에 뜨거운 강〔熱河〕이 흐르는데 주변에 눈이 쌓여도 어는 법이 없지. 타타비는 그 강에 용이 산다고 해서 성스러운 곳으로 여겨 출입하지 않으니 신혼생활을 방해할 사람도 없을 걸세. 그 땅은 여름에도 별로 덥지 않고 겨울은 따뜻한 데다 샘물은 맑고 물맛이 달아 살기 좋은 곳이지. 강가 초원엔 사슴이 뛰놀고 서쪽 골짜기 개암나무골〔榛子峪〕은 멧돼지가 우글거리고, 배나무골〔梨樹峪〕은 봄이면 눈처럼 하얀 돌배꽃이 온 골짜기를 뒤덮어 그윽한 향내가 신선이 사는 땅 같다네. 강변에 내가 지어놓은 귀틀집이 있을 것이네."

새 깃털로 머리를 장식하고 등나무 지팡이를 손에 쥔 샤먼(무당)은 나이를 짐작할 수 없는 자그만 여인이었다. 야야스 족장 외손녀라고 다샤를 소개하자 샤먼의 입이 함지박같이 벌어졌다.

"늠름한 야생마가 복도 많군. 여자란 걸음걸이만 봐도 닳아빠진 여운지 순한 암노룬지 담박 알 수 있거든."

샤먼이 유심히 다샤를 쳐다보다가 예언(豫言) 하듯 노래했다.

"복 많은 여인아, 너의 허리에서 위대한 민족이 태어나리니, 젖과 꿀이 넘쳐흐르는 땅이 되거라. 대지야말로 모든 것을 품에 안고 길러내는 위대한 어머니이니."

모감주 나뭇가지를 휘둘러 신랑신부의 나쁜 기운을 내쫓는 춤을 추더니, 두 손을 모아 하늘을 향해 절을 하면서 무어라 알 수 없는 주문을 외웠다. 한 잔 술을 신랑과 신부가 나누어 마시게 한 후 술을 하늘에 바치고 땅에도 여기저기 뿌리더니, 결혼식이 끝났으니 이제부터 두 사람은 부부가 되었다고 선언했다. 그다음 자기 앞에 편히 앉게 하고 대뜸 서로 사랑하는 법을 가르쳤다.

"태초에 조물주가 사람을 만들고 남과 여가 한 몸이 되게 한 것은 하늘의 양(陽)과 땅의 음(陰)을 서로 합치는 음양의 조화이니, 조물주가 기뻐하는 일이라. 사람은 동물과 달리 먼저 사랑하고 나서 한 몸이 되라고 축복하시고 땅의 샘에다 문을 달았느니라. 하늘은 머리서 발끝까지 온 땅을 골고루 입 맞추고 경배하여라. 땅이 흔들리고 샘물이 넘쳐 기쁨의 노래가 울려 퍼질 때까지. 처음 샘을 열려면 고통스러우리. 땅이 문을 열어 하늘을 맞아들이거늘 어찌 아니 그러하랴. 샘이 열리거든 자연이 가르쳐주는 대로 나아가면 되리니 두려워할 건 하나도 없지. 서로 사랑이 깊어지면 언젠가 하늘과 땅이 함께 춤추는 날이 오리라."

이상한 결혼식이 끝나자 턱석부리 구르가 앞장서 새로운 삶의 터전으로 향했다. 산마루를 넘어 뜨거운 강이 흐르는 골짜기로 내려가자 놀라운 풍경이 눈앞에 펼쳐졌다.

앞에는 스님이 가부좌를 한 듯한 나한산이, 왼쪽으로는 가파른 산봉우리 위에 다듬잇방망이가 하늘을 향해 꼿꼿이 일어선 듯 백수십 자가 넘는 기이한 바위가 우뚝 솟은 봉추산이, 그 옆에는 놀란 두꺼비가 달아나는 듯 기이한 봉우리들이 연이어 솟아 북풍을 막아주었고, 오른쪽은 뜨거운 강 건너 푸른 초원이 펼쳐진 가운데 여기저기 호수가 보였다.

초원 너머 크고 작은 산봉우리와 골짜기가 그림같이 늘어섰는데 그 뒤로 연산산맥의 높고 험한 산줄기가 눈길 닿는 데까지 아득히 뻗어 있었다.

"정말 아름다운 고장이군요."

"그렇다네. 여기가 자네들이 머물 귀틀집일세. 개울을 따라가면 큰 등나무가 있고 거기를 지나면 뜨거운 물이 솟는 샘이 있지."

강가 언덕 아담한 집 뒤에 수백 그루 모감주나무 거목이 숲을 이루어 나무마다 황금빛 꽃 무더기가 흐드러지게 피어 있었다.

텁석부리는 소금과 짐승의 고기, 머루주와 돌배술 같은 먹거리를 내려놓고 아버지같이 따뜻한 눈길로 두 사람을 쳐다보더니 뒤도 돌아보지 않고 성큼성큼 걸어갔다.

"신혼의 즐거움을 방해하고 싶지 않아, 가네."

"감사합니다. 조심해서 돌아가십시오."

"고마워할 것 없네. 세상에 공짜가 어디 있나? 형편이 되면 이자까지 쳐서 갚아야지."

산모롱이로 돌아가는 뒷모습에 어딘지 외로움이 짙게 묻어났다.

따뜻한 물이 솟아나는 샘을 찾아 개울을 따라 올라가자 왕자같이 당당한 느릅나무가 서 있고 그 줄기를 으름덩굴이 휘감고 있었다. 넝쿨마다 열매가 주렁주렁 달렸고, 자줏빛 열매가 벌어져 달콤한 과육(果肉)을 내밀고 있었다.

"야아, 으름이다."

다샤는 산토끼처럼 달려가 으름을 따서 그의 입에 넣어주고 맛이 어떠냐는 듯 올려다보았다. 그녀는 신이 나서 깡충깡충 뛰어

징검다리를 건너 달려가더니 오래지 않아 환호성을 터뜨렸다.

김이 모락모락 피어오르는 샘은 바닥에 모래와 자갈이 깔려 자연의 목욕탕을 이루었고, 샘가에 등나무 거목 굵은 줄기가 용틀임하면서 샘 이쪽에서 건너편으로 둥근 개선문같이 뻗어 햇빛을 가려주었다. 봄의 마지막을 장식이라도 하듯 아련한 보랏빛 등나무 꽃이 활짝 피어 드리운 줄기마다 수천수만 꽃송이가 그윽한 향기를 뿜어냈다.

"어쩜 이렇게 아름다울까? 꿈속에서 그리던 낙원 같아요."

여인은 사내 품속에 안겨 눈을 감고 입술을 내밀었다. 두 연인은 목마른 사람이 물을 찾듯 서로를 탐했다.

"사랑해, 다샤."

"나도요. 오늘이 우리 첫날밤이 되는군요."

"그럼, 오랫동안 기다려 왔었지."

사내는 그녀의 머리를 풀어 허리까지 흘러내린 머릿결을 쓰다듬었다.

"물이 따뜻하군. 함께 목욕하자."

"싫어요. 먼저 하세요. 저는 나중에 할래요."

"다샤, 샤먼 할멈 말을 벌써 잊었어? 하늘의 말을 거스르지 말고 따라야 한다던."

야율고오는 싫다고 앙탈하는 그녀를 달래 온천 물속에 들어가 몸을 씻겨 주었다.

어두워지자 헤아릴 수 없이 많은 반딧불이가 푸르스름한 빛을 깜빡이며 어지럽게 날아올랐다. 구름 덩이처럼 모여들어 등나무위를 떠돌던 반딧불이 무리가 커다란 빛의 물결이 되어 주위를 맴돌았다. 다샤는 여신같이 아름다웠다. 반딧불 빛이 깜빡일 때마다 물에 젖은 하얀 몸이 신비롭게 빛났다.

사내는 놀라움에 가득 차 여인의 신비를 하나하나 캐냈다. 그녀는 이미 소녀가 아니라 무르익은 여인. 눈에 띄는 모든 것을 게걸스럽게 자기 것으로 만들어가자, 꽃동산 여기저기서 향내가 피어올라 사내 피를 뜨겁게 달구었다. 애무가 짙어갈수록 여인은 뱀처럼 휘감기며 달콤한 신음소리가 높아지더니, 달맞이꽃이 달을 향해 꽃잎을 활짝 열듯 땅속 깊이 숨었던 샘이 서서히 하늘을 향해 열렸다. 조심조심 다가가자 이윽고 뜨거운 벽을 느꼈다. 여인은 사내 가슴을 밀치며 발버둥 쳤다.

"샤먼이 말하던 샘의 문일까?"

"그런 것 같아요."

그녀는 송알송알 땀방울이 맺힌 얼굴을 찌푸렸다.

"나를 믿고 꼭 부둥켜안아."

소녀가 여인이 되었음을 알리는 날카로운 외침과 함께 하늘과 땅이 하나가 되었다. 다샤 머릿속에 검은 소를 타고 시라무렌 물줄기를 따라 내려오는 천녀(天女) 모습이 떠올랐다. 머리에 제비꽃 화관(花冠)을 쓴 거룩한 어머니는 밝은 해 아래 풍만한 가슴을 풀어헤치고 부풀어 오른 엉덩이를 살레살레 흔들며 맨발로 땅을 밟고 춤추듯 다가왔다. 눈길 머무는 곳마다 싹이 돋고 꽃이 피었다. 다샤는 대지의 여신으로 거듭났다. 그녀는 신비로운 봄 축제의 주인이고, 사랑의 무아경(無我境)으로 이끄는 여사제(女司祭)

며, 사내가 애타게 찾는 걸 아낌없이 베푸는 풍요로운 대지였다.

젖과 꿀이 흐르는 땅을 찾아 헤매는 사내의 목마름을 넉넉한 가슴으로 오롯이 품어주며, 화산(火山) 같은 욕망의 늪에 함께 몸을 담그고, 야생마처럼 날뛰는 몸부림을 온몸으로 보듬어 주었다. 여인은 선머슴처럼 환호성을 지르는 사내를 먹구렁이처럼 휘감아 품속으로 끌어들여 길들이면서 뿌듯한 자부심을 느꼈고, 배불리 젖을 먹은 개구쟁이를 어루만지면서 흐뭇한 기쁨에 몸을 떨었다. 여인의 가슴속에 강물처럼 사랑이 넘쳐흘렀다.

일주일 후 텁석부리는 다섯 사람 동료를 데리고 왔다. 그는 여신같이 당당하고 아름다워진 다샤를 보고 놀라 눈이 둥그레졌다.

'여인이란 짧은 시간에 이렇게 변할 수 있는 건가? 꽃봉오리같이 가냘프던 소녀가 며칠 사이 무르익은 여인으로 활짝 피어나다니.'

머리칼과 수염이 하얀 노인이 나와 정중하게 인사를 드리더니 주저하면서 입을 열었다.

"외람되오나 목걸이를 볼 수 있겠습니까?"

노인이 조심스럽게 목걸이를 살펴보다가 기쁨에 가득 찬 얼굴로 텁석부리에게 돌아섰다.

"족장님 신물(信物, 신분을 증명하는 물건)이 틀림없네."

모두 무릎을 꿇자 텁석부리가 엄숙한 얼굴로 말했다.

"다샤 님은 타타비 족장의 유일한 핏줄이시고 마지막 희망입니다. 우리는 변함없는 충성을 맹세합니다. 언젠가 부족민과 힘을 모아 망나니를 몰아내고 아드님을 족장으로 받들겠습니다."

깃발을 높이 세우라

요하 강변 모래사장에서 출정식(出征式)이 열렸다.

황금빛 바탕에 검은 삼족오(三足烏)를 수놓은 깃발이 바람에 휘날리고, 요서 원정군 천여 명이 가지런히 줄을 섰다.

"보라, 위대한 광개토태왕의 황금삼족오 깃발을! 영양태왕께서 손수 요서 원정군에 내려주신 자랑스러운 깃발이다. 싸울아비들아. 우리는 이제 고구려 군의 날카로운 창끝이 되어 수나라 백만 대군의 심장을 찌르기 위해 저 강을 건너려 한다. 머지않아 수십 곱절 적 대군과 맞서겠지만 더 어려운 일이 있다. 여러분은 말과 풍속이 다른 유목민과 힘을 합쳐 낯선 땅을 누비며 싸워야 한다. 어찌 쉬운 일이랴. 일찍이 누구도 겪어본 적 없고 진짜 사나이가 아니면 걷기 어려운 길. 우리는 일당백(一當百) 용사이고, 폐하께서 낯선 땅에 보내는 자랑스러운 사자(使者)임을 잊지 말라. 싸울아비들아! 적에게는 호랑이같이, 친구에게는 양처럼 행동하라. 나는 굳게 믿는다. 모두가 흐트러짐 없이 당당히 황금삼족오의 길을 걸어갈 것임을!"

양만춘의 격려가 끝나자, 백인대장 달가가 힘찬 목소리로 요서 원정군 군가를 선창(先唱)하니 모든 병사가 우렁차게 합창했다.

넓고 넓은 바다 위로 불끈 솟는 해님아 / 아스라한 벌판 너머 불타오르는 노을아 / 아아 영광 사나이의 길 ….

114

원정군 출정식에 참석했던 부여성 성주 명림덕무는 양만춘 뒤에 서서 인사하는 고정의를 보고 깜짝 놀랐다.

"아니, 고정의 장군 아니시오. 여기는 어쩐 일이십니까?"

"원정군에 종군하시겠다기에 모시고 왔습니다."

그동안 일어났던 일을 자세히 이야기하자 명림 성주 얼굴이 밝게 빛났다.

"그렇지 않아도 무거운 임무를 맡기고 마음속으로 무척 걱정했는데 고정의 님 같은 영웅의 도움을 받게 되다니. 이제 모든 시름이 사라지는군요."

"성주님, 원정군 보급기지를 대요하와 동요하가 합류하는 버들나루에 세울까 합니다."

"버들나루라고? 거기는 사람 눈에 띄지 않아 좋겠지만 국내성 대씨 노인 농장 외는 아무것도 없는 황무지일 텐데 … ."

"원정군 보급은 강을 이용하는 게 바람직할 뿐 아니라, 대요하를 따라 요동은 물론 요서와도 교통이 편리하니, 그곳을 보급기지로 삼으면 군량을 조달하기가 수월할 겝니다. 또한 장기간 작전을 하게 되면 버들나루의 넓은 벌을 개간해 식량을 자급자족할 수 있습니다."

명림 성주는 깜짝 놀라 양만춘의 얼굴을 다시 쳐다보았다.

'을지 대인은 원정군이 거란 땅에 오래 머물게 되면, 길도 없는 요서에 군량 보급이 어려울 거라고 걱정했다. 《손자병법》에도 군량을 현지조달하면, 본국에서 수송하는 것보다 그 이익이 열 배라

했거늘 멋진 해결책을 찾은 셈이군. 이 젊은이는 뛰어난 장군감일 뿐 아니라 나라를 다스릴 큰 재목이구나!'

"좋고말고. 버들나루 일대의 황무지를 자네에게 줄 뿐 아니라 부여성 군사를 보내 군수기지를 건설하고 대장장이와 병장기를 만들 기술자도 파견하겠네."

양만춘은 서역에 함께 갔던 달가에게 사마르칸트에서 본 바리스타(투석기)를 만들도록 명령하고, 버들나루를 시찰했다. 나루터에는 대씨 농장만 있을 뿐 황토 벌판이 끝없이 펼쳐진 황량한 땅이어서 대씨 부인이 왜 이곳을 탐내는지 이상한 생각이 들었다.

"대아찬, 여기는 사람이 살지 않는 버려진 땅이 아닌가?"

"어머님께서 이번 싸움이 오래갈 것이라 했습니다. 그렇게 되면 백성에게는 전쟁보다 기근이 더 무섭다면서, 이 벌판에 콩을 심으려고 국내성에서 사람을 모으고 계십니다."

양만춘은 훗날 이 황무지에 수백 수천의 집이 들어서고 드넓은 농장에 콩이 자라는 광경을 상상해 보았으나, 이 멀고 먼 변방에 언제 그런 꿈이 이루어질지 머리를 갸우뚱거렸다.

붉은바위산 영금하 강변 초원에 거란족 여름교역시가 열렸다. 여기저기 수많은 파오(몽골식 둥그런 천막)가 세워지고 상인들이 가지각색 깃발을 내걸어 손님을 끌었다.

대아찬은 거란 부족장의 파오를 찾아갔다. 흰 고려백금 열 필과 술 열두 병을 선사받자 무척 즐거워하며, 부인에게 술상을 차리게 하고 거란인에게 고구려 상단이 도착했음을 알렸다.

다음 날 원정군은 강 언덕에 천막을 세우고 고구려 상단이란 붉은 깃발을 내걸어 국내성에서 가져온 갖가지 상품을 진열했다. 곧 가까이 사는 거란인뿐 아니라 먼 곳 유목민까지 소문이 퍼져 점포 앞은 발 디딜 틈도 없었다. 그들은 일 년에 한 번 열리는 교역이어서 마치 명절이라도 맞은 듯 들뜬 얼굴로 물건을 골랐다.

대아찬은 유목민에게 생활필수품을 팔고 말과 양을 사들였다. 저녁이 되자 소그드 상인이 찾아와 양만춘에게 반갑게 인사하더니, 담비털가죽과 인삼, 녹용의 엄청난 수량을 보고 기가 질렸다.

"메르겐님, 이렇게 큰 거래는 제가 결정할 수 없습니다. 다행히 카이두 총관께서 지금 동부 지역 아타크 타르칸을 방문 중이니 같이 가시겠습니까? 불과 사흘 거리입니다."

"나는 할 일이 많네. 이 젊은이가 내 대리인이니 함께 가게."

총관에게 보내는 편지와 함께 대아찬을 돌궐로 보냈다.

다음 날 아침 나친이 수천 마리 양 떼와 실위 기병대 5백 명을 이끌고 나타났고, 뒤이어 야율고오가 젊은 부인과 몇 사람 거란인을 데리고 왔다. 그의 아내는 눈이 별처럼 빛나는 기품 높은 여인으로 누구도 감히 넘볼 수 없는 위엄을 지니고 있었다.

"이게 얼마만인가, 야율고오."

"정말 오랜만이군요. 그동안 별고 없었습니까?"

"자네도 몰라보게 늠름해졌구먼."

"형님, 그동안 장가를 들었소. 다샤는 내 아내이고, 타타비〔奚〕부족 여자 족장이라오."

청년이 된 두 사람은 4년 전 옛날로 돌아가 유쾌하게 지난 이야기를 나누었다. 먼저 정신을 차린 사람은 나이 먹은 나친이었다.

"주인님, 그간의 회포는 천천히 풀기로 하고 자리를 옮겨 중요한 일부터 처리해야 하지 않겠습니까?"

"그렇군요. 긴급하게 의논해야 할 게 있구려."

양만춘은 개코에게 고정의를 모셔오라고 말하고 야율고오 일행과 나친을 숲속 오두막으로 데리고 갔다.

다샤는 지난해 타타비 부족을 되찾았고, 야율고오도 6년 전 수나라와 돌궐 군에게 큰 피해를 입었던 거란 부족의 젊은이들을 모아 수나라에 복수할 군대를 모집했는데 병력이 1천 명에 달했다. 그는 즉시 타타비와 키타이(거란) 군대 지휘자들을 불렀다.

양만춘은 뜻밖에 많은 연합군이 생겨 기뻤으나 지휘체계가 가장 큰 문제였다. 연합군을 일사불란하게 지휘할 수 없다면 차라리 개별적으로 싸울지언정 하나의 통합된 군대로 작전을 할 수 없었다. 나친은 그 고민을 잘 알기에 모인 사람을 둘러보았다.

"신속한 결단과 과감한 행동은 군대의 생명이고, 엄정한 명령과 철저한 복종이 승리할 수 있는 기본조건이오. 여러분은 어떤 상황에도 뵈클리(고구려) 사령관 명령에 무조건 따를 수 있겠소?"

야율고오를 따라온 지휘관들은 서로 얼굴을 쳐다보며 입을 다물었다. 침묵을 깬 것은 뜻밖에 타타비 여족장이었다. 그녀는 눈을 들어 양만춘을 똑바로 쳐다보았다.

"먼저 알고 싶은 게 있습니다. 함께 싸우다 쫓기게 되면 뵈클리 땅에 피란처를 주겠습니까. 그리고 사령관은 시빌 카간의 안다라고 들었습니다. 여러분과 힘을 합쳐 수나라와 싸울 때 투르크인 (돌궐인)이 우리 뒤통수를 치지 않는다고 보장할 수 있나요?"

양만춘은 여족장의 예리한 질문에 감탄하여 몇 번이나 고개를 끄덕이다가 주위를 둘러보고 말했다.

"제가 생각이 짧아 태왕폐하께 피란처에 대해 미리 허락을 받지 못했지만, 생사고락을 함께하는 연합군과 그 부족민에게 피란처를 제공하는 건 당연한 일입니다. 돌궐 역시 저를 믿고 맡겨 주십시오. 여러분에게 조금도 근심을 끼치지 않겠습니다."

"명령에 따라 살고 죽어야 제대로 된 군대라 하겠지요. 실위 군은 원정군 사령관에게 절대 복종하겠습니다."

나친이 먼저 엄숙한 얼굴로 맹세했다. 거란 부족 지휘관이 서로 눈짓을 나누자, 텁석부리가 거대한 체구를 흔들며 일어났다.

"여족장님 뜻에 따라 뵈클리 장군 명령에 절대 복종할 것을 맹세합니다. 사냥도 손발이 맞아야 하거늘 하물며 전쟁에서야 … ."

그때부터 모든 게 순조롭게 풀렸다. 총사령관 양만춘, 고구려 군 대장 고정의, 거란과 타타비 군 대장은 야율고오, 실위 군 대장 나친으로 정해졌다.

양만춘은 야율고오 부부와 나친을 불렀다.

"요서 원정군의 첫 번째 목표는 영주일세. 어떻게 해야 적에게 가장 결정적인 타격을 입힐지 궁리 중이네. 며칠 안으로 영주에 잠입시킨 흑의대에서 첫 소식이 올 걸세."

"영주를 공격한다고요? 옛날 수문제와 싸울 때 1만 명의 기병대를 동원하고도 빼앗지 못했다던데, 이렇게 적은 병력으로 공격한다면 그 목표는 성이 아니라 다른 곳이겠군요."

"그렇네. 야율고오, 적의 치명적 약점은 보급이 아니겠나? 영주의 보급기지만 깡그리 불사를 수 있다면 첫 싸움은 성공일세."

"보급기지 경비병력도 만만치 않을 텐데 ⋯ ."

"승리의 열쇠는 적이 전혀 예상하지 못할 기습이라네. 아군은 10여 년 전 요하를 건너 정면으로 공격했지만, 이번에 우리가 장사꾼으로 꾸며 시라무렌강을 거쳐 둘러온 건 기습하기 위해서지."

"주인님, 병력을 영주로 모아야 할 텐데 비밀이 유지될까요?"

"아직까지 고구려 군 안에도 몇 사람 외는 실제 공격목표를 알지 못하네. 또한 보급기지 기습은 고구려 병력만으로 할 것이고 연합군은 퇴각로 확보와 적의 구원군을 막는 데만 쓸 생각일세."

나친은 고개를 끄떡였으나 야율고오는 불안한 얼굴로 아내를 쳐다보았다. 다샤는 세 사나이에게 술과 음식을 권하며 명랑한 얼굴로 대화를 듣고 있다가 양만춘을 향해 입을 열었다.

"장군님, 이번 기습의 성공을 믿습니다. 그런데 보급기지를 습격한다면 이 기회에 우리에게 필요한 물건을 빼앗는 건 어떨까요? 뵈클리 군은 어떨지 모르지만 연합군 병사의 사기를 높이려면 전리품(戰利品)을 나누어 주는 게 큰 도움이 될 거예요."

양만춘은 젊은 다샤를 보면서 문득 대씨 부인 얼굴이 떠올랐다. 그러나 소수 병력으로 보급기지를 공격하는 것도 벅차거늘 적의 보급품까지 탐내다가 일을 그르치게 될까봐 선뜻 받아들이기가 망설여졌다.

"장군님은 뵈클리 군만으로 보급기지를 공격하려 합니다. 그렇다면 싸움에 크게 도움이 되지 않을 나이 먹은 타타비 병사 2백 명을 제가 직접 지휘해서 말과 소, 옷감 같은 운반하기 쉬운 전리품을 챙기겠습니다. 전리품의 반은 연합군을 유지하는 비용에 보태고 나머지는 싸움에 공을 세운 병사에게 나누어 주십시오."

"다샤, 당신 생각은 불 속에서 맨손으로 밤을 끄집어내는 것만큼 위험한 일이야. 더구나 여자의 몸으로……."

야율고오가 걱정스런 얼굴로 바라보자 그녀는 환하게 웃었다.

"제가 연합군에 참가할 때 이미 불 속에 뛰어든 셈이지요. 그리고 이런 일은 차분한 성격의 여인에게 알맞고요."

다샤는 어머니같이 따뜻한 얼굴로 야율고오를 다독거리더니 별같이 빛나는 눈을 들어 양만춘의 결단을 독촉했다. 양만춘은 그녀에게 믿음이 생겼다. 그러나 영주의 현지 사정이나 탈출로를 정확히 알 수 없는 지금 확답을 줄 수 없었다.

"다샤 족장님 말씀을 마음에 새기겠습니다. 그러나 지금은 작전에 지장을 주지 않는다면 그 뜻에 따르겠다는 말씀밖에 드릴 수 없군요. 두 분은 다음 달까지 믿을 수 있는 거란과 타타비 군만 거느리고 은밀하게 영주성 부근에 집결해 주십시오."

"장군님은 솔직하고 사람 마음을 편하게 만드는 힘이 있으시군요. 기쁜 마음으로 명령에 따르겠습니다."

그녀는 신뢰하는 눈빛으로 쳐다보며 일어섰다.

우리의 외침으로 벌판을 메우라

千의 出兵

넓고 넓은 바다[東海] 위로 불끈 솟는 해님아.

아스라한 벌판[遼東平野] 너머 불타오르는 노을아.

아아 영광 사나이의 길

눈 들어 바라보라 우뚝 솟은 백두(白頭)

거치른 벌에 핀 한 송이 들꽃

비바람에 흩날려 떨어진다 하여도

바람 따라 구름 따라 예서제서 피어

해 가고 달 오면 온 누리에 가득

고구려 사내야 말을 타라.

우리의 외침으로 벌판을 메우자.

영주 기습 營州 奇襲

양만춘이 영주성(營州城) 동문 밖 웅장한 저택으로 들어서자 유영석은 너그러운 미소를 띠고 따뜻하게 맞아주었다. 그의 침착한 태도와 서두르지 않는 모습에 믿음이 갔다.

"대인, 혹시 해동청(海東靑, 우리나라에서 자라는 매)을 사실 생각은 없으신가요?"

"몇 마리나 가지고 계신지요?"

"우선 다섯 마리. 필요하다면 더 구할 수도 있습니다."

유영석은 깜짝 놀라 주위를 살펴보더니 낯선 방문객 얼굴을 뚫어지게 쳐다보다가 뒤뜰 연못가 정자로 안내했다.

양만춘이 손가락에 끼고 있던 은반지를 뽑아 내밀자 가락지에 새겨진 무늬를 유심히 살피더니 입을 열었다.

"가락지 임자가 무어라던가요?"

"을지 대인께서 찾아가면 도와 줄 거라고 하시더군요."

그는 비로소 경계심을 풀고 양만춘의 두 손을 덥석 잡았다.

"기다리고 있었소이다."

유영석이 가져온 자료는 놀랄 만큼 자세했다. 적군의 배치와 병력 숫자는 물론 지휘관 용모와 성격까지 분석한 귀한 정보였다.

"수나라 전방 보급기지는 세 곳이지만, 싸움터에서 멀리 떨어진 영주 보급창이 가장 큰 규모이고 경비도 허술합니다."

"그렇다면 공격목표는 정해진 셈이군요."

"제가 더 도울 일이 없을까요?"

"유 대인께서 워낙 세밀하게 조사해서 더 바랄게 없습니다. 다만 제 부하 비룡이란 젊은이를 점원으로 삼아주십시오. 보급창 내부 상황을 좀더 자세히 살펴보고 싶습니다."

양만춘은 마음속으로 다짐했다.

'이러한 거물 세작(細作, 간첩)은 천 명의 병사 못지않게 귀한 존재이다. 이번 작전 때문에 피해를 주어선 안 된다. 몇십 년 후에도 나라에 큰 도움이 될 인물이로구나.'

유영석은 원래 고구려 사람이었다. 소년 시절 영주의 상권(商權)을 쥐고 흔들던 거상(巨商) 위경의 가게에 점원으로 들어갔는데, 영리하고 성실한 데다 여러 나라 말까지 잘 익혀 주인의 귀여움을 받았다. 오래지 않아 그는 위경의 데릴사위가 되어 사업을 물려받았고, 영주에서 부유하고 존경받는 상인이 되었다.

무오년(戊午年, 598년) 전쟁은 그에게 깊은 상처를 입혔다. 수나라 군사에게 부모 형제가 죽임을 당했고, 태어났던 마을은 잿더미가 되었다. 전쟁 후 평화사절단으로 을지문덕이 그의 저택에 머물렀던 게 인생을 바꾸어 놓았다. 을지문덕이 국내성 무역상 대씨 노인을 통해 그가 보내는 수나라 정보를 얻기 시작한 지 10년이 흘렀다.

며칠 후 양만춘이 유 대인 저택을 다시 찾아갔다.

"작전을 위한 근거지가 필요합니다. 마땅한 장소가 없을까요?"

"왜 그러십니까. 우리 집과 농장이 작전기지로 부족합니까?"

"이보다 더 좋은 곳이 어디 있겠습니까. 그러나 대인의 정체가 드러나게 하고 싶지 않습니다."

유영석은 의아한 눈빛으로 쳐다보다가, 양만춘의 염려하는 말을 듣고 나서야 고개를 끄덕였다.

"장군의 마음 정말 고맙소. 나를 그렇게 생각해 주다니."

한참이나 생각에 잠겼다가 밝은 얼굴로 말했다.

"보급창 서쪽 삼거리에 거란인이 경영하는 술집을 기지로 삼는 게 어떨지. 주위에 인가도 없고 교통이 편리하오."

"도움을 많이 받았습니다. 앞으로 영주 작전이 끝날 때까지 고구려인이 대인 근처에 가까이 가지 않도록 하겠습니다."

그는 믿음직스럽다는 듯 양만춘을 바라보다가 입을 열었다.

"그렇게 하시면 의심받을 일도 없겠군요. 다만 이 젊은이는 중국말이 능숙하고 생각이 깊으니 제 옆에 두어 후계자로 삼고 싶소."

유영석은 비룡을 가리키며 마음에 들었다는 듯 입맛을 다셨다.

"비룡, 고정의 장군께 잘 말씀 드리겠네. 대인을 어버이로 생각하고 성심껏 모시도록 하게."

비룡도 싫지 않은 듯 그에게 큰절을 세 번 올렸다.

대릉강 가 수나라 보급창에서 10리 떨어진 삼거리에 거란인이 주막을 했다. 집 뒤 개울가에 큰 술독이 수십 개 묻힌 걸로 보아 길손에게 술을 파는 건 시늉에 불과하고, 보급창 군인을 상대로 장사하는 게 본업(本業)임을 한눈에 알 수 있었다.

사냥꾼 차림의 텁석부리 구르가 주막에 들어가서 안주로 구워달라고 멧돼지 뒷다리를 던져주면서 주인도 함께 마시자고 권하자,

교활하게 생긴 주인은 웬 떡이냐는 듯 상머리에 앉았다. 술잔이 거듭되니 주인은 속마음을 털어놓았다.

지난번 순찰대장은 돈만 찔러주면 눈감아 주어 어두워지면 기지로 들어가 마음 놓고 술을 팔았다. 그러나 신임 순찰대장으로 올빼미 서윤이 오고 나서 단속이 심해지고 한밤중에도 순찰을 돌아 지금은 옛날만 못 하지만, 군사들이 순찰을 도는 시간을 미리 알려 주어 그럭저럭 장사를 한다고 했다.

구르가 주막 주인에게 동업하면 지금보다 두 배 이익이 생길 거라면서, 가죽 주머니에서 번쩍이는 은화를 꺼내 보이자 주인 눈동자가 화등잔같이 커졌다. 다음 날 구르와 타타비 사냥꾼 십여 명이 주막 뒤 수풀에 천막을 치고 수백 개 술독에 술을 담갔다.

영양태왕 22년 7월 송형령(松陘嶺)에서 군사회의가 열렸다. 첫 전투를 앞두고 모두 숨을 죽인 채 양만춘의 입을 쳐다보았다.

"어떤 장수라도 병사의 사기(士氣)를 위해 첫 싸움을 중요하게 여기지만, 우리는 압도적으로 강한 적과 맞서 싸워야 하니, 이번 싸움에 원정군의 운명이 걸려 있소. 여러분은 우리 병사에게 필승의 신념을 심어주시오!"

양만춘이 모든 장수를 둘러보다가 지도를 향해 돌아섰다.

"영주 보급창은 영주성 서쪽 50리, 삼면이 대릉강으로 에워싸인 백만 평 대지에 자리 잡았는데, 여기에 30만 석 군량과 말먹이 건초(乾草)뿐 아니라 옷감 같은 군수품이 가득 쌓여 있소. 보급창은 세 겹 목책으로 둘러싸였고, 목책 안쪽엔 밤낮으로 경비병이 감시하는데, 보급창 동쪽 언덕에 병영(兵營)을 세우고 경비대 본부가 있소. 다행히 사령관 장기는 술을 즐기는 어리석은 자로 환관 우두머리 장호의 양자(養子)인 것을 코에 걸고 거만해서 영주 총독 위운기와 사이가 나쁘다 하오. 게다가 경비병 대부분이 강제로 뽑혀온 농민병이어서 사기가 형편없소."

보급창 배치지도를 가리키며 현재 상황을 자세히 설명했다.

"적의 병력은 어느 정도입니까?"

야율고오가 물었다.

"보급창에는 5천 명. 그중 기병이 5백이고, 영주성을 지키는 총독 수비대는 1만 5천인데 기병 3천이오."

"보급창의 적군에 비해 아군 병력이 너무 적지 않습니까?"

다우카이[桃花] 촌장이 근심스런 얼굴로 물었다.

"염려 마시오. 절반이 수송병이고 경비병도 오합지졸 잡병들이니 기습의 성공은 오로지 과감하게 공격하는 데 달렸소."

"대장군의 작전계획을 들려주시오."

나친이 눈을 빛내며 양만춘을 쳐다보았다.

"고구려 최정예 흑의대는 물론 타타비의 구르와 여족장 다샤까지 이미 침투작전에 들어갔소. 보급창에 대한 기습은 야간을 이용해 신속하게 이루어질 것이오. 정면 공격은 고구려 군이 맡고 실위와 타타비 기병대가 도울 것입니다. 그다음, 아군이 송형령 고개로 무사히 탈출하는 건 공격계획 못지않게 중요하오. 후퇴로를 확보하고 적의 추격을 지연시킬 임무는 야율고오 장군의 거란 군이 맡고, 보급창 경비대가 영주성 수비대에 연락을 취하지 못하게 하고 외부에서 오는 지원군을 막을 임무는 나친의 실위 기병대가 맡아주시오. 백석 도인과 다우카이 촌장이 이끄는 나머지 병력은 송형령에서 벌어질 결전(決戰) 준비를 서둘러 주시오."

"대장군 머릿속에 이렇듯 물샐틈없는 계획이 서 있으니 우리는 즐거이 명령에 따를 뿐입니다."

야율고오의 말에 모든 지휘관이 임무를 완수하겠다고 다짐했다.

북쪽 나라 8월. 가을바람이 불어 차가운 냉기가 옷깃으로 스며들고 어두운 잿빛 구름 사이로 그믐달만 보일 뿐, 보급창 주변과 대릉강 갈대밭은 칠흑 같은 어둠에 싸였다.

보급창 보초병은 추위를 잊으려고 군데군데 모닥불을 피워 경비에 소홀했으나, 시간에 맞추어 지나는 서윤의 기마순찰대가 흑의대에 위협이 되었다. 흑의대장 해오름은 고구려 군이 보급창 깊숙이 침투할 길을 뚫기 위해 목책을 지키는 보초병을 소리 없이 제거할 임무를 맡았다.

흑의대원은 얼굴에 진흙을 바르고 검은 옷소매와 바짓단을 끈으로 동여매어 옷깃이 나풀거리는 소리까지 감추면서 서로 알아보기 쉽게 허리에 흰 끈을 둘렀다. 대원들은 축시(丑時, 밤 1시에서 3시 사이)에 시작되는 야간순찰대가 지나기를 기다렸다. 다음 순찰조가 돌 때까지는 1시진(2시간) 여유가 있었다.

공격 개시는 서윤의 야간순찰이 끝나는 시각.

강변 숲에서 "부엉 부엉" 부엉이 우는 신호소리가 들려오자, 흑의대원이 행동을 개시했다. 검은 그림자가 뱀이 기어가듯 자세를 낮추어 목책으로 다가갔다. 대원들은 보초병 눈을 피하면서 숲과 바위틈으로 목책을 뚫고 들어갔다. 흑의대가 행동을 개시하니, 풀벌레 우는 소리도 그치고 숲과 강변은 깊은 정적에 싸였다.

야간순찰대가 지나가자 긴장이 풀린 수나라 보초병들은 화톳불을 피우고 추위에 언 몸을 녹이려 모여들었다가, 갑자기 주위가 조용해지자 이상한 느낌이 들어 주위를 두리번거렸다. 소리 없이 다가온 검은 그림자가 수나라 보초의 입을 막고 오른손에 든 단도로 목줄을 끊었다. 모닥불을 쬐던 병사들도 한꺼번에 덤벼드는 흑의대 용사의 기습에 제대로 저항도 못하고 목숨을 잃었다.

살그머니 경비대 숙소로 다가가서 혹시 잠자는 자들이 깨었는지 몰라 반각(15분 정도)이나 동정을 살폈으나, 문 앞의 보초조차 졸고 별다른 움직임을 찾아볼 수 없었다. 반 시진(1시간)도 지나기 전에 영주창 서쪽 초소 보초와 경비병은 모조리 제거되었다.

고정의가 이끄는 고구려 주력군은 흑의대를 뒤따라 밀물처럼 보급창 안으로 숨어 들어가 총공격 신호가 오르기만 기다렸다.

올빼미 서윤은 웬일인지 마음이 뒤숭숭해 좀처럼 잠을 이룰 수 없었다. 밤 순찰을 돌고 와서 경비를 강화하도록 거듭 지시하고도 불안한 마음을 걷잡을 수 없어 또다시 순찰대를 비상소집해 새벽 순찰에 나섰다. 양만춘의 총공격 신호만 기다리던 고정의는 난데없이 횃불을 들고 나타난 한 무리 수나라 병사를 보고 크게 놀랐다.

"해오름, 어떻게 된 일이오? 다음 순찰 돌 시각이 아직 한 시간

남았을 텐데."

"올빼미라더니 불시(不時)에 경비 상태를 점검하는 모양입니다. 저놈을 유인하여 조용히 처리하겠습니다."

그는 별일 아니란 듯 대답했으나 속이 타고 입안이 바짝 말랐다. 즉시 흑의대원에게 비상사태를 알리고, 최정예 인자(忍者)들을 이끌고 소리 없이 서윤을 뒤따랐다. 다행히 서윤은 평상시 순찰로를 따라 이동했다.

달이 서산으로 기울면서 어둠이 짙어졌다. 말발굽 소리가 가까워지며 흑의대원들이 매복한 곳으로 순찰대가 다가왔다. 숲속 나무와 바위 뒤에서 소리 없는 그림자가 순찰대를 덮쳤다.

서윤은 별빛으로 적병인 것을 알아채고 재빨리 칼을 빼어 다가오는 그림자를 베고는 호루라기를 꺼내 불려고 했다. 아슬아슬한 순간 해오름이 쏜 화살이 서윤의 목을 꿰뚫었다.

양만춘은 순찰대장 서윤이 밤 순찰을 끝마쳤다는 보고를 듣자 텁석부리 구르에게 출동명령을 내렸다. 술을 실은 마차 열 대가 주막을 떠나 보급창 서쪽 문을 향해 나아가니 첫 번째 초소가 보였다. 마차에서 등불을 흔들자 낯익은 초소병들이 쏟아져 나왔다.

"오늘 장사를 크게 하려 하니 눈감아 주소. 대신 이 술은 공짜요."

술 한 통에 구운 돼지다리까지 던져주니 찬바람에 떨며 모닥불을 쬐던 초소병들이 환성을 지르며 몰려들었다. 지난 한 달 동안 외상술에 맛을 들인 초소병은 뇌물을 받자 열 대의 마차를 보고도 아무런 의심 없이 술통을 초소 안에 옮겨 술잔치를 벌였다.

위병소에서 위병장이 위엄을 부리며 나왔다. 그동안 주막까지 와서 매일 공짜 술을 퍼 마신 주제에 아니꼽게도 위신을 세우느라 딱딱거렸다.

"하찮은 저희들은 장군님 덕에 죽지 않고 살지요. 오늘 한 건 하려 하니 눈감아 주시구려."

묵직한 돈주머니를 받고 술 한 통까지 얻은 위병장은 뜻밖의 횡재에 입이 벌어져 모든 병사가 잠든 한밤중에 그렇게 많은 마차가 왜 병영 안으로 들어가는지 깊이 생각지 않았다.

마차 뒤에서 검은 그림자가 다가와 위병장 입을 막고 심장을 찔렀다. 뒤이어 십여 명 그림자가 술판이 벌어진 초소로 다가갔다.

서쪽 위병소에서 횃불이 세 차례 둥근 원을 그리자, 수나라 군복을 입은 채 주막에서 기다리던 나친 기병대가 깃발을 앞세우고 긴 대열을 지어 어둠 속에 묵묵히 행진했다.

기병대는 선발대에게 제압된 초소와 위병소를 지나 보급창으로 나아갔다. 그 뒤를 다샤 여족장이 이끄는 약탈대가 뒤따랐다. 기습공격에서 물자를 탐내는 건 위험한 데다, 말을 모아놓은 곳은 경비가 삼엄하고 지대가 높아 경비본부에 발각될 염려가 있었지만 말과 군량을 확보하기 위해 위험을 무릅쓸 가치가 있었다.

양만춘은 나친의 기병대가 무사히 목표지점에 도착했음을 확인하자 밤하늘 높이 불화살을 쏘아 올렸다. 병영 서쪽 뒷산 봉우리에 숨어 있던 신호병은 불화살을 보자 즉시 세 가닥 횃불을 휘둘러 총공격을 명령했다.

기습에 성공하려면 번개같이 공격해서 적의 넋을 빼야 한다. 공포에 빠진 적은 극도의 혼란에 빠져 제대로 반격 한 번 못 하고 무너질 수밖에 없다. 미리 목책 안으로 숨어 들어갔던 고구려 군 50개 화공조(火攻組) 5백 명은 일제히 군량창고로 달려가 불을 질렀다. 수백 동 창고에서 치솟은 불길은 때마침 불어오는 서풍을 따라 걷잡을 수 없게 번졌다.

다닥다닥 붙어 있는 옆 창고로 불길이 옮겨 붙자 잠에서 깨어난 수나라 경비병들이 불길을 잡으려 애썼지만, 처마 밑 그늘에 숨어 있던 고구려 병사의 칼에 찔려 쓰러졌다.

나친 기병대도 질풍같이 말을 달려 기지 한가운데 병영을 휩쓸었다. 길을 따라 늘어선 막사는 기병대가 던진 횃불에 타오르고 새벽잠에 빠졌던 수나라 병사는 적과 아군을 구별하기 어려운 혼란 중에 무장도 갖추지 못하고 우왕좌왕하다 목숨을 잃었다.

고정의가 선두에 선 고구려 군도 불타는 창고 사이 길을 뚫고 수비대장 장기의 막사로 돌진했다. 아군은 허리에 흰 끈을 묶어 서로 알아보았지만, 기습당한 수나라 병사는 눈에 보이는 모두가 적병으로 보였다. 걷잡을 수 없는 공포가 전염병같이 퍼졌다.

수나라 경비대장은 비상대기조 병사들을 모아 고구려 군을 막으려 했으나 쏜살같이 달려온 고정의의 칼날에 목숨을 잃었고, 나머지 무리도 파도같이 밀려오는 거센 공격에 밀려 산산이 흩어졌다. 술에 취해 잠들었던 장기는 갑옷도 입지 못한 채 병졸 틈에 끼어 간신히 대릉강을 건너 도망쳤다.

나친 기병대가 영주로 달아나는 수나라 기병을 급히 추격했다. 패잔병이 동쪽 고개 어귀에 다다랐을 때, 길가 양쪽 나무 뒤에 숨어 있던 타타비 병사들이 군호 소리에 맞추어 밧줄을 끌어당겼다. 수나라 기병 선두 말이 팽팽하게 당겨진 줄에 걸려 고꾸라지자, 뒤따라오던 말들도 갑자기 멈추거나 미쳐 날뛰어 말에 탄 적병들을 땅에 떨어뜨렸다.

구르는 포로 중 거란 말을 알아듣는 군관 세 명을 골라 따로 창고에 가두었다. 감시병이 저놈들을 죽여 버리자고 말하자, 그중 한 사람이 '고구려 군 만여 명이 영주성을 공격할 테니 성을 빼앗고 난 후 죽여도 늦지 않다'며 동료를 달랬다. 세 군관은 요행히 창고 안에서 낫을 발견하여 묶은 줄을 끊고 탈출에 성공했다.

동쪽 하늘에 먼동이 트기 시작했다. 백만 평이 넘는 대지에 들어섰던 수나라 보급창은 불에 타 폐허로 변했다.

양만춘은 다샤의 약탈대가 빼앗은 군마와 황소 2천여 마리, 온전한 수레 2백 대와 이에 실은 옷감과 군량을 제외하고 나머지 보급품과 수레를 깡그리 불사르고 철수하라고 명령했다.

문제는 천 명이 넘는 포로였다. 나친을 비롯한 모든 장수가 포로 때문에 신속하게 탈출하기 어려우니 죽여야 한다고 주장했다.

"포로도 소중한 노획물이오. 다샤 족장님, 다른 물품과 함께 이들을 송형령까지 끌고 갈 수 있겠소?"

다샤는 의외로 선선히 받아들였다.

"수가 많기는 하지만 해보겠습니다. 묶을 끈은 충분하니까요.

다만 급할 때는 죽여도 좋다는 조건만 허락하신다면."

영주성 서쪽 보급창에서 불꽃이 하늘로 솟구치자 영주 총독은 즉시 성을 지키던 장수들을 비상소집하고 군사회의를 열었다. 성문을 지키던 수문장이 달려와 영주성 주변 산봉우리마다 세 가닥 횃불로 서로 신호를 주고받는다는 긴급보고를 했다.

보급창이 공격당하면 영주성 군사는 즉시 구원하러 가야 했다. 그러나 영주성은 10여 년 전 말갈기병 1만여 명의 습격을 받았던 아픈 기억이 있는 데다, 포로가 되었다가 탈출해온 3명 군관으로부터 고구려 군 1만여 명이 영주성을 공격한다는 정보를 듣고 총독과 막료들은 두려움에 떨었다.

어두운 밤인 데다 적의 공격목표를 알 수 없으니 우선 굳게 성을 지키다가 날이 밝는 대로 구원군을 보내기로 결정했다. 영주 총독은 다음 날 아침에도 상황을 제대로 파악하지 못했다. 적의 목표나 병력 그 무엇도 정확히 밝혀진 게 없었다. 하루 종일 갈팡질팡하다가 구원병이 만 명이나 모여들자, 오후 늦게 수비대장 이세기에게 보급창의 적을 토벌하도록 명령했다.

어두워질 무렵, 이세기의 토벌군은 보급창 동쪽 고개에 도착했다. 고갯마루에는 낯선 깃발이 휘날리고 언덕과 골짜기 여기저기서 규칙적으로 '둥둥둥' 북소리가 계속 들려왔다.

이세기는 도망쳐온 패잔병으로부터 적의 병력이 엄청나게 많고 용맹하더라는 이야기를 들었기에 적의 매복공격이 두려웠다. 밤

늦게까지 야습(夜襲)이 두려워 긴장의 끈을 늦추지 않고 있다가 새벽녘에 정찰병을 내보냈다. 동녘이 훤해졌을 때 돌아온 정찰병들은 어디에서도 적군을 발견할 수 없었고 군량창고는 완전히 불타 잿더미가 되었다고 보고했다.

"적군이 없었다니. 그러면 저 북소리는 어디서 나는 소리냐?"

"그것까지 확인 못했습니다. 숲속에 숨어 있나 봅니다."

북소리는 점차 약해지고 불규칙했지만 여전히 들려왔다.

"대장님, 적은 꾀가 많고 간사한 듯하니 한 번 더 정찰병을 파견해 자세히 살펴본 뒤 진격함이 옳은 듯합니다."

재차 파견된 정찰병들이 북소리가 들리는 곳을 수색한 결과 숲이 우거진 산등성이와 계곡에 구덩이를 파고 그 속에 양을 매달아 양의 앞발굽이 북에 닿을 수 있도록 해놓은 것을 발견했다. 거꾸로 매달린 양들은 고통스러워 발버둥질 쳤고 그에 따라 계속 북을 두드리게 된 것이었다. 기가 막힌 이세기는 자기가 두려움에 싸여 겁을 먹었던 건 잊어버린 채 부하장수에게 소리쳤다.

"몇 마리 양이 치는 북소리 때문에 어이없게 하룻밤을 허비해 버렸군. 즉시 적을 추격해 섬멸하라."

부하장수들은 부끄러워 고개를 숙였으나 참모장이 이세기에게 간청했다.

"입이 열 개라도 할 말이 없습니다만, 적은 강력한 기병대를 갖고 있으나 우리는 기병이 부족하고, 적의 병력규모나 다음 목표가 어딘지 알 수 없으니 급히 뒤를 쫓는 것은 얻는 것보다 잃는 게 많지 않을까 염려됩니다. 먼저 영주성 방어를 튼튼히 한 후에 다른 부대 도움을 받아 추격함이 만전지책(萬全之策, 빈틈없는 책략)으로 생각됩니다."

"좋소, 참모장 말에 따르겠소. 다만 정찰대를 파견해 적이 어디로 향하는지 살펴보도록 하시오. 구원군이 더 모이면 박살냅시다."

송형령 싸움

"적군은 송형령으로 도망치고 있습니다. 어젯밤까지 횃불이 타오르던 성 밖 주변 산을 샅샅이 뒤졌으나 적 그림자도 찾지 못했으니, 성을 공격한다는 소문은 적이 흘린 거짓 정보인 듯합니다."

"간교한 놈들이군. 적군이 이틀 전에 도망쳤는데 우리 기병대가 그들을 따라잡을 수 있을까?"

"송형령 고갯길이 워낙 험한 데다가 욕심 사납게 노획물을 수레에 가득 싣고 도망쳤으니 아직 멀리 가지 못했겠지요."

"지름길로 앞질러 가서 그들을 공격할 수 없을까?"

"노로아호산맥은 산이 험하고 숲이 깊어 송형령 말고는 산맥을 넘는 다른 길이 없고, 사냥꾼이 다니는 몇 가닥 오솔길이 있지만 워낙 험해 기병은 물론 보병도 넘기 힘들다 합니다."

"그렇다면 돌지계가 이끄는 말갈 기병을 앞세우고 적을 추격하시오. 나는 보병을 이끌고 뒤를 받쳐 주겠소."

영주 총독이 추격군 선봉장으로 임명하자 돌지계는 의기양양했다. 붉은 비단폭에 '선봉대장 돌지계'라 쓴 깃발을 앞세우고 송형령을 향해 바람같이 돌진했다. 고개 어귀에 다다르자 소가 끄는 수레 십여 대가 꾸불꾸불한 고갯길을 힘겹게 올라가는 게 보였다.

기병대를 재촉해 거리를 좁혀가자, 고개 너머 노호산 봉우리에서 검은 색 사각연이 바람을 타고 하늘높이 솟구치는 게 보였다.

"형님, 왠지 낌새가 이상해요. 먼저 정찰병을 보내 살펴봅시다."

"둘째야, 오늘은 너답지 않게 겁이 많구나. 호랑이를 잡으려면 호랑이 굴로 뛰어들어야지 그까짓 연을 보고 겁을 먹느냐?"

돌지계는 부하들을 닦달해 급히 수레를 쫓았다. 갑자기 고갯길 산등성이에서 북소리가 우렁차게 들렸다. 돌지계도 멈칫해 말을 세우고 산등성이를 쳐다보자 요란하게 북을 치던 병사 몇 사람이 다람쥐처럼 산 위로 도망치고, 길가에 황급히 내버린 곡식 가마니가 어지럽게 널려 있었다. 십여 대 수레는 이제 한 마장도 떨어져 있지 않았고 운반병들도 놀라 흩어졌다.

"큰형, 아무래도 찜찜해요. 우리를 유인하는 듯합니다."

"셋째야, 너까지 약한 소리를 하냐. 이세기가 거꾸로 매달린 양이 치는 북소리에 놀라 하룻밤을 허비해 조롱거리가 된 걸 모르느냐? 염려 말고 쫓아라. 꼬리를 밟았으니 몸통도 드러날 게다."

돌지계는 동생들을 돌아보며 호탕하게 껄껄 웃더니 망설임 없이 말에 채찍질을 했다.

양만춘이 고갯마루에서 지휘하다가 옆을 둘러보고 물었다.

"저 깃발에 쓰인 돌지계란 자는 누군가? 수나라 놈은 아닌 것 같은데."

138

"원래 우리나라 속말말갈인입니다. 부족장 첩의 자식으로 입심이 좋고 힘이 셌는데, 십여 년 전 동생 둘과 함께 불평분자를 모아 부족장을 몰아내고 대신 추장이 되려 했답니다. 처음에는 제법 인기를 얻었지만 삐뚤어지고 야비한 성격이 드러나 배척을 받아 쫓겨났지요. 그 후 당시 영주 도독 위충의 앞잡이가 되어 부족을 계속 이간질하자 마침내 나라에서 토벌군을 보냈고, 끝내 마을 불량배와 함께 도망쳐 수나라 개가 되었지요. 수문제의 침략에는 저놈 불장난도 한몫했답니다."

늙은 군관이 진저리를 치며 양만춘을 쳐다보았다.

송형령 골짜기로 들어갈수록 협곡은 점차 좁아지고 산길이 험해졌다. 여기저기 내버린 수레가 돌지계 기병대 앞길을 막았고, 그 뒤쪽 산모롱이에는 말이 끄는 수레들이 황급히 달아나는 게 보였다. 이윽고 협곡 양쪽에서 다급한 북소리가 어지럽게 울리더니 화살이 날아와 돌지계 추격군 병사 몇 명을 쓰러뜨렸다.

"저 수레를 치우고 길을 터라. 곧 적 후미뿐 아니라 본대도 따라잡을 게다. 전령은 영주 총독에게 달려가 적을 박살내겠다고 전하라."

선봉 돌지계 군을 뒤따르던 영주 군 기병대장은 하늘에 높이 뜬 연과 북소리에 겁을 집어 먹었다.

'적군이 우리를 유인하고 있구나.'

기병대장은 즉시 추격을 중지하고 먼저 정찰한 후 뒤쫓는 것이 좋겠다고 보고했다. 보병을 이끌고 뒤따르던 수비대장 이세기도 기병대장 말을 옳게 여겨 총독 위운기에게 추격을 멈추자고 간청했다.

위운기는 돌지계가 곧 적을 따라잡게 되었다는 보고를 받고 홍겨워 하는데, 이세기가 재 뿌리는 소리를 하자 역정이 났다. 그렇지 않아도 사흘 전 양의 다리에 매어 단 북에 농락당한 일로 마땅찮게 여기던 중 또 신중한 작전을 주장하자 분노가 폭발했다.

"빨리 적을 쫓으라. 군령(軍令)이다!"

전령은 급히 되돌아가 기병대장에게 총독의 명령을 전했다.

고갯마루에 닿은 돌지계는 고개를 가로질러 이중으로 세워진 튼튼한 통나무 목책을 보고 가슴이 서늘해졌다. 그러고 보니 이곳은 적이 미리 준비한 함정임에 틀림없었다. 말과 소들은 어디 갔는지 보이지 않고 수십 대 빈 수레만 여러 겹으로 목책 앞에 나란히 세워져 기병의 진로를 막았다.

고개 너머 노호산 봉우리 위로 붉은 연이 하늘 높이 떠오르면서 우는 화살〔嚆矢〕이 날카로운 휘파람 소리를 내며 하늘로 솟구치더니, 그 소리를 신호로 목책 뒤에서 돌지계 기병대에게 비 오듯이 화살을 퍼부었다. 그 순간 계곡 아래쪽 협곡 입구에서 벼락 치는 소리와 함께 양쪽 산비탈로 통나무와 돌이 굴러 내려 퇴로(退路)를 막았다.

뒤이어 귀를 찢듯 꽹과리소리와 북소리가 양쪽 산언덕에서 울려 퍼지며 불화살이 쏟아졌다. 골짜기 여기저기 쌓아 놓은 건초더미와 마른 나뭇가지에 불화살이 떨어지자 삽시간에 계곡은 화염과

연기에 휩싸여 아수라장이 되었다. 함정에 빠진 걸 깨달은 병사들이 언덕으로 기어오르려 해도 연합군이 목책 뒤에 숨어 올라오지 못하게 막았다. 말은 겁에 질려 미쳐 날뛰었고, 후퇴하는 선두 기병과 후미의 기병이 뒤엉켜 혼란에 빠져 이미 명령은 통하지 않았다. 불구덩이가 된 골짜기에는 전투가 아니라 일방적인 살육이 벌어졌다. 돌지계 군과 수나라 기병은 살려고 몸부림쳤으나 하나둘 연합군 화살과 불에 타 쓰러졌다.

돌지계는 목책을 정면 돌파하려다가 실패하자 후퇴가 불가능함을 깨달았다. 마침 바람이 서풍이어서 불길이 동쪽으로 퍼지는 걸 보고 그곳엔 연합군 병사가 없으리라고 판단했다. 그는 싸움터에서 터득한 동물적 감각에 따라 직속부하만 이끌고 불 속에 뛰어들어 동쪽 언덕으로 필사의 탈출을 했다. 두 아우를 잃고 온몸이 불에 그을렸으나 간신히 도망칠 수 있었다.

협곡 입구가 통나무와 바위로 막히고 불화살 공격이 시작되자 영주 총독 위운기는 겁을 집어 먹었다. 이세기에게 돌지계와 기병대를 구원하도록 명령하고 황급히 계곡 아래로 도망쳤다.

계곡의 불길이 점차 사그라들고 일방적인 도살극도 끝났다. 악착스럽게 공격을 퍼붓던 연합군이 송형령 고개 너머로 후퇴한 후에야 이세기의 보병이 겨우 계곡으로 들어갈 수 있었다. 돌지계 군과 영주 기병대가 전멸당한 계곡 안은 차마 눈뜨고 볼 수 없는 처참한 광경이었다.

송형령 참사가 있은 뒤 영주 총독 관사에서 위운기와 부하장수들이 모여 사후대책을 의논했다.

"우리를 습격한 무리는 어떤 놈인가?"

"이렇게 치밀하고 조직적으로 작전한 것으로 보면, 고구려 군, 그것도 뛰어난 장군이 지휘했을 것입니다."

"나도 그렇게 생각하네. 지난 전쟁 때 고구려 군의 침공로였던 의무려산 일대를 물샐틈없이 지키는 것을 알고서 후방으로 접근해 뒤통수를 친 솜씨로 보아 대단한 놈인 건 사실이야."

한숨을 쉬다가 참모장에게 물었다.

"우리 피해는 어느 정도인가?"

"양곡 30만 석, 건초 10만 덩어리, 베 10만 필, 소와 말 3천 마리, 수레 2천여 대가 불타거나 약탈당하고, 두 차례 싸움에서 기병 2천, 보병 5천 명이 죽거나 포로가 되었습니다."

"허어, 기가 막히는군. 황제폐하께 그대로 알려진다면 여기 모인 사람 중 살아남을 자가 없겠는데 …."

위운기가 어두운 얼굴로 탄식했다.

"하늘이 무너져도 솟아날 구멍이 있다 했습니다."

'꾀조조'라는 별명을 가진 참모장 조서가 말했다.

"이번 참사의 책임을 행방불명 중인 보급창 사령관 장기와 죽은 순찰대장 서윤에게 몽땅 덮어씌우면 죽은 자는 말이 없으니 그런대로 수습할 수 있습니다. 더구나 이번 사태를 조사할 병부상서 단문진(段文振)은 젊은 첩에게 빠져 정신이 없는데, 첩의 동생이 피해가 가장 큰 마장(馬場) 책임자이니, 그놈을 이용하면 단문진의 입을 막을 수 있겠지요."

위운기가 고개를 끄덕이더니 여러 장수를 둘러보았다.

"다른 의견을 가진 사람은 없는가?"

장수들은 참담한 마음을 금할 수 없었지만 발등에 떨어진 불을 끄는 게 급해 서로 얼굴만 쳐다보다가 참모장 의견에 모두 동의했다. 참모장 조서는 즉시 군량보급창 마장 책임자 장삼을 호출하여 말과 소를 잃은 책임을 엄하게 추궁하면서, 유주에 머물던 단문진의 첩에게 많은 뇌물을 보내 사태를 수습하도록 했다.

열하의 겨울

거란의 가장 큰 부족장 대하마회(大賀摩會)는 목엽산에서 거란 8부 부족장 회의를 열었다. 목엽산은 시라무렌과 라오하무렌〔老哈河〕이 합류하는 곳에 자리 잡은 산으로 거란인에게 성스러운 땅이라, 중요한 일이 생길 때면 이곳에서 부족장 회의가 열렸다.

영주 보급창 습격사건은 거란인에게 엄청난 충격을 주었다. 얄미운 수나라에 큰 타격을 입힌 것은 통쾌했지만 그들이 앞으로 어떻게 나올지 몹시 두려웠다.

5년 전 수양제의 부추김으로 돌궐인에게 큰 피해를 입었던 질라부의 족장, 고구려 지배 아래 있는 별부의 족장은 이번 고구려 군 영주 기습을 무척 기뻐했으나, 대하마회를 비롯한 대다수 부족장은 수나라의 보복을 피하고 싶었다.

대하마회는 '거란인은 수와 고구려 양국 간에 중립을 지킬 것이며, 설혹 고구려 군에 가담하는 거란인이 있다고 하더라도 이는 개인 행동에 불과한 것'이라는 목엽산 회의 결과를 영주 총독에게 알리고, 연합군 총사령관 양만춘에게 거란 지역에서 함부로 군사 행동을 하지 말라고 요청했다.

양만춘도 전쟁의 첫 희생양이 되기를 원치 않는 거란인의 입장을 충분히 이해했다. 양제가 고구려를 침공할 때까지 대규모 공격을 하지 않겠다고 약속함으로써 대하마회의 요청을 부분적으로 받아들였지만, 눈앞에 다가온 문제는 연합군의 겨울 숙영지였다.

시라무렌강의 고구려 세력권까지 멀리 물러나 숙영지를 정하면 이듬해 작전에 지장이 컸기에 야율고오가 신혼을 보냈던 열하 지방이 숙영지로 검토되었다.

열하(熱河)는 만리장성의 출입구인 고북구(古北口 또는 虎北口)에서 북동쪽으로 200여 리밖에 떨어져 있지 않고, 난하 강물을 통해 수나라 본국에 연결되는 가까운 곳이었다. 그러나 연산산맥 험준한 산줄기와 난하의 좁고 험한 협곡으로 가로막혀 겨울철엔 접근하기가 쉽지 않고, 북으로 모형령 고개를 넘으면 붉은바위산[赤峰]으로 통하고 서쪽은 돌궐의 몽골고원이었다.

이곳은 타타비 부족 땅이니 거란족 목엽산 결의도 존중하는 셈이었고, 다음해 양제의 고구려 원정 때 수나라 수송대를 공격하기도 유리했다. 더구나 열하는 고개 북쪽보다 봄이 20일이나 일찍 찾아올 만큼 따뜻해 겨울철 말먹이 풀을 구하기도 쉬웠다.

숙영지가 정해지자 논공행상을 베풀었다. 고구려 군과 달리 거란인, 타타비와 실위족 병사에게는 노획물의 분배야말로 싸움에 참가한 큰 이유였다. 양만춘은 공정하게 분배하고, 누구도 원치 않는 포로는 고구려 군 몫으로 정해 대씨 농장으로 보냈다.

단문진(段文振)은 북해 기원 사람으로 조부와 부친이 모두 자사(刺史, 지방장관)를 지냈고 무인으로 이름을 떨친 명문집안이었다. 성격이 강직하고 담력이 큰 데다 힘이 장사였는데, 어려서부터 창한 자루를 들고 누구보다 먼저 적의 성 위로 뛰어올라 가 큰 공을 세웠고, 여러 차례 돌궐을 무찌르고 토욕혼을 정복했던 백전노장이었다.

양제가 즉위하자 병부상서로 임명되어 이번 원정에 후군(後軍)을 맡아 본국과 요동 사이 군량보급로를 지키는 것이 그의 임무였다. 불타버린 보급기지를 둘러보니 어이가 없었다.

"위 총독, 어쩌다가 이런 불상사가 일어났소. 이 일을 황제께서 아신다면 얼마나 노하시겠소?"

"부끄러워 드릴 말씀이 없습니다. 지난 전쟁 때 고구려 군이 요하를 건너 동쪽에서 침입해 왔기에 그쪽만 신경을 썼는데, 이번에는 장사꾼으로 꾸며 거란 땅을 지나 북쪽 송형령으로 숨어들어 와서 기습을 당하고 말았습니다."

위운기가 머리를 조아리며 용서를 빌었다. 참모장 조서가 쥐같이 작은 눈을 반짝이며 열심히 변명했다.

"저희 영주성은 경계를 철저히 해 피해가 없었사오나, 보급창 사령관인 장기가 경비를 태만히 하고 순찰대장 서윤이란 놈이 적과 내통해 영주창이 불타고 말았습니다."

"듣기 싫소. 장기는 위 총독의 부하가 아니란 말이오?"

서릿발같이 싸늘한 단문진의 호통에 분위기가 얼어붙었다.

단문진은 부하장군 관평에게 피해상황을 철저히 조사하게 하고, 고구려 군의 침투와 전투상황, 보급로 안전에 대한 대책을 무섭게 다그쳤다. 서릿발 같은 그의 기세가 하룻밤이 지나자 누그러졌다. 워낙 피해가 커서 황제가 이 사태를 알면 병부상서로 군량운반을 책임진 자신에게도 불똥이 떨어져 그 화를 피할 수 없는 데다, 사랑하는 어린 애첩이 오라버니 장삼을 살려달라고 눈물을 흘리고 애원하는 걸 차마 뿌리칠 수 없었다. 그는 관평의 조사보고를 듣고 적장의 뛰어난 책략(策略)에 혀를 내둘렀다.

"오랑캐 중에 그처럼 뛰어난 장수가 있다니 고구려 원정에 큰 걸림돌이 되겠군. 원정이 시작되기 전에 제거해야겠구나."

단문진은 기병인 연합군을 토벌하려면 보병은 별 도움이 되지 않으므로 영주 기병은 물론 본국의 정예기병대까지 동원하는 한편 이들을 고립시키려 거란의 가장 유력한 부족장 대하마회에게 사신을 파견해 위협했다.

대하마회는 고구려 군이 목엽산 결의를 존중해 거란 지역에 겨울 숙영지를 건설하는 것을 포기했다는 사실을 알려 주고, 앞으로 거란인은 노로아호산맥을 넘거나 수나라 보급로에 접근하지 않겠다고 약속했다.

불에 타 얼굴이 흉측하게 일그러진 돌지계가 단문진을 찾아와서 죽은 동생의 원수를 갚게 해달라고 호소했다.

"패전한 장수는 근신함이 옳거늘 이 무슨 추태인가?"

단문진이 눈살을 찌푸리자 조서가 다가와 귓속말을 속삭였고 그도 고개를 끄떡였다.

"군법에 따르면 패전 책임을 물어 죄를 주어야 마땅하지만, 그대 형편이 가련하고 용기가 가상하다. 영주군 선봉장을 그대로 맡기고 기병 2천을 줄 테니 송형령을 지키라."

"감사합니다. 대인의 너그러운 처사를 뼈에 아로새겨 자자손손 은혜를 잊지 않겠습니다."

돌지계가 몇 번이나 머리를 조아리며 충성을 맹세하고 나가자 조서가 말했다.

"잘하셨습니다. 저런 오랑캐는 은혜를 베풀어야 입을 틀어막을 수 있지요. 오늘 저녁 푸짐하게 술과 안주를 보내 위로하십시오."

단문진이 여러 차례 먹음직한 미끼를 뿌렸으나 양만춘은 거들떠보지도 않고 교묘하게 덫을 빠져나갔다.

'미꾸라지같이 얄미운 놈. 돌궐 기병대가 우리를 도와준다면 한 줌밖에 안 되는 것들을 땅끝까지 쫓아가 사로잡으련만.'

수나라 군이 아무리 싸움을 걸어도 요리조리 피하기만 했다. 영주 보급창 전투의 승리에 들뜬 거란을 비롯한 연합군 장수조차 지나치게 몸을 사린다고 불평하자 양만춘이 조용히 타일렀다.

"싸울 때와 장소는 우리가 정한다. 멍청이만 미끼를 물 뿐이다."

단문진은 12월이 되어서야 타타비 부족민으로부터 연합군이 열하에 겨울 숙영지를 만들었다는 소식을 듣고 크게 놀랐다. 그들은 대담하게도 수나라 바로 코앞에 둥지를 튼 셈이었다.

고북구에 주둔하던 유주(幽州) 수비대장 장초는 열하에 웅크린 연합군을 토벌하라는 명령을 받았다.

열하는 고북구에서 200리나 떨어져 있고 높은 고개와 급류가 흐르는 강을 아홉 번 건너야 하기에 겨울이 아니더라도 내키지 않는 길이었다. 더구나 이틀 전 눈이 두 자나 내려 행군하기도 쉽지 않았다. 그러나 단문진의 명령을 따르지 않을 수 없었고, 승리할 때 받을 포상은 너무나 유혹적이었다.

장초는 유주 수비군 중 가려 뽑은 5천 명과 치중대(수송부대)를 이끌고 쌓인 눈을 헤치면서 진군했다. 선발대가 고북구에서 130리 북쪽 홍석령 고개에 이를 때까지 연합군의 저항은 물론이고 흔적조차 찾을 수 없었다. 유주 수비군 정찰대장은 흑성(난하)까지 50리 안에 적군이 없다고 보고했다. 이번 기습은 성공할 가능성이 높았다. 흑성부터 60리 길은 난하와 열하를 따라 평탄한 길이 계속되므로 큰 어려움도 없을 터였다.

홍석령 바위 옆 움막에서 정찰병이 남쪽 고북구 방향을 감시했다. 초원에서 자란 야르구치는 눈이 밝아 20리 밖에서 말의 털 색깔이나 암수를 구별할 수 있어 '매의 눈'이라 불리는 거란 젊은이로 정찰조장에 뽑힌 게 무척 자랑스러웠다. 그가 자리 잡은 곳은 사방 10리 앞까지 막힌 데 없이 탁 터져 전망이 좋았다.

닷새 전 큰 눈이 내리더니 모처럼 날씨가 화창하게 개어 상쾌한 아침이었다. 먼 산기슭 절벽 위에 독수리 한 마리가 유유히 계곡 위를 맴돌다가 바위에 앉았다. 멀리 모수구에서 가까이 황토량까지 샅샅이 살펴도 눈 덮인 길에 사람 흔적이 없었다.

우연히 숲 가운데 공터로 눈을 돌리자 산토끼 한 마리가 웅덩이에서 목을 축이다가 갑자기 머리를 치켜들고 두 귀가 움직이며 머리를 남쪽으로 돌리더니 재빨리 숲속으로 달아났다.

맹수가 나타나 도망치나 보다 싶어 눈길을 돌리려다가 이상한 생각이 들었다. 맹수는 사냥할 때 소리를 내지 않는다. 그런데 토끼는 코로 냄새를 맡은 게 아니라 귀를 치켜들어 소리를 듣고 도망쳤다. 그는 토끼가 바라본 방향을 다시 한 번 살펴보았다.

공터 남쪽에서 몇 마리 갈까마귀가 숲 뒤로 날아가자 숲속 풀밭은 고요를 되찾았다. 얼마 지나지 않아 사냥꾼 차림의 사내가 주위를 조심스럽게 살피면서 풀밭을 가로지르더니 뒤이어 무장한 사내들이 떼를 지어 나타났다. 수나라 토벌군이었다.

급히 10리 뒤에 있는 안자령 감시초소로 거울신호를 보냈다. 야르구치의 신호는 즉시 안자령에서 북대산을 거쳐 흑성 파견대로 전달되고, 한나절도 지나지 않아 양만춘에게 보고되었다.

눈사태는 경사(傾斜)가 급한 곳보다 산 모양이 볼록하게 비탈져 있는 계곡에서 나기 쉽다. 그리고 추웠다가 포근한 날이 반복되어 날씨가 변덕스러운 때에 일어난다.

장초의 유주 군 부대가 남대산과 북대산의 협곡 안으로 들어서자 개마고원의 사냥꾼 부대는 겨우내 두텁게 쌓인 눈을 떠받치던 거대한 목재틀 기둥을 수십 마리 말에 밧줄로 매어 끌어당겼다.

벼락 치는 소리와 함께 목재틀이 쓰러지면서 협곡 앞쪽 남대산과 북대산에 쌓인 눈이 협곡으로 쏟아져 내리고, 그 소리와 진동으로 연이어 여기저기 산골짜기에서 눈사태가 일어났다.

유주 선발대가 홍석령을 지나 위자욕(韋子峪) 골짜기에 들어섰을 무렵 멀리 남쪽에서 산이 무너지듯 벼락 치는 소리가 연이어 들려오자, 지휘관은 후방 본대에 무슨 일이 생겼는지 알아보려고 진격을 멈추고 연락병을 파견했다.

연락병은 남대산과 북대산 사이 협곡에서 본대(本隊)가 눈에 파묻혀 전멸당했다고 보고했다. 이제 선발대는 앞으로 나아갈 수도 물러설 수도 없는 궁지에 빠졌고 병사들은 공포에 빠졌다.

오래지 않아 우는 화살 소리와 함께 뒤쪽 홍석령 위에 삼족오 깃발이 높이 올라가고 흑성 쪽에서 고구려 군이 쳐들어왔다.

"너희 본대는 전멸했다. 무기를 놓고 항복하라."

선발대는 앞에서 고구려 군이 쳐들어오고 뒤에는 눈사태로 길이 막히자 무기를 내려놓고 무릎을 꿇었다. 구사일생으로 살아온 장초의 보고를 듣고 단문진은 연합군의 겨울 숙영지인 열하 소탕계획을 단념했다.

요하는 흐르고

開戰

요하(遼河)는 몽골고원 작은 샘에서 시작된다. 봄눈 녹은 물과 여름 소나기가 모여 시라무렌이 되어 대흥안령(大興安嶺) 골짜기를 뚫고 동으로 달리기를 1천 리. 장성(長城) 밖 광두산에서 북동으로 흘러온 라오하무렌[老哈河]과 합하여 서요하가 된다. 이 물줄기가 다시 동으로 달리길 1천 리. 장백산맥(長白山脈) 끝자락에서 발원(發源)한 동요하 강물을 합치면서 대요하(大遼河)라 불리는 큰 강이 된다.

대요하 물줄기는 크게 휘돌아 남쪽으로 방향을 꺾어 넓고 넓은 요동 벌판을 가로지르며 유유히 천 리를 흘러가다 풍요로운 야래강[渾河]과 아름다운 대량수[太子河]의 세 가닥 물줄기가 모여서 안시성(安市城) 곁을 지나 바다[渤海]로 들어간다.

대요하는 정복되지 않은 강이다. 거대한 용(龍)처럼 꿈틀거리며 흐르는 강물은 수량이 그리 많지 않아 얕은 여울엔 소떼가 등을 적시지 않고 건너나, 봄이 되어 눈이 녹을 때나 여름 장마철엔 강물이 벌판으로 넘쳐 흐른다.

큰 홍수가 나면 성난 강물이 무섭게 부풀어 올라 산더미 같은 격류가 소용돌이치며 넓은 벌을 가로질러 바다로 달려가고 그때마다 대요하 물길이 바뀌면서 새로운 호수와 늪이 생긴다.

울창한 숲, 안개 자욱한 늪과 호수에는 해오라기가 물가에 서서 물고기를 노리고, 뇌조(雷鳥, 들꿩)와 뜸부기가 갈대밭에 둥지를 트는가 하면, 덤불엔 들토끼가 숨고 노루는 숲속으로 뛰는데, 멧돼지와 사슴은 사방을 두리번거리며 물을 마시러 나온다. 강가 버드나무 숲 그늘에 한 무리 말이 여름 볕을 피해 쉬고, 늪과 웅덩이 옆 진흙탕에서 소떼가 뒹굴며 풀을 뜯는다.

고기잡이 어부의 흥겨운 노랫가락, 밭가는 농부의 소 모는 소리, 사냥하는 병사들의 외침이 끝날 즈음이면, 강가 마을 귀틀집 굴뚝마다 저녁 짓는 연기가 피어오른다. 대요하는 새와 짐승의 낙원이기도 하지만, 고구려인에게는 한때 잃었다가 되찾은 젖과 꿀이 흐르는 삶의 터전이며, 나라를 지키는 서쪽 방벽(防壁)이기도 했다.

황제 친정 皇帝親征

612년(영양태왕 23년, 대업 8년) 잔나비해〔壬申年〕 양제는 고구려 원정군을 유주(幽州) 탁군(현재 북경 부근)에 모았다. 좌우 12군으로 24개 군과 친위대 6개 군까지 총 병력 113만 3천 8백.●

일찍이 듣도 보도 못한 규모였다. 그는 상제(上帝)와 토지신에게 제사드리고, 원정을 선포하는 조서(詔書)를 내렸다.

"고구려 오랑캐〔高麗少醜〕가 불손하게도 발해와 갈석 사이에 모여들어 요동과 예맥을 잠식하니 요동, 현토, 낙랑이 저들의 땅이 된 지 오래되었다. 황제의 명령을 한 번도 따른 적이 없고 입조(入朝)하는 의식에 왕이 오지 않았다. 더구나 다른 나라 사신이 수나라로 왕래하는 길을 막을 뿐 아니라, 거란 무리와 합세하여 바다를 지키는 우리 수비병을 살해하고, 말갈과 더불어 요서를 침략하므로 동쪽 변경이 안정되지 못하고 백성의 생업에 지장을 주었다. 이제 고구려를 무찌르려 행군을 개시하니, 발해를 뒤덮고 부여를 짓밟아 우레같이 진동케 하고 번개같이 휩쓸려 한다. 좌우 12군은 진군할 길을 서로 의논해 모두 평양에 모이도록 하라!"

출정식(出征式)은 전쟁의 시작을 알린다기보다 승리를 축하하는 축제 같았다. 거대한 장막에 양제를 비롯해 서돌궐 초르 카간〔處羅可汗〕, 고창국 왕 국백아(麴伯雅) 등 서역 왕후들이 앉아 출정

● 1, 2차 세계대전 이전 역사상 최대 규모의 병력을 동원하였던 전쟁임. 1950년 한국전쟁 당시 중공군이 동원한 총 병력을 120만으로 추산하는 것을 미루어 보아 그 엄청난 규모를 상상할 수 있음.

군을 사열했다.

오색 깃발이 수풀같이 펄럭이고, 투구와 갑옷, 창과 칼이 햇빛에 번쩍여 마치 빛의 파도가 넘실거리듯 벌판을 가득 메웠고, 황제 앞을 행진하며 지휘관 선창에 따라 "황제폐하, 만수무강하소서!"라 외치는 함성이 하늘을 삼킬 듯 우렁찼다.

정월 3일 우둔위 대장군 맥철장이 이끄는 선봉 좌 1군이 출발하고 뒤이어 매일 1개 군(軍)씩 떠났는데, 각 군간 거리는 40리를 유지해 행군 대열이 960리에 이르고, 좌우 12군 외에 양제를 호위하는 근위 6개 군과 조정의 3대(臺) 5성(省) 9시(寺) 대신과 관리가 뒤따르니, 요동으로 가는 천 리 길이 수나라 깃발로 뒤덮였다.

'이 대군을 감히 누가 막으랴.'

양제는 백만 대군의 출정을 바라보면서 의기양양했다.

어릴 때부터 그의 꿈은 한무제(漢武帝)보다 훨씬 뛰어난 정복자로 중국 역사상 가장 위대한 제왕이 되는 것이었고, 그 첫걸음이 고구려 정복이었다.

양제는 황제에 오르면서(605년) 원정 준비를 착착 진행했다. 북으로 돌궐의 야미 카간(啓民可汗)에게 수나라 국력을 과시하며 막대한 재물을 주어 회유하고(607년), 서쪽으로 토욕혼을 정벌하고(608년) 서역으로 향하는 비단길(Silk Road)을 열어 위세를 뽐낸 것도(609년) 고구려 원정 때 후방 위협을 없애려는 목적이 컸다.

동으로 왜에 배세청을 파견하고 백제를 끌어안으며 외교관계를 돈독히 한 것도 고구려를 고립시키려 하는 외교 전략에 따른 조치였고, 백성의 괴로움을 돌보지 않고 무리하게 대운하 공사를 완성한 것 역시 고구려 원정 때 강남의 물자를 용이하게 탁군으로 수송하기 위함이었다. 다만 시빌 카간은 그 아비와 달리 만만치 않아 돌궐 기병대의 도움을 얻는 데는 실패했다.

드디어 611년(대업 7년, 영양태왕 22년) 2월 고구려 원정을 위한 총동원령을 내리고, 4월 탁군의 임삭궁에 거처를 옮겨 모든 전쟁 준비를 직접 감독했다. 그때부터 탁군은 수나라 서울이나 다름없었다. 조정대신을 이곳에 모아 전시체제를 갖추고 국가의 모든 힘을 고구려 원정에 모았다. 그는 백만 대군을 동원했으니 몇 달 만에 고구려를 정복할 것으로 굳게 믿었다.

흐뭇한 생각에 잠겨있던 양제는 수행하는 신하 중에 뛰어난 지혜를 지녔다는 합수령 유질을 보자 그의 의견을 물었다.

"짐은 선제(先帝)의 뜻을 이어 고구려를 정벌하려는데 그 땅과 백성을 어림해보니 우리나라 1개 군(郡) 크기에 불과하다. 이번 싸움은 쉽게 이기겠지?"

"폐하께서 몸소 원정에 나서지 않는 게 좋다고 생각되옵니다."

통일전쟁에 참여하여 진(陳)나라를 멸망시킨 이후 자신을 군사적 천재라고 착각하고 있던 양제는 얼굴색이 변했다.

"짐이 군사를 이끌고 여기까지 왔거늘, 적을 보지도 않고 어찌 스스로 물러간단 말인가?"

"행군에 참여하시면 군의 위엄을 손상시킬까 염려되오니 탁군에 머무시고, 장수에게 지휘권을 맡겨 행군 속도를 더욱 빠르게 해서 적이 우리 작전을 알아차리지 못하게 해야 합니다. 승리는 신속함에 달려있사오니 속전속결(速戰速決) 해야지 시간을 지체하면 성공하기 어렵습니다.”

그는 언짢게 여겨 유질을 원정 대열에서 내쫓아 버렸다.

양제는 원정길에서 가까운 갈석산(碣石山, 695m, 하북성 창려, 만리장성 동쪽 끝 부근, 366쪽 참조)에 올랐다. 일찍이 진시황과 한무제가 올랐던 곳으로 멀리 동쪽을 바라보니 끝없이 바다가 펼쳐졌다.

‘저 수평선 너머 고구려가 있겠지. 이제 저곳을 정복하리라.’

진시황제와 한무제의 공덕비(功德碑)를 둘러보던 양제의 눈길이 조조의 〈관창해〉(觀滄海)란 시(詩)를 새긴 바위에 멎었다.

동쪽 갈석산에 올라 만경창파 굽어본다. / 파도는 넘실대고 섬은 우뚝 솟았다. / 섬에는 나무가 우거지고 갖가지 풀도 무성하다. / 쓸쓸한 가을바람에 넘실대는 바다 물결 / 해도 달도 저기에서 솟아오르고 / 빛나는 은하수도 저기에서 떠오르겠지. / 한없는 즐거움을 노래로 읊어나 보리.

양제는 뛰어난 시인이란 자부심을 가진 터라 조조의 시를 보자 경쟁심이 솟구쳤다.

‘이곳에 그 누구의 것보다 큰 비석을 세우고 멋진 정복의 노래를 새기리라.’

위대한 정복황제가 된 듯 가슴이 뿌듯해서 우문개를 불렀다.

“승리하고 돌아오는 날, 여기 승전비를 세우려 하니 짐의 위업(偉業)에 걸맞은 큰 화강암을 구해 비석(碑石)을 잘 다듬어라.”

요하 도하전 遼河渡河戰

수나라 선봉 좌1군은 용맹으로 이름난 맥철장(麥鐵杖)이 이끌었는데, 장안에서 모은 1만 명의 지원병이 주력이라 사기가 높았다. 2월 초순 좌1군은 요하 강변 회원진에 이르렀다. 요하는 아직 얼음으로 덮였으나 강 가운데는 얼음 두께가 얇아 사람이 건널 수 없었고, 배나 뗏목을 띄우기도 어려웠다.

요하를 건너 요동성으로 가는 나루터 배다리는 이미 고구려 군이 불태워 버렸고, 강 건너편 언덕 위에는 고구려 군이 삼중으로 목책을 둘러쌓아 요새가 되어 있었다.

맥철장은 강을 건널 뾰족한 방법이 없어 발만 동동 굴렀다.

"한 달만 일찍 왔더라도 얼어붙은 요하를 건너는 것쯤 식은 죽 먹기였을 텐데."

수나라 원정군이 정월에 출정한 것은 수문제 때 여름에 출정했다가 장마를 만나 제대로 싸워보지도 못하고 물러났던 쓰라린 경험을 살려 봄철부터 고구려를 정벌하려 함이었으나, 화려한 출정식을 하느라 때를 놓쳐 요하에 오랫동안 묶이게 되었다.

적군이 요하로 몰려오자 을지문덕이 요하전선을 시찰하고 수비군 장수를 둘러보았다.

"이번 전쟁은 시간과의 싸움이오. 우리가 앞으로 여섯 달을 지켜 가을까지 버틴다면 승리는 우리 것이오. 여러분은 요하전선에서 최대한 지연작전을 펴시오."

2월 중순 봄비가 내리자 얼어붙은 강이 쩌엉쩌엉 얼음 깨지는 소리를 내더니 버들가지에도 봄빛이 완연하고 강물도 풀렸다.

파락호 출신 땅딸보 맹차(孟釵)는 고구려인에게 원한이 깊었다. 5년 전 정월 대보름날 장안에서 행패를 부리다가 고구려 젊은이에게 얻어맞아 몇 달간 누워 지냈던 일로 앙심을 품었다. 그는 남자를 만나면 씨를 말리고 여자는 모조리 욕을 보이겠다고 흰소리를 하고 다녀 악명(惡名)이 높았다.

맹차는 맥철장에게 요하 건너편 적진을 정찰하겠다고 자원하고, 밤이 깊어지자 작은 배를 저어 고구려 진지로 숨어들었다.

다음 날 아침 맥철장은 좌군 총사령관 우문술을 찾아갔다.

마침 좌 4군 사령관 토만서와 공부상서(工部尙書) 우문개가 와 있어 함께 자리에 앉았다.

"어젯밤 우리 애들이 살펴보니 고구려 군 강변 방어가 대단치 않답니다. 요하에 도착한 지 여러 날이 지나도록 허송세월을 보냈는데 이제 얼음도 풀렸으니 한번 기습해 보는 게 어떻겠소?"

"맥 장군, 그렇지 않아도 폐하께서 영주를 출발하셨다는 소식을 듣고 마음이 편치 않았소. 우리가 공격하면 승산이 있겠소?"

"좌 1군에서 결사대를 뽑아 적군을 공격하겠소. 우문 대장군과 토 장군께서 우리 뒤를 받쳐준다면 강 건너편에 교두보를 구축하는 것쯤이야 그리 어렵지 않을 겝니다."

"그렇게만 된다면 맥 장군께서 이번 원정에서 가장 먼저 공을 세우는 셈이지요."

공부상서 우문개가 즉시 찬성했다.

"적의 방어가 강력하다면 충분한 준비 없이 강을 건너간 아군이 고립되어 위험하지 않겠소? 차라리 폐하께서 도착하신 후에 대대적으로 총공격하는 것이 좋을 듯하오."

토만서는 맥철장이 큰 공을 세우는 게 배가 아파 딴죽을 걸었다.

맥철장은 빙글거리는 토만서를 보자 역정이 나서 쏘아붙였다.

"군의 움직임은 신속함이 생명이오. 이미 요하에 집결한 우리 군사가 적의 몇 배가 넘거늘, 폐하께서 도착할 때까지 빈둥거리는 건 부끄러운 일 아니겠소."

"토 장군, 요하를 건너려면 어차피 강 건너편에 교두보를 확보해야 할 테니, 우리 한번 맥 장군의 솜씨를 지켜봅시다."

우문술이 맥철장을 편들고 나섰다.

다음 날 새벽 짙은 안개를 뚫고 호분낭장 전사웅의 지휘 아래 땅딸보 맹차가 선봉이 되어 좌 1군 결사대 1천 명이 강을 건넜다. 좌 1군 나머지 병력과 토만서 4군도 결사대가 강변을 점령하면 이들을 지원하려 뗏목으로 강을 건널 준비를 마쳤다.

요하 방어군의 총사령관 요동성 성주 해부루는 한 무리 수나라 정찰병이 어둠을 틈타 강을 건넜다는 보고를 받자, 못 본 척하라고 각 초소에 지시하고 작전회의를 열었다.

"얼음이 풀리면 움직일 것이라 예측했는데 드디어 지난밤 입질을 했소. 오래지 않아 적은 우리를 기습하여 교두보를 확보하려할 테니 경계를 철저히 하시오. 다만 소규모 정찰대가 건너올 때는 내버려 두었다가, 많은 병력이 강을 건너오면 그때는 사정없이 몰아쳐 초전박살(初戰撲殺) 합시다. "

전사웅(錢士雄)이 이끄는 수나라 결사대는 아무런 저항도 받지 않고 요하 건너편에 닿았다. 돌연 안개 속에서 불화살이 하늘로 치솟더니 언덕으로 오르는 결사대를 향해 사방에서 빗발치듯 화살이 쏟아졌다. 화살 공격에 많은 사상자를 내고 흩어졌던 수군은 전사웅의 호령에 따라 똘똘 뭉쳐 언덕 위 목책으로 돌진했다.

목책을 사이에 두고 공방전이 벌어지자 곧 고구려 중장갑기병대가 뒤에 나타나 퇴각로를 끊어버리고 맹렬하게 돌진했다.

앞뒤로 고구려 군을 맞이한 결사대는 겁에 질려 뿔뿔이 흩어져버렸다. 전사웅과 맹차는 몇십 명 부하와 함께 간신히 포위망을 뚫고 요하 강물로 뛰어들었다.

뗏목을 타고 대기하던 수나라 좌1, 4군 병사들은 눈앞에서 결사대가 전멸당하는 걸 보고도 손을 쓸 수가 없었다. 우중문은 허술하게 보였던 고구려 방어선이 수군을 유인하는 미끼임을 깨닫고 급히 징을 쳐서 뗏목에 탄 병사에게 철수하도록 명령했다.

3월 초 봄비가 쏟아져 상류 눈이 녹아 강물이 불어나자 강변은 진흙탕이 되어 사람이 건너기 어려운 수렁으로 변했다.

양제가 뒤늦게 요하에 도착해 30만이 넘는 병력이 한 달 동안이나 강변에 묶여 있던 것을 알고 역정을 냈다. 급히 각 군에서 결사대를 뽑아 10여 군데 도하작전을 펼쳤으나 요하 방어군의 결사적 방어로 수많은 사상자만 낸 채 교두보를 확보하는 데 실패했다.

여러 차례 도하작전이 실패하자 작은 규모의 부대로 강을 건너는 것은 어리석은 짓임을 깨달았다.

양제는 우문개의 건의에 따라 다리를 놓아 한꺼번에 많은 병력이 요하를 건너 고구려 군을 공격하기로 했다. 여러 장군이 교두보도 확보하지 않고 적을 앞에 둔 채 다리를 놓으려면 많은 군사가 희생될 거라고 반대했지만 "큰일을 이루려면 어쩔 수 없다"는 양제의 싸늘한 한마디에 할 말을 잃었다.

"어떤 희생을 치르더라도 신속하게 공사를 진행하라"는 명령에 따라 우문개는 밤낮을 가리지 않고 다리 놓는 공사를 했다. 먼저 도하 지점 세 곳을 정해 강변에 이르는 길을 닦은 후 고구려 군 화살이 미치지 않는 강 가운데까지 다리를 놓고, 그 옆에 높다란 공성탑을 세워 강 건너편 방어군을 공격할 쇠뇌를 배치했다.

다리 끝 부분에 거대한 나무기둥 여러 개를 강 속 깊이 박은 다음 이 기둥을 지렛대로 삼아 강 건너편 언덕까지 도달할 수 있는 부교(浮橋, 뜬 다리)를 만들었다. 부교의 폭은 30장으로 보병 60명이나 기병 30명이 나란히 설 수 있게 넓게 만들고, 부교가 떠내려가지 않도록 지탱할 튼튼한 기둥을 일직선으로 강바닥에 박았다.

요하 방어군은 수나라 부교 공사를 방해하려고 결사대를 조직해 공성탑과 다리를 공격했으나, 적군의 방어가 워낙 견고해 별다른 성과 없이 희생만 늘어갔다. 요동성에 머물던 을지문덕이 급히 달려와서 횃불을 낮과 같이 밝히고 작업하는 부교공사를 바라보다가 해부루에게 지시했다.

"해 성주, 저렇게 무지막지하게 전쟁하는 자는 처음 보는구려.

이제까지는 우리 지연작전이 성공했지만 요하 방어선도 오래 버티기 힘들겠구려. 적이 본격적으로 도하하거든 미련 없이 물러나도록 하시오!"

"마지막까지 도하작전을 막겠습니다만, 어렵다고 판단되면 신속히 후퇴해 병력 손실을 최대한 줄이겠습니다."

"나도 방어군의 안전한 철수를 위해 온 힘을 기울이겠소."

봄비가 계속 내렸으나 부교공사는 밤낮 계속되어 일주일 만에 부교가 완성되었다. 양제는 다음 날 아침 일찍 도하작전을 개시하라고 전군에 명령했다. 우문개는 곧 시작될 도하 작전을 위해 부교를 점검하다가 강물의 폭이 더 넓어진 걸 알아차리고 얼굴이 하얗게 변했다. 우문개는 즉시 양제의 대본영으로 달려갔다.

"폐하, 큰일 났습니다. 봄 홍수로 밤사이 강물이 크게 불어나 건너편 언덕까지 1장(3m) 이상 거리가 늘어났습니다."

양제는 성난 얼굴로 물었다.

"경은 큰 공사를 한두 번 한 것도 아니거늘 그만한 것도 미리 예측하지 못했단 말이오?"

"어제 강물을 잴 때는 문제가 없었는데 상류 어딘가 폭우가 쏟아진 듯합니다. 사흘 말미만 주시면 제대로 수리해 놓겠습니다."

"공격명령은 이미 내렸소. 황제가 한 번 말을 뱉으면 그것은 곧 법이거늘 명령을 취소하면 짐(朕)의 체면이 뭐가 되겠는가. 내일 그대로 부교를 놓도록 하시오!"

양제는 돌아서면서 마음속으로 뇌까렸다.

'기껏 1장 거리라….'

아침 일찍 양제가 도하작전을 시작하라고 명령하자 대본영에 총진군을 알리는 독전기(督戰旗)가 바람에 펄럭였다.

우문개가 공성탑에 올라 붉은 깃발을 휘두르니 북소리가 울려퍼지며, 서른 마리 소가 끄는 길이 10장, 폭 30장의 거대한 부교토막을 강물에 띄웠다. 강 속에 대기하던 군사가 차례로 부교 토막을 튼튼한 쇠고리와 밧줄로 연결해 기다란 부교를 완성했다.

두 번째 북소리가 우렁차게 울리자 부교 끝머리를 매어 단 배가 상류에서 강의 중앙으로 머리를 돌려 강의 흐름을 따라 원을 그리며 강 건너편으로 노를 저어 나아갔다.

부교 위에는 좌1군 맥철장이 이끄는 특공대가 고구려 군의 화살공격을 막기 위해 투구와 갑옷을 갖춰 입고 방패를 든 채 정렬하였고, 그 뒤에는 특공대를 뒤따를 경보병이, 강 언덕에는 이들을 엄호할 기병대가 군기를 휘날리며 대기했다.

다리 양옆 공성탑에서 강 건너 고구려 군을 견제하려 쉴 새 없이 투석기와 쇠뇌를 쏘았고, 다리 상류와 하류 10여 리에 걸쳐 수백 개 뗏목에 탄 수나라 병사도 좌1군이 강을 건너면 뒤이어 고구려 방어진지를 습격하려고 함성을 지르며 기세를 돋웠다.

맥철장은 한평생 최고의 날을 맞아 감개가 새로웠다. 오늘 아침 양제에게 불려가 요하를 제일 먼저 건너는 장군에게 공(功) 일등 만호후(萬戶侯)에 봉하겠다는 감격스런 격려를 들었다. 원정군 선봉장으로 자손만대에 빛날 영예를 얻는 것도 기뻤지만, 보름 전에 당한 패배를 백 배나 갚아줄 생각을 하니 주먹이 불끈 쥐어지고 가슴이 설렜다. 전사웅과 맹차를 돌아보며 넉넉한 웃음을 보냈다.

"폐하께서 친히 보시는 앞에서 마음껏 용맹을 뽐내자. 내가 공을 세우게 되면 결코 그대들을 잊지 않을 것이야."

"대장군님, 사나이 대장부가 싸움에 임하여 어찌 망설임이 있겠습니까? 오늘 고구려 놈들을 깡그리 무찌르고 이름을 청사(靑史)에 길이 빛내겠습니다."

땅딸보 맹차는 범 같은 고리눈을 굴리며 부하를 향해 소리쳤다.

"용감히 돌격해 적을 박살내 버리자!"

특공대 부하도 용기백배하여 승리의 함성을 올렸다.

드디어 괴물같이 거대하고 긴 부교가 강물의 흐름을 타고 요하를 가로질러 강 건너편 언덕으로 다가갔다.

미친 듯이 화살을 퍼붓던 방어군도, 부교 위에 대기하던 수나라 특공대도 부교 끝이 강 언덕에 닿는 순간 모두 숨을 죽이고 마른 침을 삼켰다.

부교는 강 언덕 앞에 1장(3m) 남짓 남겨 놓고 멈추었고, 그 앞에 봄장마로 불어난 요하 흙탕물이 거세게 흘렀다. 부교에서 강 언덕으로 뛰어올라 돌격하려던 특공대는 큰 혼란에 빠졌다. 방패를 들고 두꺼운 갑옷과 투구로 중무장한 병사들에게 1장이 넘는 강물은 커다란 장벽이어서 엉거주춤할 수밖에 없었다.

갑자기 요하 방어군 쪽에서 우렁찬 함성이 터지면서, 고구려 군이 쏘는 화살 비가 수나라 특공대에게 쏟아졌다. 두꺼운 갑옷으로 중무장했으나 가까운 거리에서 쏘는 화살의 위력은 너무나 커서 특공대원이 하나둘 쓰러지기 시작했다.

맥철장은 기가 막혔지만 머뭇거릴수록 부하의 희생만 클 뿐이기에 칼을 빼어 높이 쳐들고 외쳤다.

"좌 1군 용사들아 나를 따르라!"

용감하게 앞장서서 허리까지 차오르는 강물로 뛰어들어 건너편 언덕으로 돌진하자, 전사웅과 맹차가 뒤따르고 다른 특공대원도 물속으로 뛰어들었다.

맥철장은 수나라 제일의 맹장(猛將)이란 명성이 부끄럽지 않게 용감하게 싸웠다. 요하 방어군 속으로 뛰어들어 성난 호랑이같이 돌진했고, 그 틈을 타서 맹차를 비롯한 수십 명이 언덕에 올라 뒤따랐다. 그러나 특공대원 대부분은 무거운 투구와 갑옷 무게 때문에 행동이 자유롭지 못해 물속에서 허우적거리다 무참하게 죽었고, 전사웅도 언덕으로 오르다 고구려 도끼병이 내려치는 쇠도끼를 피하지 못하고 허무하게 당했다.

뗏목을 타고 대기하던 수나라 좌 2군과 4군 병사들도 부교가 건너편의 강 언덕에 닿자 일제히 도하작전을 시작했지만, 봄장마로 물살이 거센 요하 강물을 건너는 데 무척 애를 먹었고, 상륙 예정 지점에서 멀리 떨어진 진흙탕에 닿는 경우가 많았다.

적의 부교가 강 언덕에 닿지 못한 것을 확인하고 해부루가 방어군에게 총공격 명령을 내리자, 방어선 후방진지를 지키던 병사들까지 강변으로 몰려가 적을 공격했다.

이 광경을 공성탑 위에서 바라보던 우문개의 얼굴은 흙빛이 되었다. 이미 짐작했지만 현실은 너무나 참혹했다. 맥철장의 특공대는 제대로 싸움 한 번 못 하고 강물 속에서 허우적거리다 죽어가는데, 이런 사정을 모르는 후속부대가 뒤따라 부교로 돌진하다 서로 뒤엉켜 강물 속으로 떨어지는 지옥 같은 광경을 내려다보자니 그 어떤 고문보다 괴로웠다. 웅대한 도시 장안(長安)의 건설자요, 거대하고 아름다운 조영물(造營物)을 세울 때마다 그 이름이 빠지지 않았던 건축의 천재 우문개는 화려했던 일생이 여기서 끝났음을 깨닫고 눈앞이 캄캄해 쓰러졌다.

좌군 총사령관 우문술은 예상 못 한 전쟁의 흐름에 크게 놀랐다. 발을 동동 구르다가 "맥철장 장군을 구하라"고 외치며 강 언덕에 대기하던 기병대에게 독촉했으나, 기병대는 부교 위에 뒤엉켜 있는 아군 병사들에 길이 막혀, 건너편 강 언덕에 접근하지도 못한 채 고구려 군의 화살을 맞거나 강물에 빠져 허우적거렸다.

맥철장은 살아남은 특공대와 뗏목을 타고 온 병사를 모아 언덕 위 방어군 목책으로 돌격했다. 목책 문이 활짝 열리며 검은 옷의 조의선인(皂衣仙人)이 성난 파도같이 쏟아져 나왔다.

양군이 뒤엉켜 격전을 벌이자 사람은 물론 말까지 갑옷을 입힌 고구려 중장갑기병이 긴 창을 가지런히 뻗으며 질풍같이 달려왔다. 말 위에서 내려찍는 장창의 위력은 무시무시해 그의 부하들은 순식간에 흩어졌다. 사태가 불리해서 물러서는 맥철장 가슴에 조의선인이 쏜 화살이 박혔다. 쓰러진 대장을 부축하던 맹차도 중장갑기병대 장창에 목이 꿰뚫렸다.

양군이 혼전을 벌이는 틈을 타서 물에 익숙한 수십 명 고구려 군이 물속으로 잠수해 부교의 맨 끄트머리 토막에 연결된 쇠고리와 밧줄을 끊자, 수백 명 수군을 태운 채 부교의 끝 토막이 요하의 흐름을 타고 떠내려갔다. 이제 부교와 강 언덕 사이가 10여 장 이상 넓게 벌어져 양제도 후퇴 명령을 내릴 수밖에 없었다.

양제는 크게 노해 전군 군사회의를 열었다. 이번 패전으로 2만 명이 넘는 수군이 전사했고, 특히 우둔위 대장군 맥철장과 호분낭장 전사웅, 용사 맹차를 비롯한 좌1군 1만의 용사가 전멸당했기에 회의에 참석한 장수들은 어두운 표정을 지었다. 그는 좌우를 둘러보며 호통쳤다.

"이번 패전 책임은 누구에게 있는가?"

양제도 바보가 아니기에 자신의 성급함과 위신 세우기 때문에 이런 비극이 생긴 것을 잘 알았지만 진실을 인정하기에는 허영심이 너무 컸다. 그는 불세출(不世出)의 위대한 황제라야만 했으므로 어떤 잘못도 있을 수 없었다. 영광은 오로지 나의 몫, 잘못은 다른 사람 탓, 그러니 희생양을 찾아야 했다.

"소신 우문개의 잘못입니다. 죽여주십시오."

하룻밤 사이에 머리가 하얗게 센 우문개가 엎드려 죄를 청했다.

"경의 잘못으로 첫 싸움에 패하였고 수많은 용사를 잃었으니 죽어 마땅하겠지."

차가운 얼굴로 내뱉듯 쏘아붙이자 좌중에 찬바람이 불었다.

"폐하의 말씀 만 번 지당하오나 지금 적과 싸우는 중이오니 군의 사기를 생각하시어 일단 투옥했다가 전쟁이 끝나는 날 그 죄를 다시 논함이 옳은 줄 아옵니다."

뜻밖에 68세 노장인 우군 총사령관 우중문이 나서니, 태복경 양의신도 지난날 공로를 생각해 벼슬만 빼앗자고 맞장구치고, 여러 장수도 애걸하자 양제도 못 이기는 척 받아들였다.

양제는 군사의 사기를 올리려고 맥철장의 벼슬을 높여 식읍(食邑) 천 호를 하사하고, 전사웅과 맹차에도 포상을 내리면서 우문개 대신 하주에게 부교를 수리하고 길이를 늘리도록 명령했다.

좌군 총사령관 우문술은 불길한 예감에 휩싸였다.

'좌 1군 전멸은 단순히 1만 명 병력을 상실한 게 아니다. 이들은 징병으로 끌려온 농민병이 아니라 창 한 자루에 의지해 공명(功名)을 세우려 참전한 용사다. 우리는 원정군의 가장 강력한 정예군을 싸움다운 싸움 한 번 못 해보고 잃었다. 이번 원정이 실패하는 건 아닐까?'

우문술은 머리를 흔들어 우울한 마음을 애써 떨쳐버렸다.

요하 방어군의 대승리를 축하하려 을지문덕이 찾아왔다. 수나라 군 부교는 이미 강 서쪽으로 철수했으나 강변 여기저기에 널려 있는 적군의 시체가 처참했던 전투를 일깨워주었다.

"다행히 부교가 짧아 적을 쉽게 무찌를 수 있었지만 그렇지 않았다면 큰일 날 뻔했습니다."

"이제 요하 방어군도 철수할 때가 된 것 같소."

"철수라니요?"

해부루는 의외의 말을 듣고 자기 귀를 의심했다.

"그동안 충분히 적을 지연시켰소. 지금까지 눈 녹은 물과 봄비로 요하 주변이 진흙탕이 되어 적의 진격을 그런대로 막았지만, 3월이 지나 봄 가뭄이 들고 강물이 줄면, 적은 어느 곳에서나 쉽게 도하할 수 있어 적 대군을 막기 어렵소. 만약 여러 곳이 돌파되어 요하 방어군이 포위라도 당하면 그동안 얻은 승리보다 더 큰 재앙이 따를 것이오. 이제는 우리 고구려 군의 장기(長技)를 살려 성에서 막을 차례요."

을지문덕은 움직임이 느린 중무장기병대를 요하전선에서 뽑아 요동성으로 후퇴하는 길목에 복병으로 배치하고, 가벼운 무장으로 기동력이 뛰어난 경기병과 날쌘 보병으로 요하 강변을 순찰하게 하고 나머지 보병은 요동성으로 철수시켰다.

하주가 밤낮 가리지 않고 부교를 수리해 이틀 후에 완성되었다. 지난번 패전을 거울삼아 수나라 군 도하 작전은 신중하게 진행되었고 우문술의 별동대는 30리 상류에서 은밀하게 강을 건넜다.

요하 방어군은 부교를 건너는 적군을 맹렬히 공격해 타격을 입혔으나 적군이 교두보를 마련하자 미련 없이 물러났다.

우문술 기병대가 30리 상류에서 강을 건넌 것을 뒤늦게 발견한 순찰대가 즉시 봉홧불을 올려 위급함을 알렸으나 적 기병대의 신속한 진격으로 미처 후퇴하지 못한 방어군 수천 명이 포위당했다.

전투에서 가장 많이 병력을 잃는 건 격전이 아니라 포위당할 때다. 방어군은 미리 철수계획을 세웠으나 재앙을 피하지 못했다.

경기병대가 우문술 군을 요격해 구출작전을 폈지만 끝내 1천여 명 고구려 보병이 적의 포위망에 갇혔다.

설세웅의 좌 11군은 부교를 건너서 별다른 저항을 받지 않고 야래강〔渾河〕과 포하의 합류점을 지나 야래강을 따라 전진했다. 빠른 진격에도 설세웅의 마음은 편치 않았다. 요동성으로 진격하는 도중에 한 사람의 민간인도 만나지 못했고, 길가 농가에서 한 줌 곡식도 찾을 수 없었다. 그렇다면 고구려 군은 패배해서 도망치는 게 아니라 작전계획에 따라 움직이는 게 아닐까? 그러나 이제 사하(沙河)만 건너면 가장 먼저 요동성에 도달한 선두부대의 영예를 차지하게 될 터였다.

시커먼 먹구름이 하늘을 덮어 별 하나 보이지 않는 밤 좌 11군 병사들이 단잠에 빠졌을 때, 얼굴에 진흙을 바르고 검은 옷을 입은 한 무리 조의선인이 수나라 군 진영으로 스며들었다. 이들은 부엉이 우는 소리를 신호로 소리 없이 다가가 보초병을 제거했다.

뒤따라 수나라 군복을 입은 수백 명 고구려 특공대가 좌 11군 진영 안으로 숨어들었다. 여기저기 막사에서 불길이 솟아오르자, 어두운 그늘에 숨었던 특공대원이 불길에 놀라 뛰쳐나오는 수나라 병사를 단창(短槍)으로 찔렀다.

수나라 군 진영이 걷잡을 수 없이 어지러워졌을 즈음 북소리와 함께 세 방향에서 고구려 군이 함성을 지르며 쏟아져 나왔다. 고구려 군이 닥치는 대로 베면서 회오리바람처럼 진영 안을 휘젓자, 수나라 기병대가 본진 안에 풀어놓았던 수많은 말들이 놀라 숲속으로 도망쳤다. 동이 틀 즈음 징소리와 함께 고구려 군은 썰물처럼 빠져나갔지만, 겁에 질린 수나라 군사는 날이 밝을 때까지 적과 아군을 구별하지 못하고 서로 죽고 죽이는 혼란이 계속되었다.

수나라 군은 고구려 군의 저항을 받아 피해를 입으면서도 한 걸음 한 걸음 전진해 요동성으로 몰려들었다. 황제 친위군은 요동성 서쪽 30리 언덕에 육합성을 세우고 양제가 도착하기를 기다렸다. 양제는 도하의 성공과 연이어 들려오는 승전소식에 찌푸렸던 얼굴을 펴고 자신감을 되찾았다. 점령지에 요동군을 설치하고 형부상서 위현을 시켜 주민에게 10년간 부역을 면제한다는 포고문을 발표했으나, 모두 피란 가 버려 포고문을 읽는 주민은 어디서도 보이지 않았다.

호랑이가 우리를 벗어났다

612년 잔나비해〔壬申年〕 정월 유주(幽州)에 숨어들어갔던 염탐꾼이 돌아와 수나라 원정군 제1진이 요동을 향해 출발했다고 보고하자 양만춘은 즉시 최고지휘관 회의를 열었다.

"지난 초사흗날, 드디어 전쟁이 시작되었소. 봄이 와서 눈이 녹으면 단문진도 움직일 테니 대책을 세워야겠소."

양만춘의 말이 떨어지자 야율고오가 의견을 말했다.

"열하는 지세가 험하고 지키기 좋은 땅이니 여기서 다시 한 번

적을 깨뜨린 후 북으로 이동해 적봉(赤峰)으로 물러납시다."

"우리 임무는 적을 쳐서 깨뜨리는 게 아니라 보급로를 차단하고 유격전을 펼치는 겁니다. 이곳 지형이 험하긴 하나, 적의 포위망이 굳어지면 우리 손실이 커질 테니 지금 물러나는 게 좋겠소."

고정의가 신중한 작전을 주장하자 나친도 자기 의견을 말했다.

"공격이 최상의 방어라는 말이 있지 않습니까. 적이 공격하기 전에 우리가 먼저 치고 나갑시다."

"나친 장군은 어느 쪽 적을 공격하자는 겁니까?"

고정의가 궁금한 듯 물었다.

"우리 병력으로 수나라 본토를 친다는 것은 불가능하니 동쪽 대릉강 상류로 진출하는 게 어떻겠소."

생각에 잠겨있던 양만춘이 입을 열었다.

"먼저 해오름 조의선인이 정찰했던 걸 듣고 싶소."

"아직 눈이 많이 쌓였고, 적장 단문진이 유주에 머물러 전쟁터에 돌아오지 않은 탓인지 적 포위망이 느슨했습니다. 특히 난하 상류 평천에 주둔하는 영주군은 군기(軍紀)가 흐트러져 있더군요."

모든 장수의 눈길이 양만춘에게 쏠리자 결단을 내렸다.

"우리가 주도권을 쥐고 싸울 때와 장소를 정해야 유리하게 싸움을 이끌 테니 적이 움직이기 전에 이곳을 빠져나갑시다. 공격 목표는 평천이니, 즉시 이동할 준비를 서두르시오."

해가 바뀌어도 양만춘과 단문진의 좋지 않은 인연은 계속되었다. 1월 말에 단문진은 연합군이 열하를 탈출했다는 보고를 받자 즉시 출동명령을 내렸다. 그는 연합군을 새장 속에 갇힌 새라 생각하고 봄이 오면 대대적으로 토벌하려 했었다. 그런데 양제의 출정식에 참석하느라 자리를 비운 사이 연합군은 평천의 영주군을 짓뭉개고 도망쳐 버렸다. 단문진은 깊은 시름에 잠겼다. 그는 새삼스럽게 출정식 때문에 낭비한 30일이 아쉽게 여겨졌다.

'적장은 위험한 호랑이다. 고구려 원정에 큰 걸림돌이니 어떻게 해서라도 없애야겠지만 이 넓은 요서 땅 어디서 찾을 것인가?'

3월 초아흐레 가랑비는 그쳤지만 대릉강 골짜기에 먹구름이 모여들어 곧 한바탕 쏟아질 것 같았다.

'백랑성(白狼城)은 수나라 원정군 총본부인 유주와 전선 후방기지 영주의 중간에 있는 전략적 요충지다. 이곳을 빼앗는다면 적의 숨통을 조일 수 있으리라.'

양만춘이 대릉강 상류 언덕에서 보급부대가 지나는 길을 내려다보며 어떻게 백랑성을 공략할지 궁리하는데 개코가 뛰어왔다.

"백랑성 성주가 오늘 새벽 기병 5백을 이끌고 성을 나와 남쪽으로 달려갔습니다. 그 뒤를 30여 대 마차가 따라가고 있습니다."

"성에 남아 있는 병력은?"

"삼사천 정도 될 것 같습니다."

양만춘은 성주가 성안에 있는 기병을 모두 이끌고 나갔다면 성을 빼앗기가 한결 쉽겠다고 생각했다.

"그런데 이상한 일은 성안 백성과 병사가 부지런히 쓸고 닦아요."

"아니 꼭두새벽부터 청소하고 있다고?"

그때 해오름이 헐레벌떡 뛰어왔다.

"적장이 오늘 새벽 흑석령 고개를 오르고 있었습니다. 정찰대가 송산산맥 어귀에서 '좌후위 대장군 단문진'이라 쓴 붉은 깃발과 '좌 6군 남소도 정토군'(南蘇道 征討軍) 이란 깃발을 확인했답니다."

"뭐라고? 단문진이라…. 엄청난 거물이구면. 빼앗아도 지키기 어려운 성보다 적장을 사로잡는 게 더 큰 타격을 주겠지."

양만춘은 지난 열흘 동안 백랑성을 공격하려 사방에 정찰병을 풀어 적의 움직임을 염탐했다. 어제부터 보급수레 왕래가 크게 줄 었다고 해서 이상하게 여겼더니 뜻밖에 대어(大漁) 가 걸려들었다. 수나라 대신을 사로잡을 기회가 왔음을 직감적으로 느꼈다.

"호위하는 병력은 얼마나 되오?"

"기병 1단(약 1천 명), 보병 2단(약 4천 명) 이라 합니다."

"그들의 움직임을 주의 깊게 살펴보시오."

한줄기 후덥지근한 바람이 불어왔다. 3월에 대릉강 상류 골짜 기에 남풍이 불면 큰비가 쏟아진다고 이곳 거란 유목민에게 들었 던 말이 떠올랐다. 즉시 백랑성 공격 계획을 중지시키고 연합군을 모두 모아 단문진을 사로잡을 덫을 놓았다.

"점심 때쯤 적장은 강이 내려다보이는 망수평(望水坪) 정자에 닿 을 게다. 나친 장군은 정자 뒤쪽 숲에 숨어 있다가 공격신호에 따 라 적을 습격하시오. 야율고오 장군은 후군(後軍) 이 되어 나를 도 와주시고, 구르 장군 해족 기병대는 백랑성 10리 남쪽 고개에 매 복해 성을 감시하면서 후퇴로를 지키시오. 오늘 비가 쏟아질 테니 모두 도롱이(비옷)를 걸치도록!"

고구려 군은 망수평 분지가 내려다보이는 언덕에 숨었다. 양만춘이 느티나무에 올라가 분지를 살펴보았다. 백랑성 성주와 병사가 단문진을 마중하려 망수평 정자 주위에 천막을 치고 점심준비를 하느라고 분주하게 왔다 갔다 하는 게 내려다보였다.

3월 12일 단문진은 관평이 흑석령을 정찰하고 이상 없다고 하자 새벽 일찍 좌6군에 출동명령을 내렸다. 고갯길은 안개가 짙게 깔렸지만 서두르면 오늘 밤 백랑성에 도착할 수 있을 터였다.

그는 밤을 새워가며 황제에게 올릴 상소문(上疏文)을 쓰느라 피곤해 마차에서 잠이 들었다. 고갯마루에 이르니 전령이 달려와서 백랑성 성주가 망수평까지 마중 나왔다고 보고했다.

관평은 망수평 정자에 닿자 왠지 불안한 마음이 들었다.

"대장군님, 아직 한낮입니다. 여기서 쉬기보다 행군을 계속해 어둡기 전 백랑성에 닿는 것이 좋을 듯합니다."

"여기는 백랑성에서 50리밖에 떨어져 있지 않고 주위에도 밋밋한 산등성이뿐인데 무엇이 두려워 쉬지 말자는 것이오?"

기병단장 임종두는 백의종군(白衣從軍)하는 주제에 사사건건 말이 많은 관평을 아니꼽다는 듯 흘겨보며 통명스럽게 내뱉었다.

"그러면 주위를 철저히 수색하고 나서 쉬는 것이 … ."

"관 장군님, 여기는 제 관할이어서 손바닥처럼 훤히 알고 있다오. 흑석령 험한 고갯길과 달리 여기서는 보급부대가 습격당한 일도 없었고, 유목민은 비를 싫어해 이런 궂은 날씨엔 꼼짝도 않는

답니다. 천천히 몸을 녹이고 쉬시다 가시지요."

백랑성 성주는 두 사람의 말다툼을 말렸다.

행군에 지친 병사는 이리저리 흩어져 백랑성 병사가 준비한 식사를 먹느라 정신이 없었고, 장교도 식사 후 술판까지 벌였다.

회오리바람이 불고 먹구름이 모여들며 하늘이 어두워지는가 싶더니 번개가 치고 소나기가 쏟아졌다. 단문진 일행은 황급히 정자로 옮겼고 장교는 천막 안에서 비를 피했다. 병사들은 갑작스런 폭우에 뿔뿔이 흩어져 나무그늘이나 바위틈으로 달려갔고, 경계를 선 보초조차 우왕좌왕했다.

쏟아지는 장대비로 벌집 쑤셔놓은 듯한 적진을 내려다보며 양만춘은 투구 아래로 흘러내리는 빗물을 아랑곳하지 않고 빙그레 웃었다.

"말을 타라. 돌격명령을 내릴 때까지는 소리를 내지 말라. 우리 목표는 오직 단문진. 반드시 목을 베자!"

거센 비와 우렛소리는 말발굽 소리조차 삼켜 버렸다. 고구려 기병대는 느린 구보로 말을 몰면서 좌우로 줄을 맞추며 전진했다. 한낮인데도 하늘은 어두컴컴했고 수나라 군은 비를 피하느라 정신이 없어 고구려 기병대가 단문진 본진에 닿을 때까지 눈치 채지 못했다.

양만춘이 돌격명령을 내리자 기병대는 전속력으로 말을 달렸다. 곧 나친의 실위 기병이 정자 뒤 숲에서 튀어나오고, 뒤이어 거란 기병대도 쏟아져 나와 사방에서 수나라 군 진영을 짓밟았다.

176

기분 좋게 술에 취한 단문진이 시끄러운 소리에 얼굴을 든 순간 믿을 수 없는 광경이 눈에 들어왔다. 검은 갑옷에 긴 창을 뽑아 든 수백의 기병이 정자를 향해 쏜살같이 달려왔다. 깜짝 놀란 호위대가 칼을 뽑았으나 이미 그들 가슴에 고구려 기병의 창이 박혔다.

고정의가 말에서 뛰어내려 정자로 올라오자 단문진과 함께 술을 마시던 장군들은 제 목숨 구하기에 바빠 뿔뿔이 흩어졌다. 세 명의 고구려 싸울아비가 단문진을 에워싸고 그중 한 용사가 창을 찌르자 단문진이 간신히 몸을 피했다. 고정의가 칼을 뽑아들고 그에게 다가섰다. 위기일발의 순간 관평이 한 무리 병사를 이끌고 달려와 고정의를 막아서면서 북해(北海) 사투리로 재촉했다.

"이 소년을 따라 몸을 피하십시오. 정자 뒤에 말이 있습니다."

양만춘은 말을 타고 달아나는 황금투구를 쓴 늙은이가 단문진임을 알아차리고 힘껏 활을 당겼다. 활시위 소리가 맑게 울리더니 화살이 단문진의 등을 꿰뚫었다. 늙은이가 휘청하더니 말에서 떨어지려 하자 소년이 말에 뛰어올라 부축하고 강을 향해 달렸다.

"적장을 놓치지 말라!"

기병 십여 명이 그가 탄 말을 쫓았으나 소년은 백랑성 군사들이 지키던 강가 놀잇배로 뛰어들었다.

"대장군님께서 위태하니 빨리 배를 저어 강을 건너시오."

사방으로 흩어졌던 수나라 패잔병들은 단문진이 강을 건넌 것을 알고 강변으로 모여들었다.

"대장군님이 강변에 계신다. 모두 모여라."

어느덧 번개와 천둥소리도 그치고 빗줄기도 가늘어졌다. 이미 적장의 목을 베기는 어려웠고, 기습으로 얻을 효과는 충분히 거두었다. 아직도 적 병력이 많아 시간이 지나면 오히려 아군이 불리할 터. 양만춘은 즉시 후퇴나팔을 불게 했다.

고구려 군은 기습도 빨랐지만 후퇴 역시 바람같이 신속했다. 전군(前軍)이 이리저리 말을 달리며 적에게 화살을 퍼붓는 동안 후군은 재빨리 포로와 노획물을 챙겨 물러났다. 좌6군이 정신을 차려 패잔병을 수습하고 반격하려 했으나 이미 연합군의 그림자도 찾을 수 없었다.

참혹한 패전이었다. 아무리 승패는 병가지상사(兵家之常事)라지만, 살아오는 동안 수십 차례 싸움에서 승리만 거듭했던 단문진으로서는 비통한 마음을 금할 수 없었다.

백랑성 의원은 아직까지 살아있는 게 기적이라며 화살이 심장 가까이 박혀 있어 제거할 수 없고 치료도 불가능해 하루 이상 넘기기 어렵다는 진단을 내렸다.

"일찍이 겪어보지 않은 부끄러운 패배요. 적이 가까이 있을 줄 모르고 방심한 탓이오."

총사령관 단문진을 보호하지 못하고 제 목숨 돌보기에 바빴던 부하장수와 백랑성 성주는 부끄러움으로 얼굴을 들지 못했다.

"관평이 보이지 않는구려. 어떻게 되었소?"

"부상병과 전사자를 샅샅이 뒤져보았으나 찾지 못했습니다."

"나를 구해준 은인이오. 그의 자녀에게 충분히 보답해 주시오."

"분부 명심하겠습니다."

모든 장수가 이구동성으로 말했다.

"이번 패전을 감추는 것이 나쁜 아니라 여러분에게도 살길이 되겠지요. 다행히 어젯밤 내가 황제께 올릴 상소문을 쓴 것이 있으니, 그 앞부분에 내가 진중(陣中)에서 병을 얻어 폐하의 위대한 승리를 보지 못하고 죽는 게 한스럽다고 고치고, 내 죽음을 앞으로 사흘 동안 감추어 주기 바라오. 이것이 내 유언이 되겠소(368쪽 참조)."

우뚝 솟은 성벽이여

遼東守城

　요동성은 서쪽으로 요동평야에 잇대어 있고, 동으로 천산산맥 고산준령(高山峻嶺)이 우뚝 솟은 곳에 대량수[太子河]를 끼고 자리 잡은 전략적 요충지로 요동의 심장이다.

　동으로 백암성을 지나 천산산맥을 넘고 마자수(압록강)을 건너면 평양성에 닿게 되는 고구려 제1번 국도(國道)의 시발점이고, 서쪽은 중국, 북쪽은 신성(新城)을 거쳐 국내성(國內城, 고구려 옛 서울)과 부여성으로, 남으로 안시성을 거쳐 비사성까지 사통팔달(四通八達) 큰 길이 뚫려 있어 요동을 지배하려면 반드시 이곳을 빼앗아야만 그 뜻을 이룰 수 있는 땅[兵家必爭之地]이다.

　요동성은 고구려에선 드물게 평지에 쌓은 성으로 외성(外城)과 내성(內城)으로 나뉘어져 있다. 북쪽과 동쪽은 큰 강물이 성을 감싸 흐르고 서쪽과 남쪽은 강물을 끌어들여 넓고 깊은 해자(垓字)가 둘러싼 데다, 남동쪽엔 위성(衛城)을 쌓아 본성(本城)을 보호했다. 고구려는 이곳을 결전장으로 택했다.

요동성 공성전

수문제(隋文帝)의 둘째아들 양광(楊廣, 양제의 이름)은 진(陳)나라를 정복한 통일전쟁 때 총사령관을 맡았다. 그는 실제 전투를 겪어보지 않았고 부하장수의 활약으로 승리했는데도 자신이 군사적 천재라는 과대망상에 빠졌다. 그 당시 뛰어난 재상인 고경이나 명장 양소, 하약필 등이 큰 공을 세워 으스댔지만, 그들이 없었더라도 전쟁을 이길 수 있었다고 생각했다.

양제의 치명적인 실수는 고구려의 참된 힘을 알지 못한 데 있었다. 고구려는 중국과 달리 5부 귀족회의의 합의에 따라 다스리는 7백 년 역사를 가진 뿌리 깊은 나라였고, 병사조차 글을 깨우친 문명(文明)한 사회였으며, 온 백성이 나라를 지키려는 의지로 똘똘 뭉쳐 있었다. 이런 나라를 군사력만으로 정복할 수 있다는 생각은 망상이었지만 어리석은 폭군은 자신만만했다.

'고구려는 진나라보다 작은 나라이고, 그 당시 동원한 병력은 기껏 50만이지만 지금은 백만이 넘는다. 더구나 요하 방어군이 산산조각 났다니 정복하는 건 시간문제다. 고구려 정복의 영광은 오로지 나의 것. 어찌 부하장수와 나누어 가지겠는가!'

양제는 부하장수를 모아놓고 훗날까지 두고두고 놀림감이 된 어처구니없는 훈시(訓示)를 늘어놓아 장수들의 군사작전의 손발을 묶어 버렸다.

"이번 원정 목적은 고구려 국왕을 토벌하려 함이지 너희가 공명(功名)을 이루는 데 있지 않다. 짐의 진심을 모르고 혹시라도 적을 기습해 공(功)을 세우려는 장수가 있다면 잘못된 생각이다. 모름지기 너희는 정정당당한 황제의 군대. 정의로운 군대가 어찌 떳떳치 못한 행동을 하겠는가? 따라서 어떤 군사행동도 먼저 짐에게 보고하고 지시를 기다려야지 함부로 움직여서는 안 된다."

요동성 서문 장대(將臺) 위에 범 같은 사나이가 우뚝 서 있었다. 넓은 어깨와 화경(火鏡) 같이 빛나는 부리부리한 눈, 상어의 입같이 한일자로 꽉 다문 입과 네모진 턱은 '고구려 최고 싸울아비'라 불림에 어울리는 모습이었다. 그러나 용맹스러운 외모(外貌) 뒤에 감추어진 해부루의 진면모는 엄격하지만 어버이같이 따뜻한 마음을 지닌 성주였고, 생각이 깊고 너그러운 지장(智將)이었다.

'왜 죽어야 하는지 모르는 적군과 달리 우리 군사는 싸워야 할 이유를 분명히 알고 있다. 그러나 어떻게 저 많은 적군을 물리치고 요동성을 지켜낼 것인가. 군민(軍民)이 한마음으로 굳게 뭉친다면 가능하겠지만 모든 병사가 용사인 건 아니다. 어떻게 해야 가슴에 불을 댕겨 잠자고 있는 용기를 불러일으킬 수 있을까?'

해부루의 이마에 굵은 주름이 잡혔다.

아침 해가 떠오르자 30만이 넘는 수나라 군사가 요동성 서쪽 벌판을 가득 메웠다. 서문 앞에 우문술이 이끄는 좌2군 3만, 그 북쪽 해자를 따라서 신세웅(辛世雄)의 좌8군 3만, 서문 남쪽엔 왕인공의 3만군이 포진했고 그 뒤로 수많은 예비군이 버티고 있었다. 오색 깃발이 벌판을 가득 메우고 병사의 투구와 갑옷, 칼과 창이 아침 햇살에 번쩍거려 온 들판에 살기(殺氣)가 가득했다. 이 광경을 바라본 수비군은 낯빛이 창백해지고 몸이 움츠러들었다.

"어리석은 놈들, 한꺼번에 성벽으로 기어오를 수 있는 자 만 명도 되지 않을 텐데 헛되이 힘만 빼는구나. 병사들아 두려워 말라. 우리는 성을 지킬 수 있다. 하늘의 보살핌을 믿고 용감히 싸워라. 너희 어깨에 부모와 처자식 운명이 걸려 있다!"

해부루의 확신에 가득 찬 목소리를 듣고 백인대장과 니루들이 용기를 뽐내자, 믿음을 되찾은 병사의 함성소리가 요동벌판을 뒤흔들었다.

"성주님을 따라 용감히 싸우자. 우리는 승리할 것이다!"

우렁찬 군악소리가 울려 퍼지며 양제의 근위대가 위풍당당하게 서문 앞으로 행진하여 마치 열병식이라도 벌이듯 무력시위를 뽐내더니, 칙사(勅使)가 나타나 항복 권고문을 읽었다.

해부루가 한마디로 거절하자 싸움이 시작되었다.

수나라 군은 백여 명 병사들이 수십 가닥의 줄을 한꺼번에 잡아당겨 큰 돌을 날리는 발석차(發石車) 수백 대를 성벽 앞 해자에 배치시키고, 그 뒤에 성벽보다 높은 정찰용 망대인 소차(巢車) 다섯 대를 세웠다. 지휘관이 붉은 깃발을 흔들자, 발석차는 일제히 성벽으로 돌벼락을 쏟아부었고, 뒤이어 해자에 다리를 놓더니 적병이 밀려들었다.

해부루는 부하들을 둘러보고 침착하게 명령했다.

"서두르지 말라. 적군이 해자를 넘기 전에는 화살을 아끼라!"

한 무리 수나라 병사가 의기양양하게 돌격했으나, 해자를 건너 성벽에 닿기 전에 화살을 맞아 쓰러졌고, 가벼운 차림으로 날쌔게 성벽을 기어오르던 경보병(輕步兵) 특공대는 수비대 돌팔매질에 혼이 났다. 얼굴을 겨냥한 차돌 소나기는 화살 못지않게 매서웠다. 수나라 군의 첫 번째 공격은 성벽 위 수비대에 별로 피해를 입히지 못하고 싱겁게 끝났다.

여러 날 공격했으나 별다른 성과를 거두지 못하자 적장 우문술은 먼저 해자를 메운 다음 총공격을 퍼붓기로 결심했다.

발석차가 성벽을 향해 돌을 날려 공격하는 한편 수만 명 병사가 밤낮을 가리지 않고 손수레에 싣고 온 흙과 돌로 해자를 메우기 시작했다. 수비군의 화살 공격으로 수많은 병사가 죽거나 다쳤지만 닷새가 지나자 요동성 서쪽을 둘러싼 해자가 메워졌다.

총공격 날 양제는 서돌궐 초르 카간과 고창국 왕 국백아를 비롯해 원정에 따라온 왕과 추장들을 이끌고, 높은 망대(望臺)에 올라, 요동성 공격을 구경했다.

"둥둥둥" 우렁찬 북소리와 함께 수백 대 발석차에서 일제히 성을 향해 돌덩이를 날리고, 무수한 운제(雲梯, 구름사다리)가 성벽에 다가가 백여 자(40m)가 넘는 사다리를 걸치자 수천 명 보병이 성벽으로 기어올랐다. 당차(撞車)는 성을 무너뜨리려고 "쿵쿵" 하는 굉음을 내며 뾰족하게 깎은 쇠로 감싼 통나무를 성벽에 부딪쳤다.

뒤이어 날카로운 나팔소리가 울리자 제1진 병사 수만 명이 함성을 지르며 긴 사다리를 둘러메고 성벽으로 달려갔다. 그 뒤에 중장갑기병대가 긴 창을 움켜쥐고 대열을 지어 기다렸다. 이른바 인해전술(人海戰術)이었다. 벌판을 가득 메운 수나라 군사는 사람의 파도를 이루어 제1진 첫 공격이 끝나기도 전에 두 번째 파도가, 그다음에는 뒤에서 대기하던 새로운 파도가 요동성 성벽으로 끊임없이 밀려갔다. 거센 파도가 해변 절벽으로 돌진하듯 아침부터 해가 기울도록 공격이 계속되었다.

성벽 앞 백 보(百步)에 적병이 접근하자 서문 장대에서 뿔 나팔 소리가 울려 퍼지며, 성가퀴마다 수비군이 일어나 화살을 쏟아부었고, 투석기는 운제를 향해 불타는 나무토막을 퍼부었다.

무수히 쓰러지는 병사의 희생을 아랑곳하지 않고 수나라 군이 성벽을 기어오르자 드디어 백병전이 벌어졌다. 요동성 도끼부대는 성벽에 걸친 사다리와 적병을 찍었고, 도리깨 부대는 곡식을 타작하듯 쇠도리깨를 휘둘러 기어오르는 적병을 성벽 아래로 떨어뜨렸다. 화살부대도 적이 가까이 다가오자 투석병(投石兵)으로 변해 돌을 던졌다. 성벽 위에서 내려치는 도끼나 쇠도리깨는 물론 주먹만 한 돌덩이도 치명적이었다.

성벽 여기저기 아비규환의 지옥이 벌어졌다. 어디 한 군데라도 무너지면 요동성은 그대로 함락될 판이었다. 빨리 사다리를 오르라고 고함치는 적장들, 운제와 나무사다리에서 비명을 지르며 떨어지는 적병들. 고구려 병사들은 양쪽 치(稚)에서 다른 쪽 성벽에 달라붙은 적을 향해 쉴 새 없이 교차(交叉) 사격을 퍼부었다. 간신히 성벽에 올라선 적병도 미처 자세를 바로잡기도 전에 기다리던 고구려 군 창병(槍兵)의 창날에 목숨을 잃었다.

성안 모든 절에서 다급하게 종소리가 울려 퍼졌다. 아녀자(兒女子)조차 조금의 힘이라도 보태려 돌과 화살을 성벽으로 실어 날랐고, 늙은이는 주먹밥과 따뜻한 물을 날랐으며, 살생을 멀리하는 스님도 활과 창을 들고 성벽으로 달려갔다.

다행히도 적군이 해자를 메운 지 얼마 되지 않아 무거운 발석차나 운제가 지나가자 땅이 내려앉아 많은 공격무기가 제때에 공격에 참가하지 못했다. 더구나 적군은 공격훈련을 제대로 받지 못한 터에 지나치게 많은 병력이 밀집해서 서로 뒤엉켜 시간이 지날수록 혼란만 커졌다.

양제는 쉽게 요동성을 빼앗으리라 예상하고 거들먹거리며 망대에 올라 왕과 추장들을 거느리고 싸움을 구경하다가, 전투가 소강상태로 접어들자 체면만 구기고 내려갔다.

우문술은 여러 차례 공격을 거듭했으나 수비군의 악착스러운 저항으로 성과를 거두지 못하고 저녁 무렵 후퇴명령을 내렸다. 그러자 어둠을 타고 성벽을 내려온 요동성 결사대는 성벽 가까이 있던 운제와 당차를 공격해 불태워버렸다.

"오늘 공격에서 수많은 병사만 잃고 얻은 게 없어 군사의 사기(士氣)가 땅에 떨어졌소. 어찌하면 좋겠소?"

"성이 튼튼하고 군민이 결사적으로 버티니 성급하게 밀어붙이는 것은 좋은 계책이 아닌 듯합니다. 적에게 쉴 틈을 주지 않기 위해 매일 1군씩 밤낮을 가리지 않고 3교대로 공격한다면 사나흘이 지나지 않아 적군은 지칠 것입니다."

"아울러 발석차를 서너 곳에 집결시켜 계속 큰 돌을 날리면 며칠 후 성벽이 무너질 테니, 허물어진 성벽에 공격을 집중합시다."

"성안 사람이 강물을 먹지 못하게 대량수 상류에 똥오줌과 쓰레기를 쓸어 넣으면 적의 고통이 클 것이오."

우문술은 여러 장수의 의견에 따라 지구전(持久戰)을 펼치는 한편 다음 싸움을 위하여 해자 메운 땅을 잘 다지고 공성무기를 새로 만들어 또다시 대대적인 공격 기회를 노렸다.

첫 번째 공격을 물리친 요동성 군민(軍民)은 기쁨에 넘쳐 성안 광장에 횃불을 켜고 춤을 추었다. 그러나 단지 한 번 총공격을 막았을 뿐 승리를 거둔 건 아니었다. 적의 공격은 매일 계속되었고, 밤에는 곧 야습(夜襲)이라도 할 듯 수만 개 횃불을 밝히고 북을 치고 나팔을 불어 수비군의 잠을 설치게 했다. 그뿐 아니라 30만 군으로 요동성을 물샐틈없이 포위했다.

사태의 심각성을 가장 먼저 깨달은 건 젊은 백인대장 치우였다.

"성주님, 적은 우리 병사를 지치게 하려고 교대로 병력을 보내 쉴 새 없이 파상공격(波狀攻擊)을 퍼붓는 데다, 야간작전으로 아군이 잠을 이루지 못하게 하고 있습니다. 이대로 가다가는 사나흘이 지나기 전에 스스로 무너질 형편입니다."

해부루 성주는 정신이 번쩍 들었다. 의자에서 벌떡 일어나 치우의 손을 잡고 물었다.

"자네가 내 어리석음을 깨우쳐 주었네. 어찌하면 좋겠는가?"

"병력을 둘로 쪼개 그 반은 싸움에 참가하지 않고 성벽 아래 천막을 쳐 교대로 쉬게 해서 힘을 아껴야 합니다."

"만약 적이 이를 눈치 채고 위장공격을 하는 척하다 갑자기 총공격을 퍼부으면 어찌 하나?"

"우리가 미리 대비하고 있음을 적이 모르도록 해야 합니다. 깃발 숫자는 지금과 다름없게 하고, 휴식하는 병사 대신 허수아비를 세우고 이따금 아녀자에게 군복을 입혀 성벽 위로 거닐게 하면 좋을 겁니다. 야간에는 조의선인의 정찰을 더욱 강화시키고요."

"적군의 총공격을 미리 예측할 수 없을까?

"공성무기를 모두 집결시킬 때 총공격이 시작되겠지요."

해부루가 성벽을 둘러보며 수비군을 격려하는데 젊은 여인이 길을 막고 땅에 꿇어 엎드렸다.

"소녀는 지난 번 싸움에서 전사한 돌쇠의 아낙네입니다. 지아비가 싸웠던 성벽을 지키고 싶습니다."

그는 아녀자가 이렇듯 당돌하게 성주 앞을 가로막고 간청하려면 얼마나 큰 용기가 필요했을까 싶어 가슴이 뭉클했다.

"네 마음은 가상하나 염려 말라. 사내들만으로 지킬 수 있다."

"소녀는 혼인날 지아비와 약속했습니다. 함께 살다 같은 날 죽자고요. 이제 그 약속을 지킬 수 있도록 허락해 주십시오."

무슨 일인가 하고 사람들이 모여들었다. 진(眞) 니루에겐 여인의 얼굴이 눈에 익었다. 전쟁이 터지자 요동성 주변 농사짓던 젊은이들은 군대에 소집되어 부모형제와 처자들이 음식을 싸 들고 면회왔으나 돌쇠에겐 오직 이 자그만 여인만 찾아왔다. 면회 날이면 하루도 빠짐없이 오는 여인을 보고 동료 병사가 짓궂게 놀리면 돌쇠는 벙긋 웃기만 하고 여인은 수줍어 얼굴을 들지 못했다.

"성주님, 이 여인이 함께 싸우면 병사의 사기가 높아질 겁니다."

해부루는 눈을 지그시 감고 생각에 잠겼다가 여인에게 말했다.

"소녀여, 그 뜻을 받아들이겠다. 그대를 보니 이번 싸움에서 승리하리란 확신이 더욱 굳어지는구나!"

끊임없이 파상공격을 계속한 지 나흘이 지나자 우문술이 부하장수를 불러 모았다.

"총공격을 언제쯤 하면 좋겠소?"

"발석차의 집중공격으로 성벽 세 군데가 크게 부서졌더군요. 사나흘 더 계속하면 성이 허물어지지 않을까요?"

"소차에서 관측한 바로는 우리 군의 계속된 공격으로 적군은 쉬거나 잠을 잘 수 없어 지쳐 있답니다."

우문술이 좌우를 둘러보고 물었다.

"그렇다면 특공대를 보내 야간기습을 해보는 게 어떻겠소?"

"본래 기습이란 적은 병력을 가진 자가 많은 병력을 가진 적을 공격할 때 쓰는 전략이 아니겠습니까? 우리 병력이 적군보다 수십 배되는데 구태여 야간기습까지는 필요 없다고 생각됩니다."

소부감〔工兵監〕 하조가 들어오더니 우문술에게 보고했다.

"말씀하신 공성무기(攻城武器)는 이틀 후면 완성될 것입니다. 그러면 지금보다 공격력이 두 배로 늘어나겠지요."

우문술은 결단을 내렸다.

"좋소, 총공격은 사흘 후 새벽에 시작하겠소. 특히 소부감은 해자 메운 곳을 잘 다져 작전에 지장이 없도록 해주시오."

3월 말 저녁 요동성 서쪽 30리 떨어진 양제가 거처하는 육합성(六合城)에 파발마(擺撥馬)가 달려왔다. 병부상서 단문진의 죽음을 알리는 소식이었다. 그는 큰 충격을 받았다.

요하 도하전에서 맥철장과 좌1군이 전멸당했을 때 양제는 큰일을 이루려면 다소간 희생이야 피할 수 없다며, 24개 군 중 1개 군의 손실쯤 대수롭지 않게 여겼다. 그러나 수나라 장군 중 가장 뛰어난 전략가인 늙은 병부상서의 죽음은 웃어넘길 수 없었다.

단문진이 올린 상소문을 곡사정이 읽는 걸 건성으로 들으면서 양제는 애써 불길한 생각을 떨치려 술잔을 연거푸 들었다.

풍전등화 風前燈火

발석차에서 요동성을 향해 쉴 새 없이 쏟아붓는 돌이 성벽에 부딪히는 무시무시한 소리와 함께 두 번째 총공격 날이 밝아왔다.

적군이 새벽안개를 뚫고 4백 대 운제와 당차를 앞세우고 거센 파도처럼 밀려왔다. 서문 장대에서 우렁찬 꽹과리소리가 울려 퍼지자, 휴식조로 교대하여 깊이 잠들었던 병력도 일제히 무장을 갖추었다. 요동성을 지키는 병사들은 누구나 오늘이 일생 중 가장 긴 하루가 되리라고 느꼈다.

운제가 성벽 앞 백 보 앞까지 다가오자 숨겨두었던 요동성 투석기에서 불타는 나무토막을 일제히 발사했다. 운제를 끌던 소들이 불덩이에 놀라 날뛰며 이리저리 흩어지고 넘어지는 바람에 질서정연하던 수나라 군 대열에 혼란이 생겼다. 그러자 소를 대신하여 적병이 운제에 달라붙어 힘껏 성벽 쪽으로 밀어붙였다. 요동성에서 퍼부은 투석기의 불덩이로 수십 대 운제가 파괴되었으나 수나라 군의 전진 대열을 멈출 수 없었다.

발석차가 성벽으로 일제히 돌과 불덩이를 날려 보내고, 운제가 성벽 앞에 일렬로 멈추더니 긴 사다리가 성벽에 촘촘히 걸쳐졌다. 운제마다 갑옷을 입은 수십 명 병사가 오른손에 단창을 든 채 일제히 성벽으로 기어오르기 시작했다.

한 주일간 격렬한 집중 포격으로 허물어져가던 성벽 한 모퉁이에 수십 대 충차가 번갈아 가며 부딪치고 천여 명 곡괭이 부대가 달라붙어 성벽 밑을 파헤쳤다. 성벽이 무너지면 성안으로 돌진하려고 수나라 군 중무장기병대 수천 명이 장창을 들고 돌격명령이 떨어지기만 기다리고 있었다.

"지키자 우리 가족, 죽여라 되놈들!"

수비군 병사 누군가가 외치자, 성벽 한 귀퉁이서 시작된 외침이 온 성으로 울려 퍼지며, 움츠러든 병사의 두려움을 몰아냈다.

운제에서 뛰어내린 적군이 성벽 한 모퉁이를 점령하자 누초 모두리의 결사대가 그곳으로 돌진했다. 아슬아슬 위기를 넘겼으나,

새벽부터 시작된 격렬한 전투로 많은 병사가 목숨을 잃거나 다쳤다. 전쟁터 피비린내는 맨 정신으로 견디기 어려웠다.

오후가 되면서 새로운 위기가 다가왔다. 몇 대 남지 않은 수비군 투석기가 수많은 발석차의 집중공격을 받아 모두 부서졌다. 제 세상을 만난 듯 활개 치는 발석차에서 쏜 돌덩이에 부딪혀 허물어지던 성벽 일부가 마침내 적 당차에 의해 무너졌다. 수비군이 그 틈새를 막기도 전에 재빨리 적 중무장기병대가 성안으로 쏟아져 들어왔다. 이런 때를 대비해 제2방어선으로 성벽 안쪽에 미리 목책을 세웠지만 얼마나 버틸지 알 수 없었다.

성주의 아우 해마루가 내성(內城)을 지키던 수비병을 이끌고 급히 달려와 적 기병대를 가로막았다. 그러자 흩어진 병사를 모아 새로 결사대를 조직한 백인대장 치우가 외쳤다.

"싸울아비들아, 되놈에게 고구려 사내의 매운 맛을 보여 주자!"

적 중무장기병대 측면을 파고든 결사대는 갈고리 창을 휘둘러 닥치는 대로 말 다리를 베었다. 불탄 짚무더기와 여기저기 쌓인 돌 더미로 말을 달리기 어려웠던 적 기병대는 결사대의 기습으로 대열이 흩어졌다. 이를 본 고구려 수비병이 용기를 내어 사방에서 들고 일어나 수나라 군 진격을 막았다. 그러나 무너진 성벽으로 쏟아져 들어오는 적병의 숫자는 시간이 갈수록 늘어났다.

해부루는 본부 막료(幕僚)를 모아놓고 의견을 물었다.

"바람 앞에 촛불같이 위태로워졌소. 어찌해야 좋겠소?"

"외성(外城)을 포기하고 내성으로 물러나는 게 어떻겠습니까?"

"아니오. 전멸당하는 한이 있어도 굳게 지켜야 합니다."

"공격이 최상의 방어라 했습니다. 여기서 웅크리다 죽느니 화끈하게 싸우다 죽겠습니다. 성주님, 제가 중장갑기병대를 이끌고 성문을 나가 적의 본진으로 쳐들어가게 허락해 주십시오."

해부루는 막료들의 말을 듣는지 마는지 지그시 눈을 감았다. 그때 문밖이 소란스러워졌다.

"무슨 일인가?"

"경당에서 한문(漢文)을 가르치는 늙은 훈장이 꼭 성주님을 뵙겠다고 떼를 쓰고 있습니다."

해부루는 눈살을 찌푸리다가 곧 부드러운 표정을 지었다.

"들어오시라고 하여라."

흰 수염을 기른 기품 있는 노인이 들어와 허리를 굽혔다.

"군사(軍事)를 알지 못하는 백면서생(白面書生)이오나 외람되지만 한 말씀 드리겠습니다."

"노인장, 어려워 마시고 말씀해 보시구려."

"포로를 심문할 때 제가 통역하다가 들은 이야기가 있습니다. 고구려 성에서 항복하려고 하면, 적장은 먼저 황제에게 이를 알려 그 지시를 받아 항복 절차를 밟고, 수항사자(受降使者, 항복을 받아드리는 황제의 특사)를 파견해 격식(格式)을 갖추어 항복을 받아들인다고 했습니다. 제가 거짓으로 항복하는 사자(使者)가 되어 적장을 만나면 적어도 하루쯤 시간을 벌 수가 있지 않겠습니까?"

"그러면 훈장님은 목숨을 빼앗길 터인데 …."

"성주님, 저는 이미 살 만큼 산 늙은이입니다."

해부루의 눈이 북받치는 감동으로 젖어 들었다.

"훈장님은 왜 거짓 항복이라도 해야 될 형편이라 생각하나요?"

"오늘 큰애가 집을 나가며 적에게 욕을 당하지 않게 처자식을 죽여 달라고 부탁했습니다. 경박한 애가 아닌데 그런 말을 남긴 것은 곧 성이 함락될 위기라 본 게 아니겠습니까?"

고구려 장수가 '항복'이란 말을 입에 올리는 짓은 사형을 받을 죄지만 해부루는 겁을 집어먹은 막료의 반대를 한마디로 물리쳤다. 부리부리한 눈을 빛내며 호탕하게 웃더니 항복문서를 작성하라 명령하고, 자리에서 일어나 늙은 훈장에게 허리를 굽혔다.

"이제부터 훈장님께서는 제 아버지십니다. 요동성 안에 유유와 밀우● 같은 의인(義人)이 계신 줄 내 어찌 알았겠습니까? 제가 꼭 요동성을 지킬 테니 어르신 안심하고 가십시오. 여봐라, 누가 내 아버님을 모시고 죽음의 자리로 가겠는가!"

"제가 어르신을 모시겠습니다. 성을 지키는 데는 싸울아비가 저보다 더 쓸모가 있을 테니까요."

항복문서를 쓰던 서기가 일어섰다. 늦은 오후 요동성 서문 장대 위에 백기(白旗)가 올랐다.

우문술은 외성 안쪽에 세운 목책 때문에 수나라 기병대 돌격이

● 동천왕 때 위나라 관구검이 고구려를 침략하여 국내성이 함락되고(245년), 그 부하인 현토태수 왕기가 동천왕을 추격하여 거의 사로잡히게 되었을 때, 유유가 거짓 항복을 하여 적장 앞에 나아가 음식 그릇 속에 숨겨둔 칼로 적장을 찔러 죽였고, 그 혼란을 틈타 밀우의 결사대가 적군을 공격하여 적을 섬멸시켰음.

막혔지만, 성벽 세 군데가 허물어지고 수비군 방어선이 무너져 오래지 않아 성이 함락되리라는 보고를 받고 흐뭇하게 웃었다.

서문 공격을 지휘하던 중랑장 정민수가 뛰어들어 왔다.

"대장군님, 이겼습니다. 적의 성문에 백기가 걸리고 성주의 아버지가 항복사자로 나왔습니다."

"성주 부친이라고? 즉시 전투를 중지시키고 정중히 모시거라."

위엄 있게 생긴 노인이 우문술의 지휘소 앞에서 말을 내리자 정민수가 마중을 나갔다.

"총사령관에게 안내해 주시오."

정민수는 노인으로부터 뜻밖에 교양 있는 장안(서울) 말씨를 듣자 자기도 모르게 허리를 굽히고 우문술에게 안내하였다.

"이 늙은이는 요동성 성주 애비올시다. 아들이 어리석어 천병(天兵, 수나라 군대를 높인 말)을 상대로 승산도 없는 싸움을 계속하기로 여러 차례 타일렀으나, 오늘에야 못난 아들놈 고집을 꺾었소이다. 그동안 양국 젊은이들이 헛되이 희생되어 가슴이 아프오."

"저는 좌익위 대장군 우문술이오. 노인장이 무척 존경스럽구려."

오만하던 우문술도 예의를 갖추었다.

"감사합니다. 어떻게 항복절차를 밟아야 하오이까?"

"황제폐하의 어명을 기다려야 합니다."

"말씀대로 따르겠습니다. 이제 항복했으니 쓸데없는 희생을 막아야지요. 전투를 멈추고 군사를 서로 물리는 게 어떠한지요?"

우문술은 황제가 내린 훈시(訓示)의 뜻을 잘 알고 있었다.

"옳은 말씀이오. 중랑장, 요동성 성주의 항복을 알리는 전령을 폐하께 보내어 허락을 얻도록 하고, 어둡기 전 우리 군사를 성 밖 진지로 철수시키게."

우문술은 육합성(六合城)에 파발마를 보내 항복절차에 대한 지시와 수항사자(受降使者)를 보내주기를 요청했다.

우문술이 파견한 파발마가 육합성에 닿았을 때는 밤이 깊어 양제가 잠자리에 들었기에 이튿날 아침 늦게야 전달되었다.

양제는 크게 기뻐했다. 즉시 수항사자를 보내 수항대(受降臺, 항복을 받아들일 시설)를 세우게 하고, 격식을 갖추어 요동성의 항복의식(降服儀式)을 거행하도록 명령했다. 수항사자가 훈장 노인에게 물었다.

"황제께 바치는 표문(表文)은 어디 있소?"

"네, 이 표문에 우리의 항복조건을 적어놓았습니다."

"항복하면 하는 것이지 건방지게 조건은 무슨 조건인가?"

"아들은 고구려 싸울아비로서 명예를 지켜야 합니다. 황제께서는 태왕폐하께 '요동성 성주가 부득이 항복하게 되었으니 이를 허락하라'는 글을 보내주시기 바랍니다."

"고얀지고. 그런 괴상한 항복조건은 들은 적이 없도다."

"황제께서 통지문을 보내시지 않으면 항복할 수 없습니다."

수항사자는 예상하지 못했던 뜻밖의 사태로 크게 당황했으나 이에 대한 결정권이 없어 양제에게 보고했다. 병부시랑 곡사정이 아뢰었다.

"폐하, 항복하는 장수가 부하와 백성의 목숨을 살려달라고 요청하긴 하나, '항복할 테니 주군(主君) 허락을 받아달라'는 말은 고금(古今)을 통하여 들은 적이 없습니다. 더구나 고구려왕을 태왕(太王, 왕 중의 왕)이라 일컫는 것은 외람되게도 황제라는 호칭과 같은 뜻이 포함된 불순한 칭호입니다. 밤이 깊었사오니 날이 밝는 대로 다시 불러 항복의사가 진실한지 따져야겠습니다."

휴전이 되어 성안까지 들어왔던 적이 물러가자 수비군은 무너진 성벽에 목책을 세워 수리하고 뚫어진 틈새를 돌과 흙으로 메우는 한편, 백암성에 있던 요동 방어군 사령부에 구원군을 보내달라고 요청하고, 지친 병사를 휴식시켜 다음 전투에 대비했다.

대대로 을지문덕

요동성 남쪽 천산 산줄기에 자리 잡은 고도관(古道關) 보초병이 요동성에서 떠오른 붉은 연(鳶)을 보았다. 위급함을 알리는 긴급 구원신호였다. 요동성 동쪽 80리 백암성에서 요동 방어군을 지휘하던 총사령관 을지문덕(371쪽 참조)은 보고를 받자 즉시 군사회의를 열었다.

"요동성이 매우 위급하오. 어찌해야 좋겠소?"

대대로 을지문덕이 어두운 얼굴로 여러 장수를 둘러보았다.

"지난 열흘 동안 세 차례나 요동성으로 가는 길을 뚫으려 했으나 적 세력이 워낙 막강해 번번이 실패했습니다. 남은 방법은 대량수(태자하) 뱃길로 포위를 뚫는 것뿐이나 지금은 갈수기(渴水期)라 요동성으로 가는 도중 적에게 발각되면 구원군이 강 양쪽 적군의 공격을 받아 큰 위험에 빠지게 될까 염려스럽습니다."

백암성 성주가 걱정스러운 얼굴로 말을 맺었다.

"언제 요동성이 함락될지 모르는데 ⋯."

을지문덕은 목이 메는지 말을 잇지 못했다. 여러 장수들은 무거운 침묵 속에 빠져들었다. 오골성 성주의 큰아들로 말석(末席)에 앉아 있던 젊은이가 일어섰다.

"대원수님, 외람되오나 소장이 이 일을 맡겠습니다."

"소형(小兄, 정 7품) 추정국(鄒定國), 좋은 방책이라도 있소?"

"어제 늙은 어부에게 들으니 곧 비가 쏟아질 날씨라고 하더군요. 마침 내일이 그믐이고 새벽안개가 짙은 계절이니 적의 눈을 피하기 쉽겠지요. 초저녁에 출발한다면 새벽이 되기 전에 요동성 동쪽 강변에 닿을 수 있을 겁니다. 다만 요동성에 도착해도 수비군이 아군인 줄 알고 신속하게 동문을 열어줄지 염려됩니다."

"강변에 닿거든 황조가 가락으로 피리를 불게. 내가 해부루와 약속한 암호이니까. 자네는 즉시 구원군을 모아 비가 오고 어둠이 내리거든 바로 출발하게. 백암성 성주는 대량수 물길에 밝은 어부를 찾아주시오."

하늘도 해부루의 답답한 마음을 아는지 먹구름이 잔뜩 드리우더니 장대비가 쏟아졌다. 거짓 항복이 들통 나는 순간 수나라 군의 공격이 시작될 것이기에 잠 못 이루며 뒤척거리다가 황급히 달려오는 발걸음 소리에 일어나 앉았다.

"성주님, 망루를 지키는 보초병으로부터 긴급 보고입니다. 강 상류에서 수십 척의 배가 오고 있답니다."

"뭐 배라고? 빨리 가 보세."

해부루가 성(城) 남동쪽 망루에 달려가 보니, 아직도 어둠이 걷히지 않은 새벽안개 속에 다가오는 배들이 어슴푸레 보였다.

곧 선두 배에서 황조가 가락을 부는 청아한 피리소리가 들려왔다. 가슴이 터질 듯한 기쁨에 북받쳐 소리쳤다.

"구원군이다! 동쪽 성벽을 지키는 병사에게 횃불을 켜게 하라."

해부루는 동문으로 달려가 성문을 열고 강변으로 달려갔다. 강변에 닿는 고깃배마다 군사를 가득 태운 뗏목이 매달려 있었다.

"어디서 오는 군사인가?"

"소형 추정국, 대원수님 명을 받아 구원병을 이끌고 왔습니다."

해부루가 달려가 추정국을 껴안았다.

"고마우이, 이제 요동성은 살았네. 다들 무엇을 하는가? 어서 구원군을 성안으로 모시지 않고."

요동성에는 활기가 넘쳤다. 어제만 해도 잔뜩 굳어있던 요동성 군민 얼굴에 함박꽃이 피었다. 3천 병력은 말할 것도 없고 50채 뗏목 통나무는 부서진 성벽을 튼튼하게 수리하는 데 더없이 요긴했고, 30만 발 화살은 병사들에게 부자라도 된 듯 기쁨을 안겨주었다.

"구원군이 무사히 닿은 것을 알리도록 흰 연을 띄워라."

요동성 동서남북 망대에서 흰 사각연이 하늘 높이 솟았다. 귀한 사신(使臣)으로 대접받다가 졸지에 죄인이 되어 사형장으로 끌려가던 훈장 노인이 요동성을 되돌아보다가 깜짝 놀랐다. 망루마다 흰 연이 하늘로 기운차게 솟아오르고 있었다.

'하늘님, 감사합니다. 드디어 요동성이 구원을 받았군요.'

하염없이 흐르는 눈물 속에 흐릿해지는 성문을 바라보았다. 청운(靑雲)의 꿈에 부풀어 처음 요동성에 닿았던 젊은 날이 그립게 떠올랐다. 노인은 빙긋 웃다가 조용히 눈을 감았다.

서문 밖 높이 세운 기둥 위에 두 사람 목이 걸렸다. 노인은 빙그레 웃는 평화로운 얼굴로, 어릴 때 별명이 울보였던 젊은 서기는 당당하고 위엄 있는 얼굴로. 그 주검을 내려다보던 요동성 병사들은 어떤 일이 있어도 성을 굳게 지켜 그들에게 부끄럽지 않은 싸울아비가 되리라고 거듭 맹세했다.

죽은 훈장 노인의 큰아들 니루 진(眞)이 해부루를 찾아왔다.

"성주님, 소인의 아비 목이 서문 앞에 걸려 있습니다. 자식된 도리로 찾아오려 하오니, 성문을 나가 싸우게 허락해 주십시오."

"못난 놈. 아버지가 호랑이면 아들은 스라소니라도 되어야지. 영웅의 아들답게 용감히 성을 지켜라!"

이윽고 해부루는 니루 진의 등을 두드리며 부드럽게 말했다.

"내가 이미 어르신을 아버지로 모셨으니, 너는 내 아우이고 해(解)씨 집안사람, 아무쪼록 어르신 뜻을 명심해야지."

벼락이라도 맞은 듯 멍하니 서 있던 니루 진이 고개를 들었다.

"아버님 뜻을 이어 목숨을 다해 성을 지키겠습니다. 지금은 성주님 말씀을 감당하지 못하겠사오나 제 몫을 다하고 죽는 날 묘비

(墓碑)에는 해진(解眞)으로 새겨주십시오."

황제의 진노(震怒)는 무서웠다. 한갓 오랑캐 성주와 촌부(村夫)에게 농락당해 웃음거리가 되었기 때문이었다. 요동성 공격 사령관 우문술과 모든 장수를 불러 호통을 쳤다.

"지금 즉시 요동성을 총공격하라. 성을 깨뜨리거든 성안에 있는 자는 남녀노소 가릴 것 없이 하나도 남기지 말고 몰살시켜라."

우문술은 기가 막혔다. 항복절차를 밟느라고 사흘을 허비했으니 요동성 방어는 더욱 굳어져 있을 터였다. 그러나 누구 명령이라고 태만히 할 수 있으랴. 왕웅이 이끄는 황제 직속 어영군 도움까지 받고 병력과 공성장비를 총동원해 요동성을 공격하기로 했다.

하조는 병들어 본국에 송환된 우문개 짐을 정리하다가 팔륜누차(八輪樓車) 도면을 발견하고 50대를 만들었다. 바퀴가 8개나 되는 큰 수레 앞면에는 화살을 막도록 철판과 소가죽으로 덮었다. 팔륜누차 위에는 공성탑을 세워 요동성 앞 50보 되는 지점에 일렬로 세웠다. 그것은 엄청난 괴물이었다. 성벽보다 20자나 높은 공성탑에서 수십 명 궁수가 성을 향해 화살을 퍼붓자 성을 지키는 수비군 사상자가 늘어나게 되었다.

더구나 그 뒤에 몸을 숨긴 수천 명 수나라 보병이 성벽 위로 뛰어내릴 준비를 갖추었고, 수백 대 운제도 성벽으로 다가갔다. 수비군은 공성탑에서 날아오는 화살을 막으려 성가퀴에 목책과 방패를 세우고 성벽에 통나무를 촘촘히 세웠으나 시간이 지날수록 더욱 위태로워졌다.

공성탑의 화살에 수비군 병사가 쓰러질 때마다 수나라 군사들은 환성을 질렀고, 수비군 사기는 땅에 떨어졌다. 수비군이 온갖 반격을 퍼부었으나 그 괴물은 큰 통나무로 만들어져 끄떡없었고, 불화살 공격도 물에 적신 생가죽에는 큰 효과가 없었다. 또 다른 위기가 요동성 코앞에 다가왔다. 해부루가 어두운 얼굴로 부하장수를 둘러보자 백인대장 치우가 무겁게 입을 열었다.

"성주님, 염려 마십시오. 결사대를 모으겠습니다."

니루 진을 비롯한 30명 결사대는 밤이 깊어지자 성벽 치(稚) 그늘 어둠 속에 숨어 성벽을 내려가 공성탑에 접근했다. 뒤이어 서문 장대에서 횃불을 흔들자 투석기에서 공성탑을 향해 수백 덩이 건초(乾草) 뭉치를 쏟아부었고, 그 뭉치를 향해 불화살을 쏘았다.

건초더미에 불이 붙자 성벽 앞에 보초를 서던 수나라 군사가 허둥지둥 공성탑 뒤쪽으로 피했다. 그 틈에 결사대 3인조가 연기 속에 숨어 팔륜누차 밑기둥과 수레바퀴로 다가가 도끼로 찍기 시작했다. 어리둥절하던 수나라 군도 사태를 알아차리고 막으려 했으나 거센 불길과 성벽에서 퍼붓는 수비군 화살 공격으로 접근하지 못했다.

결사대가 도끼질한 팔륜누차에 기름 묻힌 송진덩어리를 묶어 불을 붙이니 여기저기 팔륜누차가 불길에 휩싸였다. 공성탑의 밑기둥으로부터 맹렬하게 불길이 치솟자 타고 있던 수나라 군사들은 앞다투어 뛰어내리느라 혼란에 빠졌다. 드디어 기둥이 무너져 내리며 하나둘 공성탑이 쓰러졌다.

신이 난 수백 명 도끼부대가 우렁차게 함성을 지르며 성벽에서 줄을 타고 내려와 결사대를 도왔다. 우렁찬 도끼질 소리와 함께 괴물들은 차례로 쓰러지고, 공성탑에서 빠져나가지 못한 수군의 비명소리가 새벽어둠 속에 울려 퍼졌다.

수나라 군은 성벽으로부터 5리나 물러나 방어진을 재정비했다. 요동성 전투가 끝난 것은 아니었지만 수나라 군 피해가 너무 커 다시 공격하려면 상당한 시간이 걸릴 수밖에 없었다.

결사대는 장렬하게 싸우다 전설 속으로 사라졌다. 해부루는 결사대 30명 이름을 서문 돌 벽에 새기고 요동성을 지킨 영웅이라고 불렀다. 아름다운 이름들이 새겨졌다. 니루 진은 누구보다 앞장서서 용감히 싸우다 전사했고, 돌쇠 아내 이름도 빠지지 않았다. 살아남은 영웅은 치우뿐이었다.

6월 11일〔己未日〕 수양제가 요동성을 둘러보다가 모든 장수를 불러 모아 꾸짖었다.

"백만 대군이 두 달이 지나도록 이까짓 성 하나를 빼앗지 못한단 말인가. 경(卿)들은 벼슬이 높고 문벌이 좋다는 것만 믿고 짐을 업신여기고 있는가. 친정(親征)을 탐탁지 않게 여긴 까닭도 이런 꼴을 보이는 게 두려웠던 탓이었던가? 짐이 여기 온 것은 잘못이 있으면 목을 베기 위함이라. 죽음이 두려워 제대로 싸우지 않는 것 같은데, 짐이 경들의 목숨을 빼앗지 못하리라 여기는가!"

모든 장수가 두려워 떨며 얼굴빛이 변했다.

양제는 잠을 이룰 수 없었다. 원정을 시작할 때의 계획으로는 지금 육군과 수군(水軍) 모두 평양성을 포위했어야 하지만, 오직 내호아가 이끄는 수군만 평양성 가까이 진군했을 뿐이었다.

밤이 깊었지만 병부시랑(兵部侍郞) 곡사정(斛斯政)을 불러, 단문진이 올린 상소문을 다시 가져오게 했다.

"폐하의 성스러운 시대를 맞아 어리석은 소신 단문진이 영광스러운 자리[兵部尙書]에 발탁되어, 받은 은혜의 만분의 일이라도 갚으려 하오나 병이 깊어 보답하지 못함을 부끄럽게 여깁니다. 이제 여한(餘恨) 없이 가벼운 마음으로 무덤에 들어가려 합니다. 요동의 추악한 무리가 복종하지 않아 만승천자(萬乘天子) 귀하신 몸으로 몸소 군사를 이끌고 친정(親征)에 나섰나이다. 다만 오랑캐는 거짓이 많아 입으로 항복을 애걸하고 머리를 숙여도 마음속엔 항상 배반할 생각만 하며 속이고 감추는 게 많사오니, 모름지기 깊이 헤아려 속지 마시고 쉽게 받아들여서도 안 됩니다.

오래지 않아 장맛비가 쏟아질 계절이니 지체할 수 없습니다. 바라옵기는 모든 군사를 독촉하여 급히 진격시키고, 수군(水軍)과 육군이 함께 나아가[水陸俱全] 적이 미처 생각지도 못한 곳을 기습하면 적 서울(평양)은 외로운 성이 될 테니 쉽게 둘러 뽑을 수 있을 것입니다. 뿌리가 뽑히면 나머지 성이야 저절로 무너지지 않겠습니까? 머뭇거리다 때를 놓치게 되면 추위[원문의 추림(秋霖)은 가을 장마를 뜻하지만 '가을 서리'가 옳은 듯함]를 만나 예상치 못한 어려움에 부딪칠 수 있고 군량(軍糧)조차 떨어지게 된다면, 앞에는 강한 적(고구려 군)이 버티고 뒤로 말갈 군이 습격할 테니 머뭇거려 결단을 늦추는 것은 결코 상책(上策)이 아니라고 생각되옵니다."

단문진의 충성스러움이 양제의 가슴에 전해지며 이제까지 자신이 고구려 원정을 너무 쉽게 여겼던 게 아닐까 싶었다.

'적의 뿌리를 뽑아버리라고?'

아득히 뻗은 가시밭길

遼西千里

  만리장성 끝머리 임유관(臨楡關)을 나서 요동으로 가려면, 북쪽 거친 황무지와 남쪽 발해만 바다 사이 좁은 회랑(回廊)을 지나는 한 가닥 길만 뻗어 있었다. 이 길가엔 영주 외에는 수나라 군현(郡縣)이 없고 사람도 거의 살지 않으니 쉴 만한 곳인들 어디 있으랴. 이따금 유목하는 거란인만 만날 뿐. 그러나 전쟁 소식을 듣자 7년 전 벌어진 비극(悲劇)●을 기억하고 멀리 도망쳐 버렸다.

  병사는 뱃심으로 싸운다. 아무리 뛰어난 장수라도 굶주린 병사를 이끌고 승리할 수 없다. 백만 대군을 이끌고 원정에 나선 양제가 부닥친 가장 큰 적은 군량보급이었다. 임유관에서 요하까지 아득히 뻗은 천 리 길에 군량을 가득 실은 손수레나 우차(牛車)가 피땀 흘리며 줄을 이었다. 그러나 무슨 수로 백만 대군을 먹일 양식을 실어 나를 수 있으랴.

● 605년 양제의 사주를 받은 야미 카간의 돌궐 군이 고구려에 가는 상단으로
 꾸며 거란 부족을 기습하여 거란인 남녀 4만이 포로로 사로잡혔던 대참사.

라오하무렌 老哈河

    단문진이 죽자 우익위 대장군 우중문이 후군 총사령관에 임명되었다. 즉시 요하에 주둔하던 좌12군을 이끌고 백랑성으로 달려갔으나 고구려 거란 연합군의 흔적조차 찾아볼 수 없었다. 그는 우5군 섭좌무위 장군 번자개와 대책을 의논했다.

    "번 장군, 적군의 움직임이 이렇듯 신속하고 날카로우니 보급로의 안전이 심히 염려되는구려."

    "대장군님, 공격이 최상의 방어라 했으니, 보급로 방어를 강화하기보다 이들의 근거지를 둘러 뽑는 게 어떻겠습니까?"

    "나도 같은 생각이오. 토벌작전을 번 장군이 맡아주시오."

    "명령에 따르겠습니다. 다만 적은 날랜 기병이니 보병으로 적을 섬멸시킬 수 없습니다. 강력한 기병군단이 필요합니다."

    "좋소이다. 3개 군에 배치된 12개 기병단을 모두 맡기겠소."

    번자개는 돌다리도 두드려보고 건너는 조심성 많은 장수였다.

    우선 임유관에서 영주에 이르는 보급로를 따라 봉화대를 설치해 연합군의 습격이 있으면 즉시 봉홧불을 올리게 하고, 50리마다 휴식처를 두고 목책으로 둘러쌓아 야간에 보급부대가 쉴 수 있게 했다. 그뿐 아니라 기병대에게 도로를 순찰시켰다.

    4월 말 우중문이 약속했던 1만 2천 명 기병대가 모이자 연합군을 토벌하러 출동했다.

    "적장은 여우같이 꾀가 많고 솔개처럼 재빠른 놈이다. 병력을 분산시켜 각개격파 당하지 않게 서로 연락하며 싸우라."

양군 최고 지휘관이 모두 신중한 성격이다 보니 정찰대끼리 작은 충돌만 있을 뿐 큰 전투 없이 5월이 되었다.

먼저 칼을 뽑은 쪽은 수나라 군이었다. 번자개는 때가 무르익었다고 판단하고 연합군 근거지인 라오하무렌으로 진격했다. 기병대가 전진하면 보병이 그 뒤를 따라 보급로를 확보하고, 방어에 요긴한 곳과 강의 도하(渡河) 지점에 목책을 세워 기병대를 뒷받침했다.

또한 '모기를 없애려면 웅덩이부터 메워야 한다'면서 심리전(心理戰)을 펴서 진격로 주변 거란 부족을 회유 협박해 연합군을 고립시키고, 돈과 물품을 뿌려 정보를 모았다.

백랑성 북쪽 산봉우리가 치솟아 매복하기 좋은 곳에 도달하자 진격을 멈추고 길 좌우 산과 언덕을 샅샅이 수색하고서야 기병대를 전진시켰다. 고개를 넘자 잡목이 듬성듬성한 고원지대 야트막한 언덕이 계속되었다. 드디어 라오하무렌 상류에 가까워졌다.

양만춘은 적 기병대의 접근을 알고 있었으나 번자개가 워낙 신중하게 작전을 펼쳐 빈틈을 찾을 수 없었다.

적이 라오하무렌 상류 언덕을 넘자 이를 유인하려 거란 기병대를 출동시켰다. 거란인의 말 타는 솜씨는 수나라 기병과 비교할 수 없게 뛰어났다. 거란 군은 수나라 선봉 기병대를 향해 활을 쏘아 공격하다가 가까이 다가오면 물러나며 끊임없이 적을 괴롭혔다. 그러다 적 기병대가 좌우로 돌진해 거란 군을 포위하려 하면 일제히 말머리를 돌려 라오하무렌을 건너 달아났다.

강 왼쪽은 갈대가 무성한 늪지대요 오른쪽은 실개천 너머 잡목 숲이 우거졌고, 강물은 가뭄으로 말의 배에 닿을 정도로 얕았다.

번자개는 기병대가 강가에 이르자 징을 쳐 진격을 멈추더니 강변 숲을 둘러싸고 불을 놓았다. 수나라 기병대가 거란 군을 쫓아 강을 건너면 뒤에서 공격하려고 잡목 숲에 숨어 있던 나친 군이 날벼락을 맞았다. 급히 후퇴명령을 내려 포위당하는 것만은 면했지만 백 명이 넘는 사상자가 생겼다.

노로아호산맥에 수색대로 파견했던 개코가 돌지계의 연락병을 사로잡아 심문한 끝에 '송형령에 주둔한 돌지계의 영주 군이 번자개 군과 합동작전을 펴서 붉은바위산을 빼앗으려 한다'는 정보를 캐냈다.

'거란인의 본거지(本據地)가 짓밟히게 되면 우리는 기댈 곳조차 없어지겠구나.'

나친 군의 패전으로 시름에 잠겼던 양만춘에게 설상가상의 큰 위기였다. 번자개 군도 감당키 어려운 형편이거늘 돌지계의 영주 군까지 막아야 하다니. 연합군이 붉은바위산〔赤峰〕 초원지대 방어에 실패하면, 거란 부족은 삶의 터전을 잃지 않으려고 등을 돌릴지 몰랐다. 연합군의 적은 병력으로 적군과 정면대결하는 건 계란으로 바위를 치는 어리석은 짓. 그러나 고기가 물을 떠나 어떻게 살겠는가.

양만춘은 백석 도인에게 벼랑 끝에 몰린 형편을 설명했다.

"대모달님, 이 난국(亂局)을 벗어나기 위해 오늘 밤 모든 흑의대원을 거느리고 적장 번자개를 습격해 암살하겠습니다."

백석 도인을 따라온 해오름이 비장한 낯으로 말했다.

"하늘이 무너져도 솟아날 구멍이 있습니다. 그런 위험한 모험을 않고도 다른 탈출구를 찾을 수 있을 겁니다."

양만춘이 깜짝 놀라 해오름을 달래고 여러 장수를 돌아보았다.

"방어하기 가장 유리한 곳은 자라목이오. 나친과 야율고오 장군은 즉시 부하 병력을 이끌고 자라목으로 가시오. 거기서 적군과 결전(決戰)을 치르려 하니 서둘러 방어진지를 세우시오."

"대모달, 적 기병은 8천이 넘소. 지금도 막기 어려운데 천 명도 안 되는 나머지 병력으로 어떻게 버티려 하시오."

고정의가 걱정스러운 얼굴로 쳐다보았다.

"적장은 병법에 밝고 조심성이 무척 많은 자요. 그 점을 거꾸로 이용하면 사나흘 지연작전을 펴기가 어렵지 않을 겁니다. 그런 위험조차 감당치 못해서야 어찌 연합군을 지휘하겠소?"

번자개는 정찰대를 파견해 도하(渡河) 지점을 조사하더니 오후가 되자 여러 곳에서 동시에 강을 건넜다. 고구려 군은 강을 건너는 적군에게 화살을 퍼붓다가 하류 쪽으로 도망쳤다. 그는 달아나는 연합군 숫자가 예상 밖으로 적자 덜컥 의심이 났다. 즉시 진격을 멈추고 혹시 매복이 없는지 주위를 샅샅이 수색했다.

황혼 무렵 나루터 주변에서 붉은 연(鳶)이 솟아오르더니 밤이 되자 후방 숲에서 요란한 북소리가 울렸다. 수나라 진영은 야습

(夜襲)인 줄 알고 발칵 뒤집어졌으나 아무 일도 없었다.

라오하무렌 나루터는 전략적 요지였다. 동쪽으로 영주, 남으로 백랑성, 강을 건너 자라목 골짜기를 지나면 거란에서 가장 큰 대하 부족 근거지인 붉은바위산[赤峰]으로 가는 길이 활짝 열린다. 번자개는 나루터를 점령하자 강에 다리를 놓고 영채(營砦)와 망대를 세우며 붉은바위산으로 진격하기 위한 보급품을 쌓는 한편 돌지계에게도 출동명령을 내렸다.

진지 주변에서 밤마다 북소리가 울리고 횃불이 타올랐지만 끝내 습격이 없자 이제 적군은 물론 번자개조차 무관심해졌다.

나흘 후 장수타가 이끄는 보병 5천이 도착하자 영채 방어를 맡기고, 번자개는 기병대를 이끌고 붉은바위산으로 전진했다. 나루터에서 붉은바위산으로 가려면 북쪽 고원과 남쪽 평지 사이에 동서로 길게 뻗은 산줄기를 만난다. 이 줄기는 그리 높지 않지만 벼랑을 이루어 북으로 진격하는 기병대에게 장벽이 되었으나, 자라목 골짜기에는 산줄기가 끊겨 있어 기병이 진격하는 데 지장이 없었다.

결전의 새벽, 양군은 자라목 계곡 앞에서 마주쳤다. 자라목은 붉은바위산을 빼앗으려면 반드시 지나가야 할 곳, 이곳이 뚫리면 붉은바위산은 수나라 군에 점령당할 테니 양군뿐 아니라 거란인조차 숨을 죽이고 싸움의 결과를 지켜보았다.

양만춘은 문득 눈을 들어 바라보았다. 아침 햇살에 눈부시게 빛나는 까마귀 떼가 동쪽 하늘을 새까맣게 뒤덮으며 붉은바위산에서

라오하무렌 나루터 쪽으로 날아가는 것을.

해오름이 건장한 사나이를 끌고 왔다.

"대모달님, 적의 연락병을 사로잡았습니다. 이놈 품속에서 돌지계에게 우리 배후를 습격하라는 번자개 명령서를 발견했습니다."

"지금 돌지계 군은 어디까지 왔소? 이미 그 명령이 전달되지 않았을까요?"

"여기서 북동쪽 백여 리 라오하무렌 하류에 머물고 있답니다. 연락병 중 서너 명이 도망쳐 뒤쫓고 있는 중이니 아직 돌지계는 그 명령을 받지 못했으리라 짐작되지만 확실하지 않습니다."

"자라목 전투가 끝날 때까지 어떻게 해서라도 그들의 연락을 막아야 하오. 흑의대를 총동원해서 돌지계 군의 움직임을 감시해 주시오. 우리 운명이 해오름 님에게 달렸소!"

양만춘은 유리한 지형을 따라 연합군을 배치했다. 가장 격렬한 전투가 벌어질 자라목은 고구려 군, 우군(右軍, 서부군)은 구르의 해족 군, 좌군(左軍, 동부군)은 야율고오의 거란 군에게 맡겼다. 그리고 나친의 실위 군을 자라목 뒤에 배치해 고구려 군을 돕는 예비대로 삼았지만, 돌지계 군의 등장으로 사정이 변했다.

"나친 장군, 그대는 거란 군 뒤로 자리를 옮기시오."

그의 부리부리한 고리눈이 화등잔같이 커지며 말을 더듬었다.

"주군(主君), 어찌 그리 황당한 말씀을. 번자개 주력군이 자라목에 집결해 지금도 적 병력이 아군의 다섯 배가 넘거늘…. 거란 군은 지형이 험해 지금 병력으로도 충분히 버틸 텐데."

"상황이 바뀌었소, 이번 전투는 죽느냐 사느냐를 결정짓는 한판 싸움이 되었구려. 여기서 살아남으려면 기습으로 위기를 돌파하는 길뿐이오. 운명을 하늘에 맡기고 모험하기로 결심했소!"

목숨에 대한 애착을 버리고 빙긋이 웃는 양만춘의 얼굴을 보고 나친은 말문을 닫았다.

"돌지계 군이 나타나 우리 측면을 돌파하게 되면 어차피 패배할 수밖에 없소. 다행히 결정적 순간까지 돌지계가 나타나지 않으면 우리에게 승리할 기회가 올 것이오. 그러니 적에게 빈틈이 보이거든 실위 군은 즉시 적군 뒤로 돌아가 번자개 본진을 짓뭉개시오. 적의 직속군만 깨부순다면 나머지 농민병 따위는 아무리 수가 많더라도 저절로 무너질 것이오. 오늘 전투는 속전속결. 그대가 기습할 시간을 벌기 위해 나는 온 힘을 기울여 적군을 자라목에 붙들어 매겠소."

해가 떠오르자 번자개는 압도적인 병력으로 학익진(鶴翼陣)을 펼치고 주력(主力)을 중앙에 집결시켜 자라목으로 진출했다. 연합군 방어진을 둘러보던 그의 얼굴에 웃음꽃이 활짝 피었다.

'그동안 적장은 정면대결을 피하며 쥐새끼처럼 요리조리 숨바꼭질만 해서 골탕을 먹었는데, 오늘 한 그물에 쓸어 담겠구나. 고구려 군만 무찌르면 그 밖에 거란 군 잡병(雜兵) 따위야 거미새끼같이 흩어질 게다. 모든 정예기병을 총동원해 먼저 고구려 군을 깨부숴야겠군.'

번자개는 승리의 확신을 갖고 부하 장병을 둘러보며 격려했다.

"적군은 한 줌도 되지 않는다. 숨 쉴 틈 없이 밀어붙여 박살내도록. 자라목을 처음 돌파하는 용사를 중랑장에 임명하겠다."

좌6군 제1단 기병단장 안병진을 선두로 수나라 중장갑기병대가 장창을 들고 어린진(漁鱗陣) 공격대형으로 "와아아아!" 하는 우렁찬 함성과 함께 자라목 골짜기로 돌진했다.

투석기는 밀집대형(密集隊形)을 공격하는 데 가장 강력한 무기다. 고구려 군도 성을 방어하기 위해 투석기를 사용했으나, 덩치가 워낙 큰 데다 수십 명 병사가 밧줄로 끌어당겨 발사하기에 병력 숫자가 적은 고구려로선 그리 효과적인 무기가 아니었다. 더구나 고구려 군은 원정기간이 길어지면서 화살 공급이 부족했다.

이런 때를 위해 사마르칸트에서 눈여겨보았던 두세 명으로 발사하는 로마군단(軍團)의 바리스타(이동식 소형 투석기) 20대를 만들어 달가에게 꾸준히 훈련시켜 왔으나, 야전에서 얼마나 효과를 거둘지 확신을 갖지 못했다. 모든 바리스타는 목책 앞을 정조준했다. 양만춘이 병사들을 둘러보며 외쳤다.

"고구려 싸울아비야. 원정군 운명은 여러분 두 어깨에 달려 있다. 어떤 어려움이 닥쳐도 우리는 저녁까지 이 자라목을 지켜야만 한다. 오늘 싸움에는 우리 뒤를 받쳐줄 예비대도 없다. 오직 여러분 두 손과 하늘의 도움만 바랄 뿐이다!"

수나라 기병대가 몰려오자 고구려 백인대장과 니루들이 외쳤다.

"적의 말을 쏘아라! 오로지 말을."

목책 뒤에 있던 고구려 군 제1열과 제2열은 투구와 갑옷으로 빈틈없이 중무장한 적 기병은 거들떠보지 않고 목책 사이로 장창을 뻗어 말의 가슴을 겨누었고, 뒤쪽 제3열 역시 기병대 말 몸통을 향해 일제히 화살을 날렸다.

적 기병대가 먼지 구름을 일으키며 목책 앞에 다가오자, 20대 바리스타에서 일제히 돌더미가 날아가 적 머리 위로 쏟아졌다. 마른하늘에서 날벼락이 떨어지자 적 기병대의 예리한 기세가 꺾여버렸다. 쉴 새 없이 쏟아지는 돌과 빗발치는 화살에 맞고 창에 찔려 쓰러지는 말들로 목책 앞은 삽시간에 아수라장이 되었다.

적 선봉 중장갑기병대는 목책 앞에 쓰러져 공격이 저지되었다. 목책을 뛰어넘은 말도 목책 뒤에 쳐 놓은 칡넝쿨 줄에 걸려 넘어졌고, 말에서 떨어진 적병들은 무거운 투구와 갑옷의 무게로 허우적거리다가 짧은 창과 칼을 뽑아든 고구려 군에 목숨을 잃었다.

번자개가 입술을 깨물며 오른손을 높이 들어 제2진 공격대를 출동시켰다. 장창보병대와 경기병(輕騎兵) 부대가 밀물처럼 서서히 나아갔다. 오늘 번자개는 여느 때처럼 조심성 많은 지휘관이 아니라 반드시 연합군을 섬멸시키겠다는 결의에 불타는 아수라였다. 그의 눈은 싸움터를 노려보면서 때때로 안타까운 듯 동쪽으로 눈길을 돌렸다.

고구려 군은 결사적으로 싸웠으나 병력 수가 압도적으로 많은 수나라 군 공격으로 드디어 고구려 군 제1방어선이 무너지고, 최후의 목책 방어선조차 위태로웠다.

양만춘은 사태가 심각함을 깨닫고 부하의 창을 빼앗아 들고서 싸움터로 달려갔다. 눈에 띄는 백인대장과 니루 이름을 하나하나 부르며, '제 자리를 굳게 지켜라!'고 외치며 최전선으로 달렸다.

적군의 거센 공격에 밀리고 있던 고참 니루 돌매가 이를 보고 용기를 떨쳐 적병을 베고, 바짝 뒤쫓아 적진으로 뛰어들었다.

양만춘이 선두에 나서 적군을 무찌르는 모습을 본 백인대장과 니루들이 앞다투어 달려와 사령관을 보호했고, 두려움에 떨던 병사도 새롭게 힘을 얻어 전열을 가다듬고 적군을 향해 돌진했다.

고구려 제일검 고정의와 제자들이 이끄는 고검대(高劍隊)의 활약은 눈부셨다. "총사령관을 지켜라!" 고정의가 큰 소리로 명령하고, 장검(長劍)을 휘둘러 적군을 베는 모습은 늑대무리 속에 호랑이가 뛰어들어 용맹을 뽐내는 듯 그 앞을 가로막을 자가 없었다.

큰 위기는 지나갔으나 적병의 숫자가 너무 많았다. 밀물처럼 쏟아져 들어오는 수나라 병사의 함성은 드높아갔고, 번자개의 얼굴에는 자신만만한 웃음이 떠올랐다.

양만춘이 오른손을 번쩍 들자 돌격 나팔소리가 울려 퍼지고 검은 연이 하늘로 떠올랐다. 반격 기회를 노리던 거란 군이 검은 연을 보자 언덕에서 쏟아져 내려가 번자개 본진으로 돌진했다. 버드나무 숲에 숨어 있던 적 기병대가 이를 막아 양군 기병대가 뒤엉켜 적과 아군을 구별하기 힘든 백병전이 벌어졌다. 번자개는 흐뭇한 미소를 짓다가 직속 예비기병대에게 출동명령을 내렸다.

"우군(右軍)을 도와라. 거란 쥐새끼가 한 놈도 도망치지 못하게."

한낮이 될 때까지 돌지계 군의 움직임을 알리는 흑의대 신호가 없자 나친은 결단을 내렸다. 그는 여러 차례 전투에서 터득한 자신의 육감(肉感)을 믿었다.

'전쟁터에서 확실한 건 없다. 온 힘을 다해 결판을 내자.'

그는 실위 군을 끌어모아 기습을 준비하면서 검은 연이 떠올랐다는 보고를 받고도 얼음 같은 눈길로 전쟁터를 내려다보았다. 거란 군은 고전(苦戰) 중인데, 번자개의 예비기병대까지 싸움에 끼어들 매우 위태로워 보였지만, 냉정하게 눈길을 돌렸다.

"실위 병사들아, 나를 따르라! 우리 목표는 오직 적 본진이다."

나친의 실위 기병대는 힘겹게 버티는 거란 군을 거들떠보지도 않고 호랑이같이 적의 본진을 덮쳤다. 가로막는 적병은 없었다.

번자개는 동쪽을 바라보며 돌지계 군이 나타나기를 애타게 기다리다가 검은 갑옷 기병대가 쏜살같이 몰려오자 소스라쳤다.

"적, 적병이다. 저들을 막아라!"

그러나 본부 직속 예비기병대는 이미 출동해 버려 본진은 무방비 상태였고, 뜻밖에 나타난 낯선 기병대를 보고 놀란 보병들은 뿔뿔이 흩어졌다. 번자개는 죽음의 공포에 짓눌려 급히 말을 잡아타고 남쪽으로 달렸다. 나친은 도망치는 적장을 추격하며 외쳤다.

"선봉대는 황금투구를 쓴 적장을 사로잡아라. 나머지는 본진을 짓밟고 모조리 불태워라!"

구르의 해족 군과 맞서 싸우던 수나라 좌군은 본진이 불타오르자 겁을 집어먹고 물러서기 시작했다. 언덕 위에서 내려다보던 구르는 즉시 추격명령을 내렸다.

수나라 좌군의 후퇴는 전군(全軍)에 두려움을 불러 일으켰다. 수나라 군은 눈사태에 휩쓸리듯 삽시간에 무너졌다. 연합군은 뿔뿔이 흩어져 달아나는 적 기병을 맹렬히 뒤쫓았다. 30리나 추격해 연합군이 라오하무렌 나루터에 가까이 다가가자, 양만춘은 급히 후퇴나팔을 불어 추격을 멈추게 했다.

　자라목 깊숙이 밀고 들어왔던 번자개의 중앙군은 앞뒤로 포위되어 달아날 길이 막혀 버렸다. 기병단장 안병진이 하늘을 우러러 탄식하더니 칼을 뽑아 자기 목을 찔렀다. 그러자 나머지 병사는 무릎을 꿇었다.

　참혹한 패전이었다. 수많은 보병은 물론 8천 명 정예기병 중 반 이상 죽거나 포로가 되었다. 그나마 전멸을 면한 것은 라오하무렌 나루터 영채에서 후군(後軍) 수비대장 장수타가 방어진지를 굳게 지켜 신중한 양만춘이 추격을 단념한 까닭이었다.

　돌지계는 은밀히 송형령을 떠나 라오하무렌 하류에 이르렀다. 번자개는 '라오하무렌에 매복하다가, 결정적 순간에 공격명령을 내릴 테니 적 뒤통수를 치라'고 지시했다. 돌지계는 여러 차례 연락병을 파견했으나, 해오름의 흑의대에 가로막혀 열흘이 지나도록 아무런 명령도 받을 수 없어 답답했다.

　번자개로부터 소식이 끊기고 연락병조차 돌아오지 않자 그의 동물적 예감이 발동했다. 그렇다면 아군은 패배한 게 분명하고 자기네도 포위되었을지 모른다는 생각에 가슴이 얼어붙었다. 즉시 군량과 보급품을 그대로 두고 신속히 철수하라고 명령했다. 재빠른

결단이 돌지계 군을 파멸에서 구했다. 번자개를 물리친 연합군이
포위망을 펼치기 전에 그물을 벗어났다.

죽음의 늪

오랫동안 기다리던 부여성 증원군(增援軍) 1천 명이 도착했다.
그 가운데 중장갑기병 백인대(百人隊)는 명림 성주가 자랑하는 최
정예 기병대였다. 보급품 중 대씨 노부인이 '많은 포로를 보내주어
감사하다'며 마차에 가득 실어 보낸 엿을 보고 병사들이 어린애처
럼 즐거워하며 환호성을 질렀다.

양만춘은 번자개가 백랑성으로 퇴각했다는 보고를 받자 라오하
무렌 나루터를 되찾기로 결심했다. 그곳은 거란 영토 깊숙이 자리
잡아 거란인 목을 겨누는 비수(匕首)와 같은 전략적 요충지였다.
연합군이 여러 차례 싸움을 걸었으나 장수타는 나루터를 굳게 지
키기만 할 뿐 일체 싸움에 응하지 않았다. 양만춘은 그곳이 견고
한 목책으로 둘러싸여 정면공격을 하면 많은 희생을 피할 수 없겠
기에 포위하고도 여러 날 공격을 망설였다.

포로를 심문하던 해오름이 수비대장의 성격을 알려 주었다.

"적장은 산동(山東)의 호랑이라 불리는 용맹한 장수이나 성질이
급하고 술에 취하면 부하를 심하게 매질하는 고약한 자랍니다."

양만춘은 선물상자를 보냈다. 그 안에 색동 치마저고리 한 벌과
'장군에게 필요할 것 같아 보내오'란 쪽지가 들어 있었다.

220

"쥐새끼 같은 오랑캐 놈이 건방지기 짝이 없구나. 내 이놈의 간을 꺼내 씹고 말리라."

"고정하십시오. 번자개 장군께서 이곳을 지키기만 하지 절대로 나가 싸우지 말라고 명령하지 않았습니까?"

부하장수들이 장수타를 말렸지만, 처음부터 번자개 명령이 못마땅하던 차에 양만춘에게 모욕까지 받자 더 참을 수 없었다.

"배알도 없는 놈들. 쓸데없는 개소리 그만 지껄여라. 여기 대장은 장수타다. 목책을 지킬 병졸 외엔 모두 출동준비를 서둘러라."

고구려 군은 거짓 패배해 어지럽게 흩어져 도망치며 수나라 군을 초원 깊숙이 유인했다. 장수타가 고구려 군을 추격해 나무가 우거진 언덕을 넘자, 실위 기병대가 숲속에서 튀어나와 그의 돌아갈 길을 끊었고, 뿔뿔이 도망치던 고구려 군도 어느 틈에 모여들어 앞을 가로막았다.

함정에 빠진 것을 깨달은 장수타는 옆에 있는 험한 산으로 달아났으나, 그곳은 물이 없는 돌산이고 뒤쪽은 험한 벼랑이어서 탈출하기 어려운 지형이었다.

양만춘은 미소를 띠며 나친을 돌아보았다.

"적의 탈출로만 틀어막으시오. 사나흘 안에 항복할 것이오."

야율고오는 나루터를 포위한 고구려 군 좌측 라오하무렌 강변을 지켰다. 다우카이 촌장 아들 이르킨의 수색대가 강을 건너 정찰하다가 사로잡은 적병이 중요한 정보를 털어놓았다.

"장군님, 목숨만 살려주십시오. 우리는 보급품을 싣고 왔다가 나루터에 싸움이 벌어져 어찌할지 모르고 있습죠. 보급품은 강 건너 개미골 골짜기에 있어요. 헤헤헤."

야율고오는 포로의 말이 미덥지 않고 왠지 꺼림칙했다. 더구나 거란 군 임무는 나루터를 포위한 고구려 군의 후방을 지키는 것이고 강을 넘지 말라는 명령을 받은 터였다.

부하장수들은 강 건너 30리밖에 떨어지지 않은 가까운 곳에 많은 보급품이 쌓여 있다는 말에 군침을 삼켰다. 이르킨은 고구려 군이 나루터를 포위하고 있어 수송대를 보호할 수 없을 테니 이를 빼앗자고 강력하게 주장했다.

거란 군이 개미골 골짜기에 닿자 보급품이 산같이 쌓여 있고 얼마 안 되는 수송병만 모여 있었으나, 그곳은 함정이었다. 계곡에 들어서자 사방 산등성이에서 우렁찬 북소리가 들리더니 '우5군 섭좌무위 장군 번자개'라 쓰인 깃발이 휘날렸다.

야율고오는 깜짝 놀랐다. 번자개는 백랑성으로 퇴각했다는데 어찌 여기 나타났단 말인가! 라오하무렌으로 돌아갈 길은 이미 막혔고 서쪽과 남쪽도 수나라 군 깃발로 뒤덮여 동쪽으로 도망칠 수밖에 없었지만, 그곳은 죽음의 땅이라 불리는 늪지대였다.

저녁 무렵 진지를 지키던 보초병이 온몸에 진흙을 잔뜩 덮어쓴 거란 소년을 데리고 왔다. 양만춘이 깜짝 놀라 외쳤다.

"야율고오 장군 밑에 있는 미사르 아니냐. 여기는 웬일이냐?"

소년은 눈물을 뚝뚝 흘리며 품속에서 편지를 꺼냈다.

"장군님, 거란 군이 죽음의 늪에 갇혔어요. 어서 구해주세요."

"아니, 죽음의 늪이라니. 야율고오의 거란 군은 라오하무렌 강변을 지키고 있을 텐데 … ."

즉시 연합군 군사회의가 열렸다.

"거란 군이 라오하무렌 하류 늪 속에 포위되어 갇혀 있다 하오. 이를 어찌하면 좋겠소?"

양만춘이 걱정스런 얼굴로 대책을 묻자 나친이 벌컥 화를 냈다.

"명령을 어기고 멋대로 행동한 놈들이 무슨 염치가 있어 구원을 요청합니까? 스스로 해결하도록 내버려 둡시다."

그는 부드럽게 나친을 달랬다.

"잘못이 있지만 동맹군이 위기에 빠져 도움을 청하는데 전심전력을 다해 구해야지 않겠소?"

오랜 침묵 끝에 고정의가 무거운 음성으로 입을 열었다.

"대모달, 이제껏 장수타를 포위했던 것은 어찌 하시려오?"

"장수타는 용맹한 장수라 하오. 적은 병력으로 포위를 계속하다가 오히려 궁한 쥐에 물릴 위험이 크니 아쉽지만 포기해야지요."

"분합니다. 다 잡은 고기도 놓치고 손안에 들어온 나루터를 빼앗는 것까지 물거품이 되다니."

나친은 여전히 미련이 남아 툴툴거렸다.

수나라 군 요서사령부에는 오랜만에 활기가 돌았다.

"우중문 대장군님, 거란 군은 지금 독 안에 든 쥐가 되었습니다. 며칠 지나지 않아 굶주림으로 항복하지 않을 수 없을 겝니다."

"정말 큰일을 했구려. 이제야 병부상서의 원한을 갚는가 보오.

그런데 장수타가 포위당했다는데 내버려 두어도 되겠소?"

"소탐대실(小貪大失)이란 말도 있지 않습니까? 나는 적장이 장수타와 나루터 점령이란 눈앞의 이익에 매달려 시간을 허비하기 바랍니다. 거란 군을 구원치 않아 전멸당하면 그들의 원망을 받을 것이고, 거란인에 외면당하면 고구려 군은 물을 떠난 고기가 될 테니 요서 땅에 발을 붙이지 못하고 말라 죽겠지요."

중랑장 서석기가 헐레벌떡 뛰어 들어왔다.

"지금 라오하무렌 나루터에서 연락병이 돌아왔습니다. 장수타 군을 물샐틈없이 에워쌌던 적군이 어디론가 사라졌답니다."

"번자개 장군, 드디어 고구려 군이 거란 군을 구원하려고 움직이는 모양이구려. 적장은 여우같이 꾀가 많은 자라 들었는데 혹시 우리 포위망의 약점을 노리지 않겠소?"

"염려 마십시오, 거란 군을 구하려면 서쪽 입구를 봉쇄하고 있는 아군을 공격할 수밖에 없을 텐데, 우리는 산 위의 진지에서 내려다보고 싸울 테니 유리한 싸움이 되겠지요."

"혹시 쥐가 독을 깨고 들어와 도망칠 염려는 없겠소?"

"그러기 바랍니다. 독 안으로 들어오면 두 마리 쥐를 한꺼번에 잡을 테니까요. 지금 거란 군 주위에는 수십 리에 걸쳐 늪이 펼쳐져 있고 요소요소마다 우리 군사가 굳게 지켜 들어가기는 쉬워도 뚫고 빠져 나오기 어려울 겁니다. 이제 여우가 재주 부리는 걸 구경하다가 그물을 잡아당기면 됩니다."

번자개는 자신만만한 미소를 지으며 말을 맺었다.

양만춘이 언덕에 올라 미사르가 가리키는 곳을 바라보았다. 눈 닿는 데까지 멀리 늪지대가 뻗었고, 그 입구엔 깃발과 창검(槍劍)이 고슴도치 털같이 빽빽하게 늘어선 수나라 군 진지가 버티고 있었다. 정찰병 보고는 더욱 기가 막혔다. 적은 높은 언덕마다 목책을 둘러쳐 물샐틈없는 방어진지를 세웠고 병력도 3만이 넘었다.

'그렇다면 번자개가 백랑성으로 물러났다던 것은 속임수였고, 저곳에 숨어 함정을 만들고 있었더란 말인가? 적 진지를 공격하는 건 어리석은 짓. 저 진흙탕에선 기병은 쓸모없는 데다 적 병력은 우리 열 배가 넘고, 오래지 않아 장수타까지 뒤쫓아 올 테니 범 아가리에 머리를 들이미는 꼴이 될 게다.'

양만춘이 거란 군을 구출할 방법을 찾지 못해 괴로워하는 것을 본 미사르가 울먹거렸다.

"장군님, 거란 군은 양식이 떨어졌어요. 며칠 안에 굶어죽어요."

"대모달, 저곳은 앞으로 나아갈 수는 있어도 물러날 수 없고, 들어갈 수 있으나 빠져 나올 수 없는 지형이라 '기병(騎兵)에겐 죽음의 땅'이라 일컬어지오. 아무리 거란 군을 구원하기 위해서라 해도 우리 군사를 죽음의 구렁텅이로 밀어 넣을 수야 없지 않겠소?"

고정의가 무겁게 입을 열더니 한숨을 쉬자, 모두 고개를 끄덕이면서 양만춘을 쳐다보았다.

해오름이 늙은 거란 어부를 데리고 왔다.

"도움이 될지 몰라 이곳에서 고기를 잡는 노인을 데려왔습니다. 야율고오 장군과 함께 고기잡이를 한 적이 있답니다."

야실쿠유 노인은 오랫동안 수달과 물고기를 잡아왔기에 늪지대를 잘 알았다. 올해는 늦은 봄에 많은 비가 내려 장담할 수 없으나, 지금 거란 군이 갇혀 있는 늪에서 북쪽으로 마른 땅〔砂洲〕이 이어져 있어 그 길만 찾으면 늪을 건널 수 있다고 했다.

양만춘은 노인의 맑은 눈과 주름진 얼굴에 떠오르는 선량한 미소를 보고 믿음이 생겼으나, 자기 결정이 연합군 전체에 치명적인 재앙이 될지도 몰라 망설여졌다. 하늘을 바라보았으나 무심한 하늘에는 흰 구름만 떠돌 뿐 좋은 생각이 떠오르지 않았다.

늪지대 한가운데 섬처럼 떠 있는 언덕에 포위당한 거란 군에게 하루하루가 악몽과 같았다. 며칠밖에 버티지 못할 식량도 문제였지만, 썩은 늪에 둘러싸여 마실 물을 얻지 못하는 것도 큰 고통이었다. 언덕의 나무를 베어 물을 끓여 먹는 것도 오래가지 못할 터였다. 거란 군 지휘관 중에는 항복할 수밖에 없지 않느냐는 목소리와 이번 일에 책임 있는 야율고오에 대한 원망도 커져 갔다.

‘구렁텅이에 빠진 동맹군을 내버려둔 채 어찌 황금삼족오의 꿈을 이룰 수 있겠는가!’

양만춘이 결단을 내리고 엄숙한 얼굴로 장수들에게 명령했다.

“아무리 잘 만든 함정에도 벗어날 길이 있고 치밀한 포위망도 틈새가 있기 마련이오. 이번 작전에 기병은 도움이 되지 않을 테니, 나친 장군의 실위 군은 북쪽 출구로 가서 우리가 탈출에 성공하면 뒤쫓아 올 적을 막도록 하고, 고정의 장군은 고구려 군을 이끌고 자라목을 지키시오. 나는 거란 군을 구출하겠소.”

고구려 기병대와 실위 군이 출발하자 개마고원에서 단련된 사냥꾼과 산 사나이만 남았다.

"적 진지를 돌파하기보다 자연의 장벽을 뚫는 게 쉽다. 오늘밤 저 늪을 돌파할 테니, 마른 음식과 먹을 물을 충분히 준비하라."

선발대는 야실쿠유를 앞세워 거란 군 진지로 갈 길을 찾았다.

언덕에서 개울을 따라 내려가 어두컴컴한 가문비나무 숲으로 들어서자, 숲에는 범람한 강물로 발목까지 물이 질척거리고 때로는 무릎까지 잠겼다. 선두 병사가 나무에 밧줄을 묶어 뒤따라오는 병사를 위해 길 표시를 했다. 아무리 가도 마른 땅을 찾을 수 없어, 누울 곳은 물론 앉아서 쉴 곳조차 없었다. 구조대는 밧줄을 따라 가문비나무 숲을 지나 어둠이 내리기 전 늪 가장자리에 닿았다.

병사들은 거머리와 악취에 시달리면서 나무에 의지해 휴식을 취했다. 그래도 물에 잠긴 숲길은 천국이었다. 숲이 끝나자 여기저기 버드나무가 자라고 갈대가 우거진 늪지대가 펼쳐졌다. 자욱한 안개에 뒤덮인 늪을 보자 모두 두려움에 사로잡혔다.

"선발대는 세 사람씩 밧줄로 몸을 묶어 누가 진흙탕에 빠지거든 꺼내 주어라."

맨 앞에 가던 야실쿠유 노인이 몇 걸음도 가기 전에 물이 무릎까지 잠기다가 버드나무 쪽으로 다가가자 물이 허리까지 차올라 늪 밑으로 가라앉았다. 해오름이 황급히 노인을 끌어당겼다.

"영감님, 이런 상태라면 여기로 지나갈 수 없지 않겠소."

노인은 놀라 얼이 빠졌다가 가쁜 숨을 내쉬며 말했다.

"이번 홍수는 생각보다 더 심하구려. 이곳은 원래도 수렁이었으나 대장님이 나를 구조하기 전 발 밑에 딱딱한 땅을 느꼈소. 저런 물길이 몇 개 더 있지만 그곳만 지나면 무릎 깊이밖에 안 되는 길을 찾을 수 있소."

노인은 천 명이 넘는 동족을 구하려는 마음 때문인지 해오름을 안심시키려 애썼다. 늪지대는 검은 수렁과 누런 흙탕물이 흐르는 웅덩이가 널려 있어 사람을 삼키려 했으나, 수십 년 이곳을 삶의 터전으로 삼았던 늙은이의 기억력은 놀라울 만큼 정확했다.

선발대는 가문비나무를 베어 깊은 수렁에 깔고 안내 깃발을 세우면서 사람이 지나갈 길을 만들었다. 숲속에서 쉬던 구조대는 어둠이 내리자 선발대를 뒤따라 조심스레 밧줄에 의지하며 날이 밝기 전에 20여 리나 펼쳐진 늪지대를 무사히 건넜다.

양만춘이 이끄는 구조대 3백 명이 마른 식량을 갖고 도착하자 절망에 빠졌던 거란 군은 생기를 되찾았다. 야실쿠유는 늪에서 30자 떨어진 마른 모래땅을 골라 사방 열자로 5자 깊이 구덩이를 파게 하고 구덩이에 고인 물을 퍼냈다. 흙탕물을 서너 번 퍼내자 구덩이에 맑은 물이 고였다. 흙탕물이 흙과 모래를 거치면서 깨끗하게 걸러진 때문이었다. 마실 물이 없어 괴로워하던 거란군은 노인이 마술이라도 부린 듯 시원하고 깨끗한 물을 얻어주자 환호성을 질렀다.

이 계절에 라오하무렌 늪지대는 새벽녘 짙은 안개로 유명하다.

낮 동안 햇빛에 뜨거워진 늪과 강물이 새벽이 되면 급하게 온도가 내려가 땅이 차가워지며 안개가 낀다.

"한낮엔 무척 무덥더니 저녁 날씨는 싸늘하고 맑군요. 이런 날은 새벽녘에 짙은 안개가 끼게 마련입죠."

"야실쿠유 노인, 늪을 건널 준비는 끝났나요?"

"이틀 밤 동안 건너갈 길을 표시해 놓았으니 이제 북쪽 마른 땅까지 이어진 좁다란 늪 길로 말과 사람이 통과하는 데 그리 지장이 없을 것이구먼요."

양만춘이 탈출명령을 내렸다.

"오늘 밤 늪을 건너겠소. 거란 군이 먼저 출발하고 고구려 군은 뒤를 맡겠소. 말에 재갈을 물려 소리를 내지 않게 하오. 낙오하거나 늪에 빠지면 버리고 갈 수밖에 없으니 주의하시오."

밤이 깊어지자 거란 군이 먼저 늪을 건너기 시작했다. 탈출의 성공은 연합군 이동을 적이 눈치 채지 못하게 하는 데 달려 있었다. 발목에서 무릎까지 빠지는 진흙탕을 헤치고 나가기란 쉬운 일이 아니었다. 달빛이 없어 어두웠지만 늪 속에는 잔잔한 빛이 흔들거렸다. 늪 건너편 언덕에 수나라 군 진지가 보였다. 비록 가까운 거리는 아니고 안개도 스멀스멀 피어올랐지만, 천 명이 넘는 군대가 넓게 펼쳐진 늪을 건너면서 적 보초의 눈을 피하기는 그리 쉽지 않았다.

언덕 위에 피워놓은 적의 화톳불빛을 바라보면서 선두부대는 마른 침을 삼키며 조심조심 전진했다. 20여 리 떨어진 갈대밭 마른 땅에 닿기까지 마음을 놓을 수 없었다. 새벽이 가까워지자 늪에서 안개가 자욱하게 피어올라 이제 적 보초보다 앞선 사람을 뒤따르는 게 더 신경이 쓰였다.

고구려 군은 새벽녘에 출발했다. 세 발자국 앞도 잘 보이지 않는 짙은 안개가 늪을 뒤덮고 있었다. 횃불을 켜 들고 길을 찾으며 늪을 건넜다. 각 조 선두조장이 켠 횃불이 안개 속에 희뿌연 빛을 뿜어내는 것이 꿈속에서 보는 풍경처럼 아련했다.

적 진지 앞을 통과할 때 먼동이 트기 시작했다. 이제 해가 떠오르면 점차 안개가 걷힐 것이고 적에게 발각될 위험이 그만큼 커진다. 남은 늪 길은 아직도 10여 리. 고구려 군이 갈대밭에 먼저 닿을지 그전에 안개가 걷힐지 숨 막히는 시간과의 싸움이 되었다.

번자개는 식량이 떨어지고 마실 물도 없을 테니 거란 군이 항복할 수밖에 없으리라고 믿었는데, 항복을 권유하러 보냈던 사자(使者)가 돌아와 거란 군이 흔적도 없이 사라졌다고 보고했다.

그는 도저히 이해할 수 없었다. 거란 군을 구원하러 몰려 왔던 고구려 군이 감쪽같이 사라져 버린 건 그렇다 치더라도, 모든 출구(出口)를 빈틈없이 틀어막은 '죽음의 늪'에 갇혔던 거란 군이 하룻밤 새 사라져 버렸다니 귀신이 곡할 노릇이었다.

'도대체 어디로 도망쳤단 말인가?'

정찰대는 사흘이 지나서야 연합군이 수나라 군 진지 코앞을 지나서 늪을 탈출했다고 보고했다. 번자개는 우중문을 볼 낯이 없을 뿐 아니라 자신의 태만으로 독 안에 든 쥐를 놓친 게 너무나 분해 즉시 연합군을 뒤쫓으라고 명령했다. 그러자 우중문이 말렸다.

"번 장군, 참으시오. 적장은 정말 대단한 놈인 것 같소. 사흘 전에 도망쳤다면 뒤쫓아보아야 좋은 결과를 얻을 수 없을 거요. 더구나 오늘 아침 황제의 칙사가 사령부에 도착했다오."

"칙사라고요. 무슨 일이었습니까?"

"출동명령이 내렸소. 요서군 5개 군을 이끌고 좌익위 대장군 우문술의 4개 군과 함께 평양성으로 진격하라는 명령이오. 이제 요서 토벌군 병력이 반 이상 줄게 되었구려."

요서전선 이상 없음

죽음의 늪을 빠져 나온 연합군은 무사히 자라목으로 철수했다. 병력을 점검해 보니 뜻밖에 큰 손실을 입었다. 거란 군 피해가 엄청 났지만, 고구려 구조대가 입은 손해도 만만치 않았다. 특히 개마고원 출신 용사들의 피해는 양만춘에게 큰 슬픔을 안겨주었다. 게다가 연합군을 결성할 때부터 가장 걱정했던 지휘권의 통일이 큰 문제점으로 떠올랐다.

제각기 딴 생각을 하면서 따로따로 행동하는 집단은 겉으로 아무리 강하게 보여도 반드시 허물어진다. 하물며 전쟁을 치르는 군대라면 말해 무엇 하랴. 모름지기 전쟁을 승리하려면 일사불란한 지휘와 명령체계를 갖추어야 한다.

양만춘은 큰 고민에 빠졌다. 고구려 군에 지휘권을 문란하게 한 자가 있다면 왕족이라도 목을 베어 군령(軍令)을 바로잡을 테지만,

여러 민족이 모인 연합군의 경우 그들의 독자성을 무시하고 강력한 명령체계만 고집하면 뿔뿔이 흩어질 위험이 있었다. 그렇다 해도 이번처럼 어떤 부대가 총사령관 의도와 다른 돌출행동을 일삼는다면 연합군 전체를 위험에 빠뜨릴 수 있었다.

"이번 싸움에서 우리는 패배했소. 이는 총사령관 책임이오. 내 능력을 지나치게 과신(過信)했던 오만함 때문에 패전했으니 이제 마음을 비우고 잘못을 뉘우치는 바이오."

양만춘은 허리를 깊이 숙이고 겸손하게 용서를 빌었다.

"이번 싸움을 돌이켜 보면, 연합군을 파멸의 구렁텅이에서 건져 낸 것은 위험을 돌보지 않고 끝까지 맡은 바 임무를 완수한 병사들의 용기와 헌신 때문이었소. 나는 여러분이 자랑스럽소. 전쟁은 아직 끝나지 않았소. 이제 동료의 허물을 빨리 잊어버리고, 끝까지 서로 돌보아주었던 뜨거운 전우애를 가슴깊이 간직합시다. 나는 스스로 부족함을 느껴 총사령관을 물러나려 합니다."

연병장에 모인 장수와 병사들이 서로 얼굴을 쳐다보며 웅성거렸다. 가장 큰 충격을 받은 것은 거란 군 지휘관들이었다. 이번에 당한 패전은 그들의 탐욕 때문에 벌어진 일이었으니, 그 책임을 물으면 달게 받을 각오가 되어 있었다. 양만춘은 거란 군을 도저히 빠져나오기 어려운 죽음의 늪에서 목숨을 걸고 생명을 구해 준 은인이었다.

공(功)은 자기 몫으로 챙기고 허물은 남에게 뒤집어씌우는 뻔뻔한 지도자가 많거늘 그들의 허물까지 떠안고 사령관 직책을 사임하려는 총사령관을 보면서 부끄러움을 느꼈다. 대하 부족에서 온 족장(族長)이 소리쳤다.

"거란 군은 패전했지만 대장군님은 승리자이시고, 우리를 죽음에서 건져낸 영웅이시오. 우리 대장은 오직 당신뿐이오!"

양만춘에게 총사령관을 계속 맡아달라고, 거란 군에서 터진 아우성이 연합군 모두에게 파도처럼 퍼져갔다.

'저 젊은이는 보면 볼수록 더욱 큰 놀라움을 안겨주는군. 어려운 위기를 당하고도 저렇게 말 한 마디로 모든 사람 마음을 휘어잡아 자연스럽게 자기 뜻대로 이끌어 가다니.'

고정의는 양만춘의 성숙한 모습에 고개를 끄떡이며 감탄했다.

'저것이 연극이라 하더라도 얼마나 멋진 사나이인가! 저 젊은이가 걱정하던 지휘권 통일 문제는 이제 완전히 해결되었구나. 열린 마음을 갖지 않고서야 어떻게 사람을 감동시킬 수 있으랴.'

죽음의 늪 탈출 작전은 전설적인 영웅담(英雄譚)이 되었다. 양만춘이 늪을 건너다 생긴 과로로 열병에 걸리자 거란인들은 근심에 빠졌다. 원정군 활동을 못마땅하게 여기던 부족장조차 병문안을 왔고, 병사들은 총사령관 건강이 빨리 회복되기를 빌었다. 전쟁 때문에 삶이 더 어려워졌음에도, 거란인은 고달픔을 잊고 젊은이들이 앞다투어 지원병으로 몰려들었다.

번자개는 양만춘이 병들었다는 보고를 받자 장수타에게 군사를 주어 연합군을 공격토록 했다.

"적장이 위독하다는 소문은 거짓인 것 같습니다. 적 진지는 물샐틈없었고 적군의 기세는 전보다 더 날카로웠습니다."

"그렇던가?"

번자개가 지그시 눈을 감고 생각에 잠겼다.

조심스러운 발자국 소리가 들리더니 참모장이 들어와 한 통의 서신을 전했다.

그가 서신을 읽다가 벌컥 화를 내었다.

"하잘것없는 놈들 같으니라고!"

여간해선 겉으로 감정을 드러내지 않는 번자개가 욕설을 퍼붓자 장수타가 놀라 물었다.

"대장군님, 무슨 일이라도 … ."

"읽어보시오."

산동(山東) 장백산의 도적 왕박이 산동 일대 주현(州縣)을 휩쓸다가 이제 도적떼를 모아 유주(幽州)로 쳐들어와 원정군에 보내는 군량수송까지 위협하고 있으나, 유주 군사로 막기 어려우니 빨리 정규군 토벌대를 보내달라는 구원 요청이었다.

"바깥의 적도 문제지만 안의 도적이 더 급하겠지."

번자개가 방 안을 왔다갔다 서성거리며 혼잣말을 중얼거리다가 장수타 앞에 멈춰 섰다.

"내일 바로 유주로 떠나게. 스스로 지세랑(知世郎, 세상 이치를 잘 아는 사나이)이라며 잘난 척하는 도적놈을 즉시 박살내도록. 그까짓 도적 무리를 토벌하는 데 보병 3천이면 충분하겠지."

양만춘이 병을 떨쳐내고 자라목 사령부로 나오자 해오름이 달려왔다.

"이상한 일이 벌어졌습니다. 정탐꾼이 라오하무렌 나루터에서 적군이 보이지 않는다기에 제가 직접 확인해 보니 적 진지가 텅 비어 있었습니다. 그뿐 아닙니다. 정찰병을 보내 샅샅이 살펴보았으나 내로아호산맥 이북 거란 땅에서 적 그림자조차 찾을 수 없었습니다."

"그렇듯 많은 희생을 치르면서 확보한 전략적 요충지를 싸움 한 번 하지 않고 포기하다니. 무슨 꿍꿍이를 꾸미고 있는 게 아닐까요? 번자개란 자는 만만히 볼 인물이 아닙니다."

양만춘은 반신반의(半信半疑) 하며 정찰병을 풀어 탐색했으나 적군은 사라지고 없었다. 거란인은 가축을 방목할 땅을 되찾았고, 오랜 싸움에 지쳐있던 요서 원정군은 재정비하고 휴식할 시간을 갖게 되었다. 그는 기쁨에 가득 차 을지문덕 대원수에게 "요서전선 이상 없음"이라는 보고서를 띄웠다.

을지문덕은 양만춘이 얼마 되지 않은 병력으로 상상도 못 할 큰 승리를 연이어 거두는 게 신기했고, 활기찬 보고서를 읽을 때마다 멀리 떨어져 있는 아들의 편지를 보듯 흐뭇했다. 수천 리 떨어진 적지(敵地)라 그리 자주 보고서를 보내지 못했으나, 그 내용이 조금도 과장되지 않고 마치 싸움장면을 눈앞에 보듯 생생해 믿음직스러웠다. 그런데 이번 일곱 번째 보고는 지금까지와 달리 왠지 미덥지 않았다.

'보고서를 보면 번자개란 적장은 뛰어난 장수 같은데 왜 애써 얻은 거란 땅에서 황급히 물러났을까?'

의심이 무럭무럭 일어나며 알 수 없는 불안감에 휩싸였다가 보고서 한 모퉁이에 눈길이 멎자 깜짝 놀라 부르짖었다.

"뭐라고? 적 토벌군 총사령관이 좌 12군 우중문이었다고!"

바다물결 높이 뛰놀고

淇水勝利

2월 말 수나라 함대는 등주(登州, 산동성 봉래)에 모였다.

총사령관은 좌 3군 우익위 대장군 내호아(來護兒), 부사령관은 좌 10
군을 이끄는 주법상(周法尙)으로 물에 익숙한 강회(江淮, 양자강과 회수)
수군(水軍)을 비롯하여 병력이 10만을 넘었다. 함대는 새로 건조한 대형
전함 300여 척에 강회 수군이 몰고 온 청작(靑雀)과 황학(黃鶴)급 중형 전
함도 각각 100척이 넘었고, 보급품을 실어 나르려 징발한 상선과 운반선
도 수백 척이 넘었다.

3월 초 순풍(順風)을 기다리던 함대가 드디어 오색 깃발을 휘날리며
돛을 올려 위세당당하게 출항하였다. '함대 뱃머리와 꼬리가 천 리를 연
이었고, 높은 돛이 번개처럼 달리고 구름같이 나른다[滄海道軍 舳艫千里
高帆電逝 巨船雲飛.《수서》(隋書)에서]'는 장관을 이루었으니 역사상 일찍이
볼 수 없던 대함대였다.

대함대 大艦隊

함대는 묘도열도(廟島列道)를 따라 북동으로 나아가 요동반도 끝머리 고구려 비사성(卑沙城)에 이르렀다. 비사성은 험한 바위산 위에 자리 잡은 산성이어서 점령하기가 쉽지 않아 보였다.

고구려 수군은 겁을 집어먹었는지 그림자도 보이지 않았고 주민들은 모두 비사성으로 철수해 성을 굳게 지켰다.

내호아는 함대 장수들을 소집하여 군사회의를 열었다.

"비사성은 고구려 해상방어의 요지이니 우선 이곳을 빼앗아 아군 보급로를 튼튼히 확보합시다. 그다음 장산열도의 고구려 수군을 깨뜨리고, 육군과 보조를 맞춰 평양성을 공격함이 옳겠소."

주법상이 신중론을 주장했으나 선봉장 진숙보 의견은 달랐다.

"이까짓 작은 성에 매달려 시간을 보내느니, 장산열도 적 수군을 깨뜨린 다음 바로 평양성으로 진격함이 상책입니다."

그때 요동 정세를 살피러 갔던 정탐선이 돌아왔다.

"지금 우리 육군은 요하를 건너 기세당당하게 요동성으로 진군하고 있습니다."

총사령관 내호아는 원래 진(陳)나라 장수로서 통일전쟁 때 수나라에 내통(內通)하여 조국을 팔았던 어두운 과거를 지닌 자였다. 수나라 권력의 핵심인 관롱군벌에 속하지 않은 곁다리이므로 어떻게 해서든지 이번 싸움에서 큰 공을 세워 출세하고 싶었다.

"적은 요동을 지키려 온 힘을 기울일 테니 필시 서울은 텅 비었을 게요. 이 틈을 타서 평양성을 기습하면 손쉽게 승리할 거요."

238

4월 초순 선봉장 진숙보는 수나라 함대에게 동쪽으로 진격할 것을 명령했다. 순풍(順風)을 만나지 못해 대형 전함을 뒤에 둔 채 청작과 황학급 전함 백여 척을 이끌고 장산열도로 진격했다.

장산도는 짙은 안개에 싸여 있었다. 거뭇거뭇한 섬의 윤곽이 새벽안개 속에 나타났다. 며칠 동안 뭍에 오르지 못하고 계속 노를 저어 왔던 수나라 선발대 군사는 싸움에 대한 두려움보다 육지에 상륙해 쉴 수 있다는 기대에 마음이 부풀었다.

장산열도를 지키던 고구려 수군 장수 야리는 정탐선으로부터 적선 백여 척이 다가온다는 보고를 받고 부하장수를 소집했다.

"을지 대원수께서 무리하게 적 대함대와 싸우지 말고 마자수(압록강) 어귀로 유인해 육군과 함께 적을 깨뜨리라고 명령하셨다. 지난 사흘 동안 동풍만 불었는데 여기에 나타났으니, 역풍(逆風)을 무릅쓰고 계속 노를 저어 온 것이다. 우리 함선은 불과 30여 척의 작은 배이지만 적보다 빠르다. 지친 적을 기습한다면 한 번 해볼 만한 싸움이 되지 않겠는가? 뒤통수를 친 후 이곳을 떠나자."

갑자기 꽹과리소리가 요란하게 울려 퍼지며 섬 그늘 여기저기서 돛을 활짝 편 서른 척 고구려 전함이 수나라 함대로 돌진했다. 바람을 등진 고구려 전함의 쇠뇌에서 불화살이 무수히 날아왔다. 참나무 기둥 끝을 미늘창과 같이 뾰족하게 깎은 불화살이 뱃머리와 몸통에 박혔고 화살 끝에 매단 기름주머니가 터지자 불길이 배로 옮겨 붙었다. 불타는 수나라 배 옆구리로 몇 척의 전함이 다가오더니, 원숭이같이 재빠르게 특공대가 배로 뛰어올라 닥치는 대로 단창(短槍)과 도끼를 휘둘렀다.

예상하지 못한 기습에 한순간 멍해진 수나라 군사들은 배가 불타오르자 비로소 정신을 차려 반격에 나섰다. 하지만 바람을 등진 고구려 전함의 불화살은 어김없이 수나라 배에 꽂혔으나 바람에 맞선 수나라 군 화살은 고구려 전함에 다다르지 못했다.

잠깐 동안 수나라 전함 20여 척이 불탔다. 진숙보가 대장선 돛대 위에 붉은 깃발을 휘둘러 고구려 전함을 포위하도록 명령을 내리자 "부우웅" 하는 고동 소리가 울려 퍼지더니 전함들이 공격을 멈추고 쏜살같이 넓은 바다로 도망쳤다. 고구려 수군은 장산도 앞바다 물길과 암초의 위치를 잘 알고 있어 날쌘 제비처럼 바깥 바다로 빠져나갔으나, 뒤쫓던 수나라 함대는 암초에 부딪혀 10여 척의 배가 크게 부서졌다.

어느덧 해가 솟아 안개가 흩어졌다. 진숙보는 징을 쳐 추격을 멈추게 하고 물에 빠진 군사를 건져 올리면서 까마득히 북동쪽으로 사라지는 고구려 전함을 바라보며 이를 갈았다.

6월 초이레, 패수(浿水, 대동강) 어귀 바닷가 대당이산 초소(哨所)의 고구려 보초병 돌쇠는 대취라섬 너머 서해를 바라보다 소스라치게 놀랐다. 헤아릴 수 없이 많은 배가 덕도 쪽을 향해 까마귀 떼같이 몰려오고 있었다. 새벽잠에 취해 있던 초소장은 눈을 희번덕이며 껵껵거리는 돌쇠에게 발길질을 하며 딱딱거렸다.

"이 간나새끼, 말을 해야 알지. 새벽부터 못 먹을 걸 먹었나?"

"저, 저기 바다에 … ."

보초병의 손짓에 따라 눈길을 돌린 초소장의 눈동자도 화등잔같이 커졌다. '원, 세상에 저렇게 많은 배가 있다니⋯.'

"봉화를 올려라! 마른 늑대 똥을 모조리 집어넣어라."

대당이산 봉홧불은 자정산 봉우리로, 다시 석골산 봉화대에서 화정봉을 거쳐 용강(龍岡) 황룡산성(黃龍山城) 오석산 봉화대에 이르렀고, 한나절도 되기 전에 평양성 봉화대까지 타올랐다.

적군이 패수 어귀에 나타났다는 소식으로 평양성이 벌컥 뒤집어졌다.

장군 을밀은 즉시 남부군 사령관 건무(建武)에게 보고하는 한편 총사령관 을지문덕에게 파발마(擺撥馬)를 보내면서 헤어질 때 받았던 나무함을 급히 열었다.

'물에 일정한 형상이 없듯 병사를 움직임에도 정해진 틀에 얽매이지 않아야 한다〔兵無常勢 水無常形〕. 압도적으로 강한 적을 만나거든 맞서 싸우려 하지 말고 먼저 적을 교만하게 만들어라. 그러다 보면 적을 깨뜨릴 수 있는 틈이 보이리라.'

패수 어귀를 지키던 마로 누초(고구려 중급 지휘관)는 대당이산 초소장의 보고를 받고 산언덕에 올라 적 함대를 바라보았다. 5층 누각선을 포함해 대형 전함 280여 척, 중형 전함 150여 척, 수송선으로 추측되는 각종 배가 600여 척, 무려 1천 척이 넘는 대함대가 패수만(진남포만) 안으로 들어오고 있었다. 파발꾼이 밤을 새워 달려 남부군 사령부에 위급한 상황을 알렸다.

태왕의 아우 건무가 급히 작전회의를 열었다.

"오늘 아침 마로 누초가 보낸 파발문을 보셨겠지요?"

"적 함대가 천여 척이라 하니 엄청난 대군이 몰려온 듯합니다. 남부군만으로 막기 어려워 을지 대원수께도 급히 알렸습니다."

"을지 대원수께서는 요동 방면 적군도 감당하기 힘들 텐데 우리를 도와줄 병력이 있겠소. 을밀 장군, 남부군만으로 적 함대를 막을 수 없을까요?"

"적은 우리 수군의 수십 배나 되는 데다 정예군을 모조리 요동전선에 보냈으니, 정면으로 부딪치는 건 피해야지요. 깊숙이 유인해 적군이 교만해져 빈틈을 보일 때 기습해야 승산이 있습니다. 다행히 평양성은 난공불락 철옹성이니 굳게 지키면서, 남쪽 여러 성에서 근왕(勤王, 임금에게 충성함)군을 모읍시다."

을밀은 사령관에게 지연작전을 권하면서도 어두운 낯빛이었다. 건무는 애써 미소를 지으며 격려했다.

"을밀 장군, 나는 장군을 믿소. 이미 적을 물리칠 작전계획을 세운 듯하니 빈틈없이 밀고 나가주시오!"

수나라 대함대가 나타나자 패수만 입구에 진을 치고 있던 고구려 전함 열 척은 황급히 대진(大津, 진남포) 포구를 불사르고 도망쳤다. 뒤이어 대안진(大安津) 고구려 기지 역시 수나라 함대의 모습이 보이기 무섭게 방어시설과 부두를 불태우고 달아나기 바빴다.

내호아의 수군(水軍) 병사들은 신이 났다.

"천병(天兵, 수나라 군사)이 가는 곳마다 고구려 놈들은 꼬리를 말고 도망치기 바쁘구나."

선봉장 진숙보는 왠지 마음이 께름칙했다.

'이상하군. 대안진은 평양성을 지키는 고구려 수군 근거지거늘 한 번 싸워보지도 않고 저렇게 정신없이 도망치다니. 무슨 꿍꿍이 속일까?'

유월 열사흘 날 새벽, 함대 선봉대는 5층 누각의 대형 전함을 앞세우고 급수문(急水門) 물굽이를 지나 패수 강물을 거슬러 올라갔다. 마침 밀물 때여서 강물은 강변 갈대밭까지 가득 찼고 바람도 남풍이 불어 대형 돛을 활짝 펴고 화살같이 나아갔다.

"쓸 만한 배는 모두 평양성으로 보내고, 낡은 배만 끌어모아 싸우다가 물러서라고? 아니, 싸우면 이겨야지 일부러 지라니. 이따위 멍청한 명령이 어디 있어. 쌍간나 같으니라고!"

마로 누초는 연신 투덜거리면서 부하를 소집했다.

"적 함대는 다미진을 지나고 있다 한다. 지금 남풍이니 적함은 순풍에 돛 달고 한 시간 후면 여기 닿을 것이다. 거듭 말하지만 이번 싸움에서 지는 게 우리의 임무다. 이유는 묻지 말라. 지엄하신 건무전하 군령(軍令)이니까. 부탁한다. 제발 죽지 말고. 재주껏 살아남아 다음 싸움에선 열두 배로 빚을 갚자!"

마로의 얼굴이 일그러지며 끝내 목소리에 울음이 맺혔다.

"특공대 병사들아, 너희는 낡은 배가 불타거든 즉시 잠수(潛水)하여 산으로 숨어들어가라. 잊지 말라. 어두워지면 강 하류 수로(水路)에 장애물을 설치하는 걸. 이상이다."

한편 고구려 군은 구룡산과 강 건너 보산 언덕에 목책(木柵)을 세워 투석기와 쇠뇌를 배치하고, 두 언덕 사이 강에 부교(浮橋)를 설치해 적 함대가 강 상류로 거슬러 오르지 못하게 방어선을 쳤다.

진숙보는 앞을 가로막는 고구려 함대가 낡고 작은 배 50여 척인 것을 보자 돌격명령을 내렸다. 5층 누각의 거대한 수나라 전함은 바람을 등지고 돛을 활짝 펴 쏜살같이 고구려 함대를 덮쳤다. 고구려 함대는 바람조차 역풍(逆風)이어서 고스란히 수나라 함대의 불화살 세례를 당할 수밖에 없었다.

수나라 전함의 당파(撞破, 배에 부딪혀 깨뜨리는 것) 작전으로 배 몇 척이 깨지고 불타자, 나머지 배는 강가 갈대밭으로 도망치고 고구려 병사들은 개미가 흩어지듯 달아나기 바빴다. 진숙보는 고구려 사람이 용맹하다고 들었으나 몇 차례 싸워보고는 그런 생각을 버렸다.

'고구려 함대란 게 낡아빠진 배이거나 고작 고기잡이 배 정도로 작으니, 그동안 우리 함대를 보고 도망친 것도 당연했구나.'

그는 총사령관 내호아에게 전령을 보내 고구려 함대를 깡그리 소탕했다는 승전보를 올렸다. 불타는 고구려 함선을 바라보며 승리의 함성을 지르던 수나라 함대는 패수를 거슬러 올라갔다. 그러나 평양성에서 60리 떨어져 있는 구룡산과 보산에 이르자 완강한 저항에 부딪쳤다.

강 양쪽 언덕에서 투석기가 함대를 향해 불타는 나무토막과 돌덩이를 비 오듯 퍼부었고, 강을 가로질러 설치한 부교(浮橋)에서도 불화살이 날아왔다. 선두의 대형 전함이 이를 무시하고 용감히 돌진했으나 부교 앞 200보에 이르자 강 속에 박아놓은 뾰족한 참나무 기둥에 부딪쳐 배 밑에 구멍이 뚫려 가라앉았다. 세 척의 전함이 강의 깊은 물목에 침몰하자 패수를 거슬러 올라갈 수로(水路)가 막혀버렸다.

어둠이 내리자 고구려 군 매생이(거룻배)가 벌떼같이 몰려들어 수나라 함대를 습격했다. 그들은 전함 밑창에 바짝 붙어 판자를 뜯어내고 불붙은 기름통을 집어넣는가 하면, 불화살을 퍼붓다가 강변 갈대밭으로 도망쳤다. 수나라 대형 전함은 마치 성(城)과 같이 높아 넓은 바다에서는 위력을 발휘했으나, 좁은 강에서는 움직임이 둔해 매생이 떼 공격에 쩔쩔맸다. 부득이 진숙보가 후퇴명령을 내리자, 함대는 좁은 강에서 방향을 바꾸느라 대열이 흩어지고 뒤엉켜 혼란에 빠졌다.

진숙보는 고구려 쾌속선(快速船)이 화공(火攻)을 펼칠까 봐 잔뜩 긴장했으나 별 탈 없이 강폭이 넓은 곳까지 후퇴했다.

그는 가슴을 쓸어내리며 중얼거렸다.

'고구려 수군은 정말 형편없구나. 그 좋은 기회를 놓치다니.'

진숙보는 자신만만하게 상륙명령을 내리고, 5층 전함 갑판에 서서 특공대가 패수 북안(北岸)에 상륙하는 것을 내려다보았다.

패수는 평양성까지 바닷물이 거슬러 오르고, 이곳 구룡산과 보산에는 밀물과 썰물에 따라 강의 깊이와 넓이가 크게 달라진다. 마침 썰물 때라 전함에서 강변 마른 땅까지 붉은 색깔 갯벌이 펼쳐졌고, 갈대밭 너머 수풀 뒤에 군데군데 논밭이 보였다.

전함에서 뛰어내린 특공대는 무릎까지 빠지는 갯벌을 지나 강변으로 다가갔으나, 뭍에 오르기 전 한 무리 고구려 기병이 달려오고, 강변 숲과 갈대밭에서 고구려 병사가 화살을 퍼부었다. 특공대는 갯벌에서 허우적거리다가 화살받이가 되어 쓰러지고 간신히 뭍에 오른 병사도 기병대 창을 피하지 못했다. 갯벌이 없는 물굽이에 작은 배를 타고 상륙한 특공대도 미리 언덕에 목책을 세워 방어진지를 구축한 고구려 수비군 저항을 뚫지 못하고, 시간이 지날수록 피해만 커졌다.

교두보(橋頭堡)를 확보할 가능성이 없어지자 진숙보는 징을 쳐 후퇴명령을 내리고, 총사령관 내호아에게 급히 응원군을 요청했다. 밤이 되어, 내호아 주력부대가 진숙보 함대 10리 아래쪽 강변에 상륙해 고구려 군 측면을 위협하자 더 이상 버티지 못하고 어둠을 틈타서 평양성 쪽으로 급히 후퇴했다.

평양성을 빼앗아라

선봉장 진숙보가 이미 고구려 함대를 소탕했고, 그의 상륙을 막던 방어군조차 내호아 기습대가 배후에 상륙했다는 소식만 듣고도 줄행랑을 치자, 내호아는 평양성 점령이 그다지 어렵지 않으리라고 확신했다. 수나라 함대는 패수를 거슬러 올라갔다. 강물은 수심이 깊어 거대한 5층 전함이 어려움 없이 구룡산까지 항해했다.

저녁 무렵 내호아는 구룡산 근처에 전군을 상륙시켜 구룡산과 보산 방어진지에 맹렬한 공격을 퍼부었다. 고구려 군도 끈질기게 저항해 양군은 목책을 사이에 두고 혈전(血戰)을 거듭했으나, 새벽녘이 되자 고구려 군은 슬그머니 철수해 버렸다.

이른 아침 수나라 돌격대 선봉장인 호분낭장 장웅은 급히 후퇴하느라 어지러워진 고구려 군 진지를 둘러보고 눈살을 찌푸렸다.

"한심한 놈들이군. 이따위도 군대라고?"

내호아가 모든 장수를 불러 모아 작전회의를 열었다.

"지금 바로 평양성을 공격해 고구려왕 고원(高元, 영양태왕의 이름)을 사로잡을까 하는데 여러 장군의 생각은 어떠하오?"

"이제까지 고구려 군이 용맹하다고 들어왔으나 직접 부딪혀 보니 허약하고 겁 많은 군대였습니다. 아마 용감한 군사는 모두 요동으로 뽑혀가 후방은 텅 빈 듯합니다. 적군이 병력을 보강하기 전에 급히 서울(평양)을 공격함이 좋을 듯합니다."

항상 최선봉에서 싸웠던 호분낭장(虎賁郎將) 장웅이 말하자 응양낭장(鷹揚郎將) 왕우신도 거들었다.

"소장도 같은 생각입니다. 호랑이 굴로 들어가야 그 새끼를 잡을 테니, 적의 방어가 허술한 이때 평양을 기습한다면 왕을 사로잡는 일이 그리 어렵지 않을 겝니다."

그러자 부사령관인 주법상이 흥을 깼다.

"제 생각은 다릅니다. 오랑캐는 본래 간사하고 꾀가 많으니 너무 서두르는 건 바람직하지 않습니다. 수군(水軍) 단독으로 평양성을 공격하기보다 기다렸다가 육군과 힘을 합쳐 성을 에워싸면

계란을 눌러 깨뜨리듯 쉽게 깨뜨릴 수 있을 것이오."

내호아는 항상 자기 의견에 맞서는 주법상의 태도가 못마땅했거니와 문관(文官) 출신인 그의 나약함을 속으로 비웃었다.

"장군 말씀도 일리가 있으나, 용병(用兵)에는 신속함을 으뜸으로 삼고 있소. 장수가 싸움터에 나와 승리할 기회를 잡고서도 머뭇거리다, 큰 공을 세울 기회를 놓치는 건 어리석기 짝이 없는 짓이오. 내 일찍이 진(陳)나라를 정복할 때 5백 명 병사로서 서울 남문인 주작문을 깨뜨렸거늘, 이제 10만 대군을 이끌고 와서 이까짓 작은 나라를 치는데 무엇을 두려워하리오!"

내호아가 좌우를 돌아보고 나서 함대 참모장에게 말했다.

"지금 수륙 양면으로 평양성을 공격할까 하오. 함대의 출동 준비는 어떠하오?"

해도낭장(海道郞將) 진태기가 머뭇거리다가 말했다.

"구룡산과 보산 사이 강바닥에 수백 개 뾰족한 참나무를 박아 놓은 데다 우리 전함 세 척이 침몰해 수로(水路)가 막혔으므로 이를 치우지 않으면 대형 전함은 물론 중형 전함도 평양성으로 갈 수 없습니다."

"수로를 여는 데 얼마나 걸리겠는가?"

"아무리 빨라도 열흘은 기다려야 할 겝니다."

한동안 침묵이 계속되자 선봉장 진숙보가 일어났다.

"대장군, 적의 병력은 얼마 되지 않고 그 기세도 대단치 않았습니다. 더구나 적 수군을 모조리 불태워 버렸으니, 육로군(陸路軍) 만으로도 쉽게 깨뜨릴 수 있을 것입니다."

내호아는 가려 뽑은 정예군 4만에게 평양성 공격을 명령하고, 주법상에게 마자수 방면에서 평양성을 구원하러 올지도 모를 고구려 수군을 막으라는 임무를 주어 패수만 어구로 내쫓았다.

적군을 깊숙이 유인하는 작전은 계획대로 이루어졌지만 건무의 마음은 무거웠다. 평양성을 지키려 급히 성안 백성을 무장시키고 남부 지역 모든 병력을 끌어모았지만, 병사가 너무 부족했다. 구룡산 전투에서 패배했다는 소식이 퍼지자 피란민이 길거리에 넘치고 민심이 극도로 불안해졌다. 태왕폐하께 대성산성으로 피하기를 권했으나 백성과 운명을 함께 하시겠다며 거절했다.

'평양성 방어는 태왕의 안전뿐 아니라 나라의 존망(存亡)이 걸려 있다. 을지문덕 대원수가 요동에서 수나라 대군을 물리칠 때까지 과연 내호아 수군을 막을 수 있을까?'

건무가 어두워지는 창밖을 하염없이 바라보는데, 침착하기 이를 데 없던 을밀이 문을 박차고 뛰어 들어왔다.

"전하, 구원군이 오고 있습니다. 내일 아침까지 을지 대원수 직속 정예기병 1만, 뒤이어 보병 2만도 도착한답니다!"

"아니, 요동전선은 어찌하고 최정예군을 모두 이곳으로 보낸다는 말씀이오?"

"보십시오. 여기 서신을 보내왔습니다."

을지문덕은 적 별동군 30만이 요동을 떠나 평양성에 몰려간다면서 별동군이 내호아 수군(水軍)과 만나 함께 평양성을 포위하면 나라 운명을 장담할 수 없을 터이니, 어떻게 해서라도 하루 빨리 수군부터 깨뜨려야 한다고 쓰여 있었다. 마지막으로 남부군이 내호아 수군을 물리칠 때까지 어떤 어려움이 있어도 나머지 병력만으로 마자수에서 별동군을 막아내겠다는 비장한 결심을 전했다.

오랜만에 건무의 얼굴에 웃음이 떠올랐다. 그런데 기뻐도 눈물이 나는가. 두 사나이 눈에 하염없이 눈물이 흘러내렸다. 그들은 대원수가 얼마나 위험한 도박을 하는지 너무나 잘 알았다.

'고구려 최강 정예부대인 을지문덕 직속기병대와 보병군단만 있다면 그까짓 내호아 육전대(陸戰隊) 쯤이야 조금도 두려울 게 없었다. 문제는 어떻게 해야 가장 빠르게 섬멸시킬 수 있느냐이다.'

그 순간 두 사람은 평양성을 굳게 지키는 대신 나성(羅城, 외성) 안으로 적군을 끌어들이기로 결심했다.

내호아는 정예병 4만을 총동원해 평양성으로 진격했다. 선봉군은 고구려 군의 저항을 물리쳐 어렵지 않게 대보산과 달마산을 점령하고 달마산 동쪽 기슭에 병력을 집결시켰다. 군기(軍旗)가 수풀같이 늘어서고 창검과 갑옷에서 내뿜는 살기가 새벽 공기를 무겁게 짓눌렀다.

황금투구와 갑옷을 입은 내호아가 백마를 타고 앞으로 나섰다.

"평양성은 저 언덕 너머 불과 40리. 적은 몇 차례나 깨부쉈던 겁쟁이 군대. 한 번 돌격하면 개미같이 흩어질 오합지졸이다. 용사들이여, 용기를 뽐내라. 제일 먼저 평양성에 입성(入城)하여 벼슬과 부귀영화를 한꺼번에 얻고 싶지 않은가?"

사기충천한 병사들의 함성이 골짜기를 메웠다. 북소리에 맞춰 새벽안개를 뚫고 전진하자 수백 개 군기가 바람에 휘날렸다.

적교천(狄橋川) 건널목에 목책을 세우고 지키던 한 무리 고구려 군사는 수나라 군사의 어마어마한 기세를 보고 싸우기도 전에 겁먹고 도망치느라 정신이 없었다. 기세가 오른 수나라 군은 급히 고구려 군을 추격해 갈대산(葦山) 기슭에 이르렀다.

그때 꽹과리소리가 요란하게 울리더니 5백 명 고구려 군이 튀어나와 수나라 군을 습격했다. 혼란에 빠진 수나라 군 선봉대가 손실을 입고 후퇴했으나 뒤이어 수나라 기병대가 몰려가자 고구려 군은 말머리를 돌려 꽁지가 빠지게 달아났다. 한때 긴장했던 수나라 군 선봉대는 고구려 병력이 의외로 적은 것과 얼마 버티지 못하고 달아나는 걸 보고 용기백배했다.

"고구려 놈들, 저 따위 군대도 복병(伏兵)이라고."

산등성이를 넘자 사수(蛇水, 보통강) 너머로 위풍당당한 성이 내려다보였다. 말로만 들었던 평양성이었다.

내호아는 만경대에 올라 평양성을 바라보며 가슴이 뿌듯했다. 원정을 떠나던 날 황제는 좌우 24개 군 사령관 앞에서 고구려 정복에 가장 큰 공을 세운 자를 왕으로 봉(封)하겠다고 선언했다.

'적의 서울 평양성을 함락시키고 국왕 고원(高元)을 사로잡는다면 누가 나보다 더 큰 공을 세울 것인가!'

그는 권력의 핵심 관롱군벌이 아니라 망한 진(陳)나라 출신이어서 알게 모르게 당한 차별대우로 가슴에 응어리가 맺혀 있었다. 이제 황족이 아님에도 왕에 봉해지는 영광스러운 순간이 눈앞에

다가왔다. 내호아는 원래 만경대 언덕에서 병사를 휴식시켰다가 다음 날 공격할 계획이었으나 견물생심(見物生心)이라고 눈앞에 평양성이 내려다보이자 생각이 달라졌다.

그런데 한 가닥 불안감이 가슴에 스며들었다. 기대했던 것보다 너무 일이 잘 풀리고 있었기 때문이었다.

'나도 늙었는가? 쓸데없는 걱정이 많아지는 걸 보니.'

머리를 흔들어 께름칙함을 털어버리고 장수들을 격려했다.

"가장 먼저 평양성에 들어간 장수는 전공(戰功) 일등으로 황제께 보고하겠다. 부귀와 공명(功名)이 눈앞에 있지 않은가! 병사들에게 사흘 동안 마음껏 약탈해도 좋다고 알려라."

사수를 사이에 두고 격렬한 전투가 벌어졌다. 그러나 병력의 차이가 워낙 큰 데다 공명심(功名心)에 불타는 수나라 군 장수와 사기 충만한 병사의 공격을 막아내기에 고구려 군은 너무 약했다. 어둠이 깃들 무렵 내호아 직속부대인 좌3군 특공대가 강을 헤엄쳐 건너가 교두보를 확보하고 부교(浮橋)를 놓자, 뒤따라 정예병이 물밀 듯 평양 외성(外城)의 다경문(西門)으로 돌진했다. 좌3군 기병대의 날쌘 돌격으로 고구려 군이 성문도 닫지 못한 채 수나라 군에게 빼앗기자, 성안으로 들어가지 못한 패잔병들은 뿔뿔이 흩어져 사수 상류(上流) 쪽으로 허겁지겁 도망쳤다.

공명심에 눈먼 수나라 장수들은 그 누구도 고구려 군이 후퇴하는 군대치고는 질서정연하게 물러나고 있다는 사실을 눈치 채지 못했고, 평양성 약탈에 들뜬 병사들은 남에게 뒤질세라 앞다투어

252

성안으로 달려갔을 뿐 패잔병 소탕에는 관심도 없었다.

창광산 봉우리 장대(將臺) 위에 올라서서 사수 방어전을 지켜보던 건무가 흐뭇한 미소를 지으며 을밀을 돌아보았다.

"장군, 우리가 바라던 대로 내호아가 미끼를 물었구려. 예상했던 것보다 순조롭게 유인작전이 성공하였소. 적을 일망타진하는 데 빈 틈이 없겠지요?"

"네, 전하. 물샐틈없이 준비를 마쳤습니다. 곧 을지 대원수께 기쁜 소식을 전할 수 있을 겁니다."

을밀은 자신만만하게 대답했다. 건무는 어둠에 잠긴 평양 외성을 내려다보았다.

내호아는 횃불을 높이 쳐든 직속 호위병을 이끌고, 의기양양하게 다경문으로 들어섰다. 성안에는 약탈에 눈먼 병사들이 무리를 지어 날뛰고 있어, 대열은 흩어지고 부대(部隊)가 뒤섞여 난장판을 이루었다. 그런데 이상하게도 여인의 비명소리나 죽어가는 사내의 울부짖음이 들리지 않았다. 그 순간 마음 한구석에 웅크리고 있던 불안이 머리를 쳐들었다.

'혹시 적의 공성계(空城計, 텅 빈 성에 적을 유인하는 군사작전)에 걸려든 게 아닐까?'

그러나 부하장수가 앞다투어 몰려와 내호아의 눈도장을 받으려고 승리를 축하하는 아첨을 퍼붓자 불안이 곧 사라져 버렸다.

성안을 수색하던 병사들이 빈 절을 발견하고 몰려가니, 어두운 절 안에서 고구려 복병(伏兵)들이 벌떼같이 쏟아졌다. 날벼락을 맞은 병사들이 어지럽게 흩어져 도망쳤다. 바로 그때 창광산 봉우리에서 불화살이 하늘로 솟구치고, 뒤이어 외성 성벽 위에 횃불이 불타오르며 어느 틈에 성문도 고구려 군사에게 빼앗겼다.

텅 빈 성안에 갇혀버린 수나라 군사는 독 안에 든 쥐와 같은 신세가 되었음을 깨닫기에 그리 오랜 시간이 걸리지 않았다. 누가 불을 질렀는지 성안 곳곳에서 불길이 치솟았다.

어디에 숨었던 것일까? 외성 안 넓은 길엔 건무가 이끄는 전신을 철갑으로 두르고 말까지 갑옷을 입힌 중무장기병 수백 명이 성난 파도같이 장창(長槍)을 휘두르며 달려오고, 어두운 골목 그늘에 숨은 검은 옷을 입은 용사들이 짧은 창으로 수나라 군을 찔렀다. 여기저기서 외마디 비명이 터지고 죽음의 공포가 밤안개처럼 퍼져 수나라 군사 마음을 얼어붙게 했다. 승리의 기쁨과 약탈의 기대가 사라지자, 잊고 있던 목마름과 배고픔이 한꺼번에 몰려왔다.

"적의 함정에 빠졌다. 빨리 후퇴하자!"

누군가 입에서 나온 외침이 수나라 군사에게 두려움을 안겨주어 놀란 쥐떼처럼 앞다투어 성문으로 몰려갔으나, 고구려 군의 빗발치듯 퍼붓는 화살에 이리저리 쫓기다가 하나둘 쓰러졌다.

"너희들은 독 안의 쥐다. 살고 싶으면 무기를 버리고 꿇어앉아라!"

고구려 병사들이 어눌한 중국말로 고함치자 절망에 빠진 수나라 군사는 무기를 버리고 갑옷도 벗었다.

254

"성문은 이미 늦었다. 성벽을 뛰어넘자."

내호아는 산봉우리에서 불화살이 치솟고 성벽을 따라 횃불이 타오르자 즉시 사태를 알아차리고 호위대 수백 명만 이끌고 성벽으로 달려갔다.

"적장이 달아난다. 사로잡아라!"

고구려 군이 뒤쫓아 오자 재빨리 황금투구를 벗어 던졌다.

"적장을 빨리 쫓아라. 투구와 갑옷을 여기 버렸다."

내호아가 성벽을 타고 넘어 추격하는 고구려 군을 간신히 따돌리고 사수 강가 배다리에 이르니 백여 명 수나라 병사가 다리를 지키고 있었으나 고구려 군이 몰려오면 곧 빼앗길 것이어서 서둘러 다리를 건넜다. 그는 배다리가 불타는 걸 보고서야 겨우 한숨을 쉬었다.

내호아는 장웅에게 후퇴하는 장병을 수습하라고 명령하고 얼마 남지 않은 호위병과 함께 후군이 머물던 달마산으로 달렸다. 새벽녘 달마산 가까이 갔더니 후군 진지에서 불길이 치솟아 올라 발길을 돌려 말을 버리고 황급히 산 남쪽 능선을 타고 넘었다. 함대를 지키던 진숙보는 달마산에서 불길이 치솟자 정찰대를 보냈다. 밤새도록 남쪽을 향해 도망치던 내호아는 패수 강가 작은 어촌에서 진숙보가 보낸 정찰대를 만나 놀란 가슴을 쓸어 내렸다.

실로 참담한 패전이었다. 평양성을 공격한 정예병 4만과 달마산 진지에서 이를 지원하던 1만 명 중에서 살아 돌아온 자는 겨우 5천. 군량과 무기는 깡그리 불타거나 빼앗기고 말았다.

언제 고구려 군이 몰려올지 알 수 없어 겁에 질린 내호아는 진숙보의 만류도 뿌리치고 황급히 함대에게 철수명령을 내렸다. 구룡산 주둔군은 군수품을 내버려둔 채 서둘러 배에 올랐다. 수나라 함대는 패수를 거슬러 올라 진격할 때에는 남풍(南風)이라 순풍에 돛 달고 나는 듯 달려왔으나 이제 역풍(逆風)이어서 노를 저어 가야했다. 밤이 되자 남서쪽 대정산 산봉우리에서 횃불이 오르더니 구룡산 여기저기 횃불이 타올랐고 뒤이어 수군이 지키던 강 건너 보산언덕에도 불길이 솟았다. 이제 주위에 고구려 군뿐이었다. 노를 저어 달아나려니 소형 선박이나 중형 전함은 사정이 나았으나 대형 전함은 거북이처럼 느렸다. 답답해진 내호아는 기함(旗艦)에서 순라장(巡邏將)의 빠른 배로 옮겨 탔다.

적 함대의 철수를 알아챈 고구려 군은 강변 갈대밭에 불을 질렀다. 불길이 치솟자 대낮같이 밝아져 함대 움직임이 낱낱이 드러났다. 어디에 숨어 있었던 걸까. 수나라 군 함대가 보산을 지나자 고구려 쾌속정의 맹렬한 공격이 시작되어 투석기에서 불덩이와 불화살을 쏟아부었다. 공포에 사로잡힌 수나라 군은 맞서 싸우지 못하고 도망치기 바빠 함대의 대열이 흩어지고 서로 부딪혀 아수라장이 되었다.

패수는 낙랑평야(樂浪平野)를 지나 서쪽으로 흘러가다 늑명산을 만나 남으로 방향을 바꾼 다음 북서쪽으로 방향을 꺾어 바다로 들어간다. 급수문(急水門)은 패수가 바다에 들어가기 전 협곡을 지나면서 물길이 좁아지고 수심이 깊어지는 물목으로 사리가 되어 밀물이 밀려오면 바닷물과 강물이 부딪혀 소용돌이치는 물살이 거센 곳이다. 마침 바닷물이 썰물인 시각이어서 절벽 아래 수심이 깊은 본류는 검은 물결이 잔잔히 흘렀으나 얕은 곳에는 강물이 암초에 부딪혀 어스름 그믐달 빛 아래 하얀 물결이 일었다.

수나라 함대 순라장 장삼은 패수 강물이 능명산 절벽 아래로 휘어져 흐르는 급수문 물굽이가 가까워지자 왠지 섬뜩한 느낌이 들어 절벽을 올려다보았다. 그곳에는 누초 마로가 두 눈을 부릅뜨고 급수문으로 다가오는 함대를 노려보고 있었다.

"오늘은 지난 번 진 빚을 갚는 날이다. 이자까지 백 배로 갚아주리라!"

수나라 선두 전함이 절벽으로 다가갔을 때 마로가 손을 높이 쳐들자 절벽 위에서 북소리가 장송곡(葬送曲)처럼 느리게 울려 퍼졌다. 함대는 이 기분 나쁜 협곡을 빨리 벗어나려고 급히 노를 저었으나, 좁은 물굽이로 들어서니 기다렸다는 듯 절벽 위 투석기에서 불타는 나무토막을 배 위로 쏟아부었다. 뒤이어 호랑이잡이 벼락틀이 무너져 내리며 쌓아놓은 통나무와 바위가 절벽 아래로 굴러 떨어졌다.

공포에 빠진 수나라 전함은 절벽에서 조금이라도 더 멀어지려고 방향을 틀다가 서로 부딪혀 뒤엉켰고, 불길에 휩싸인 배와 가라앉는 배로 아수라장이 벌어졌다. 성급한 전함은 물길을 벗어나 절벽 반대편 얕은 곳으로 피하다가 고구려 특공대가 미리 강바닥에 깔아놓은 날카로운 참나무 창틀과 암초에 부딪혀 배의 밑창이 뚫려 가라앉았고, 뒤따라오던 배들은 불타고 가라앉는 배를 피하느라 정신이 없었다. 그때 함대의 후미(後尾)에서 쾌속선이 달려와서 고구려 함대가 수나라 군을 뒤쫓아 오고 있다고 보고했다.

내호아는 남쪽 진나라 출신답게 노련한 수군(水軍) 장수였다. 해도낭장 진태기를 불러 중형 전함 10척을 이끌고 고구려 수군을 막으라고 명령하고, 나머지 함대는 급수문 싸움터에서 뒤로 물러나 만조(滿潮)가 될 때까지 기다리게 했다. 남풍은 후퇴할 땐 역풍(逆風)이지만 고구려 수군과 맞서 싸우러 가는 길엔 순풍(順風).

진태기의 전함은 돛을 달고 나아갔다. 수전(水戰)에서 바람을 등지고 싸우는 편이 압도적으로 유리함을 잘 아는 고구려 수군은 추격을 멈추고 뒤로 물러났다. 밀물이 되자 급수문 강물이 썰물 때보다 열서너 자(4m) 차올랐다.

"모든 전함은 절벽에서 30장 이상 벗어나라. 절벽 위에서 떨어지는 돌더미나 앞에 걸리적거리는 게 있더라도 머뭇거리지 말고 재빨리 돌파하라!"

세 줄로 늘어선 함대가 죽을힘을 다해 강 가운데로 노를 저어서 마로 군의 격렬한 공격을 뚫고 나가는데, 물굽이 산 그림자 속에서 갑자기 매생이(거룻배) 떼가 나타나 전함 옆구리로 돌진했다. 매생이 앞부분에 꽂아놓은 날카로운 갈고리 창이 전함 선창에 깊이 박히자 고구려 머구리(潛水兵)들은 매생이 앞부분에 가득 채운 어유(魚油)에 불을 지른 다음 강물로 뛰어들더니 전함 밑바닥에 달라붙어 배 밑창 널빤지를 하나하나 뜯어냈다. 수나라 전함이 불타오르는 것을 보고 용기백배한 고구려 함대도 맹렬한 공격을 퍼부었다. 바닷물과 강물이 부딪쳐 소용돌이치는 급수문 물굽이는 수나라 함대의 묘지가 되었다.

급수문 패전은 내호아가 전혀 예상하지 못했던 충격이었다. 눈앞에서 하나둘 가라앉는 전함을 바라보며 입술을 깨물었다.

'30여 년 전쟁터에서 살아왔지만 오랑캐 땅에서 이렇듯 무참히 패배할 줄이야 … .'

그는 불과 사흘 동안에 평양 외성 점령부터 급수문 패전까지 영광의 무지개와 끝없는 나락(奈落)의 구렁텅이를 한꺼번에 경험했다. 수나라 함대가 바다에 닿을 때까지 끊임없이 강가 언덕 위에서 함대의 움직임을 알리는 고구려 군 횃불 신호나 뒤쫓아 오는 고구려 함대도 애써 무시하고 눈을 찔끔 감아 버렸다.

수나라 함대가 패수만 바다로 들어서자 고구려 함대는 악착같은 추격을 멈추었다. 넓은 바다에서 해전(海戰)은 수나라 거함(巨艦)을 당해내기 어려웠기 때문이었다.

"가만히 두어도 곧 물러갈 것이다. 궁지에 몰린 쥐를 쫓다가 우리 귀한 전함을 잃을 까닭이 없다!"

내호아 함대는 백수십 척 전함이 가라앉고 많은 병사를 잃었음에도 불구하고 아직도 막강했으나 이미 싸울 의지를 잃어버렸다. 결정적 승리를 손아귀에 쥐었다고 믿었다가 다음 순간 어이없는 패전을 당한 충격 때문이었을까? 해구(海口, 패수만 쪽 입구)에 틀어박힌 내호아는 울화병으로 몸져누웠다.

황룡산성 黃龍山城

황룡산성은 평양성 서쪽을 지키는 큰 산성으로 용강 오석산에 자리 잡았는데, 이 산성 감시초소는 바다에서 패수 하구까지 한눈에 내려다보며 강을 거슬러 평양성으로 올라가는 배를 감시했다.

용강고을 사냥꾼 갑돌이와 예쁜 처녀 꽃분이는 서로 눈이 맞았다. 그러나 활 장인(匠人) 꽃분이 아비는 활 만드는 젊은이를 데릴사위로 맞아 오랜 가문의 전통을 이어가려 했기에 갑돌이를 탐탁찮게 여겼다.

용강 단오제는 바닷가 고을에서 알아주는 성대한 축제였고, 처녀 총각이 서로 짝을 맺는 날이기도 했다. 총각은 검은 옷깃을 단 흰옷을 입고 처녀는 창포 뿌리 물에 머리를 감고 색동저고리로 단장해 읍내 동구나무 마당으로 구름같이 몰려들었다.

단오제 그네타기에 우승한 아가씨는 머리에 꽃을 엮은 관을 얹어 고을 으뜸미녀로 삼았고, 사냥대회 우승자에겐 황룡산성 성주가 니루로 임명하는 명예를 주었다.

대회가 끝나면 진짜 축제가 시작되었다. 사냥한 고기를 굽고 술과 음식을 나누어 먹으며 처녀와 총각들이 춤과 노래로 밤을 새웠다. 그러기에 매년 단오절이 되면 이미 결혼한 엉큼한 젊은이까지 슬그머니 행렬에 끼어들었다가 부인에게 들켜서 귀를 잡혀 끌려나오는 광경도 놓칠 수 없는 눈요깃거리였다.

올해 단오제 사냥대회에서 우승해 꽃분이를 아내로 맞이하는 꿈을 하루에 열두 번 꾸며 갑돌이는 희망에 들떴다.

'황룡산성 니루가 되면 꽃분이 아비도 혼인을 승낙하겠지.'

하늘이 시기했음일까. 화정산 동쪽 기슭에서 발견해 한 달 전부터 몰래 점찍어 두었던 멧돼지는 먹보 형제 차지가 되고 말았다. 낙담한 갑돌이는 처음 꽃분이를 만났던 시냇가 깊은 웅덩이〔沼〕를 찾아 나무 아래 앉았다. 그 아래서 두 사람은 영원히 변치 말자고 옷고름을 묶으며 맹세했다. 꿈과 희망을 품고 한세상 같이 살자고, 죽음이 부를 때까지 손잡고 가자고.

갑돌이는 꽃분이를 생각하며 구슬프게 버들피리를 불었다. 하염없이 눈물이 흘러내려 앞이 보이지 않았다. 어둠 속에서 살그머니 여인이 다가와 고사리같이 작은 손을 갑돌이 손에 넣었다. 꽃관을 쓴 용강고을 으뜸미녀 꽃분이였다. 갑돌이 심장이 얼마나 힘차게 뛰고 하늘의 별들이 어찌나 밝게 빛나던지. 또 싱그러운 봄밤의 향내와 시냇물이 도란도란 노래하는 소리는 얼마나 황홀했던가. 밤이 가고 날이 새도록 여인은 갑돌이 품속에서 뻐꾸기처럼 끊임없이 울었다.

사랑에는 여인이 더 강한 것일까? 꽃분이가 아기가 생긴 것을 고백하면서 다른 고을로 도망쳐서 살자고 할 때 갑돌이가 오히려 당황했다. 그러나 여인의 명예는 사내가 지켜 주어야 하는 법. 불러 가는 배를 남들이 눈치 채기 전에 고향을 떠나기로 결심했다.

화정산 산줄기를 타고 넘던 젊은 남녀가 고갯마루에 서서 용강읍내를 하염없이 내려다보았다. 이제 고향을 떠나면 언제 돌아올 수 있을까. 갑돌이가 길을 재촉하자 꽃분이는 도리질 치더니 끝내 닭똥 같은 눈물을 떨구며 어깨를 들썩였다. 매몰차고 강한 여인이지만 정든 고향을 떠나려니 설움이 북받치는 것일까? 슬피 우는 여인의 모습을 보고 있자니 사내 가슴은 찢어질 듯했다.

갑돌이는 꽃분이를 달래며 산마루를 넘었다. 이제는 도망자 신세. 사람 눈길을 피해서 짐승이 다니는 숲길을 따라 화정산 모롱이를 돌아가다가 인기척을 느꼈다. 남루한 군복을 입은 세 사내가 계곡 시냇물을 허겁지겁 마셨다.

'나와 같은 도망병(逃亡兵)일까?'

그런데 이른 새벽에 길도 없는 산속을 헤매는 몰골이 어딘가 수상쩍었다. 꽃분이가 그의 옷깃을 살그머니 당기며 속삭였다.

"뒤쪽 사내가 입은 바지는 우리 병사 옷과 달라요. 혹시 수나라 군인이 아닐까요?"

갑돌이는 문득 황룡산성 민병대 니루가 하던 말이 떠올랐다.

"적 세작(간첩)이 해구에 있는 수나라 함대와 연락을 취하려 할지 모르니 수상한 자를 보면 즉시 보고하라. 세작을 잡으면 성주님께서 큰 상을 내리겠다고 하셨다."

갑돌이가 주위를 살펴보았으나 이들 세 명 외에 다른 자는 없었고 그들의 거동은 확실히 수상했다. 셋 중 선두에 칼을 찬 놈이 힘깨나 쓸 것 같았다. 저놈을 기습해 거꾸러뜨린다면 나머지 두 놈도 어렵지 않게 사로잡을 수 있으리라.

그는 사냥할 때처럼 냉정해졌다. 꽃분이에게 활을 맡기며 숨어 있으라는 시늉을 하고서 지팡이를 단단히 움켜쥐었다.

길목에 숨어 기다리니 앞장선 자가 덤불숲을 헤치며 나타났다. 번개같이 지팡이로 머리를 내려치자 불의에 기습을 당한 선두 사내는 그 자리에 꼬꾸라지고, 뒤따르던 자가 놀라 땅바닥에 주저앉는 걸 발길로 턱을 걸어찼다. 그러자 세 번째 사내는 알아들을 수 없는 외마디 비명을 지르며 도망쳤다.

틀림없이 수나라 군사였다.

화정산은 갑돌이의 사냥터. 돌 하나, 나무 한 그루도 모두 낯익은 곳이었다. 오래지 않아 달아나는 놈도 잡을 수 있었다.

세 명의 포로를 칡넝쿨로 묶어 앞세우고 황룡산성으로 가자 성주가 직접 포로를 심문했다. 우문술이 수나라 함대를 찾기 위해 보낸 세작이었다. 갑돌이가 아니었다면 적 육군 별동대와 수군 함대가 서로 연락할 뻔했던 아찔한 순간이었다.

성주는 얼굴 가득 웃음을 머금고 말했다.

"장하다, 갑돌아. 너의 용맹으로 나라를 구하였구나. 나라님을 대신해 상을 내리고자 한다. 무엇을 원하느냐?"

"성주님, 저는 오직 꽃분이만 원합니다. 아내로 맞이하게 도와주십시오."

강은 주검으로 흐르지 못하네

薩水大捷

싸워 적을 물리치기보다 / 평화가 좋은 건 누구나 알지만
싸워야 한다면 이겨야 한다. / 인생은 대대로 끝없이 이어가고
나라 운수(運數) 헤아릴 길 없어라.
그대 들었는가 살수대첩을 / 보무당당(步武堂堂) 적 30만 5천
살아 돌아간 자 겨우 2천 7백 / 세상 어느 싸움에 이런 일 있었던가
천하 호걸들 얼굴만 붉히누나.
살수 푸른 물 여전히 흐르고 / 영웅의 붉은 넋 저녁놀에 불타련만
구름 안개 막힌 길 지척이 천만 리 / 어느 날 이 땅에 평화 돌아와
을지 어른 발자취 찾아보려나.

별동군 30만

통일전쟁과 대운하 건설까지 양제에게 불가능이란 없었다. 백만 대군을 이끌고 화려한 출정식을 벌일 때만 해도 고구려 정복 역시 손바닥 뒤집듯 쉬우리라 자신만만했건만, 어느 것 하나 뜻대로 되는 게 없었다.

4월 하순부터 요동성 공격을 시작해 두 달이 지났건만 언제 함락시킬는지 알 수 없었다. 양제는 잠 못 이루는 날이 늘어갔다.

'장마가 끝나 여름이 가면 오래지 않아 혹독한 겨울이 닥치리라. 전쟁을 빨리 끝낼 좋은 방책이 없을까?'

황제 측근에서 비서를 맡고 있던 곡사정은 눈치가 빠르고 재치가 넘치는 젊은이였다. 그는 단문진 상소문의 내용을 잘 알고 있었다. 이제 황제의 신임을 얻을 좋은 기회가 왔다.

"폐하, 적은 지금 모든 병력을 동원해 요동을 방어하고 있어 후방은 텅 비어 있을 것입니다. 더구나 내호아가 이끄는 수군(水軍) 10만이 평양성 부근에 머물고 있으니, 지금 강력한 별동대(別動隊)를 보내어 수륙군이 함께 평양성을 공격한다면 어렵지 않게 고구려왕을 사로잡을 수 있습니다."

"짐(朕)의 뜻도 그러하니, 경(卿)은 즉시 별동군을 편성하라."

좌우 군에서 9군을 뽑아 별동대 30만을 편성했다. 총대장을 우문술로 하고 백전노장 우중문을 고문으로 삼아 모든 작전을 감독하도록 하는 한편 상서우승(尚書右丞) 유사룡(劉士龍)을 위무사(慰撫使)로 삼아 황제의 대리인 역할을 맡겼다.

266

양제는 별동군을 지휘하는 장군에게 명령을 내렸다.

"진군하는 도중에 있는 성은 무시하고 곧바로 평양성으로 향하라!"

요동성도 점령하지 못한 채 적국 깊숙이 대군을 파견하는 건 큰 모험이라는 것을 장군들은 잘 알고 있었지만, 두 달이 지나도록 요동성을 함락시키지 못해 양제로부터 질책을 받았던지라 감히 군소리를 할 수 없었다.

을지문덕은 남부군 사령관 건무가 보낸 긴급보고를 받고 깜짝 놀랐다. 그렇지 않아도 양만춘의 편지로 요서의 우중문 군 움직임에 신경이 곤두선 데다, 요동성을 포위 공격하던 우문술 군의 움직임까지 심상치 않아 밤잠을 설치는 판에, 엄청난 규모의 수나라 함대가 평양성에서 멀지않은 패수(대동강) 어귀에 나타났다니 정신이 아득했다.

을지문덕은 백암성에 머물며 요동성 방어 작전을 지원하다가, 즉시 직속 정예군 3만을 이끌고 평양성에 조금이라도 가까운 요동 후방지원 기지인 오골성으로 물러났다.

유월 중순 우문술은 요동성 주변에 주둔하던 4개 군을 소집해 백암성을 향해 진군했다. 적군이 새까맣게 몰려온다는 보고를 받은 백암성 성주는 '적 대군이 나타났다'고 을지문덕에게 급히 알리는 한편 농성전(籠城戰)을 준비했다.

좌2군 좌익위 대장군 우문술의 깃발을 휘날리며 진격해 온 적군은 뜻밖에 백암성은 거들떠보지 않고 성 밖 고구려 1번 국도를

따라 천산산맥 마천령으로 향했다. 다음 날은 좌7군 좌효위 대장
군 형원항의 부대가, 그리고 좌8군과 좌11군이.

천산 방어선은 책성(柵城, 두만강 북쪽 간도에 있었던 고구려 동부 중
심지) 성주가 동부군을 거느리고 지켰다.

천산 서쪽 끝머리 낭자산(浪子山) 초소 감시병은 무수한 적군이
산길을 오르는 것을 발견하고 봉홧불을 올렸다. 다음 날 마천령을
지키던 동부군 파견대는 개미떼같이 올라오는 적군을 발견하고 연
산관 본대에 위급함을 알리고 결사항전에 들어갔다. 아무리 유리
한 지형을 이용해 싸우더라도 수백 배가 넘는 적의 공격을 막는 것
은 불가능한 일. 저녁 무렵까지 장렬한 육박전 끝에 마지막 병사
가 쓰러지자 고갯길이 뚫렸다.

전선 총사령부 오골성에 머물던 을지문덕은 기가 막혔다. 요동
성을 함락시키고 백암성을 빼앗은 후 천산산맥 험한 고개를 넘어
마자수로 오는 게 당연하거늘 이들 성을 그대로 둔 채 무모하게 진
격하다니.

을지문덕은 전쟁 상식에서 벗어난 작전을 하는 적의 속셈을 알
수가 없었다. 적 사령관은 미친놈이 분명했다. 요동성에서 평양
성까지 천 리가 넘는 길. 도대체 무얼 믿고, 소규모 기습부대도 아
닌 대군을 겁도 없이 우리 영토 깊숙이 보내는 것일까?

그런데 심각한 문제가 있었다. 고구려 군 주력은 요동성을 비롯
한 요동 방어전에 투입되어 오골성 남쪽 후방은 텅 비어 있는데 적
이 그 빈틈을 파고든 것이었다.

화불단행(禍不單行)이라더니 해성(海城)에서 보낸 파발꾼이 우중문의 좌 12군이 안시고을에 나타났다고 보고해 가슴이 철렁 내려앉았다. 을지문덕은 전쟁에 새로운 국면(局面)이 벌어졌음을 깨달았다. 이제 연산관에서 고구려 1번 국도를 지키는 의미가 없어졌다. 오골성이 우문술과 우중문에게 협공을 당할 처지가 되었으니까.

뒤이어 내호아 수군이 평양성 가까이 다가왔다는 남부군 사령관 건무가 보낸 파발마가 닿자 비로소 적의 속셈을 분명하게 알 수 있었다. 적군이 노리는 목표는 오로지 평양성이었다.

'만약에 평양성에서 별동대와 수군(水軍)이 만나고 적의 함대가 배로 운반한 식량을 보급 받아 평양성을 포위 공격한다면 고구려는 건국 이래 최대의 위기를 맞게 될 것이다.'

지금까지는 마자수 북쪽에서만 실시했던 청야작전(淸野作戰)을 평양성 북쪽 모든 곳에 실시하고, 이곳 백성은 양식이 될 만한 것이면 미리 수확하거나 깡그리 없애버리고 남녀노소 가리지 않고 가까운 산성으로 피란 가게 했다. 을지문덕은 적 대군이 마천령을 뚫고 연산관으로 몰려왔으니 구원군을 보내 달라는 연산관 수비대 책성 성주에게 전령을 보냈다.

"구원군은 없다. 천산산맥 험한 지형을 이용해 적의 진군을 최대한 늦추어라. 막기 어려우면 주력군은 그대로 통과시키고 뒤따르는 보급부대를 공격해 보급을 끊으라."

뒤이어 국내성 성주를 불렀다.

"우리는 지금 헤어나기 어려운 위기에 빠진 것 같소. 밤낮을 가리지 말고 국내성에 달려가서 기병과 보병을 모조리 끌어모아 마자수(압록강) 남쪽 백마산성으로 오시오."

우문술의 별동대는 연산관을 돌파할 때까지 순조롭게 진격했으나 시간이 지날수록 보급문제가 심각해졌다. 마천령 고갯길은 수레가 통과하기 어려웠고, 장마로 끊어진 다리를 수리하고 길을 메우며 군량을 운반하기는 전투보다 어려웠다. 게다가 험한 산길에는 밤이 되면 끊임없이 패잔병이 나타나 습격해서 피해가 막심했다. 아직도 마자수는 멀건만 보급 때문에 진군이 늦어져 평양성에 언제 도착할지 막막했으나 결단을 내렸다. 군사들에게 백 일 동안 먹을 식량과 무기에다 개인용 천막까지 한꺼번에 지급하여 짊어지고 가도록 명령했는데, 그 무게가 무려 3석(石)이나 되어 자기 몸무게보다 무거웠다.

우문술은 "누구든지 식량을 버리는 자는 목을 벤다!"고 엄명을 내렸으나, 6월 무더위에 험한 산길을 행군하면서 이렇게 무거운 짐을 운반하는 건 무리한 일이었다. 군사들은 숙영지(宿營地)에서 천막 밑바닥에 구덩이를 파고 몰래 식량 일부를 땅에 파묻어 짐의 무게를 줄여보려 했다. 이런 형편이니 먹을 것이 모자라 남의 식량을 도적질하게 되고 병사들은 밤이 되어도 마음 놓고 잠을 이루지 못했다.

영주에 머물던 우중문도 양제의 명령을 받자 즉시 번자개에게 임무를 물려주고 좌우 5개 군을 소집해 평양성을 향해 출발했다.

이들은 해성을 지나 청석령을 넘어 급히 오골성으로 진격했다.

우중문의 진격로에는 고구려 군의 저항도 없었고 지형도 그리 험하지 않았으나, 장마철 진흙탕으로 애를 먹었다.

을지문덕은 사태가 심각함을 깨닫고 전방 사령부를 마자수 남쪽으로 옮겨 별동대를 막기로 결심하고, 왕자 환진에게 함께 가기를 청했다. 젊은 환진은 정의감에 불타는 용감한 싸울아비로 백성을 사랑하는 따뜻한 마음을 지닌 왕자였다. 그는 후퇴작전이 못마땅했다.

"을지 대인, 나는 여기 남아 싸우겠소. 요동성은 두 달째 포위되었어도 버티고 있습니다. 나도 왕자이기 전에 고구려 사나이요. 어찌 오골성 병사들을 모른 체하고 혼자 몸을 피하겠소?"

을지문덕은 완강하게 버티는 왕자의 고집을 꺾지 못했다.

"그러면 성을 나가 적을 공격하지 않겠다고 약속해 주십시오!"

연산관을 돌파한 우문술의 선봉부대가 마자수로 향하자 뒤따라 수송부대가 오골성 남문 밖 벌판길로 꼬리를 물고 지나갔다.

"추 성주, 날랜 기병으로 저 보급부대를 습격합시다."

"왕자님, 을지 대원수의 다짐을 잊었습니까? 더구나 우리 병력은 적보다 너무 적습니다."

눈앞에 지나가는 먹음직한 먹이를 그대로 두고 보는 건 젊은 왕자에게 참기 어려운 유혹이었다. 정찰대가 수나라 전투부대가 모두 마자수로 몰려갔다고 보고하자, 마침내 참을성을 잃었다.

요서에서 진격해오던 우중문은 벌판 너머 우뚝 솟은 검은 화강암 바위산을 보았다. 나무나 풀이 거의 없는 가파르고 높은 저 돌산은 분명 오골산(烏骨山). 그렇다면 고구려 군 전방 사령부가 있다는 오골성이 그리 멀지 않으리라.

우중문은 산 앞 벌판에서 고구려 기병대가 우문술 군의 수송부대를 공격하고 있다는 정찰병의 보고를 들었다. 우중문 군은 요서 회원진을 지나 해성으로 길을 둘러오느라 요동성에서 출발한 우문술의 4개 군보다 며칠 늦게 오골성에 닿았기 때문에 왕자 환진의 기병대와 마주치게 되었다. 평생 전쟁터에서 잔뼈가 굵은 노련한 장수는 즉시 사태를 알아차렸다.

"좌12군 기병대는 바로 오골성 남문으로 진격해 적 기병대가 오골성으로 돌아갈 길을 막고, 나머지 병력은 적 기병대를 포위하라. 뒤따라오는 우1군 위현 장군에게도 연락병을 보내 포위작전에 참가하라고 전하고."

왕자의 기병대는 북쪽 연산관 골짜기에서 오는 우문술 군에만 신경을 썼지 서쪽에서 다가오는 적군을 살피지 못했다. 기병대는 우문술 군의 보급부대를 신나게 사냥하다가 덫에 걸렸다.

벌판은 적군으로 가득 찼고 사람과 말이 일으키는 황토 먼지는 햇빛을 가렸다. 환진은 성으로 되돌아갈 길이 막히자 후회했으나 이미 늦어버렸다. 입술을 깨물고 뒤돌아보며 외쳤다.

"싸울아비들아, 마지막까지 용감히 싸우자. 돌격!"

며칠 계속된 장맛비는 그쳤지만 강은 거센 물결이 용솟음치며 흙탕물이 되어 도도히 흘렀다. 마자수 남쪽 백마루(의주 통군정)에서 바라보니 강 어구의 크고 작은 섬들이 반쯤 물에 잠겼다.

이제 마자수는 자연이 만든 요새였다.

'적군이 빨리도 왔군. 며칠이 지나야 강물이 줄어들 테지.'

강 건너편에 수나라 깃발이 수풀같이 빽빽하고 헤아릴 수 없는 적군이 뗏목을 만드느라 부산하게 움직이는 게 내려다보였다.

건너편에서 한 사나이가 거센 강물로 뛰어들어 물결 속으로 빨려 들어갔다 나오기를 거듭하다 기적적으로 강을 건넜다.

을지문덕 앞에 달려온 사나이는 울음을 터뜨렸다.

"대원수님! 어제 왕자님께서 적과 싸우시다 돌아가셨습니다."

왕자의 죽음은 을지문덕에게 큰 슬픔을 안겨주었다.

환진은 둘째 왕자였지만 마음이 곧고 총명해 장차 왕위에 오르면 훌륭한 임금이 될 빼어난 젊은이였다. 더구나 태왕폐하께서 큰 그릇으로 만들어 달라고 부탁하시며 맡겼었다. 을지문덕은 전쟁의 불길이 급하지 않다면 죽음으로 태왕께 사죄(謝罪)하고 싶은 마음뿐이었다.

어두워져 가는 마자수 북쪽을 하염없이 바라보는데, 말발굽 소리를 요란하게 울리며 파발마가 달려왔다. 내호아 수군이 구룡산에 상륙했다는 보고였다. 구룡산이라면 평양성에서 불과 60리밖에 떨어지지 않은 곳. 묵묵히 강물만 내려다보았다.

'평양 문턱까지 다가온 적 함대를 물리치기도 전에 별동군 30만이 마자수로 몰려왔다. 어떤 일이 있더라도 양군이 힘을 합쳐서 평양성을 포위하게 할 수 없다. 조국은 존망지추(存亡之秋)의 위기로구나. 결단의 순간이 다가왔다. 병력을 분산하는 건 파멸을 불러올 뿐. 위험을 무릅쓰고라도 전군(全軍)을 투입해 각개격파할 수밖에 없다. 세력이 약한 수군(水軍)을 먼저 격파한 다음 별동군을 깨뜨리자.'

을지문덕은 그의 결정이 얼마나 위험한 도박인지 잘 알았다. 그러나 한 시각도 꾸물거릴 수 없었다. 즉시 본부 직속 장수들을 불러 모았다.

"모든 기병은 즉시 평양성을 구원하러 가라!"

"네엣? 눈앞의 적군은 어찌하고요."

기병대장이 깜짝 놀라 부르짖었다.

"시간에 늦지 않게 달려라. 보병 2만도 내일 새벽 출발하도록!"

호랑이 굴속으로

다음 날 아침 을지문덕은 모든 장수를 불러 모았다. 그의 얼굴은 유난히 어두웠고 잠을 설쳤는지 눈이 부어있었다.

장마로 물이 불었던 마자수 수위(水位)가 하루가 다르게 낮아져 머지않아 적군은 강을 건널 것이었다.

"적의 공격을 지연시키고 그 허실(虛實)을 알아보기 위해 적장 우문술을 만나려 하는데 여러분 생각은 어떠하오?"

총사령관이 위험에 빠지는 것은 생각조차 하기 싫은 끔찍한 일이어서 모두 머리를 갸웃거리자 참모장이 일어났다.

"평시라면 평화사절에 해를 끼치지 않겠지만 지금 전쟁 막바지에 와 있습니다. 대원수님 말씀은 이익이 하나라면 백 가지 해가될 위험한 일이오니 말씀을 거두어 주십시오."

여러 장수가 왁자지껄 시끄러워지자 흰 머리에 수염을 늘어뜨린 풍채가 당당한 장수가 일어났다. 백마산성 성주 가마소였다.

"외람된 말씀이오나 소장이 대원수님을 무척 닮았다고 합니다. 적장 중에 원수님을 만나본 자는 없을 게고 풍채와 모습을 전해 듣기만 했을 테니 원수님의 투구와 갑옷을 입고 적진에 간다면 쉽게 속일 수 있을 겝니다. 부디 소장을 보내 주십시오."

가마소 성주는 전령을 우문술 진영에 보내 곧 을지 대원수가 평화사절로 방문할 것임을 알리게 했다. 오후 늦게 을지문덕으로 꾸민 가마소가 수행군사 10여 명을 이끌고 강을 건넜다. •

을지문덕이 항복하려고 직접 찾아온다는 뜻밖의 소식에 수나라 진영은 발칵 뒤집어졌다. 강 상류 도하 지점을 탐색하러 나간 설세웅을 제외한 별동군 여덟 대장과 위무사(慰撫使) 유사룡(劉士龍)이 금석산 기슭 우문술 진영에 모였다.

가마소는 위세 당당하게 칼을 뽑아들고 늘어선 수나라 병사의

• 《삼국사기》 등 역사기록은 을지문덕이 압록강 어구에 진출했던 수나라 군을 염탐하기 위해 몸소 수나라 진영을 찾아갔다고 적고 있음. 그러나 그런 사소한 일로 외적과 전쟁 중에 총사령관이 적 진영을 홀로 찾아갔다 함은 믿을 수 없음.

대열을 지나 총사령관 막사로 들어갔다. 우문술을 위시한 수나라 장군들은 대대로이고 고구려 군 총사령관인 을지문덕을 맞이하여 인사를 나누었으나, 자리에 앉기가 무섭게 우중문이 물었다.

"고구려 국왕은 언제 항복하오? 항복문서는 갖고 왔겠지요?"

유사룡은 예의를 아는 군자(君子)여서 장수들의 무례함을 못마땅하게 여기던 터라 우중문의 성급한 질문에 눈살을 찌푸렸다.

"강을 건너오시느라 피곤할 텐데, 우선 차라도 한잔 드시고 천천히 이야기를 나누도록 하시지요."

느긋하게 차를 마시던 을지문덕(가마소)이 주위를 둘러보았다.

"나라님께서는 양국의 명분 없는 싸움으로 수많은 군사가 죽고 백성이 도탄에 빠진 것을 가슴 아프게 생각하십니다. 그러므로 더 이상 무익한 싸움을 계속하는 것은 부질없는 짓이니 귀국의 평화 조건을 자세히 알아오라고 하셨소."

문신(文臣)처럼 단정한 데다 훤칠한 키에 위풍당당한 을지문덕의 풍채를 보고 수나라 장수들은 마음속으로 존경하는 마음이 들었다. 그들은 항복절차를 맡은 위무사 유사룡에게 눈길을 돌렸다. 유사룡이 수염을 쓰다듬으며 거드름을 피우더니 대답했다.

"황제폐하께서 고구려가 천병(天兵)에 항거하자 이 나라를 잿더미로 만들라고 역정을 내셨으나, 국왕이 몸소 대신과 장군을 이끌고 요동성 앞 육합성(六合城)에 와서 항복하면 종묘사직(宗廟社稷)을 보존해 주겠다는 우악(優渥, 은혜가 넓고 두터움)한 말씀이 계셨소. 만약 시기를 놓쳐 천병이 평양성을 둘러싸게 되면 고구려는 뿌리까지 뽑히게 될 것이오."

276

을지문덕은 눈을 지그시 감고 유사룡의 말을 듣다가 조심스럽게 입을 열었다.

"지금 나라님께서 병환 중이시니 태자로 대신할 수 없을까요?"

"안 됩니다. 국왕이 몸소 와서 용서를 구하여야 합니다."

한동안 고민하더니 무겁게 입을 열었다.

"유위무사 말씀을 잘 알겠습니다. 나라님께 말씀드려 평화를 되찾아야겠지요. 사흘 후 다시 찾아뵙겠습니다."

을지문덕이 말을 마치자 우중문은 국왕을 잘 설득하라며 위협했다. 그러자 유사룡이 웃음을 머금고 권하였다.

"피곤하실 테니 잠시 쉬다가 저녁이라도 드시고 떠나시지요."

"호의는 감사하오나 어찌 한가롭게 쉴 수 있겠습니까? 하루라도 빨리 전쟁을 끝내야지요."

을지문덕이 막사를 나가자 우문술이 좌중을 둘러보고 말했다.

"별동대가 출정할 때 폐하께서 '고구려 국왕 고원(高元, 영양태왕)이나 을지문덕을 보거든 꼭 사로잡으라'고 말씀하셨소. 이제 그자가 제 발로 걸어 들어왔으니 생포합시다."

모든 장수가 찬성했으나 위무사 유사룡이 이를 막았다.

"자고(自古)로 평화회담을 하러 온 사신을 잡아 가둔 일은 없었소. 이제 백만 대군을 이끌고 와 산도 둘러 뽑고 강도 메울 수 있거늘, 무엇이 두려워 사신을 사로잡는 옹졸할 짓을 하려 하시오? 본래 정복하는 건 쉬운 일이나 덕을 베풀어 그 마음을 얻고 오랑캐를 교화(敎化)시키기가 어려운 법이오. 여러분은 제갈량의 칠금칠종(七擒七從, 제갈량이 맹획을 일곱 번 사로잡았다가 일곱 번 풀어주고 마침내 심복으로 삼은 이야기)의 고사(故事)도 들어보지 못하셨소?"

위무사란 군사작전이 아닌 항복이나 민심 수습 같은 일을 맡은 황제의 대리인이었다. 여러 장수는 유사룡이 굳게 반대하자 을지문덕이 돌아가는 것을 내버려두었다. 그때 마자수의 도하 지점을 찾으러 갔던 설세웅이 막사로 들어오다가 우문술과 마주쳤다.

"적장 을지문덕이 찾아왔다던데 잡아가두었소?"

"아니, 돌려보냈소."

"뭐라고요? 대장군, 지금 제정신이시오. 그놈은 적 총사령관이오. 장수가 전쟁터에 있을 때는 황제의 명령도 받지 않을 수 있거늘, 적장을 그대로 놓아 주다니요?"

우문술은 그렇잖아도 을지문덕을 돌려보낸 게 찜찜하던 차에 설세웅의 말을 듣자 정신이 번쩍 들었다. 급히 별장(別將)에게 날랜 기병 백여 명을 딸려 보내 을지문덕을 도로 데려오라고 명령했다. 별장이 마자수에 이르니 그를 태운 배가 강변을 떠나는 중이었다.

"우문술 대장군께서 급히 전할 말씀이 있다고 하십니다. 잠깐만 다시 들렀다 가시지요!"

"평화조건에 대한 의논은 이미 끝났소. 나는 태왕폐하께 빨리 전해야 하니 시간이 없어 실례한다고 전하시구려!"

을지문덕이 탄 배는 어둠이 짙어가는 강 가운데로 들어섰고, 근처에는 배가 없어 별장은 뒤쫓을 수가 없었다.

가마소 성주가 을지문덕에게 보고했다.

"적장 우문술은 물자가 넉넉한 것처럼 보이려고 소를 잡고 밥을 지으며 잔뜩 허세를 부렸으나 적병을 살펴보니 굶주린 빛이 가득하고, 군기가 흐트러져 군령(軍令)조차 서지 않았습니다. 게다가 막사와 진형(陣形)도 어지러워 질서가 없고 방어태세도 제대로 갖추지 못했더군요. 총사령관 직속부대가 그러할진대 다른 부대야 말할 필요도 없겠지요. 한 가지 이상한 일은 우문술 총사령관과 대장군 우중문이 평화사절로 갔던 제 앞에서 서로 티격태격하는 걸로 보아 지휘체계가 확립되지 않아 제멋대로 움직이는 듯한 인상을 받았습니다."

"가마소 성주, 수고하셨소. 적의 상태가 그러하다면 적군을 쳐부수는 게 그리 어렵지 않겠군요. 다만 우문술의 별동대와 내호와의 함대가 서로 연락을 취하지 못하도록 내일 수군장 야리를 찾아가 바닷길 경계를 한층 강화하라고 지시하시오."

우문술을 비롯한 수나라 장수들은 크게 기대하지 않았으나 혹시나 을지문덕이 국왕을 설득해 좋은 소식을 가져오지 않을까 하는 실낱같은 희망을 버리지 않았다. 마음이 답답해서 우문술이 밤늦게 일어나 진지를 둘러보았더니, 강변에서 보초를 서던 병사가 노래했다.

높은 산에 올라 멀리 아버지 계신 곳 바라보니 / 아버지 말씀하시길 / 아! 내 아들 전쟁터에서 밤낮 쉬지도 못하겠지./ 부디 조심하다가 우물쭈물 말고 돌아오너라.

그러자 맞은편 진지에서 어린 보초가 울먹이며 화답했다.

산언덕에 올라 멀리 어머니 계신 곳 바라보니 / 어머니 말씀하시길 / 아!
막내야, 전쟁터에서 밤낮 잠잘 틈도 없겠지. / 부디 조심하다가 죽지만
말고 살아오너라.

우문술이 병사의 사기를 떨어뜨리는 노랫가락에 분노하여 처벌
하려 하자 참모가 말렸다.

"대장군님 마음은 잘 알겠사오나 지금 군량이 떨어져 사기가 땅
에 떨어졌습니다. 잘못하면 벌집을 건드려 분란이 일어날까 두렵
습니다. 더구나 이 노래는 병사가 지은 게 아니라 《시경》(詩經)
국풍(國風)에 있는 노래니 모른 척 눈감아 주는 게 어떻겠습니까?"

약속한 날짜가 지나도 소식이 없자 우문술이 회의를 소집했다.

"을지문덕의 평화사절은 거짓인 듯하오. 오늘 모인 것은 앞으로
작전을 의논하기 위함이니 허심탄회하게 말해 보시오."

"다른 군 형편도 비슷하겠지만 우9군은 군량상태가 말이 아니
오. 병사란 배불리 먹어야 싸울 수 있지 않겠소? 군량 보급 없이
마자수를 건너는 것은 스스로 무덤을 파는 짓이오."

우무후 장군 조재가 말을 꺼내자 형원항도 대뜸 맞장구쳤다.

"조 장군과 같은 생각이오. 적군은 청야작전(淸野作戰)을 펴고
있어 마자수를 건넌다 해도 곡식 한 톨 구할 수 없을 터이오."

모든 장수가 더 이상 진군하는 건 무리라고 주장하자 우문술이

결론을 내렸다.

"여러 장군의 뜻이 그러하다면 일단 철군했다가 충분한 군량을 보급받은 후 다시 평양성으로 진격합시다."

늙은 장수 우중문이 자리에서 벌떡 일어나 호통을 쳤다.

"30만 대군을 이끌고 여기까지 왔다가 한 줌도 안 되는 적군을 깨뜨리지 못하고 돌아간다면 무슨 낯으로 황제폐하를 뵈려 하오?"

우중문의 고함소리에 회의장은 삽시간에 얼어붙었다. 요동성에서 여러 장수의 무능함을 꾸짖던 성난 양제의 얼굴이 떠오르자 모두 몸이 오그라들었다. 그러자 설세웅이 분위기를 부드럽게 했다.

"총사령관과 우 대장군 말씀 모두 일리가 있습니다. 다만 아무 소득 없이 물러서는 건 명분이 마땅치 않습니다. 우리가 힘을 합치면 적을 무찌르기는 그리 어렵지 않을 겁니다. 더구나 내호아 수군(水軍)이 평양성 근처 어딘가에 있을 테니 그들을 만나면 배에 싣고 온 양식으로 군량 문제는 저절로 해결되지 않겠습니까? 며칠 전부터 마자수 물이 줄고 있으니 강을 건너 적을 공격하고, 유능한 정탐병을 파견해 내호아 군이 있는 곳을 찾아봅시다."

백마산성 봉화대에 다섯 가닥 봉홧불이 타올랐다. 기다렸던 신호. 남부군이 내호아 수군을 박살냈다는 기쁜 소식이었다. 백마루 정자에서 마자수 강물이 날마다 줄어드는 걸 보며 간을 졸이던 을지문덕 얼굴에 오랜만에 웃음꽃이 피었다.

"우문술은 아직 내호아 수군이 패배한 걸 모를 테지. 거짓으로 지는 척하고 적을 깊숙이 유인해 한꺼번에 섬멸시키자!"

을지문덕은 국내성 성주와 백마산성 성주를 불렀다.

"국내성 성주, 영변 철옹성에 가서 모든 백성을 동원해 안주성 동쪽 30리 창천에 있는 살수 지류(支流)의 강 언덕을 가로질러 나무와 흙으로 둑을 세우시오. 안주성에서 봉화가 타오르면 즉시 둑을 터뜨려 강물이 넘쳐흐르게 해야 하오. 지금 출발하시오. 열흘 내로 공사를 끝내고 물을 가두어야 때를 맞출 것이오. 백마산성 성주는 압록진(의주)에서 평양성까지 모든 성주에게 내 명령을 전하시오. 백성과 식량을 모두 산성으로 피란시키고, 길가에 곡식 한 톨, 채소 한 포기 남기지 않도록 철저히 감독하시오."

백마루에서 내려온 을지문덕은 마자수를 방어하던 장수들을 불러 방어 작전을 바꾸도록 명령하고, 7개 소부대를 뽑아 임무를 주어 떠나보냈다.

별동군은 장마가 끝나고 강물이 줄어들자 수백 개 뗏목을 타고 강을 건넜다. 두 나라 군대 사이에 치열한 접전이 벌어졌다. 고구려 군은 강 언덕 목책과 보루 위에서 뗏목을 타고 건너오는 적군을 공격했으므로 훨씬 유리했지만, 시간이 흐를수록 압도적으로 숫자가 많은 수나라 군사에 밀렸다.

몇 시간도 지나기 전 설세웅이 강 남쪽에 교두보를 확보하여 전세(戰勢)가 수나라 쪽으로 기울어졌다. 그는 뗏목을 서로 연결해 부교(浮橋)를 만들고 이 다리를 통해 수나라 대군이 밀려들었다.

백마루에서 전장을 내려다보던 을지문덕은 수나라 군이 부교를 만들자 급히 푸른 깃발을 흔들고 징을 쳐 후퇴하도록 명령했다.

고구려 군 퇴각은 신속하게 이루어졌다. 미리 정해진 대로 기병은 벌판을 따라, 보병은 산줄기를 타고 질서 있게 물러났다.

우문술은 고구려 군에게 결정적 승리를 거두지 못했으나 생각보다 적은 희생으로 마자수 방어 진지를 빼앗아 만족했다.

다음 날 수나라 선봉대가 전문령 고개에 이르자 고갯마루에서 고구려 복병이 들고 일어나 선봉대를 공격했다. 그러나 수나라 본대가 밀려오자 고구려 군이 황급히 도망쳐 수나라 군사는 신이 나서 뒤쫓았다.

남으로 뻗은 길을 따라 거대한 강물이 흐르듯 수나라 병사의 흐름이 끝없이 이어졌다. 고구려 군이 이 물줄기 앞을 가로막고 싸우다 보면 어느 틈에 그 흐름이 좌우로 퍼져 포위당할 형세였기에 고구려 군은 퇴각을 거듭했다. 험한 골짜기, 높은 고개나 냇물을 만나면 어김없이 고구려 군이 나타났으나, 수나라 본대가 몰려오면 도망치기를 거듭했다.

수나라 장수들은 변변히 싸우지도 않고 황급히 도망치는 고구려 군을 보고, 처음에는 유인하려고 패배하는 척하는 게 아닐까 싶어 의심했으나, 여러 차례 승리를 거듭하자 자신감이 생겼다.

잇따른 승리는 독주(毒酒)처럼 수나라 장수들을 취하게 했다. 비관론은 쑥 들어가고 평양성을 빼앗는 것도 그리 어려운 일이 아니라는 낙관론이 머리를 치켜들었다. 병사조차 배고픔을 잊고 승리의 기쁨에 들떴으나 길가 어디에서도 먹을 걸 찾을 수 없었다.

마자수를 건너 일곱 번 싸워 일곱 번 이긴 수나라 군은 하루 동안 70리를 진격해 용천(龍川)에 이르렀고, 다음 날은 40리를 진격해 철산(鐵山)에, 그다음 날은 봉황고개에서 고구려 군을 깨뜨리고 선천(宣川)을 지나 물밀 듯 남하(南下)했다.

수나라 선봉군은 한 주일도 되지 않아 340리를 진격해 살수에 닿아 안주성(安州城)을 바라보게 되었다. 이제 평양성까지 불과 140리. 며칠 후면 평양성에 닿게 되리라.

우문술은 거듭 승전보를 받자 고구려 군이 여러 차례 전투로 큰 타격을 입어 방어능력을 잃었다고 판단했다. 이제 내호아 함대를 찾아 수송선에 싣고 온 군량만 보급받으면 쉽게 평양성을 점령할 터였다.

풍비박산 風飛雹散

우문술은 선봉부대가 살수의 도하(渡河) 지점인 안주에 이르자 진격을 멈추었다.

별동대가 요동성을 출발할 때 황제는 내호아가 보낸 '승첩(勝捷) 보고서'를 보여 주었는데, 적군을 크게 무찌르고 평양성을 향해 진격하고 있다고 쓰여 있었다. 이미 한 달 전 날짜였으니 내호아 군은 평양성 부근 어딘가에 있음이 틀림없었지만, 내호아 함대를 찾아 나선 세작으로부터 아무런 소식이 없었다.

그렇다면 평양성으로 진격해도 식량보급을 받을 수 있을지 확실하지 않았다. 한 번 마음이 흔들리자 의심이 꼬리를 이었다.

'지금까지 선봉군이 끊임없이 승전보를 전했지만 적 수급(首級, 목) 이나 빼앗은 무기는 별로 없었다. 더구나 압록진에서 안주까지 지세가 무척 험해 방어하기 좋은 지형이었음에도 적은 이 유리한 조건을 전혀 이용하지 않고 도망치기 바빴다. 그럼에도 곡식 한 톨 남기지 않고 철저하게 청야작전(淸野作戰)을 펴고 있다니 … .'

우문술은 걱정이 되어 우중문을 찾았다.

"우중문 대장군, 혹시 을지문덕이란 자가 거짓 패배하며 우리를 사지(死地)로 끌어들이는 게 아닐까요?"

"총사령관님, 장군은 언제부터 아녀자같이 그리 소심해졌소이까. 사패유적(詐敗誘敵)은 내 전공이오. 32년 전(580년) 양(梁)나라를 토벌할 때 늙고 약한 병사를 앞세워 유인했다가 멋모르고 추격하던 단양의 수만 대군을 단번에 박살내버린 게 바로 이 몸이외다."

늙은 우중문은 어깨를 들썩이며 호탕하게 웃었다.

"적군은 병력도 없고 사기가 떨어져 어쩔 수 없이 도망칠 뿐이오. 우물쭈물하다가 평양성 함락의 영광을 내호아에게 빼앗길까 걱정이오. 내가 선봉을 맡아 길을 열 테니 뒤따라오기만 하구려."

우문술은 우중문의 호언장담(豪言壯談)을 듣고서도 마음이 개운하지 않아 신세웅 장군을 불렀다.

"장군은 후군을 이끌고 가서 살수에 배다리〔浮橋〕를 건설하고 이를 잘 지켜 만일의 사태에 대비하시오."

한편 고구려 말을 할 줄 아는 병사 다섯 조를 뽑았다.

"내호아 함대를 찾으면 평양성 함락의 일등공신으로 삼고 황금 천 냥을 주겠다. 어떻게 해서라도 우리 함대를 찾으라!"

이제 고구려 군은 수나라 병사에게 두려움의 대상이 아니라 귀찮은 존재에 불과했다. 잊을 만하면 벌떼같이 나타나 뒷덜미를 공격하다가 본격적으로 반격하면 모기떼처럼 흩어져 도망쳐 버렸다. 밤이 되어 피곤한 몸을 쉬려 하면 어김없이 부근 산등성이에 나타나 횃불을 올리고 꽹과리를 쳐 잠을 깨우고 잔뜩 위협만 주다가 야습(夜襲)에 대비해 방어태세를 갖추면 싱겁게 물러가 버려, 병사들은 웬만한 고구려 군 움직임을 아예 무시해 버렸다.

심각한 문제는 군량이었다. 모두가 굶주림에 시달렸다. 마자수를 건너 살수에 닿을 때까지 길가에서 백성을 만날 수 없는 데다 빈 집에 들어가도 가축은커녕 곡식 한 톨 찾을 수 없었고, 밭에는 푸성귀 한 포기 남아있지 않았다. 뱀이나 들쥐를 잡은 병사는 운이 좋았지만 그런 행운아는 얼마 되지 않았다.

나무껍질이나 풀을 뜯어먹다 배고픔을 견디지 못한 병사들은 일부러 군마(軍馬)의 발을 꺾고, 걷지 못하는 말을 잡아먹다 보니 무거운 공성무기를 운반하던 수송부대나 기병대조차 말이 남아나지 못했다. 굶주리고 지친 병사들은 공성무기를 길가에 팽개친 지 오래되었고 심지어 투구와 갑옷을 버리는 자도 적지 않았으나 사정을 잘 아는 장수들은 이들을 처벌하기 어려웠다.

'먹지 않고는 싸울 수 없다. 그러나 어디서도 먹을거리를 구할 수 없지 않는가?'

연이은 승리에도 별동군 얼굴에 수심이 짙어갔다. 아직 실낱같은 희망이 두 가지 남아있었다. 정말 고구려 군 주력이 괴멸되었다면 평양성을 빼앗을 수 있을 것이고, 성안엔 먹을 게 있을 터였다. 그러나 그게 부질없는 꿈이란 걸 누구나 느꼈다. 마지막 희망은 평양성 근처 어딘가에서 내호아 함대를 만나는 것. 수송선엔 별동군이 먹을 충분한 군량이 있을 게고, 수륙 연합군이 힘을 합치면 평양성을 둘러 뽑는 것도 그리 어렵지 않으리라.

7월 초 별동군이 살수 강변에 모두 모이자 우문술은 꼭 필요한 군마만 남겨 두고 모든 말을 잡아 병사에게 먹이고 격려했다.

"불과 140리 밖에 적의 서울이 있다. 거기에 너희들이 원하는 모든 게 있다. 먹을거리와 여자도, 출세와 벼슬까지도. 적은 그동안 보아왔던 것처럼 허약한 군대이다. 젖 먹던 힘까지 다 짜내어 싸워라!"

좌 12군은 평양성을 향해 진군했다. 우중문이 평양성 공격의 선봉장을 맡아, 조심스레 나아갔으나 묵현(墨峴)과 사현(蛇峴) 고갯길에도 고구려 군은 그림자조차 보이지 않았다.

50리를 전진하여 어둠이 깃들 무렵 숙천 북방 백석산과 천불산 사이 계곡까지 진출했지만, 산봉우리 여기저기 횃불신호만 오갈 뿐이었다. 다음 날 숙천을 점령하고 그 남쪽 도연산과 법홍산(法弘山) 산줄기를 넘을 때도 여전히 고구려 군의 움직임이 없었다.

법홍산에서 남으로 흐르는 시냇물은 사수(蛇水) 상류가 분명했다. 그렇다면 평양성이 지척인데도 고구려 군을 발견하지 못하자 우중문은 알 수 없는 불안감에 사로잡혔다.

순안을 점령하자 전진을 멈추고 정찰대를 보냈다. 고구려 군은 서쪽으로 백록산(白鹿山)과 용악산(龍岳山) 능선을 주방어선으로 삼고 취암천(鷲岩川) 개울을 해자로 삼아 철통같이 지켰고, 동쪽으로 감북산(坎北山)에서 대성산성까지 수많은 깃발이 휘날렸다.

고구려 군의 방어가 굳은 것을 본 우중문은 좌12군 단독으로 싸우는 건 무리라고 생각하고 우문술에게 증원군을 요청했다.

우문술은 선봉대가 아무 저항도 받지 않고 진군할 때는 께름칙하다가 강력한 방어군을 만났다고 하자 오히려 마음이 개운했다. 그는 오랫동안 요동성 공방전에서 싸워 보았기에 평양성이 쉽게 손아귀에 들어오리라고는 생각하지 않았다. 그렇다고 살수에 머물러 기약 없이 내호아 군 소식을 기다리기보다 승리하든 패배하든 평양성 북쪽에서 운명을 건 대회전(大會戰)을 벌이는 것도 나쁘지 않다고 판단했다. 그러다 보면 내호아 함대의 행방을 알게 될지도.

신세웅의 좌8군만 살수에 머물러 부교를 지키도록 남겨두고, 우문술은 나머지 병력을 이끌고 순안으로 달려갔다. 별동군 주력이 몰려오자 고구려 군은 거짓말처럼 후퇴해 버렸다. 이제 평양성으로 가는 길에 거칠 것이 없었다.

을밀대(乙密臺)는 웃밀이언덕 벼랑 위에 우뚝 솟아 전망이 탁 트인 곳으로 왕궁이 있는 내성의 북장대(北將臺)였다. 을밀대에는 붉은 바탕에 황금색 봉황을 수놓은 태왕의 깃발이 내걸려 바람에 휘날렸다.

"폐하께서 납시었다! 태왕(太王) 폐하께서."

천둥 같은 외침이 울려 퍼졌다. 태왕이 행차하자 병사들은 신이
나서 모두 성벽 위에 올라 창과 칼을 흔들며 맞이했다. 태왕 눈길
이 눈 아래 칠성문(七星門)을 지나 사수(蛇水) 건너 보통벌에 멈췄
다. 봉화산에서 형제산 기슭까지 온통 적군으로 덮였다.

'인해(人海)라는 말은 들어보았지만 저렇게 많은 인간의 무리가
넓은 벌판을 가득 메우다니.'

태왕은 하얗게 질린 얼굴로 을지문덕을 돌아보았다.

"적군이 30만이라 하였소? 과연 많긴 많구려."

"폐하, 오래지 않아 홍수를 만난 모래성같이 무너질 겁니다."

을지문덕이 자신만만하게 대답하자 태왕이 고개를 끄덕였다.

"대대로가 그처럼 확신에 가득 차 있으니 근심이 사라지는구려.
다만 적이 물러갈 때까지 짐(朕)이 여기 머물 테니 그리 아시오."

태왕의 춘추(春秋, 나이)가 높아 염려되었으나 그 뜻이 굳음을
보고 말리지 못했다.

총사령관 우문술은 별동군 대장과 막료들을 이끌고 사수 강변으
로 나아갔다. 강 건너 평양성이 우뚝 솟아 있었다.

평양성 남쪽은 평지성(平地城)이지만 북서쪽에서 바라보면 험
준한 산성(山城)이다. 모란봉에서 만수대와 창광산까지 산줄기 따
라 뻗은 견고하고 웅대한 성벽을 보니 기가 막혔다. 요동성도 두
달이 지나도록 함락시키지 못했거늘 공성무기조차 제대로 갖추지

못한 굶주린 군사를 가지고 무슨 수로 저 험한 성을 함락시킨단 말인가?

참모장을 불러 내호아 함대를 찾았는지 물었으나 아무 소식도 없다는 대답뿐이라 어두운 얼굴로 우중문을 쳐다보았다.

"총사령관, 너무 낙담하지 마시오. 옛말에 하늘이 무너져도 솟아날 구멍이 있다고 했소. 여기까지 왔으니 내일 우리 좌 12군이 먼저 성을 공격하겠소!"

선봉을 맡은 우중문이 큰소리를 치고 껄껄 웃었으나 웃음소리가 공허하게 울리는 건 어쩔 수 없었다.

아침이 되자 좌 12군이 사수를 건너 칠성문으로 진군했다. 칠성문 앞 사수(蛇水)는 폭이 200자(50~60m)도 되지 않아 건너기에 어렵지 않았다. 선봉군이 행군을 시작하자 을밀대 위로 '태왕 깃발'이 휘날렸다. 태왕께서 몸소 을밀대에서 내려다보고 계신다는 것을 안 평양성 수비대는 용기백배하여 우레와 같은 함성을 질렀다. 창과 칼이 아침 햇살에 번쩍이고 북소리와 함성이 벌판을 메웠다.

좌 12군이 성벽으로 돌진했으나 높은 성벽 위에서 쏘는 수비군 화살에 맞아 낙엽같이 쓰러졌다. 공성무기가 있다 해도 공격하기 어려운 철옹성을 맨주먹으로 어찌 당하랴. 성벽을 타고 오르지도 못한 채 개죽음을 당하는 병사를 보며 울화통이 터졌다. 머리를 감싸 안고 절망감에 젖어있던 우중문은 피눈물을 흘리며 후퇴명령을 내리지 않을 수 없었다.

저녁 무렵 칠성문이 활짝 열리더니 흰 깃발을 든 사자(使者)가 선봉군 우중문의 진영으로 달려왔다.

"이것은 을지 대원수님께서 보내시는 서신이옵고, 투구와 깃발은 선물입니다!"

젊은 기병장교가 유창한 중국말로 말했다.

황금투구는 눈에 익은 것이었고 깃발은 '정동수군 대원수(征東水軍大元帥) 내호아'라 쓴 붉은 바탕에 황금글씨를 수놓은 군기(軍旗)였다.

'우리 함대가 전멸당했단 말인가.'

우중문은 가슴이 덜컥 내려앉아 떨리는 목소리로 물었다.

"내호아 장군은 어찌 되었는가?"

"소장은 그런 걸 알지 못합니다. 다만 선봉군이 본진으로 돌아갈 때 공격하지 말라는 명령만 받았을 뿐입니다."

우중문은 떨리는 손으로 을지문덕의 서신을 펼쳤다.

귀신 같은 책략은 천문을 꿰뚫고	神策究天文
묘한 계략은 지리에 통달하였구나.	妙算窮地理
싸움마다 이겨 이미 공이 높으니	戰勝功旣高
만족함을 알고 그만 그치는 게 어떠한가?	知足願云止

그의 약을 올리는 비웃는 글. 그러나 화를 낼 힘도 없었다. 이제 마지막 남아있던 희망까지 사라져버렸다. 하얗게 질린 얼굴로 평양성을 바라보니 높디높은 성벽이 눈앞으로 다가왔다.

'내가 적의 사패유적(詐敗誘敵)에 걸려들었구나!'

우중문이 뽐내었던 왕년의 사패유적 따위는 어린애 장난 같은 것. 멋모르고 적국 안 깊숙이 천 리나 끌려온 굶주린 30만 대군의 운명은 어찌될 것인가? 눈앞이 캄캄해졌다.

평양성 북쪽 30리 부산(斧山) 아래 총사령부에 있던 우문술에게도 고구려 군 사자가 찾아왔다.

'수나라 군사가 철군하면 태왕(太王)을 모시고 양제를 알현하겠다'는 서신이었다. 그는 그 내용이 거짓임을 알았지만 그 서신을 빌미삼아 철군할 생각이었다.

우중문의 반대를 염려했으나 저녁 무렵 찾아온 그의 얼굴을 보자 쓸데없는 걱정임을 알게 되었다. 반쯤 얼이 빠져 내미는 황금 투구와 깃발을 보고 우문술도 놀라 눈이 화등잔만 해졌다.

"총사령관님, 내가 어리석어 을지문덕의 꾀에 빠졌구려. 그놈이 하도 거짓이 많기에 혹시나 하고 깃발을 감정시켰더니 산동 지방 비단으로 만든 우리 깃발이 틀림없다는구려."

"수군 원수 깃발과 황금투구까지 적의 손에 들어갔다면 이미 내호아 장군은 이 세상 사람이 아니란 뜻이잖소?"

"누가 아니랍니까? 철군해야겠지만 제대로 될지 걱정이구려."

개와 원숭이처럼 사사건건 다투었던 두 사람도 패전의 벼랑 끝에서야 겨우 뜻이 맞았다. 전군(前軍) 여섯 장군을 급히 소집해 은밀하게 철수 준비를 명령했다.

절망적 상황은 곧 병사에게 알려졌다. 함대가 전멸되고 내호아가 전사했다는 둥, 고구려 군이 별동군을 몰살시키려 산마루마다 진을 치고 있다는 둥, 심지어 우중문이 을지문덕 편지를 읽다가 기절해 쓰러졌다는 둥 온갖 유언비어가 걷잡을 수 없이 퍼졌다.

고국은 만 리 밖이고 황제가 머무는 요동성조차 천 리 너머 떨어진 곳에서 굶주린 병사의 절망감은 상상할 수 없이 컸다.

7월 22일 우문술은 총퇴각 명령을 내렸다. 평양성까지 진출했던 8개 군은 어둠이 내리자 방진(方陣) 형태로 좌 8군 신세웅이 지키는 살수로 퇴각하기 시작했다.

우문술은 구원군이 살수에 도착했다고 헛소문을 퍼뜨려 병사의 사기를 북돋우고, 직속 가병(家兵)들로 독전대(督戰隊)를 조직해 도망병을 막아 정규군 군단의 대형이 흐트러지지 않게 했다. 그리고 전투력이 약한 농민병을 뒤에 남겨 고구려 군 습격을 막도록 하고, 이들을 미끼로 내놓아 정규군의 전투력을 보존하려는 악랄한 짓도 서슴지 않았다.

수나라 군이 물러나자 평양성에서 살수에 이르는 산봉우리마다 적의 퇴각을 알리는 봉홧불이 타올랐다. 험한 산길 고개마다 고구려 군이 나타나 별동군 후미(後尾)와 낙오된 병사를 공격했다. 이제 장수나 병졸이나 제 목숨 구하기에 바빠 낙오된 우군(友軍)을 돕기는커녕 북으로 북으로 달아나기 바빴다.

을지문덕은 이미 며칠 전 날랜 기병으로 추격군을 편성하고, 지름길로 살수 북쪽에 먼저 가 기다리다가 적을 뒤쫓게 했다.

"적은 지휘체계가 무너지고 기진맥진했다. 도망치지 못하도록 막으라. 포로는 나라 재산이니 항복하는 자는 죽이지 말라."

운명의 날 7월 24일이 밝았다.

살수 남쪽 강변에 수나라 병사가 구름같이 몰려들었다. 병사의 얼굴에는 가까스로 호랑이 굴을 벗어났다는 안도감이 충만했지만 고구려 군에 추격당할까 봐 불안한지 남쪽 산줄기를 바라보는 눈길에는 두려움이 가득했다. 살수에 놓인 세 개 부교로는 20만이 넘는 패잔병이 한꺼번에 건널 수 없었다. 모두 살수를 건너야 목숨을 구할 수 있으리란 생각에 서로 밀치고 다투며 아우성을 쳐서 아수라장이 벌어졌다.

칼을 뽑아 든 신세웅이 몇 사람 병사의 목을 베어 질서를 바로잡고서, 부교를 건너는 순서를 정해 각 군 장수와 정예기병을 먼저 건너게 하고 보병은 뒤로 미루었다. 부교를 건너는 순서가 뒤로 밀린 부대는 물이 얕은 여울목을 찾느라 눈에 불을 켰다.

을지문덕이 안주성(安州城) 성벽에서 패잔병이 무질서하게 강을 건너는 걸 지켜보다가 오른손을 높이 들자 백상루(百祥樓)에 붉은 깃발이 올랐다. 안주성 봉화대에 검은 연기가 치솟자 뒤이어 동쪽 구봉산 마루 그다음 봉덕산 봉화대에 연기가 피어올랐다. 수나라 병사 얼굴에 두려움이 떠올랐고 이상한 기미를 눈치 챈 별동군 수뇌부 장군들도 겁에 질려 앞다투어 부교를 건너 강 북쪽으로 달려갔다.

"우르르 쾅!"

땅이 흔들리는 굉음과 함께 눈 깜박할 사이에 살수 상류로부터 거대한 물벼락이 회오리바람처럼 부교를 덮쳤다. 한낮 햇빛 아래 벌어진 악몽이었다. 강을 가로질러 길게 뻗은 부교(浮橋)는 곤두박질치며 쏟아지는 산더미 같은 물결에 휩쓸려 다리 위를 가득 메웠던 수많은 병사와 함께 물속으로 사라져 버리고, 가랑잎같이 흩어진 나무토막만 강 아래로 떠내려갔다. 엄청난 파도는 순식간에 강변에 있던 모든 것을 휩쓸었고, 여울목을 건너던 병사들의 행렬도 흔적 없이 삼켜 버렸다.

장수나 병졸 할 것 없이 눈앞에 벌어진 날벼락에 간이 떨어졌다. 이미 강을 건넌 자는 주어진 임무도 팽개치고 공포에 휩싸여 북으로, 북으로 도망치기 바빴다. 강을 건너지 못한 병사는 참혹한 광경에 얼이 빠져 털썩 주저앉았다.

고구려 추격군이 남쪽 산기슭에서 쏜살같이 달려왔다.

부교의 질서를 유지하느라 강을 건너지 못한 좌8군 신세웅 장군과 직속 부하 수백 명은 끝까지 싸우다 장렬하게 전사했으나, 공포로 넋을 잃은 나머지 패잔병은 순순히 항복했다.

강을 건넌 별동군 앞에는 고구려 군이 고개마다 진을 쳐 달아나는 걸 막았고, 뒤에는 고구려 기병이 맹렬하게 쫓아왔다. 대령강을 건너 섭고개에서 고구려 복병을 만나 뿔뿔이 흩어지고, 정주 달천에서 기병대에게 호되게 습격당한 후부터 이미 군대의 대열은 무너지고 제각기 살려고 발버둥치는 무질서한 도주로 변했다.

위세당당하게 출정했던 별동군은 무려 9개 군, 30만 5천 명에 달했으나, 하루 밤낮 동안 450리를 도망쳐 마자수를 건너고, 요동의 수나라 본영에 살아 돌아온 자는 겨우 2,700여 명. 도망쳐 온 자는 말을 탄 장수와 한 줌 기병뿐, 보병은 손가락으로 헤아릴 정도로 역사상 유래를 찾을 수 없는 참혹한 패전이었다.

양제는 살수 패전을 듣고 낙담했다.

"짐(朕)이 후세의 웃음거리가 되고 말았구나! 백만 대군을 이끌고 와서 작은 오랑캐 하나 깨뜨리지 못하다니 …."

그는 원정군에게 본국으로 후퇴하도록 명령했다. 그리고 패전 책임을 물어 위무사 유사룡을 처형하고, 우문술과 우중문은 관직을 박탈해 서민으로 만들고 쇠사슬에 묶어 끌고 가도록 했다. 패전의 불명예를 홀로 뒤집어 쓴 우중문은 울화병으로 쓰러졌다.

호류지 금당벽화 法隆寺 金堂壁畵

"무슨 좋은 일이 있나요? 스님 얼굴이 아침 해같이 빛나는군요."

학(鶴)처럼 목이 긴 여인이 종종걸음 치며 달려 나왔다.

"아암, 기쁜 일이 있었지. 호류지(法隆寺) 금당벽화(金堂壁畵)를 그리게 되었거든. 이거 외상술값이야."

담징은 품속에서 큼직한 은(銀) 덩이를 꺼내놓았다.

"축하드려요. 큰 일거리를 맡으셨네요."

여인은 눈을 가늘게 뜨고 봄꽃처럼 싱그러운 미소를 흘렸다.

동백 아가씨는 사슴같이 맑은 눈을 가진 여인으로 나라〔奈良〕 최고 술집 사비루(泗沘樓)의 여왕이었다. 태어난 곳은 백제 땅 아름다운 고을 영암인데, 소녀 때 오라비를 따라 바다를 건너왔다.

　　먼 고향이 그리워서일까? 담징이 이곳에 드나들면서부터 여인은 끝단에 인동(忍冬) 무늬를 수놓은 저고리에 색동주름치마 차림의 맵시를 잔뜩 낸 한복(韓服)을 꺼내 입고, 뒤로 묶어 내렸던 머리를 쌍상투 머리(이마 좌우에 상투를 올린 듯한 미혼 여성의 머리 모양)로 틀어 한껏 멋을 냈다. 여인은 늘 담징을 뒤뜰 청학정(靑鶴亭)으로 모셨다.

　　담징은 왜녀(倭女)의 간드러진 웃음이나 호들갑스러운 애교보다 여인의 입꼬리에 살짝 걸린 밝은 미소가 마음에 들었다.

　　"오라비가 와 계세요. 같이 가 보실래요?"

　　백제양식으로 지붕을 올린 후원(後園) 정자에서 나이 지긋한 사내가 홀로 술잔을 기울이다가, 소태라도 씹은 얼굴로 일어났다.

　　"여어 돌중! 여기 온 지 2년도 되지 않아 월척을 낚았더군."

　　"미안하게 되었구려. 일거리를 가로챈 것 같아서."

　　"듣자니 호류지 주지가 자네를 밀었다지."

　　사루지는 눈을 내리깔고 비아냥거리다 아쉬운 듯 입맛을 다셨다.

　　거나해진 담징이 비틀거리며 사비루를 나오다가 주루(酒樓) 한 모퉁이가 왁자지껄하기에 뒤돌아보았다. 얼굴이 불콰한 거물치가 부하 뱃사공과 떠들다가 그를 보더니 손짓했다.

　　"스님, 전쟁 소식을 들었소이까?"

"무슨 전쟁 말씀이오?"

"수나라 군사가 몰려와 평양성이 오늘내일한다오."

담징은 얼음물을 뒤집어쓴 듯 화들짝 놀라 술이 깨었다.

"언제 … 그런 일이?"

"선장, 자네가 말해주게."

무역선 선장은 물건 사러 사비성(泗沘城, 백제의 서울 부여)에 들렀더니, 금년 정월 수양제가 백만 대군을 이끌고 침략해 고구려의 운명이 바람 앞에 촛불 같다며, 백제 사람도 두려워 떨더라고 했다.

호류지로 돌아가는 길. 시냇가에 늘어선 벚나무 숲에서 새하얀 꽃비가 쏟아져 내렸다. 오늘 아침만 해도 얼마나 멋진 풍경이었던가. 이제 바람에 흩날려 떨어지는 꽃잎 하나하나가 전쟁터에서 쓰러져가는 동포의 모습 같아 가슴이 찢어졌다.

담징은 벽화를 그릴 수 없었다. 붓을 들고 흰 벽을 바라보면 자비롭게 미소 짓는 부처 모습은 간 데 없고, 불타는 마을과 죽어가는 사람들이 몸부림치는 아수라장만 떠올랐다. 목욕재계(沐浴齊戒)하고 마음을 추스르려 애썼으나 끝내 못 견디고 술집으로 달려갔다. 담징이 매일 술에 취해 밤늦게 돌아오자 상좌(上佐, 주지의 뒤를 이을 가장 높은 스님) 자공(子供)이 주지(主持)를 찾았다.

"큰스님, 한 달이 지났건만 담징 스님이 벽화를 그릴 생각은 않고 술타령만 하고 있습니다. 정신 차리게 좀 꾸짖어 주십시오."

"그런가."

주지는 눈을 감더니 좌선(坐禪)에 들어갔다.

봄이 가고 여름이 깊었다. 그러나 담징은 날마다 고주망태가 되어 밤늦게 돌아올 뿐 그림 그릴 생각은 아예 하지도 않았다.

"큰스님, 벌써 석 달이 지났건만 저 돌중이 벽화를 그리지 않고 있습니다. 지금이라도 다른 화가에게 맡겨야 하지 않을까요?"

"그런가?"

주지는 여전히 눈을 감은 채 손을 흔들어 자공을 물러가게 했다.

왕족 출신 호류지 주지는 고구려로 순례를 떠난 적이 있었다. 아도(阿道) 스님이 창건한 평양성 고찰(古刹) 영명사(永明寺)에 들렀을 때 종루(鐘樓) 누각 벽에 그린 천마(天馬)를 보았다. 벽화(壁畵) 속 말은 곧장 하늘로 날아오를 듯 생동하는 기운이 넘쳐흘렀다. 그런데 말의 눈이 먹칠해 지워져 있었다. 호류지 주지는 이상한 생각이 들어 안내하던 스님에게 물었다.

"훌륭한 벽화를 누가 저렇게 망쳐 놓았나요?"

스님이 빙그레 웃으며 이야기했다.

순조라는 사미(沙彌, 어린 중)가 영명사에 머물 때 저 말을 그렸는데 그때부터 괴상한 일이 벌어졌다. 강 건너 마을에 밤마다 무언가 나타나 농작물을 뜯어먹고 논밭을 짓밟아 놓았는데, 사람들이 숨어 지켜보니, 패수(대동강)를 건너온 말이 그런 짓을 해서 뒤따라갔더니 영명사로 들어갔다. 절 벽화 속에 바로 그 말이 있었는데, 다리에는 이끼가 묻어있고 아직도 물방울이 뚝뚝 떨어졌다. 농부의 항의를 듣고 순조는 붓을 들어 말의 눈을 까맣게 칠했다. 그러자 강변 마을에 아무 일도 생기지 않았다.

호류지 주지는 말을 그렸던 화승(畵僧)이 아직 살아있음을 듣고, 귀국하자 쇼토쿠 태자(聖德太子)의 스승 혜자(慧慈) 스님•을 찾아가 꼭 담징(순조)을 모셔와 달라고 간청했다.

담징은 동백 아가씨의 오라비(사루지)와 달리 외골수고 오만한 천재였다. 그의 명성을 들은 왕족과 귀족들이 앞다투어 몰려와 초상화를 그려달라고 졸랐으나 언젠가부터 발길을 끊었다. 눈에 보이는 흉터나 못된 성깔이야 그렇다 쳐도, 마음속 깊이 감춰 둔 엉큼한 생각조차 초상화에 그대로 드러났으니 풍류(風流)를 즐기는 멋쟁이 귀부인조차 그를 피했다. 세 겹 속옷 깊숙이 남몰래 간직한 부끄러운 비밀이 밝혀질까 두려웠기에.

동백 아가씨는 그런 담징이 왠지 좋았다. 좀체 속내를 드러내지 않던 아가씨도 그에게만은 스스럼없이 마음을 터놓았다. 언젠가 술에 취한 담징이 "동백나무엔 어김없이 동박새가 깃드는데, 왜 아직 사내가 없느냐?"고 놀리자, "스님이 제 동박새가 돼 주실래요?"라고 쏘아붙이며 곱게 눈을 흘기기도 했다.

담징이 오기 전에는 사루지가 왜에서 으뜸가는 화가로 떠받들어져 백제 출신 화가의 우두머리 노릇을 했는데, 그가 호류지 금당 벽화를 맡자 속이 상해 술독에 빠졌고 여러 날 몸져누워 앓았다. 담징이 금당벽화를 그리지 못한다는 말을 듣고 여인은 한동안 은근히 기뻐했으나, 수염이 자랄 대로 자란 덥수룩한 몰골로 매일

• 혜자 스님이 왜에 머물렀던 기간은 595~615년까지 20년간이었고 담징은 610년에 왜에 들어갔음.

밤 술타령만 일삼는 걸 보자 가슴이 타들어 갔다.

"스님, 약주는 그만 드시고 그림을 그리셔야죠."

"다짐도 하고 노력도 해 보았지. 그러나 자비로운 부처님 모습은 떠오르지 않고 아수라가 날뛰는 지옥도(地獄圖)만 눈앞에 어른거리니 어찌 금당벽화를 그릴 수 있겠어?"

담징은 속이 타는지 연거푸 술잔을 들이켰다. 술을 이기지 못한 사내가 정신을 잃고 무너져 내리며 여인을 부둥켜안았다.

"안 돼, 도저히 그릴 수가 없어. 함박꽃 아가씨 날 도와주어요."

동백 아가씨는 담징의 마음속에 누군가 다른 여인이 자리 잡고 있음을 깨달았다. 거센 회오리바람이 휘몰아쳤다. 그토록 수많은 밤 고이 간직해 왔던 붉은 동백꽃 송이송이가 눈보라에 후드득 떨어져 내리고, 여인의 가슴에 피멍이 맺혔다.

사내는 어머니에게 달라붙는 아기처럼 옷자락에 매달렸다. 눈을 감은 얼굴은 온통 눈물에 젖어 있었다. 그 순간 여인은 보았다. 죽음보다 어두운 절망에서 벗어나려 허우적거리는 외로운 영혼. 그리고 통곡소리보다 더 아프게 울리는 사내의 목쉰 넋두리를.

여인의 텅 빈 가슴에 따뜻한 강물이 흘렀다. 봄눈 쌓인 벚나무 나목(裸木)처럼 꿋꿋하지만 새하얗게 여린 마음을 지닌 서른 넘은 사내가 잡힐 듯 곧 잡힐 듯 달아나는 꿈을 좇아, 기어이 손아귀에 움켜쥐려 몸부림치는 모습이 가슴 저리게 아름다웠다.

'이 사내를 지옥의 불길(焦熱地獄)에서 건져낼 수만 있다면 내 한 몸 기꺼이 불사르리!'

사내를 품속에 꼭 껴안은 여인은 헝클어진 머리칼을 부드럽게
쓰다듬으며 애달프게 노래 불렀다.

달하, 노피곰 도다샤 [달님이시여, 높이높이 돋으(솟으)시에
머리곰 비치오시라 [(님 오시는 길) 멀리까지 (밝게) 비추소서]
어긔야 어강됴리 아으 도롱디리

"주지 스님, 큰일 났습니다. 천왕(天王, 왜왕) 폐하께서 사랑하
시던 분의 천도재(薦度齋)를 드리려 시월 보름날 우리 절에 왕림하
신다는 전갈이 왔습니다."

"그런가!"

"아직 손도 대지 않은 저 흰 벽을 보시면 크게 노하실 것이오니
이를 어쩌면 좋겠습니까?"

"아직 추수할 때가 되지 않았나 보구나. 빨리 자라지 않는다고
벼 줄기를 잡아당길 수야 없지 않느냐? 농사꾼은 벼가 익을 때까
지 기다리는 법이다. 자공(子供)아! 그분은 안 그리는 게 아니라
못 그리는 것이다. 너는 보지 못하였느냐? 산같이 쌓인 파지(破紙)
더미를. 내 눈에는 그런대로 쓸 만해 보였지만, 그분의 꿈은 살아
숨 쉬는 부처의 모습이다. 천재를 만나 보듬는 일이 어찌 쉬운 일
이겠느냐? 천하의 보물을 얻기란 해탈만큼 어려운 게야."

가을 강물처럼 착 가라앉은 늙은 스님의 모습을 보자 '담징을 지
키기 위해 죽음도 달게 받으리라'고 각오한 것을 깨닫고 상좌는 입
을 다물었다.

그 당시 멋을 아는 어느 일왕(日王)이 "세상에서 내 마음대로 못하는 게 세 가지 있나니, 히에이산(교토 북쪽의 산)의 눈〔不可抗力인 自然〕과 길거리를 쏘다니는 저 중놈들〔求道修行者〕 그리고 여자 마음이다" 하고 탄식했을 만큼 한반도〔百濟〕에서 전해진 부처의 빛이 일본 열도를 밝게 비추던 시대였다.

남녘땅에도 낙엽 떨어지는 가을, 담징은 종이를 구하러 나라〔奈良〕시내로 내려왔다. 참새가 방앗간을 어찌 그냥 지나치리. 대낮부터 청학정에 앉아 술잔을 기울였다. 가서일(加西溢, 고구려 출신 화가)이 우당탕탕 뛰어들어 오며 숨 가쁘게 외쳤다.

"스님, 우리가 이겼답니다! 지난 7월 을지문덕 장군이 살수에서 수나라 백만 대군을 몰살시켰대요. 지금 나니와〔難波, 오사카〕포구(浦口)에 소문이 쫙 퍼졌어요."

담징이 자리에서 벌떡 일어났다. 가슴은 터질 듯 기쁨에 넘치고 굵은 눈물 줄기가 쉴 새 없이 흘러내렸다.

"감사합니다, 부처님. 고국에 평화가 돌아왔다는군요. 부처님 그저, 그저 감사할 따름입니다!"

호류지를 향해 달음박질치던 담징의 귀에 낯선 음악이 들려왔다. 호류지 뒷산에 오색 채운(彩雲)이 떠오르고 구름 위에 신선과 선녀(飛天)들이 온갖 악기를 연주하고 있었다.

이윽고 하늘로 두둥실 떠오르는 함박꽃 아가씨. 그렇게 간절히 바랐건만 언제나 안개 속에 묻혀 아슴푸레하던 모습이 이제 솜털 하나하나 헤아릴 수 있게 다가왔다. 하늘의 신령함과 여인의 부드러움이 하나가 된 아름다움. 아가씨는 그 옛날처럼 천천히 아주 천천히 빙그르르 돌기 시작했다.

아가씨 몸속에서 뿜어 나온 신비로운 후광(後光)이 점점 금빛으로 짙어지더니 한 바퀴 다 돌았을 무렵 자비로운 미소를 띤 부처의 얼굴로 변했다. 함박꽃 아가씨는 부처였고, 부처가 바로 함박꽃 아가씨였다. 벅찬 환희(歡喜) 속에 넋을 잃고 하늘을 바라보던 담징이 호류지 안으로 뛰어들어 갔다.

"담징이 문을 걸어 잠그고 하루 종일 꼼짝도 않고 있습니다."
"그런가."
상좌가 근심스러운 얼굴로 다시 찾아왔다.
"큰스님, 사흘 동안 담징 스님이 먹지도 자지도 않고 벽화만 그립니다. 괜찮을까요?"
"그런가?"
주지가 지그시 눈을 감고 돌아앉아 좌선에 빠져들었다.
"벌써 닷새째 물 한 모금 마시지 않고 있습니다. 큰스님, 제가 한번 들어가 볼까요?"
"그대로 두어라! 부처님 만나 뵙기가 어찌 그리 쉽겠느냐?"

자비로운 미소를 담뿍 머금은 함박꽃 아가씨가 다가왔다. 담징은 눈앞에 떠오르는 부처 모습을 미친 듯 흰 벽면에 그려 나갔다. 은은하게 들려오는 노랫가락을 따라 잉어가 물을 차고 뛰어오르듯 붓은 힘차게 달렸고 색깔은 봄꽃같이 밝게 피어났다. 목마름도,

배고픔도 잊어버렸다. 귓가에 맴도는 노래는 시원한 감로수(甘露水)고 온몸을 감싸 도는 맑은 향내는 바로 천도(天桃) 복숭아였다.

담징의 가슴속에 그립던 얼굴이 하나하나 떠올랐다. 동백 아가씨, 스승 무명 선사와 고정의, 그리고 맥적산에서 만났던 검독수리처럼 당당하던 젊은이 모습도. 살아오는 동안 만난 사람과 마주친 풍경이 주마등(走馬燈)처럼 천천히 돌아갔다.

부처 모습이 벽면을 가득 메웠다. 관음보살을 뒤따라 무수한 보살과 나한(羅漢) 팔부중생(八部衆生)이 부처를 뵈려 모여들었다.

"큰스님, 담징 스님께서 칠일칠야(七日七夜) 만에 문을 열고 나오시다가 쓰러지셨습니다."

"그렇다면 의원을 불러야지 뭣들 하느냐?"

안으로 들어서던 주지는 놀라움으로 숨이 멎었다. 벽면 가득한 천상(天上)의 세계. 이것이 인간의 손으로 만든 작품이란 말인가! 온 누리에 자비로운 미소를 햇살같이 뿌리며 부처가 걸어 나와 소리 없이 염화시중(拈華示衆) 설법을 베푸시니, 나한과 보살들이 한없는 평화와 기쁨을 안고 아미타불의 출현을 축복하려 모여들어 무언(無言) 속에 울려 퍼지는 사자후(獅子吼)에 귀를 기울이는 아미타정토(阿彌陀淨土)의 장엄한 광경!

그것은 생사고락(生死苦樂)에 찌든 사바(娑婆, 인간 세상)가 아니라 바로 해탈(解脫)이요, 열반(涅槃)의 경지였다(372쪽 참조).

요동땅 가지 말라
고구려 군사 범 같으니

無向遼東浪死歌

　　요동땅 가지 말라 갈 길 멀고 아득해 / 늙은 아비 문에 기대 내다보고 어린 아내 빈방에 홀로 잠 드네 / 밭 갈지 못했으나 누가 있어 도와주리 / 이제 가면 언제 오나 매일 언덕에 올라 고향 생각뿐.

　　요동땅 가지 말라 오가는 길 험하고 고달파 / 넓은 강 나룻배 없고 높은 산 구름 맞닿았는데 / 찬 서리 홑옷 파고들고 쌓인 눈 뼈 깎는구나 / 어둔 산길 헤매다 얼음 먹고 빗속 누우니 간담 찢어지네.

　　요동땅 가지 말라 고구려 군사 범같이 무서워 / 창칼로 몸 베고 날랜 화살 뺨 꿰뚫네 / 순식간에 모가지 날아가거늘 누가 남을 도우랴 / 장수야 상이라도 받지만 난 왜 거친 덤불 아래 죽어야 하나.●

● 莫向遼東去, 迢迢去路長. 老親倚閭望, 少婦守空房. 有田不得耕, 有事誰相將? 一去不知何日返, 日上龍堆憶故鄉. 莫向遼東去, 從來行路難. 長河渡無舟, 高山接雲端. 清霜衣苦薄, 大雪骨欲剜. 日落寒山行不息, 陰水臥雨摧心肝. 莫向遼東去, 夷兵似虎豺. 長劍碎我身, 利鏃穿我腮. 性命只須臾, 節俠誰悲哀. 功成大將受上賞, 我獨何爲死蒿萊?
《수사유문》(隋史遺文, 원우령 지음)에서.

낙엽은 떨어지고

달가의 고구려 군이 요서로 가는 지름길에 매복하고 있었다.

한 무리의 적 기병대가 고개를 넘어 온다는 보고를 들은 지 얼마 되지 않아 서너 명 정찰병이 사방을 두리번거리며 나타났다. 그는 덫을 놓은 사냥꾼처럼 끈기 있게 기다렸다. 이윽고 화려한 갑옷을 입은 젊은 적장을 호위하며 백여 명의 기병이 오솔길을 따라 내려왔다.

달가가 쏜 우는 화살[鳴鏑]이 휘파람 소리를 내며 날아가 적장이 탄 말의 목을 맞혔다. 그것이 공격신호였다. 골짜기 입구를 막고 앞뒤에서 공격을 퍼붓자 포위된 수나라 기병대는 도망치는 것을 단념하고 순순히 무기를 내려놓았다.

포로를 둘러보던 달가는 10인 조장(組長) 군복을 입고 고개를 푹 숙인 적병의 얼굴이 눈에 익어 깜짝 놀랐다.

"자네, 미유가 아닌가?"

시치미를 떼며 모르는 척하던 적병은 달가와 눈이 마주치자 열적은 웃음을 흘렸다.

"벌써 5년이 지났구면. 자네를 못 알아보았네."

달가는 돌궐에서의 옛일이 떠오르자 안타까워 가슴이 아팠다.

"배반한 것도 모자라 적 군복을 입고 동족에게 칼을 겨누다니."

"달가, 한 번 실족(失足)해 굴러 떨어지니 이렇게 비참한 신세가 되었네. 옛 정을 생각해 한 번 눈감아 줄 수 없겠나?"

달가는 미유의 비굴한 모습을 보자 분노가 치밀어 쏘아붙였다.

"양만춘 장군은 배신에 가슴 아파하면서도 전사한 것으로 보고해 자네 가족 명예를 지켜주었건만 이런 꼴로 나타나다니."

달가는 차고 있던 단검을 미유에게 내밀었다.

"미유, 자네는 한때 자랑스러운 싸울아비였네. 장군님 가슴을 두 번 아프게 하지 말게. 나는 오늘 일을 말하지 않겠네."

"고맙네, 달가. 떠나기 전에 알려줄 게 있네. 우리는 양제의 특명을 받고 요서 토벌군 대장 번자개에게 가는 길이었네. 저기 병거지를 쓴 늙은이가 진짜 우두머리이니 잘 심문해 보게."

미유는 단검으로 목을 찔러 자결했다.

요동성에서 요서 원정군으로 파발마를 보냈다. 지난 7월 살수에서 을지 대원수가 별동대 30만을 전멸시켰다는 승리 소식이었다. 장군과 병사들이 서로 얼싸안고 춤을 추고 창과 칼을 두드리며 함성을 질렀다. 양만춘은 즉시 연합군 지휘관을 소집했다.

"살수 패배로 양제는 더 이상 버티지 못하고 요동에서 철수할 게요. 앞으로 어떤 작전을 펼치면 좋겠소?"

"패전 소식을 듣고 번자개가 이끄는 토벌군은 사기가 땅에 떨어져 있을 겁니다. 즉시 공격해 박살내 버립시다."

야율고오가 일어나 적극 공세를 취할 때라고 목소리를 높였다.

"우리 임무는 유격전을 벌여 적의 보급을 끊고, 많은 적군을 후방에 붙들어 매어 괴롭히는 것이오. 사기가 떨어졌다 하나 적 병력이 우리보다 훨씬 많으니 정면공격은 무리한 일이오."

고정의가 신중론을 주장하자 여러 장수도 제각기 다른 주장을 펴서 소란한 회의장에 달가가 사로잡은 적장을 끌고 들어왔다.

"수양제가 곧 물러갈 모양입니다. 이건 황제가 지나갈 도로를 철저히 경비하라고 번자개에게 지시하는 친서(親書)입니다."

모든 장수가 토론을 멈추고 양만춘을 쳐다보았다.

"전쟁을 끝낼 기회가 왔군요. 그까짓 토벌군이 아니라 전쟁의 원흉(元兇) 양제를 습격해 뿌리 뽑는 게 어떻겠습니까?"

그의 입에서 너무 엄청난 이야기가 나오자 회의장은 물을 끼얹은 듯 조용해졌다. 오랜 침묵 끝에 고정의가 타이르듯 말했다.

"양 대모달, 비록 패배했다지만 양제의 친위군은 우리 병력보다 수십 배가 넘을 테니, 성공할 가능성이 거의 없소."

"양제는 미치광이, 이자가 살아 돌아가면 또다시 우리를 침략할 겁니다. 아무리 가능성이 적더라도 두 나라 백성의 평화를 위해 한번 모험해 볼 만하지 않겠습니까?"

양만춘이 신들린 샤먼(무당)처럼 눈을 빛내며 목소리를 높이자 모든 장수들은 돌다리도 두드려보고 건너는 분이 오늘은 웬일인가 싶은 표정으로 고개를 갸우뚱거리자 나친이 입을 열었다.

"저는 대장님 말씀이라면 섶(樵, 땔감)을 지고 불 속에 뛰어들라 하셔도 따르겠지만, 그건 너무 무모한 작전입니다."

양만춘이 자리에서 일어나 고개를 깊숙이 숙였다.

"위험은 크지만 승산이 전혀 없는 건 아닙니다. 우리는 적 움직임을 손바닥 들여다보듯 잘 알지만, 적은 우리에 대해 거의 모르고 있는 데다 적에게 큰 약점이 있소. 귀족 자제로 구성된 양제의 친위대는 겉모습만 화려한 장난감 군대요. 일찍이 시빌 카간도 요란한 치장으로 멋을 잔뜩 부리고 아낙네처럼 말고삐를 잡고 달리는 친위대를 보고 저런 군대가 어떻게 싸우느냐며 비웃었소. 그 주위에는 이따위 기병대뿐이고 보병은 뒤에 떨어져 행군하니 서로 손발이 맞지 않을 게요. 그 틈새를 파고든다면 양제 목을 벨 시간을 벌 수 있을 게요. 이번 공격은 자원하는 결사대만으로 하겠소. 이 작전의 성공은 병력의 많고 적음이 아니라 신속 과감한 기습에 있소!"

대릉강이 흑산(黑山)을 만나 굽이쳐 돌다가 북에서 내려오는 개울과 합치는 곳에 야트막한 산이 솟았다. 붉은 마루산은 가파르지 않고 골짜기도 깊지 않으나, 개울 쪽엔 숲과 가시덤불이 빽빽했고, 강변 쪽 능선 아래 산불이 났던 곳인지 몇천 평 됨직한 우거진 풀밭에 듬성듬성 다복솔이 나 있었다.

이곳은 요하에서 백수십 리 떨어져 있어 고구려 군이 나타나는 지역도 아니었고, 진흙탕이 끝나고 요서(遼西)의 산줄기가 시작되어 수나라 병사는 지긋지긋한 요동벌판을 벗어나 고향에 가까이 온 듯 마음이 풀어졌다.

친위군 선발대는 고구려 군의 습격을 염려해서 대릉강 협곡 양쪽 산비탈을 샅샅이 수색했으나 평야 지대에 외따로 떨어진 작은 야산(野山) 붉은 마루는 눈여겨보지 않았다.

개울가에 유난히 높이 솟은 느릅나무가 짙은 그늘을 드리웠는데, 동쪽 가지 위에 몸을 숨긴 개코가 몰려오는 졸음을 쫓으며 망을

보았다. 강 하류 늪지대 개구리 울음소리가 시끄러웠고 개울가에
물총새가 깡충거리는데 이따금 "꾸우 꾸우" 산비둘기 소리가 들렸
다. 갑자기 모든 소리가 뚝 멎고 한 무리 기병이 달려오더니, 뒤이
어 무수한 병사가 길 주변 숲을 꼼꼼히 살피며 다가왔다.

나무 꼭대기에 올라가 있던 소년병이 조심스럽게 설렁줄을 세
번 잡아당겼다. 큰 물고기가 나타났다는 신호. 개코는 품속에서
청동거울을 꺼내 개울 건너편에 햇빛 신호를 보냈다.

양만춘은 주위를 에워싼 결사대원을 둘러보았다. 모든 병사의
눈에는 목숨을 바쳐 전쟁을 끝내겠다는 결의가 불타올랐다.

"세 사람이 마음을 모으면 쇠라도 끊을 수 있다. 5백 용사가 한
마음으로 뭉쳐 돌진하면 누가 감히 우리 앞을 막으랴. 용사들이
여, 겁쟁이는 열 번 죽지만 용감한 자는 한 번 죽을 뿐이다. 목표
는 오직 양제의 목, 우리가 이번 전쟁을 끝내버리자!"

수많은 선봉 친위대 행렬에 뒤이어 황금수레가 늪지대를 지나
강변길로 들어서더니 다복솔 풀밭 앞에 나타나자, 양만춘이 조용
히 오른손을 쳐들었다.

백인대장 돌매가 이끄는 철갑(鐵甲) 기병대가 쐐기진(錐形陣) 대
형으로 바람같이 날쌔게 돌진했다.

다복솔 풀숲에서 소리 없이 덮치는 검은 물결을 보고 친위대는
깜짝 놀라 급히 방어진을 펼쳤으나 철갑기병대 창은 이미 코앞에
다가왔다. 말까지 쇠갑옷을 입은 철갑기병대는 고슴도치 털같이
빽빽하게 치켜든 장창(長槍)을 일제히 수평으로 겨누며 숨 쉴 틈

없이 송곳처럼 파고들어 친위대로 돌진했다.

뒤이어 양만춘이 이끄는 경기병(輕騎兵)이 긴 칼을 휘둘러 우왕좌왕하는 적병을 베며 쏜살같이 황금수레로 몰려갔다.

친위대는 뜻밖의 습격을 받고 두려움에 질려 제대로 손발도 놀리지 못하고 개미처럼 흩어졌다. 양만춘은 넋이 빠져 멍하니 앉아 있는 양제를 발견하고 손을 들어 가리켰다.

"저기 양제가 있다!"

경기병대가 말을 채찍질해 맹렬한 기세로 양제를 향해 달려갔다. 나친이 앞으로 나서며 천둥치듯 외쳤다.

"양제의 목은 내 것이다!"

나친은 무인지경(無人之境)을 달리듯 무지막지하게 큰 창을 팔랑개비처럼 휘둘러 앞을 가로막는 친위 기병들을 거꾸러뜨리며 돌진하다가 독전(督戰)하던 적장의 가슴팍을 힘껏 찔렀다.

뒤이어 시위소리가 날카롭게 울리더니 수레를 뛰쳐나가 도망치려던 양제의 목에 양만춘의 붉은 화살이 꽂혔다. 승리의 함성을 지르면서 고구려 군 물결이 수레를 향해 홍수처럼 밀려들었다.

양만춘이 양제의 목을 베려다 깜짝 놀라 눈앞이 캄캄해졌다. 그는 이미 두 번이나 양제를 본 적이 있었다. 황제의 복장을 입은 채 쓰려져 있는 사내는 무척 닮았으나 양제가 아니었다. 깜짝 놀라 곁에 있던 나팔수에게 급히 퇴각나팔을 불라고 명령했다. 때 이른 퇴각 나팔소리가 울려 퍼진 순간 수레 밑에 숨었던 적병이 그를 향해 창을 찔렀다.

뜻밖의 사태로 멍하니 서 있다가 살기를 느끼고 몸을 뒤틀어 피했으나 이미 적병의 창이 옆구리로 파고들었다. 나친은 퇴각 나팔 소리를 듣고 말머리를 돌려 양만춘을 찾다가 황금수레 위에 쓰러져 있는 걸 발견하고 말을 채찍질해 수레로 향했다. 몰려오는 적군을 헤치며 돌진하는 그의 모습은 양떼 속으로 뛰어든 성난 호랑이 같았다. 간신히 양만춘을 구해 말에 싣고 달아나자, 수많은 적군이 몰려들어 길을 막았다. 조카 니르운이 삼촌을 구하려 급히 달려오자, 양만춘을 넘겨주며 외쳤다.

"대장님이 위태롭다. 빨리 흑산으로 달려라. 뒤는 내가 맡으마!"

온몸에 피를 뒤집어 쓴 나친은 아수라(阿修羅) 같았다. 앞을 막아서는 적병을 창으로 후려치고, 되돌아서 니르운을 뒤쫓는 적 기병대열에 돌격해 짓밟았다. 타고 있던 말이 적 화살에 맞아 쓰러지자 한 소리 크게 외치더니 적장 목을 베고 말을 빼앗아 탔다.

흑산 동쪽 기슭에서 고정의가 후퇴하는 결사대를 엄호하다 적에게 겹겹이 둘러싸인 나친을 보았다. 급히 기병대를 출동시켜 추격군을 쫓았으나 나친의 등에는 고슴도치같이 화살이 박혀 있었다. 나친은 피를 많이 흘려 정신을 잃고 쓰러지면서 단 한마디 물었다.

"대장님은 … ?"

양제 친위대 호분낭장(虎賁郎將) 덕문승(德文昇)이 뒤늦게 정신을 차려 흩어진 병사들을 수습해 반격에 나섰고, 뒤따르던 근위군(近衛軍)에게 위급을 알리는 폭죽을 연이어 터뜨렸다.

철갑기병대장 돌매는 퇴각 나팔소리와 적군에 포위된 결사대를 보고 위급한 상황임을 알아차렸다.

"고구려 싸울아비들아, 우리가 돌격해서 전우를 살리자!"

철갑기병대는 퇴각 나팔소리에도 아랑곳하지 않고, 사각형 밀집대형으로 굳게 뭉쳐 앞을 막아서는 수많은 적 기병 무리를 무찌르며 돌격하여 호분낭장 덕문승의 친위대 지휘부를 짓밟고 근위군을 향해 돌진했다. 하나둘 줄어들어 마지막 철갑기병이 쓰러질 때까지. 결사대가 엄청난 피해를 입었으나 그나마 철수에 성공한 것은 오로지 철갑기병대의 희생 덕분이었다.

양만춘은 응급조치로 목숨을 구했으나 나친은 피를 너무 흘렸다. 급히 새끼손가락을 베어 그의 입에 흘려 넣었으나 별 효험이 없었고, 의원을 쳐다보았으나 무겁게 고개만 저을 뿐이었다.

벗을 붙잡고 몸부림치는 양만춘 눈에서 굵은 눈물방울이 떨어져 나친의 얼굴을 적시자 이윽고 눈을 떴다.

"슬퍼 마시오. 함께한 나날은 무척 행복했소! 그대를 만나지 못했다면 내 인생에 충만한 삶의 보람도 없었을 게요."

"나친! 내가 그대를 죽게 했구려. 나 혼자 두고 가지 마시오."

"만남도 헤어짐도 인연, 그대 같은 벗을 만나게 한 하늘에 감사할 뿐이오."

문득 그의 얼굴에서 고통이 사라지고 환하게 밝아지면서 가만히 "어머니"라 부르더니 꿈꾸는 어린애 같은 표정으로 변했다.

'얘야, 기억하느냐. 세상 모든 것을 지으신 분이 하늘에서 지켜

보신다는 것을. 바람 속에서 속삭이고 천둥소리로 일깨워 주신 분. 낮엔 해로, 밤엔 달로 너를 지켜주셨던 그분을 곧 만나게 될 게다. 두려워 말거라. 살다 보면 누구나 잘못을 저지르기도 하지만, 참되게 살려 애썼으니 따뜻하게 맞아주실 게다.'

나친은 생명이 꺼지기 전 마지막 불꽃을 태우며 양만춘의 손을 굳게 잡았다.

"지금쯤 실위 초원에 들국화가 피었을 게요. 벗이여! 그대 손으로 내 뼈를 뿌려 주시오. 다음 생에도 다시 만나기를⋯."

폭군일수록 안전한 곳에서는 누구보다 용감하지만, 용기가 필요한 순간이 오면 겁쟁이가 된다. 후퇴하면서 위험을 느낀 양제는 자기와 닮은 근신(近臣)을 대역(代役)으로 내세우고, 자신은 병사의 옷으로 갈아입고 군량을 실은 수레에 탔다.

고구려 군 습격으로 양제가 죽은 줄 알았던 친위대와 근위군은 극심한 혼란에 빠져 어지럽게 서쪽으로 줄행랑쳤다. 연합군이 요서 토벌군에 소식을 전하러 가는 모든 길을 끊어버렸으므로 행렬이 영주에 이르렀을 때에야 번자개가 뒤늦게 마중 나왔다.

그제야 모습을 드러낸 양제는 자기가 무사함을 알리고 번자개에게 요서 토벌군을 이끌고 가서 요하 서쪽 무려라성(武厲邏城)을 지키고, 후퇴하는 수나라 군을 도우라고 명령했다.

근위군이 본국으로 가는 큰 길을 독차지하자 후퇴하던 다른 부대는 큰 혼란에 빠졌다. 더구나 황제 친위대가 고구려 군에 습격당했다는 소식이 들려오자 온갖 불길한 유언비어가 퍼지고 공포가 눈덩이처럼 커졌다. 이미 질서 있는 퇴각은 꿈도 꿀 수 없었다.

병사는 지휘관 명령을 듣지 않고 제멋대로 행동했고, 장수 역시 목숨을 건지기 위해 눈에 불을 켜 난장판이 되었다. 고구려 군이 급히 뒤쫓아 오는 것도 아닌데 바람소리 새 울음소리에도 겁을 집어먹고 오로지 서쪽으로 정신없이 도망치기 시작했다.

죽어야 나을 옹고집이여

부여벌에는 이미 가을걷이가 끝나고 부여성 앞 언덕 낙엽송 숲에 단풍이 불탔다. 남문 장대(將臺) 대청에 늙은이와 여윈 젊은이가 마주보고 앉아 있었다.

"이제야 찾아뵙게 되어 죄송합니다."

"다친 상처는 어떠한가?"

"몸은 회복되었지만 제 어리석은 짓 때문에 죽은 부하 모습이 눈에 어른거려 잠을 이룰 수 없습니다."

부여성 성주 명림덕무는 안타까운 낯으로 위로하며 찻잔을 들었다. 남문 수문장(守門將)이 누각에 올라와 한쪽 무릎을 꿇었다.

"성주님, 해부루 장군께서 버들나루에 도착했다는 전갈이 왔습니다."

"늙은 호랑이가 한가하지 않을 텐데 이 먼 곳까지 웬일일까? 필시 흑심(黑心)을 품고 온 모양이니, 자넨 돌아가 쉬고 있게나."

명림덕무는 성 밖 10리까지 마중 나가 친구의 두 손을 잡았다.

"오랜만일세, 해부루! 자네의 영웅적인 요동성 방어를 진심으로 축하하네. 공사다망(公私多忙) 할 텐데 어찌 왔나?"

"자네에게 도움 받을 일이 있어서."

"멀리서 친구가 찾아왔다기에 나를 보러 온 줄 알고 반가워했더니 섭섭하구먼. 그래 무얼 도와줄까?"

명림 성주는 농담을 던지며 궁금한 얼굴로 쳐다보았다.

"요동성 대들보가 낡아서 말이야. 자네에게 좋은 재목이 있다기에 좀 빌릴까 하고 왔네."

"내 그럴 줄 알았지. 그건 안 되네. 천년 묵은 주목(朱木)을 기껏 서까래 따위로 쓰려고? 더구나 그 젊은이는 아직 몸과 마음이 너무 지쳐 자리에 누워 있다네."

"여보게, 부탁함세. 천 리 길을 왔네. 얼굴이라도 보고 가야지."

넓은 이마 아래 우뚝한 코, 범 같은 눈에 네모난 턱과 한일자로 꽉 다문 입. 한눈에 보아도 호랑이 장군이란 이름에 걸맞은 사나이가 들어섰다. 해부루는 양만춘을 보더니 '요서의 영웅'이 이렇게 젊은가 싶어 놀란 얼굴이었다.

"자네는 수양제란 놈이 또다시 쳐들어올 것이기에 평화를 지키려 습격했다고 들었네. 살수에서 그렇게 큰 타격을 받아 군사 절반을 잃고도 또다시 침략할 힘이 남아 있을까?"

"그렇습니다. 두 번이나 가까이서 지켜보았습니다. 한 번 마음먹으면 백성의 고통이나 다른 사람 충고는 아랑곳하지 않고 끝장을 볼 때까지 밀어붙일 미친놈이니, 또다시 침략해 올 것입니다."

해부루는 지그시 눈을 감고 한동안 생각에 잠겼다가 부리부리한 눈을 굴리며 무거운 목소리로 입을 열었다.

"지난번에는 다행히 수양제의 어리석음을 이용해서 성을 지켰지만 똑같은 행운이 반복될 수 없지. 자네 도움을 받고 싶네!"

북쪽 나라 실위 땅 쓸쓸한 초원이 양만춘의 머리에 떠올랐다. 바람 부는 언덕에 서서 뼛가루를 뿌리다 불현듯 옆이 허전해 나친의 이름을 목 놓아 불렀다.

'오랜 세월 묵묵히 든든한 울타리가 되어 주었던 나친. 언제나 환한 미소로 마음을 어루만져 준 친구, 죽는 순간까지 나를 걱정하고 위로하던 벗이여!'

양만춘은 괴로운 얼굴로 해부루의 요청을 거절했다.

"저는 못난 죄인입니다. 어리석은 고집 때문에 사랑하던 벗과 수많은 부하를 죽음으로 몰아넣었습니다. 다른 사람은 용서해도 저 스스로 용서할 수 없습니다. 죄송하오나 말씀을 거두어 주십시오."

해부루가 호랑이 같은 눈을 들어 뚫어지게 쳐다보다가 목소리에 힘을 실었다.

"너무 자책하지 말게. 넘어지는 건 부끄러운 일이 아니고, 곧바로 일어서지 못하는 게 부끄러울 뿐이지. 아기가 제대로 걸으려면 천 번을 넘어진다는 말을 들은 적이 없는가? 양 대모달이 양제를 습격한 것은 무모했지만, 그건 고구려 싸울아비가 살아있음을 만천하에 보여준 멋진 싸움이었네. 내가 다시 한 번 요동성을 지키려면 자네 도움이 꼭 필요하다네. 이 늙은이가 이렇게 머리 숙여

부탁함세!"

명림 성주는 깜짝 놀랐다. 일찍이 해부루가 허리를 굽히고 남에게 부탁하는 모습을 본 적이 없었기에 민망한 생각이 들어 넌지시 권했다.

"다시 한 번 생각해보게. 해 성주 권유를 따르는 게 어떻겠나?"

그리고는 몸을 돌려 친구에게 말했다.

"욕심쟁이 늙은이 같으니라고. 양 대모달의 몸이 아직 성하지 않으니 무리하게 부려먹지 말게나."

양만춘은 해부루에게 고개를 숙였다.

"성주님 말씀 따르겠습니다. 다만 기근(飢饉)으로 고생하는 백성을 도와주고 나서 새해에 찾아뵙겠습니다."

수양제는 고구려 원정 실패로 온 천하에 웃음거리가 되고 말았다. 제대로 된 인간이라면 머리를 식히고 자신을 되돌아보는 것이 마땅할 텐데, 그는 외골수로 자신의 집착에서 벗어나지 못했다. 복수심에 불탄 그의 눈에는 백성의 고통이나 수많은 병사의 죽음은 보이지 않고, 위신이 땅에 떨어진 것만 분해 이를 갈았다. 수양제는 대신들을 모아놓고 다시 고구려 원정을 의논하였다.

패전의 상처가 아물기도 전에 불쑥 쏟아놓는 그의 고집에 신하들은 기가 막혔다. 하지만 비위를 상하게 했다가 어떤 일이 벌어질지 잘 알기에 모두 침묵을 지켰다.

좌광록대부 곽영을 비롯한 몇 대신이 친정(親征)이라도 막으려 노력했으나 양제는 크게 화내며, "짐이 가도 승리하지 못했거늘 타인을 보내 어찌 성공하겠느냐?" 하고 고집을 꺾지 않았다.

613년(대업 8년) 정월 양제는 조서를 내려 전국의 정예 부병(府兵) 30만 대군을 탁군에 집결시키고 전선에 군량을 수송하도록 지시했다. 4월에는 우문술과 양의신이 지휘하는 주력부대가 요하를 건너 5월 중순 요동성을 포위하는 한편, 국내성과 부여성에서 보내는 구원군을 막기 위해 왕인공 부대로 신성을 공격했다.

제2차 침입 때 수양제는 모든 장수에게 상황에 따라 임기응변할 수 있는 작전 재량권을 주었다. 지난해 침입 때 가장 큰 패전 원인이 장수의 손발을 묶은 것임을 깨달았기 때문이었다.

우문술이 이끄는 주력군 20만이 겹겹이 요동성을 에워쌌다.

요동성 성주 해부루는 지난해 3개월에 걸친 수양제 공격을 막아냈던 영웅. 새까맣게 몰려온 적군을 내려다보고도 눈썹 하나 까닥하지 않았다. 성주는 양제가 항복을 권유하는 사절을 보내지 않은 것으로 보아 이번 싸움은 처음부터 격전이 벌어질 것으로 예상하고 새삼스레 각오를 다졌다.

해자를 메우는 적을 공격하려는 병사에게 명령했다.

"아직 거리가 멀다. 산과 같이 움직이지 말라. 내가 신호할 때까지 화살을 아끼라."

성을 둘러싼 해자가 메워지자 인해전술이 시작되었다. 양제가 망대 위에서 지켜보는 가운데, 무수한 비루와 운제가 수십 명씩 돌격대를 태우고 성벽으로 굴러왔다.

"쿵쿵" 충차의 쇠망치가 성벽을 무너뜨리는 소리에 맞추어, 성벽보다 더 높은 비루와 운제의 돌격대가 성벽 위로 뛰어내렸다. 수비군 불화살이 운제와 비루에 빗발치듯 쏟아졌다. 불타는 운제와 비루들, 화살에 맞아떨어지는 돌격병의 비명, 뒤이어 성벽을 지키던 고구려 군과 돌격대 사이에 격렬한 백병전이 벌어졌다.

심광(沈洸)은 장안(長安)에서 깡패 짓을 일삼던 자로 공을 세워 출세하기로 마음먹고 이번 원정에 자원했다. 그는 수양제가 서문 앞 망대에서 싸움을 지켜보는 것을 알고 높이 15장(丈, 1장은 10자)이나 되는 운제 꼭대기에 올라가 성벽 위로 뛰어내렸다. 그는 수비병에게 용감하게 돌격하고 여러 명 고구려 병사를 베며 용기를 뽐냈다.

젊은 백인대장 치우가 이 광경을 보고 한달음에 달려가서 심광과 마주치자 창을 들어 찍었다. 치우의 용기에 눌린 심광은 발을 헛디뎌 성벽에서 떨어졌다. 그러나 요행히 운제 사이에 걸린 밧줄을 잡고 그 반동을 이용해 재빠르게 다시 성벽 위로 뛰어올라가 싸웠다. 양제는 그의 활약을 보고 크게 기뻐하여 조산대부(朝散大夫, 종 5품)의 작위를 주었다. 일개 병졸에게 대신의 벼슬을 수여하는 파격적인 표창으로 수나라 병사의 사기가 크게 올랐다.

양제는 공성장비만으로 성을 함락시키기 어렵다고 생각해 포대(包袋) 백여만 장을 만들어 그 속에 흙을 넣고, 성과 같은 높이로 성벽을 쌓게 하여, 이를 어량대도(魚梁大道)●라 불렀다.

6월 초순, 해부루가 어두운 얼굴로 양만춘을 불렀다.

"양 대모달, 지난 20여 일간 적은 쉬지 않고 파상공격을 퍼부어 아군이 기진맥진한 데다, 어량대도까지 쌓아 올리니 성을 지키기가 쉽지 않을 것 같소. 무슨 방도가 없겠소?"

"너무 염려 마십시오. 한마음 한뜻으로 싸운다면 하늘도 길을 열어주겠지요. 우선 적의 사기를 떨어뜨리겠습니다."

상현달이 구름에 가려 어스름한 밤에 어디선가 바람을 타고 구슬픈 피리소리가 들려왔다. 그러자 요동성 서문 문루에서 애간장을 태우는 여인의 노랫가락이 울려 퍼졌다.

요동땅 가지 말라 갈 길 멀고 아득해 / 늙은 아비 문에 기대 내다보고
어린 아내 빈방에 홀로 잠 드네 / 밭 갈지 못했으나 누가 있어 도와주리 /
이제 가면 언제 오나 매일 언덕에 올라 고향 생각뿐.

어량대도를 쌓으려 포대에 흙을 퍼 담던 병사들이 흐르는 눈물을 닦지 못하고 손을 놓았다. 채찍을 휘두르며 독촉하던 군관의 욕설에도 울음이 배어들었다.

여기저기 소리 없는 통곡이 터졌다. 높아졌다 낮게 흐느끼는 요동성 가기(歌妓) 추홍(秋紅)의 목소리엔 깊은 한(恨)이 서리서리 엉켜 피를 토하듯 했다.

● 너비가 30여 보(步)나 되고 높이는 요동성의 성벽과 수직을 이루도록 설계되었다. 그 모양이 물고기 잡는 통발과 비슷하여 어량대도라 불렸다고 함.

요동땅 가지 말라 고구려 군사 범같이 무서워 / 창칼로 몸 베고 날랜 화살 뺨 꿰뚫네 / 순식간에 모가지 날아가거늘 누가 남을 도우랴 / 장수야 상이라도 받지만 난 왜 거친 덤불 아래 죽어야만 하나.

〈무향요동낭사가〉(無向遼東浪死歌) 노랫가락이 삽시간에 전군에 퍼지자 병사의 사기가 크게 떨어지고 싸울 의욕을 잃었다. 양제가 크게 노해 감찰대를 보내 노래 부르는 병사들의 목을 가차 없이 베도록 했으나, 어둠이 깃들면 한숨 쉬듯 낮게 흘러내리는 노래의 강물을 멈출 수 없었다.

6월 중순, 드디어 어량대도가 완성되었다. 수나라 군은 요동성 성벽과 같은 높이의 어량대도 위에서 성을 공격할 수 있게 되었다. 성안을 굽어보는 이동식 공성탑인 팔륜누차(八輪樓車)가 어량대도를 방패막이 삼아 이리저리 굴러다니면서 성을 내려다보고 쉴 새 없이 화살을 퍼부었다.

이제 성벽도 적군을 방어하는 데 그리 쓸모없게 되었고, 오히려 적이 더 유리한 고지를 차지해 요동성은 큰 위기를 맞았다. 수비군은 불안감에 휩싸여 사기가 떨어졌고, 적이 대대적인 공격을 퍼부으면 마지막 한 사람까지 자기가 지키던 자리에서 목숨을 버릴 결사의 각오를 다질 수밖에 없었다.

그런데 요동성을 구해준 건 예기치 않게 수나라 본국에서 일어난 반란이었다.

민중봉기 民衆蜂起

전쟁을 좋아하면 나라를 망친다지만 원정엔 엄청난 돈이 필요하다. 백만 원정군을 유지하려면 하루 백만금(百萬金)이 든다. 수양제의 사치와 대규모 토목공사로 골병이 들었던 백성에게 고구려 원정은 참을 수 있는 한계를 넘어선 재앙이었다.

전국에서 병사와 식량, 무기를 징발했으므로, 대운하엔 이를 운반하는 배가 천 리 넘게 꼬리를 물었고, 도로엔 군수물자를 운반하느라 밤낮없이 길이 가득 찼다. 또한 원정군을 먹일 군량미를 전선까지 운반하느라 60만이 넘는 농민을 동원했는데, 소가 있는 농부는 달구지에 싣고 가니 형편이 나았으나, 그렇지 못한 농부는 두 사람이 작은 수레에 쌀 다섯 가마를 실어 끌고 가야 했다.

길이 멀고 험해 도망치기도 하고, 운반 중에 배가 고파 군량미로 허기를 채우다 보니, 목적지에 닿을 즈음 바쳐야 할 수량이 부족해서 처벌이 두려워 달아나기도 했다. 수양제는 도망자를 도적이라며 군대를 보내 잡아들이고 그 가족까지 처형시키니 온 천하가 들끓었다.

군량을 운반하다 병들거나 굶어 죽어 시체가 여기저기 널려 있어도 누구 하나 치우지 않아 송장 썩는 냄새가 진동했다. 게다가 원정이 시작되기 전해(611년) 여름, 큰 홍수로 황하가 범람하고 산동과 하남 30개 이상 군(郡)이 물바다가 되었는데도 폭군은 아랑곳하지 않고 전쟁 준비만 다그쳤다.

한편 전국에서 배 만드는 기술자를 바닷가 동래(산동성)에 모아 채찍질을 퍼부으며 10개월 안에 대형 전함 300척을 만들라고 독촉했다. 이들은 밤낮 물속에 서서 일해야 했으므로 열 사람 중 서너 명은 허리 아래 구더기가 생겨 죽는 참혹한 일까지 벌어졌다.

전쟁으로 일손을 빼앗긴 농촌은 황폐해졌고, 기근으로 곡식값이 다락같이 올랐지만 관리들은 백성의 괴로움을 외면한 채 군량미를 모은다며 가혹하게 쥐어짜 자기 뱃속만 채웠다. 굶주린 백성은 나무껍질을 벗기거나 볏짚을 찧어 삶아 먹었고, 곳곳에서 사람을 잡아먹는다는 흉흉한 소문까지 떠돌았다.

힘없는 백성이 몽둥이와 곡괭이를 들고 일어났다면 이미 볼 장 다 본 나라이다. 수나라 백성은 가만히 있어도 굶어 죽고, 도둑질하다가 잡혀도 죽을 테니 이러나저러나 죽기는 마찬가지. 지렁이도 밟으면 꿈틀거리듯 여기저기 크고 작은 도적떼가 일어나 무리를 지어 약탈하기 시작했다.

고구려 1차 원정을 앞둔 611년(대업 7년) 12월, 추평(산동성) 사람 왕박이 최초의 민중봉기를 일으켰다. 그는 키가 크고 얼굴이 흰 미남으로 무리를 모아 태산 줄기인 장백산을 근거지로 삼고 산동 일대를 노략질하며 스스로 '세상 이치를 잘 아는 사나이[知世郎]'라 뽐냈다.

이 사나이는 '요동에 끌려가 개죽음을 당하지 말자'는 반전가(反戰歌)를 지어 무리를 끌어모았다.

장백산 기슭 지세랑 무리 있어 / 붉은 베옷 잠방이 멋진 옷 입었네. / 긴 창 하늘 높이 치켜들고 / 퍼런 칼날 햇빛에 번쩍인다. / 산에선 노루와 사슴 잡아먹고 / 내려와선 양이나 소고기 배불리 먹네. / 토벌군이 왔다는 소리 들으면 / 칼 뽑아 달려가서 단숨에 무찔러 버리지 / 요동에 끌려가 개죽음하기보다 / 여기서 싸우다 목이 날아간들 서러울 게 무엇이랴.

살길이 막막한 농민과 도망자들이 모여들어 큰 무리를 이루자 왕박은 악질 관리를 죽이고 부자의 식량을 약탈했다.

왕박에 뒤이어 봉기한 자는 청하군(하북성) 사람 손조안이었다. 온 가족이 홍수에 휩쓸리고 부인도 굶어 죽어 줄초상이 났기에 병역(兵役) 면제를 요청했으나 거절당하고 소집 날짜에 늦었다고 채찍질까지 당하자, 현감을 죽이고 반란을 일으켰다.

뒤이어 평원 사람 유패도, 장남의 두건덕 등이 잇따라 봉기해 반란이 들불같이 번져갔다.

초기 반란은 산동과 하북에서 일어났는데, 그 지역이 홍수 피해가 컸고, 고구려 원정 기지여서 백성의 고통이 가장 큰 까닭이었다. 수양제는 토벌군을 보냈으나 수만 명 무리를 지은 반란군 기세를 당할 수 없어 민중봉기는 전국으로 번져갔다.

고을 수령은 이런 사실이 알려지면 처벌 받을까 두려워 서로 눈치만 보며 숨기고, 관리도 좋지 않은 소식을 듣기 싫어하는 수양제 성격을 잘 알고 있었으므로 애써 감추는 사이 도적떼가 전국을 휩쓸고 민심이 흉흉해졌다.

농민들은 농사짓기보다 도적떼로부터 마을을 지키느라 바빴고, 더 큰 도적인 관리에게 무거운 병역과 과중한 세금으로 시달리게 되니 전국은 한 번 불만 댕기면 금방 폭발할 듯 팽팽한 긴장에 쌓였다. 배에 물이 스며들어와 서서히 가라앉듯 국내 사정이 이처럼 심각한데도 이런 현실을 수양제에게 알리는 대신이 없었고, 이를 걱정하는 충직한 신하는 배척당해 벼슬을 잃었다.

폭군 양제는 전국 각처에서 일어난 민중봉기를 대수롭지 않게 여겼지만, 제2차 고구려 원정 중에 일어난 양현감의 반란만은 그럴 수 없었다. 이 반란은 수나라 지배층 내부에서 일어난 불길한 징조였다.

양현감(楊玄感)은 수나라 개국공신이고 명장(名將)이던 양소의 맏아들로 문관(文官)이지만 체격이 크고 팔 힘이 센 데다 목소리도 매우 컸고, 말타기와 활쏘기에 뛰어나 영웅의 기상이 있었다.

양소는 양제가 즉위하는 데 큰 공을 세웠지만 양제는 시기심이 강하고 의심이 많아 그를 미워했다. 이를 알게 되자 병이 들었는데도 약을 먹지 않고 몸조리도 사양한 채 죽었다. 양현감은 아버지 덕분에 출세해 예부상서로 원정군의 군량보급을 맡았다.

그런데 "양소가 제때에 병들어 죽지 않았다면 그 가족을 모두 죽였을 것이다"라고 양제가 가까운 신하에게 했던 말을 전해 듣자 양제를 두려워하고 가슴속에 원한을 품었다.

양현감은 고구려 원정으로 백성의 원망하는 소리가 높은 것을 보고 반란을 일으켜 새로운 천하를 만들기로 결심했다.

"민심(民心)은 바로 천심(天心)이다!"

풍운아(風雲兒) 이밀을 참모로 삼고 요동에 가 있던 두 동생에게 은밀히 사람을 보내 도망쳐 돌아오게 하는 한편, 호분낭장 왕중백에게 명령해 요동으로 군량을 싣고 가는 배를 멈춰 세웠다.

양제는 군량보급이 늦어지자 사자를 보내 독촉했으나, 운하 주변에 도둑이 들끓어 운반선을 제때에 출발시킬 수 없다는 핑계를 대면서 군량수송을 늦추고 반란의 기회를 노렸다.

드디어 기다리던 기회가 찾아왔다. 6월이 되자 수군 총사령관 내호아가 함대를 이끌고 동래를 떠났다는 소식이 왔다. 이제 중국의 본토 어디에도 원정군 병력이 남아있지 않았다.

양현감은 내호아가 반란을 일으켰다는 헛소문을 퍼뜨린 후 여양 성문을 닫아걸고서 "반란을 일으킨 내호아를 토벌하려 하니 여양창에 있는 모든 군사는 모여라!" 하고 명령을 내렸다.

그는 군사들이 모이자 뜻을 같이하는 8천여 명을 가려 뽑아 소와 돼지를 잡고 생사를 함께하기로 맹세면서 부르짖었다.

"폭군은 임금이 아니다. 우리를 어루만져 주지 않고 학대하면 원수일 뿐이다. 양제가 무도(無道)해서 천하가 어지럽고, 요동 땅에서 매일 수만 명이 죽어간다. 내가 지금 군사를 일으켜 도탄에 빠진 백성을 구하려는 데 그대들 생각은 어떤가?"

양현감은 백성을 향해서도 반란에 가담하기를 선동했다.

"나는 지금도 더할 나위 없이 부귀를 누리지만 내 한 몸과 가족의 위험을 돌보지 않고 일어선 것은 오직 천하 만백성의 고통을 없애기 위함이다!"

백성들이 만세를 부르며 열광적으로 지지해 얼마 지나지 않아 반란군이 10만으로 불어났다. 그는 반란에 성공하자 이밀에게 천하를 차지할 방책을 물었다.

"양제는 지금 고구려에 나가 있소. 우리가 군사를 몰고 진격해 천연의 요새 임유관(현재 산해관 부근)을 굳게 지켜 돌아올 길을 끊어버리고 그 목을 짓누른다면, 우리 군대와 고구려 군 사이에 끼어 자멸할 것이오. 이것이 상책이오! 둘째 서쪽으로 달려가 장안을 점령하고 동관과 함곡관의 험한 지형을 이용해 양제의 군대를 막는 한편 전국의 영웅들과 힘을 합쳐 천하를 도모하는 것이 중책(中策)이오. 마지막 하책(下策)은 가까이 있는 낙양을 공략하는 것이오."

양현감은 하책인 낙양 공격이 상책이라면서 요동 출정 장수들의 가족이 머물던 낙양을 공격하는 데 온 힘을 기울였다.

양현감의 반란은 믿던 도끼에 발등을 찍힌 셈이었다. 수양제는 그동안 굶주린 농민이 떼를 지어 여기저기서 민중봉기를 일으켰다고 하자 "그까짓 초적(草賊)의 무리"라며 코웃음을 쳤으나 이번 반란은 사정이 달랐다. 더구나 유력한 귀족인 주라후의 아들까지 반군에 가담했다는 소식에 큰 충격을 받았다.

수양제는 요동성 함락을 눈앞에 두고 물러서려니 너무 아쉬웠으나 항상 곁에 두고 신임하던 병부시랑 곡사정마저 고구려 군에 투항(投降)했다는 보고를 듣자 철군하기로 결심했다.

6월 28일, 수양제는 고구려 군이 알아채지 못하게 깃발과 천막은 물론 군수품과 공성장비까지 그대로 내버려둔 채 밤의 어둠을 이용해 재빠르게 도망쳤다.

고구려 군은 곡사정으로부터 본국에서 큰 반란이 일어난 것을 듣고 오래지 않아 수나라 군대가 물러가리라고 예상했지만, 다음 날 날이 밝자 요동성을 포위한 적군이 감쪽같이 사라져버려 어리둥절했다. 혹시 적의 유인작전이 아닐까 의심해 정찰병을 보내 샅샅이 살펴보고 비로소 기병 수천 명을 풀어 적을 추격했다.

주력부대는 요하를 건너갔으나 뒤이어 강을 건너려던 후미(後尾) 부대에게 맹렬한 공격을 퍼부었다. 아직 건너지 못한 적군은 제대로 싸우지 못하고 많은 포로를 남긴 채 무너졌다.

양현감의 반란군은 사기가 높고 그 수도 많았으나 제대로 훈련받지 못한 오합지졸(烏合之卒). 게다가 낙양유수 번자개가 성을 잘 지킨 데다 예상 외로 빨리 돌아온 우문술의 원정군과 내호아가 이끄는 수군(水軍)의 협공을 받아 8월 초순에 진압되고 말았다.

강력한 군사력을 동원해 반란을 신속하게 진압하고 3만 명이 넘는 반란 동조자를 처형해 일단락되었으나, 이 반란은 종래의 굶주린 농민의 민중봉기와 달리 지배계급인 관롱군벌 내부의 균열이었고, 수나라 멸망을 알리는 조종(弔鐘)이었다.

또한 이 사건은 천하를 넘보던 야심가들에게 중원축록(中原逐鹿, 황제 자리를 차지하려 여러 영웅들이 벌이는 싸움)의 신호탄이 되어 드디어 군웅할거(群雄割據) 시대가 막(幕)을 열었다.

섭정 건무 攝政 建武

수양제의 제 2차 침입(613년)으로 요동성 싸움이 치열했던 6월 초순, 영양태왕(재위 590~618년)은 병들어 누웠다. 아직 전쟁이 계속되고 있어 태왕을 대신해 나라를 이끌어갈 지도자가 필요했으나, 태자가 무능했으므로 태왕은 패수전(浿水戰)을 승리로 이끈 아우 건무(建武)를 섭정(攝政)으로 세웠다.

수양제는 8월 양현감의 반란이 평정되고 그해 말까지 여러 곳 반란세력을 진압하자, 이듬해(614년) 2월 초 조정의 문무 대신을 모아 고구려 원정을 의논하도록 명령했다.

조정 대신 모두가 반대하여 여러 날이 지나도 조정에서 논의조차 하지 않자, 양제는 중신들의 결정을 기다리지 않고 2월 하순 제멋대로 제 3차 고구려 원정의 조서를 내리고 이를 공포했다.

4월 하순이 되자 전국 각지에서 대규모 반란세력이 다시 고개를 쳐들었다. 이들은 민중봉기 때와 달리 스스로 천자(天子)나 왕의 칭호를 사용했다. 바야흐로 군웅할거(群雄割據) 시대가 열렸다. 이제 원정군 병사를 모으거나 반란군 지역을 지나기도 쉽지 않았고, 탁군에서는 하루에도 수백 명씩 도망병이 생겼다.

양제는 아직도 사태의 심각함을 깨닫지 못하고 탁군에서 군사의 도착을 기다리며 3개월이나 머물다 7월 13일에 겨우 고구려 국경선인 요하 강변 회원진에 도착했다. 내호아의 수군(水軍) 역시 7월 초순 동래항을 떠나 7월 중순에야 비사성 앞 바다에 이르렀다.

7월 중순 요하 강변을 지키던 니루 누르치는 흰 깃발을 흔들며 강을 건너오는 나룻배를 발견했다. 배에서 내린 부유한 상인 차림의 사나이는 수비군 사령관에게 안내해 달라고 요구했다.

요동성에 머물던 섭정 건무가 즉시 전략회의를 열었다.

"오늘 모이게 한 것은 싸우지 않고 전쟁을 끝내려 함이오. 여러분 의견을 듣고자 하니 거리낌 없이 말씀해 주시오. 먼저 영주에 파견되었던 세작 비룡의 말부터 듣겠소."

상인 차림 사내가 일어나 공손히 인사한 후 입을 열었다.

"지금 수양제는 진퇴양난입니다. 전국에 반란이 일어나 병사의 반도 모이지 않았고, 탁군에 모인 병사조차 탈영병이 줄을 이어 예정보다 4개월 늦게 요하에 닿았답니다. 이런 형편이니 양제의 체면만 세워주면 평화조약이 가능할 것 같습니다."

"어떻게 체면을 세워주자는 말씀이오?"

요동성 성주 해부루가 부리부리한 눈을 굴리며 물었다.

"이번 원정을 떠날 때 양제는 어떻게 해서라도 배반자 곡사정이란 놈을 잡아 원한을 풀겠다며 이를 갈고 있답니다."

"항복한 자를 적에게 내어주면 나라의 신의(信義)를 잃게 될 뿐아니라 앞으로 누가 투항하겠소. 더구나 그를 보낸다고 전쟁이 끝난다는 보장도 없지 않소?"

해부루가 반대하자 대원수 을지문덕도 가만히 고개를 끄덕였다.

제정신이 아닌 수양제의 끈질긴 집념은 수나라 백성뿐 아니라 오랜 싸움에 지친 고구려 사람에게도 넌더리나는 악몽이었다.

살수대첩 이후 을지문덕은 구국(救國)의 영웅으로 그 인기가 하늘로 치솟았으나 완전히 꺼꾸러진 줄 알았던 양제가 다시 일어나 매년 침입을 계속하자 백성은 전쟁에 진저리를 쳤다.

더구나 살수싸움 때 청야작전(淸野作戰)으로 살수와 패수의 곡창지대 곡식을 모조리 불살라 버려 큰 기근을 당하고 수많은 백성이 굶어 죽자, 여기저기 원망하는 소리가 터져 나왔다.

614년에 들어서면서 을지문덕은 조정에서 세력을 잃고, 대대로 자리를 평양성 상부(上部) 귀족 고지렴에게 내주었다. 전선 사령부를 방문한 대대로 고지렴이 입을 열었다.

"전투가 벌어지면 많은 피를 흘릴 텐데 그까짓 투항자 한 명을 보내 수천 명 우리 병사를 구할 수 있다면 한 번 교섭해 볼 만하지 않겠소이까?"

오골성 성주가 일어나 고지렴을 지지했다.

"3년째 계속된 전쟁으로 농사를 짓지 못해 무척 어려운 형편입니다. 설사 평화회담을 성공시키지 못하더라도 회담을 몇 달 끌게 되면 금년 추수는 제대로 거둘 수 있겠지요. 과연 누가 가서 수양제를 잘 구슬려 싸움을 멈출 수 있을까요."

물러서지 말고 수양제와 싸우자고 주장하던 성주조차 고개를 끄덕였다.

"부족합니다만, 제가 그 일을 맡겠습니다."

건무를 보좌하던 대형 부소가 일어나 평화사절을 자원했다.

부소는 한성(황해도 재령) 성주를 맡고 있던 남부 명문귀족 집안 출신으로 영리한 젊은이였다. 꿩 잡는 게 매라고 하지 않던가. 부소는 어떻게 해서라도 평화회담을 성공시켜 섭정 건무의 신임을 얻기로 결심했다. 회담을 성공시키려면 우문술 같은 장군이 아니라 말이 통하는 문신(文臣)을 만나 설득하는 게 지름길이었다.

회원진에 머물던 수양제는 본국에서 들려오는 골치 아픈 소식이나 군량 부족에 대한 보고를 애써 외면했으나, 곧 겨울이 다가오니 원정을 계속하는 건 무리라는 것을 깨닫고 있었다. 평화사절이 찾아왔다는 보고를 듣자 반가웠다.

수양제를 따라 종군하던 곽영이 그의 마음을 꿰뚫어 보고 적극적으로 움직였다. 부소와 곽영의 회담은 순조롭게 진행되어 곡사정을 돌려보내는 조건으로 전쟁을 끝내기로 타협했으나, 곽영이 수양제의 허영심을 만족시켜 주기 위해 영양태왕의 입조(入朝)를 주장했다.

부소는 영양태왕의 병이 완쾌되어 건강을 되찾을 때 입조한다는 조건으로 합의했지만, 그런 조건을 주장한 곽영이나 이를 받아들인 부소 역시 지켜지지 않을 헛소리임을 잘 알았다.

이해 8월, 원정군이 철수함으로 양제의 제3차 원정은 태산명동 서일필(泰山鳴動 鼠一匹)이란 속담처럼 아무 소득 없이 끝났다.

천하는 가마솥같이 들끓는구나

帝國의 黃昏

양광(楊廣, 수양제)은 중국 역대 황제 중 가장 혹독한 평가를 받는 폭군으로 불가사의한 성격을 가진 인물(374쪽 참조)이다. 역사상 수(隋)나라같이 힘들이지 않고 나라를 세워 쉽사리 천하를 통일한 왕조는 없다. 북주(北周) 마지막 황제의 장인 양견(楊堅)은 어린 사위로부터 나라를 도적질해 황제에 올랐다. 남쪽 진(陳)나라 황제 후주(後主)는 주색에 빠져서 〈후정화〉(後庭花) 따위의 음탕한 노래나 지어 부르는 날라리인 데다, 300년 이상 계속된 분열과 혼란이 끝나기를 바라는 백성의 바람이 간절했기에 싸움다운 싸움 한 번 없이 통일을 이룩했다.

수문제 양견은 쉽게 얻은 건 쉽게 잃을 수 있음을 깨닫고, 스스로 근신하여 선정을 베풀어 개황(開皇)의 치(治)로 불리는 태평성대를 이루었다. 평범한 큰아들 용(勇) 대신 둘째 광(廣)으로 태자를 바꾼 결정에도 나라가 계속 번영하기 바라는 수문제의 비원이 담겨 있었다. 그러나 똑똑하고 천재성까지 지닌 이 잘난(?) 미치광이는 아버지의 바람을 철저히 외면해 버렸다.

삭풍이 버들가지 흔드니

시빌 카간(施畢可汗, 재위 608~619년)은 옛 돌궐제국의 영광을 다시 찾으려는 꿈을 지닌 군주로, 신중한 성격이어서 성급하게 수나라와 정면충돌하는 것을 피하고 때가 오기만을 기다렸다.

그는 수나라 요구에 고분고분하던 아버지 야미 카간과 달리 호락호락하지 않았다. 여러 차례 수양제가 돌궐 기병대의 고구려 원정 참가를 요구했지만 거절하고 끝내 중립을 지켰다.

시빌 카간은 수양제가 고구려를 원정하느라 북쪽에 눈을 돌릴 겨를이 없는 틈을 타서 돌궐 고유의 문화와 관습을 부활시키고, 돌궐의 여러 부족을 통합해 하나로 뭉쳐 힘을 길렀다.

돌궐은 수나라의 잠재적인 적국이었다. 시빌이 카간에 오른 후 나날이 국력이 강력해지자 수나라 조정은 이를 두려워해 돌궐의 분열을 꾀했다. 카간의 동생 치키(叱吉, 후일 초르 카간, 재위 619~620년)에게 황족 여인을 시집보내고 치키를 카간에 봉하려고 음모를 꾸몄으나, 형을 두려워하던 치키의 거절로 실패했다.

"원래 돌궐인은 순박해서 다루기 쉽고 이간질로 분열시키기도 어렵지 않습니다. 그런데 영악한 소그드인 스추후시(史蜀胡悉)란 자가 시빌 카간 정치고문으로 있어 틈을 주지 않습니다. 계략을 꾸며 카간의 오른팔을 잘라 버리려 하오니 허락해 주십시오."

황문시랑 배구가 수양제의 허락을 받아 큰 무역거래가 있으니 상의하자고 스추후시를 마읍(馬邑, 산서성 북부)으로 꾀어내어 죽여 버렸다. 그리고는 뻔뻔스럽게 스추후시가 카간을 배반하고 투항해 왔기에 카간을 위해 죽였다고 변명했다.

시빌 카간은 동생을 꾀어 이간질한 것까지 모른 척했으나, 스추후시 암살은 참을 수 없었다. 고구려 원정에 필요한 말(馬)의 공급을 중단시키고, 오만하고 무례한 수나라에게 보복할 것을 다짐했다. 수나라가 거듭된 고구려 원정으로 재정(財政)이 파탄 나고 반란군이 전국을 휩쓸어 무정부 상태에 빠지자 기회를 노렸다.

돌궐의 움직임이 심상치 않자 수양제는 원정 중임에도 장군 설세웅에게 12군을 주어 북쪽 국경을 순찰시켰다(613년, 대업 9년). 수양제가 고구려 국왕의 입조(入朝)를 요구했으나 반응이 없자, 제4차 원정을 준비하면서 돌궐이 마음에 걸려 615년(대업 11년) 3월 북방 순행길에 나섰다. 낙양을 떠난 수양제 일행은 태원(산서성)을 거쳐 분양궁(태원 부근)에 머물러 돌궐의 움직임을 살폈다.

6월 초 돌궐 군이 국경을 침범해서 장군 범안귀를 토벌군 대장으로 파견했으나 패배해 죽고 국경 지방의 민심이 술렁거렸다.

7월 양제가 안문(雁門)으로 가는 도중 때마침 폭우가 쏟아져 골짜기에 진흙이 두 자 이상 쌓이고, 수행원은 쏟아지는 비를 맞으며 밤을 새우고 굶주림에 시달렸으나 북방순행은 계속되었다.

8월 13일 안문 근처에 닿았을 때 시빌 카간이 양제를 습격하려 한다는 의성공주의 급보(急報)를 받았다. 급히 안문성(산서성 북부 만리장성 근처)으로 피신했으나, 바로 그날 시빌이 수십만 기병을 이끌고 안문성을 포위했다. 당시 성안에는 군민(軍民) 15만 명이 있었으나 겨우 20일 먹을 식량밖에 없었고, 돌궐 군의 기습으로 안문군(郡)의 41개 성 가운데 39개 성이 함락되어 버렸다. 고립된데다 구원군도 없어 군대의 사기(士氣)가 땅에 떨어지고 돌궐 군공격이 맹렬해 발밑까지 화살이 날아오자 양제는 겁에 질려 어린아들 양고를 끌어안고 온종일 울어 눈이 짓물렀다.

우문술이 정예기병 수천 명으로 포위망을 뚫고 달아나자고 양제에게 건의하자 번자개가 말렸다.

"성을 지키는 데는 우리가 뛰어나고, 신속한 기병작전은 돌궐 군 장기(長技)입니다. 경솔하게 탈출하다가 실패할 때에는 후회해도 돌이킬 수 없습니다. 폐하께서 후한 상을 내리겠다고 병사들을 격려하시고, 다시는 요동 정벌을 하지 않겠다고 약속하시면 그들이 분발해 구원군이 올 때까지 성을 지킬 수 있을 것입니다."

양제의 처남 소우도 건의했다.

"의성공주에게 구원을 청하고, 격문을 띄워 구원병을 모읍시다."

수양제는 다급해지자 대신의 충고에 따라 다시는 고구려를 원정하지 않겠다고 선언하고, 사방에 격문(檄文)을 띄워 구원병을 모집하는 한편 성에 올라 병사를 격려했다.

"모두 힘을 내어 성을 지키라. 이 위기에서 벗어나면 모든 병사는 부귀(富貴)를 걱정하지 말라. 반드시 너희 공로를 제대로 평가해서 큰 상을 내리겠다."

성안의 군민이 한마음으로 뭉쳐 민가(民家)에서 뜯어낸 나무와 쇠그릇으로 무기를 만들어 결사적으로 성을 지켰고, 전국 수령들이 구원병을 이끌고 안문성에 모여들었다.

수양제의 격문을 보고 달려온 사람 중에는 17살 청년 이세민(李世民)도 끼어 있었다. 이 싸움은 이세민에겐 첫 출전이었다. 그는 둔위장군 운정흥에게 자기 생각을 말했다.

"적이 안문성을 포위한 건 구원군이 신속하게 모이지 못하리라고 판단한 때문입니다. 지금은 병력이 적어서 정면대결할 수 없으니 낮에는 많은 깃발을 내걸고 밤엔 종을 치며 북을 두드려 아군이 대군인 것처럼 꾸며 적을 견제해야 합니다."

운정흥은 이세민의 계책을 받아들여 구원군의 세력이 강한 듯 꾸며 돌궐 군을 위협했다. 여러 곳에서 근왕군(勤王軍)이 모여들어 구원군의 수가 점차 늘어갔다.

안문성의 위급을 구한 건 구원군의 힘이 아니라 의성공주였다. 시빌 카간은 "철륵 부족이 반란을 일으켜 북방에 위급한 사태가 발생했다"는 의성공주의 거짓경고를 받았다. 몰려온 구원군 때문에 안문성이 쉽게 함락되지 않을 것을 걱정하던 차에 국내에 문제가 생겼다는 보고를 받자, 9월 15일 시빌 카간이 포위를 풀고 물러가 양제는 가까스로 목숨을 건질 수 있었다.

낙양으로 돌아와 자기 몸의 안전을 확인하자 양제의 어리석음이 다시 머리를 치켜들었다. 안문에서 보인 비겁했던 모습이 부끄러워 천하의 눈과 귀를 가리기로 마음먹었다.

그 첫 번째 조치로 근왕군과 안문 병사들에게 내리기로 약속했던 모든 포상을 취소했다. 번자개가 군사에게 신임을 잃어서는 안 된다고 충고하자 버럭 화를 냈다.

"뭐라. 번자개 네가 군사의 마음을 얻어 반역이라도 꾀할 생각이냐?"

번자개는 더 이상 아무 말도 할 수 없었다. 그다음 모든 대신을 모아놓고 소우를 탄핵해 조정에서 내쫓았다.

"한 줌밖에 안 되는 돌궐 놈들이 무얼 할 수 있었겠는가? 며칠이면 쉽게 물리칠 수 있었을 터인데, 소우는 그렇지 않다 했으니 참으로 수치스러운 일이 아닐 수 없다."

이처럼 어처구니없는 행동을 차갑게 바라보는 눈이 있었다.

'아무리 나라 재정이 어렵더라도 황제가 만백성에게 약속한 것을 헌신짝처럼 버릴 수 없다. 천하의 신의를 잃어버린 황제, 아니 수나라의 시대는 이미 끝났다.'

청년 이세민 가슴속에 천하를 움켜쥐려는 야심이 꿈틀거렸다.

폭군의 최후

시빌 카간의 습격에서 간신히 목숨을 건져 낙양으로 돌아온 수양제에게 아직 실낱같은 기회가 남아 있었으나, 정신을 차려 나라를 바로잡으려 노력하기는커녕 자포자기에 빠져버렸다.

그는 영리했지만 현실에 맞설 용기가 없는 겁쟁이였다. 그뿐 아니라 자기가 세상에서 가장 현명한 사람이란 착각에 빠져, 충신인 체하며 그럴듯한 의견을 늘어놓는 자를 위선자로 보아 그 꼴을 참지 못했고, 충고[諫言]하는 신하를 몹시 싫어했다.

특히 고구려 원정 실패와 시빌 카간의 습격으로 큰 충격을 받은 후 이런 경향이 더욱 심해졌다. 게다가 비참한 현실을 똑바로 보기를 두려워하고 자기가 만들어낸 주관적 세계에 빠져, 이 헛된 꿈을 깨뜨리려는 사람을 무척 미워했다.

수양제는 안문에서 백성에게 한 약속은 팽개치고, 강도(江都, 양자강 하류에 있는 양주)로 놀러 갈 궁리만 했다. 그곳은 아름답고 물산(物産)이 풍성한 데다 낙양처럼 반란군이 들끓지 않았다. 그는 2년 전 양현감 반란 때 불타버린 용주(龍舟)보다 더 호화로운 배와 이를 따를 수천 척 배를 새로 만들게 했다.

이런 미치광이 주위에는 아첨 잘하는 간신만 모여들었다. 용주가 준공된 날 우문술이 강도순유(江都巡遊)를 권하자 기다렸다는 듯 이를 허락했다. 장군 조재가 간곡히 만류했다.

"지금 백성은 굶주리고 창고는 비었으며 사방에 도적이 일어나 나라 명령이 제대로 시행되지 않습니다. 폐하께서 하루 빨리 경사(京師, 서울인 장안)로 돌아가 백성을 돌보셔야 합니다."

그는 반성하기는커녕 크게 화를 내어 바른말 하는 조재를 잡아 가두고, 강도순행을 끝까지 반대한 임종은 곤장(棍杖)을 때려 죽였다.

수양제란 자는 정말 대단한(?) 시인(詩人)이었다. 강도로 출발하기에 앞서 낙양에 남게 된 궁녀들에게 "나는 강도의 아름다움을 사랑할 뿐 / 정료(征遼, 고구려 원정)는 우연에 불과하다네"라는 고별시(告別詩)를 남겼다. 아무리 못된 황제라지만 수천만 백성에게 지옥의 문을 열고 끝내 나라까지 망친 고구려 원정을 한갓 놀이에 비유하다니.

양제가 강도로 떠나기 전 4월 어느 날 밤, 대북전에 불이 났다. 그는 반란군이 쳐들어 온 줄 알고 놀라 서원(西苑)으로 도망쳐 수풀 속에 숨어 있다가 불을 다 끈 다음에야 나왔다. 그때부터 밤에도 놀라 잠을 깨면서 강도 갈 날만 손꼽아 기다렸다.

616년(대업 12년) 7월, 모든 준비를 마치고 출발명령을 내렸다. 당시 수나라 통치권이 제대로 미치는 곳은 장안과 낙양 그리고 순행 가는 강도 언저리뿐이었다. 수도 장안에 손자인 대왕(代王) 양유를, 낙양에는 월왕 양동을 머물게 하고, 양제는 황족과 신료(臣僚)를 이끌고 강도로 떠났다.

가는 도중에 한 사람이 길을 막고 "폐하께서 기어이 강도로 가시면, 천하는 폐하의 것이 되지 않을 것입니다"라는 글을 올렸으나 충성스러운 신하에게 돌아온 건 죽음뿐이었다.

강도순행은 내란에 지친 백성에게 무거운 짐을 지우는 거창한 행사였다. 용주(龍舟)는 4층 배로 높이가 46척 길이가 2백 장이나 되고 수행하는 배가 5천 척이 넘었으며, 운하를 따라 배를 끄는 인부가 8만 명이 넘는 대규모 이동이었으나, 인부에 대한 아무 대책도 세우지 않아 눈 뜨고 볼 수 없는 참혹한 일이 벌어졌다.

형님은 요동에 끌려가 청산 아래서 굶어 죽었고 / 나는 용주를 끌며 지친 몸으로 제방 길 따라 가네 / 지금 온 세상 굶주리는데 가진 양식이라곤 한 줌뿐 / 갈 길은 아직 삼천 리인데 이 몸 살아남을까?

버려진 백골 모래밭에 뒹굴고 풀숲엔 외로운 넋 울고 있구나 / 문간에서 슬피 우는 아내, 애태우며 기다릴 부모님이여 / 의로운 사람 만나 넋이나 마 집에 돌아갈 수 있게 / 버려진 내 시체 불태워 뼈라도 고향 땅 밟을 수 있을까? [〈수양제해산기〉(隋煬帝海山記)]

당시 중국 중심은 황하 유역의 화북(華北) 지방이었다. 장안이나 낙양을 버리고 강도로 도망친 양제의 현실도피는 눈앞에 닥친 어려운 상황을 수습할 능력이 없음을 인정하고 천하를 포기하는 행위였다.

강도순유는 서산(西山)에 해가 지듯 수나라 멸망을 알리는 조종(弔鐘)이 되었고, 그동안 나라를 지탱했던 관롱군벌(軍閥) 핵심세력이 양제를 버리고 새 주인을 기다리게 되는 계기가 되었다.

강남 버들 꽃 지고 / 강북 오얏 꽃 한창이네.

장안과 낙양에서 누구 입에서 시작된 것인지 한 시대가 막을 내리고 새로운 시대가 왔음을 알리는 동요가 퍼졌다. 하기야 땅을 파먹고사는 백성에게 황제가 양 씨면 어떻고 이 씨인들 무슨 상관이 있으랴? 도적 걱정하지 않고 배불리 먹을 수만 있으면 만족할 뿐.

양제는 황제라는 지위에 따른 무거운 책임과 의무에서 벗어나 한 사람 시인으로 강남의 아름다운 풍경을 보며 짧은 인생 마음껏 향락이나 누리고자 한 게 아닐까? 이 무렵 그는 될 대로 되라는 식으로 하루하루를 보내는 성격 파탄에 빠진 예술가의 초상(肖像)을 보는 듯했다.

아침에 일어나면 황제의 몸가짐에 걸맞지 않게 폭건(幅巾, 수건)으로 머리를 동여매고 짧은 바지 차림으로 지팡이를 짚은 채, 마치 이곳 아름다운 풍경을 다시는 못 볼까 두려워하듯 보고 또 보며 어두워질 때까지 돌아다녔다. 그리고 술에 취해서 수많은 미녀와 퇴폐적인 생활에 빠져 시끄러운 세상을 잊으려 했다.

중원의 형세가 기울어지자 수양제는 북쪽으로 돌아갈 생각을 버리고 강도(양자강 하류)에 머물렀으나, 친위병은 관중(關中, 장안 역) 출신이 대부분이었다. 아무리 강남이 살기 좋은 곳이라 하더라도 관중에서 태어나고 그곳에 가족이 있는 병사들은 고향이 그리웠다.

강도에 온 지 1년이 지나자 병사의 마음이 흔들리기 시작했다. 들려오는 고향 소식에 의하면 617년(대업 13년) 11월 반란군이 장안을 점령해 손자 양유가 사로잡혔는데도 수양제는 꿈쩍도 하지 않았다. 탈주병이 늘어나고, 따라온 신하 중에도 고향에 있는 처자식이 그리워 도망가는 자가 생겼다. 이런 가운데 친위대를 중심으로 반역의 음모가 무르익었다.

618년 3월 10일 밤, 우문술의 아들 우문화급을 총대장으로 수만 명 친위대 병사가 거사를 일으켰다. 양제 시해(弑害)의 주동자는 친위대장 사마덕감과 궁성문을 지키던 배건통이었다.

날이 밝기도 전 배건통이 병사를 이끌고 양제가 잠자는 곳에 돌입했고 곧 도망치던 그를 붙잡았다. 목숨을 걸고 황제를 지키려던 군인은 독고성이란 늙은 장군 한 사람뿐이었다. 수양제는 떨리는 목소리로 물었다.

"너희들은 짐을 죽이려 왔는가?"

"아니, 아니옵니다. 함께 서쪽(장안)으로 돌아가고 싶었던 것뿐이옵니다."

"음, 그러한가? 짐도 마침 돌아가려던 참이었다."

양제를 시해하려던 자였지만 막상 하늘같이 우러러보던 황제를 보니 위축된 모양이었다. 그러나 황제 대접은 거기까지였다.

후환(後患)이 두려웠던 반란자들이 양제가 지은 죄를 밝힌 후 칼을 뽑아 죽이려 하자 애원했다.

"천자(天子, 황제)에게는 그에 합당한 죽는 방식이 있다. 짐주(鴆酒, 독약)를 가져오라!"

반란자는 이를 허락하지 않고 비단수건으로 목을 졸랐다. 이 북새통에 양제를 따라 강도로 왔던 그의 친족들은 어린애까지 모두 살해당했다. 이렇게 수나라는 멸망했다. 양제의 시호(諡號)인 양(煬)은 난(亂)을 좋아하고 예(禮)를 멀리하며 하늘을 거스르고 백성을 학대한다는 매우 나쁜 뜻으로서, 그는 대표적 폭군으로 역사에 남게 되었다(377쪽 참조).

중국에서 한 시대가 마감되고 새로운 시대가 시작되었던 618년 고구려에서도 큰 변혁이 있었다. 이해 9월 영양태왕이 서거하고 영류태왕이 즉위했다.

누가 사슴을 잡으려나 群雄割據

왕박이 일으킨 최초 농민봉기나 양현감 반란 때만 해도 반란자는 악정(惡政)을 바로잡고 수문제의 통치방식으로 돌아가자고 주장했으나 점차 반란세력의 목표가 변했다.

616년(대업 12년) 강도순유를 떠날 즈음 나라를 세우고 황제나 천자(天子)로 자칭(自稱)하는 자가 전국 방방곡곡에서 나오기 시작해, 중원축록(中原逐鹿, 천하의 주인이 되려고 서로 다툼)의 시대가 열렸다. 수나라 권력이 미치는 곳은 장안과 낙양, 수양제가 머무는 강도와 그 주위밖에 없었다.

반란군 중에서 가장 유력한 집단은 황하 하류를 호령하던 두건덕과 중류를 근거지로 한 와강 군이었다. 하남 동군(東郡)에서 감옥지기(看守)를 하던 적양이 죄를 짓고 도망쳐 고향에 돌아와 젊은 무뢰배 서세적(후일 이적)과 단웅신을 포섭해 와강채에서 민중봉기의 깃발을 올렸다. 이들 와강 군은 대운하 주변을 활동무대로 산적질을 하며 점차 세력을 키웠다.

양현감의 반란에 참여했다가 숨어 다니던 이밀(李密)이 이들 무리에 몸을 의탁했다. 관롱군벌 귀족 출신 이밀은 큰 포부를 품었고 정치나 작전능력도 뛰어난 인물이었다.

"지금 정세는 진(秦)나라 말엽 유방과 항우가 군사를 일으키던 때와 꼭 같소. 그대들은 낙양과 장안을 함락시키고 수나라를 뒤엎을 수 있소."

616년(대업 12년) 와강 군은 형양(하남성)으로 진격했다. 형양은 지형이 험한 데다 황하와 대운하가 만나는 전략적 요충지라 군웅(群雄)이 노리는 곳이었다. 와강 군이 형양을 포위하자 수양제는 산동의 호랑이 장수타에게 2만의 정예병을 주어 토벌하게 했다. 그러나 수나라 군이 크게 패하고 장수타가 전사하자 비로소 와강 군의 이름이 세상에 널리 알려졌다.

이듬해 2월 이밀은 정예병 7천을 이끌고 낙구창(洛口倉)으로 진격했다. 낙구는 황하와 낙수(洛水)가 합류하고 대운하와 연결된 교통의 중심지로 곡물창고가 모여 있고 많은 식량이 저장되어 몇 십만 명을 충분히 먹여 살릴 수 있었다. 그는 낙구창을 점령하자 창고 문을 활짝 열고 백성에게 곡식을 나누어 주었다.

그 당시까지 반란군 집단 중에서 하북의 두건덕이 가장 강력했는데 이밀이 낙구창을 점령하고부터 와강 군 세력이 크게 늘어나 그와 맞설 수 있게 되었다. 이 무렵 와강 군을 창설했던 적양은 이밀의 그릇이 큼을 보고 스스로 두령 자리를 그에게 양보했다.

"양제의 죄악은 남산의 대를 죄다 베어 죽책(竹冊)으로 만들어도 다 기록할 수 없고 동해 물로도 깨끗이 씻을 수 없다."

이밀은 양제의 열 가지 죄악을 열거하면서 백성이 일어나 다 같이 수 왕조를 뒤엎을 것을 호소했다.

그는 세상 이치에 밝았다. 갑자기 스스로를 황제라 칭하는 건 웃음거리밖에 되지 않음을 잘 알기에 자신은 위공(魏公)이 되고 적양을 재상으로, 스물도 안 된 서세적을 대장군에 임명했다.

이밀이 나라를 세우자 사방의 반란군이 잇따라 항복하고 부근 일대를 다스리던 지방 관리까지 그 정권에 참가했다. 이제 천하는 이밀의 손아귀에 들어갈 것 같았다. 그러나 천하의 주인은 따로 있었다.

당고조 이연(李淵)은 616년(대업 12년) 말 태원유수〔太原(산서성) 留守〕에 임명되었다. 어머니가 양제의 모친인 독고황후와 자매간이고, 수나라 지배계급인 관롱군벌의 명문집안 출신으로 신중한 성격이었다. 그는 기세등등하던 양현감 반란이 불과 두 달 만에 평정되고, 피바람 불던 처참한 보복을 두 눈으로 보았던 터라, 반란에 소극적이었다.

그러나 이연의 둘째 아들 이세민은 야심이 큰 사나이였다. 이세민은 안문성 포위 때 보였던 황제답지 않은 행동 때문에 양제를 경멸했고, 백성의 마음이 이미 수나라를 떠났음을 잘 알았다. 각지에서 군웅(群雄)이 일어나 제각기 황제나 왕이라 칭하고 온 나라가 물 끓듯 소란하자 이 젊은이는 등이 달아올랐다.

그 무렵 돌궐이 자주 변경을 침입해 양제가 이연에게 토벌을 명령했으나 별 성과를 거두지 못하고 패배를 거듭하자, 그 책임을 물어 이연을 강도(江都)로 소환하려다 취소하는 일이 벌어졌다. 이세민은 아버지 이연에게 결단을 내리라고 호소했다.

"지금 황제의 악정(惡政)으로 백성은 도탄에 빠졌고, 영웅이 각지에서 일어나 제각기 황제라 칭하고 있습니다. 지금이야말로 천재일우(千載一遇)의 기회입니다. 더구나 아버지는 언제 양제에게 처벌당하실지 모르는 상황이니, 더 이상 주저하지 마시고 민심의

350

흐름에 따라 의병(義兵)을 일으켜 천하를 도모해야 합니다!"

617년(대업 13년) 6월 14일 마침내 결단을 내렸다.

이연은 먼저 후방의 근심을 없애려 돌궐과 화친을 맺었다. 은밀히 유문정을 시빌 카간에게 보내 병사와 말을 빌려달라고 요청하고, 장안을 점령하면 그 재물을 주는 조건으로 동맹을 맺었다.

한편 반란을 일으킬 분위기를 만들려고 태원에 사는 20세에서 50세까지 모든 남자를 고구려 원정에 보낸다는 황제의 거짓 칙서(勅書)를 뿌렸다. 이 칙서를 본 사람은 양제에 대한 원망이 하늘을 찌를 듯했다.

7월이 되어 분위기가 무르익자 이연은 격문을 내걸었다. 양제의 악정을 규탄하며, 그를 몰아내고 장안에 있는 손자를 황제로 옹립해 천하를 평안케 하겠다고 선언했다. 이연이 이끄는 3만 의병(義兵, 반란군)은 장안으로 진격했으나, 그 도중 곽읍에서 수나라 송로생의 2만 정규군이 앞길을 막았다. 연일 계속되는 장맛비 속에서 송로생 군이 완강하게 저항하자, 반란군은 고전을 면하지 못하고 식량조차 바닥이 났다.

궁지에 빠진 이연이 태원으로 물러나 다음 기회를 노리려고 하자, 이세민이 울부짖으며 아버지의 마음을 돌렸다.

"지금 여기서 물러선다면 우리에게 가담한 자가 순식간에 흩어질 것이고, 그리되면 우리는 반역자로 낙인 찍혀 목숨조차 보존하기 어렵습니다."

8월 초순, 지루한 장맛비가 그치고 곽읍 공방전이 벌어졌다. 이세민은 용맹무쌍한 활약으로 이 전투를 승리로 이끌었고, 이때부터 반란군 지휘권을 쥐게 되었다. 그는 "병법(兵法)이란 임기응변이 근본이니, 지금 질풍노도처럼 장안을 점령해야 한다"면서, 하남(河南)을 지키던 굴돌통의 강력한 수비군을 거들떠보지 않고 곧바로 황하를 건너 장안으로 진격했다.

의병(이연의 반란군)은 엄격한 군기(軍紀)로 백성의 마음을 얻었다. 가는 곳마다 의병에 가담하는 군대가 모여들어 11월 9일 장안을 점령했을 때 20만 대군으로 불어났다.

이연은 양제의 손자 양유를 허수아비 황제〔恭帝〕로 추대하고 연호를 대업에서 의령(義寧)으로 바꾼 다음 자신이 행정과 군사의 모든 권한을 손에 넣었다. 이듬해(618년) 3월, 양제가 우문화급에 살해당하자 이연은 기다렸다는 듯 공제로부터 양위(讓位)받아 황제에 오르고, 나라 이름을 당(唐), 연호를 무덕(武德)으로 고쳤다.

이연은 장안을 점령한 후 동쪽으로 진격해 낙양을 공략하려 했으나 이세민의 정세 판단은 달랐다.

"장안을 점령한 지 얼마 되지 않아 아직 기반이 안정되지 않았는데 원정하는 것은 무리입니다. 지금 낙양에는 수 황실을 등에 업은 왕세충의 무리가 버티고 있고, 낙구창을 점령한 이밀의 와강군과 서로 중원(中原)의 패권을 다투고 있으니, 두 마리 호랑이가 서로 싸우는 것을 지켜보다 어부지리(漁父之利)를 취함이 옳습니다. 기회가 올 때까지 힘을 기르면서 먼저 우리의 배후를 노리는 서쪽 금성(현재 난주)의 설인고를 평정해 후방의 위협부터 제거해야 합니다."

설인고 군과의 첫 싸움에서 당 군(唐軍)이 무참히 패배하자, 이세민은 부하의 요청을 물리치고 오로지 방어에만 힘썼다. 양군이 60여 일간 지루한 공방전을 벌여 설인고 군의 양식이 바닥나고 군기가 흐트러지자 이세민이 돌격명령을 내렸다.

당나라가 중국의 서쪽 장안을 차지하고 배후의 위협을 제거하며 착실히 힘을 기르는 동안 중원에는 거센 바람이 불었다. 수양제를 살해한 우문화급은 고향(關中, 장안)으로 돌아가자는 병사의 요구로 강도를 출발해 북진했다.

태풍의 눈이었던 강력한 친위군은 내분(內紛)이 일어나 양제 살해의 주역 사마덕감 일파가 우문화급에게 제거당했다. 이밀의 와강 군과 부딪히기도 전에 힘이 빠져 버린 것이다. 분열된 친위군은 참패당했고, 도망치던 패잔병도 두건덕 군의 습격을 받아 궤멸되어 우문화급과 그 일당이 모두 살해당했다.

와강 군도 내분이 일어나 이밀이 그 뿌리였던 적양을 죽였다. 적양은 예사로운 도적이 아니라 무척 통이 큰 사나이였다. 부하였던 이밀의 능력이 뛰어남을 보고 서슴지 않고 주군(主君)으로 모셨으니 얼마나 멋있는 걸물인가? 이런 은인을 포용하지 못한 이밀은 영웅은커녕 한갓 잔머리나 굴리는 재사(才士)였을 뿐이니 어찌 천하를 거머쥘 수 있으랴.

이밀은 오래지 않아 왕세충과 겨루다가 패배하였고 부하들에게 버림받았다. 한때 중원축록(中原逐鹿)의 선두주자였던 풍운아 이밀은 천하를 다투던 무대에서 이렇게 사라져 버렸다.

이세민은 이밀과 비교할 수 없게 큰 그릇이어서, 유능한 인재라면 적이라도 서슴없이 포용해 자기 사람으로 만들었다. 옛 수나라 장수였던 굴돌통과 울지경덕 등은 물론 서세적을 비롯한 와강 군무리까지 그의 깃발 아래 모여들었다. 이밀과 우문화급이 몰락하자 중원 형세는 서쪽 장안의 이연, 중앙 낙양의 왕세충, 동쪽 하북 두건덕 세 명의 강자로 정리되었다.

무덕 3년(620년) 7월, 당나라는 후방의 근심이 없어지자 눈을 동쪽으로 돌려 낙양의 왕세충 토벌작전을 시작했다. 굴돌통이 이끄는 선봉군이 왕세충 주력군과 대치하는 틈을 타, 이세민은 울지경덕, 진숙보 등 맹장과 친위흑기병[玄甲軍]을 이끌고 함곡관과 동관을 지나 곡수(谷水)에서 왕세충 군의 뒤를 엄습해 크게 깨뜨렸다. 서세적(이적)의 별군(別軍)도 용맹을 떨쳐 격전 끝에 호뢰를 점령해 낙양을 포위했다.

다급해진 왕세충은 하북의 지배자 두건덕에게 구원을 청했다. 두건덕은 농민에서 몸을 일으킨 반란군 두령이었는데 검소한 채식주의자로 민중의 사랑을 받는 영웅이었다. 우문화급이 이끌던 옛 양제 친위군의 패잔병을 궤멸시켰을 때도 사로잡은 병사와 천 명이 넘는 궁녀를 모두 풀어 주었던 마음이 넓고 통이 큰 사나이였다.

왕세충의 요청을 받고서 두건덕은 낙양을 손아귀에 넣을 좋을 기회라고 생각하고 20만 대군을 몰아 이세민의 배후를 압박했다.

당나라 군은 앞뒤로 적을 맞아서 위기에 빠졌다. 제장군신(諸將群臣)들은 형세가 불리하니 장안으로 물러나자고 주장했으나 한 번 기회를 잡은 이세민은 전혀 흔들리지 않았다.

굴돌통에게 낙양 포위군의 지휘를 맡겨 왕세충 군을 계속 포위하게 하고, 자신은 본부병을 이끌고 낙양 동쪽 호뢰로 나아갔다.

이세민은 험준한 호뢰 땅에 진을 쳐 두건덕 군과 마주 보고 적군이 피로에 지칠 때까지 참을성 있게 기다리며 일체 움직이지 않았다. 몇 달이 지나자 군량보급이 제대로 되지 않은 두건덕 군이 할 수 없이 퇴각했다.

참고 견디다가 적이 지쳤을 때 전광석화(電光石火) 같이 단숨에 적을 섬멸하는 것은 이세민의 장기(長技). 이세민은 두건덕 군이 철수를 시작하자, 전군(全軍)에 출동명령을 내리고 자신은 울지경덕과 진숙보 등 맹장과 정예기병인 흑기병만 이끌고 적 배후로 돌아가 패주하는 적을 추격했다.

적군은 순식간에 무너지고 도망치던 두건덕은 흑기병 양무위에게 사로잡혔다. 이세민이 포로가 된 적장을 이끌고 낙양성으로 나아가자 왕세충은 저항을 포기하고 항복했다.

당나라는 이 한 번 싸움으로 두 마리 호랑이를 한꺼번에 사로잡아 중원의 주인이 되었다.

이제 주변 이웃 나라에 무시무시한 폭풍우를 쏟아부을 태풍의 눈, 엄청나게 거대한 이무기(龍)가 드디어 중원 역사 무대에 혜성같이 등장하였다. 당고조 이연은 통일전쟁에서 혁혁한 공을 세운 이세민에게 천책상장(天策上將)이란 칭호를 주었고, 이 승리가 후일 황제에 오르는 밑거름이 되었다.

낙양 공방전이 치열할 때 숭산(嵩山) 소림사(小林寺) 무승(武僧)들이 이세민을 도와 큰 공을 세웠다. 훗날 황제에 오른 후 이세민은 소림사에 많은 논밭을 하사하고 승병(僧兵)을 기를 권한은 물론 술과 고기를 먹을 특권까지 허락함으로써 소림무예가 세상에 알려지는 계기가 되었다.

3권으로 계속

연표 年表

시기	주요 사건	비고
605.	양제의 사주받은 돌궐 군이 거란 부족을 기습.	대업 원년
611. 2.26	수양제 고구려 원정 조서 내림.	영양태왕 22년
4.15	양제가 탁군(현재 북경) 행차. 원정군 동원령.	대업 7년
7.	탁군과 요서(遼西)로 군량 집결. 산동과 하남 지역 대홍수.	
12.	산동 지역에서 최초의 민중봉기 일어남.	
612. 1. 3	고구려 원정군 출정.	대업 8년
3.14	양제 요하 도착. 요하 도하작전서 맥철장 전사.	영양태왕 23년
4.	요동성 포위.	신라 진평왕 34년
6.11	요동성 3개월 공격에도 함락되지 않자 부하장수 질타.	백제 무왕 13년
6.	내호아 수군(水軍)이 평양 외성(外城)에서 참패.	
	수나라 별동군이 30만 평양 진격.	
7.24	살수에서 별동군 전멸. 양제 회군(回軍).	
	전국에서 민중봉기. 도적떼 일어남.	
613. 1.	양제 제 2차 고구려 원정 조서.	대업 9년
5.	수나라 군 요동성 포위 공격.	
6.28	수나라 국내에서 양현감 반란 일어나 양제 회군.	
8.	양현감의 난 평정.	
614. 2.	제 3차 원정 조서. 수나라 군이 7월에 요하 도착.	대업 10년
	양군 접전 없이 수나라 군 물러감.	영양태왕 25년
615. 8.13	양제 북방 순행 중 안문(산서성)에서 돌궐 군에 포위당함.	
616. 7.	수나라 내란 상태. 양제 강남의 양주로 도피행.	
618. 3.10	양제, 친위대 반란군에 죽음(수나라 멸망).	대업 14년
5.20	당나라 건국.	무덕 원년
9.	고구려 영양태왕 서거.	영류태왕 원년

《황금삼족오》 깊이 읽기

수문제의 고구려 침략에 대한 고찰 (39쪽)

수문제 양견의 고구려 원정(598년)은 고구려와 수당(隋唐) 70년 전쟁의 서막이 된 싸움이기에 역사적 의미가 크지만 밝혀지지 않은 사실이 너무 많다.

전쟁이 일어나기 1년 전 영양태왕 8년(597년) 수문제는 외교문서로는 무례하기 짝이 없는 국서(國書)를 보내 "요수(遼水, 요하)가 넓다 한들 장강(長江, 양자강)과 어찌 비교하며, 고구려 군사가 많다 한들 진국(陳國)과 비교하랴"면서 노골적으로 고구려를 위협하였다.

국서의 내용 중 " … 왕은 말갈을 괴롭히고 거란을 가두어 왕의 신첩(臣妾)으로 만들고, 짐(朕)에게 내조(來朝)하는 것을 막아 …"라고 불만을 드러낸 것으로 미루어 보면, 당시 요서(遼西, 거란족 거주지) 지배의 주도권을 두고 양국이 다투었으며, 또한 돌지계가 반란을 일으켜 수나라에 귀부하자 말갈에 대한 고구려의 확고한 지배를 뒤흔들려던 수나라의 음모를 고구려가 토벌해 평정한 데 대한 수나라 불만이 전쟁을 일으킨 배경으로 보인다.

그리고 전쟁의 직접적 원인은 고구려 영양태왕이 말갈 기병 1만을 이끌고 수나라 전초기지인 영주(營州, 현재 朝陽)을 침범하였기 때문이라는 게 정설이다.

그러면 왜 영양태왕이 영주를 공격했을까?

그 이유로 수문제가 보낸 오만한 국서(國書)에 대한 징벌적(懲罰的) 대응이라는 소설 같은 견해(신채호 선생의 《조선상고사》)로부터 '영양태왕이 왕권(王權)을 강화하기 위한 정책적 결단이 아니었을까'라는 추측까지 있지만 고개를 끄떡일 만한 깊이 있는 분석을 보지 못했다. 다만 이런 관점에서 본다면 싸움의 발단(發端)은 고구려의 호전적(好戰的) 도발에 의해 시작되었다는 것인데, 과연 그러할까?

성장기의 고구려는 주위 여러 나라에 대해 투쟁과 정복을 통해 국토를 넓혀왔다. 하지만 장수태왕이 남진북수(南進北守) 정책을 채택한 이래 백 수십 년간 고구려는 신라, 백제와 여러 차례 싸움을 했다. 반면 당시 남북조(南北朝)로 분열되었던 중국 대륙의 북조 여러 나라와는 우호관계를 유지했고, 장수태왕과 문자태왕이 통치하던 94년 동안 북위와 72회나 사신을 교환하는 밀월관계가 계속되었다.

영양태왕(재위 590~618년) 시절, 중국에서는 남북조 시대가 끝나고 수나라가 천하통일을 이룩했으므로(589년) 대륙의 형세가 크게 변해, 고구려는 생존의 위협을 느껴 은밀히 군비를 증강하고 외교전략을 새로 손질하던 때였다. 더구나 영양태왕 원년에 한강 유역을 회복하려다가 온달 장군이 뜻을 이루지 못하고 전사하는 아픔도 겪었다.

영양태왕은 외교에 뛰어난 현명한 왕이었다. 그런데 왕권 강화 또는 수나라의 오만한 국서에 분노하였다는 하잘것없는 이유로 막강한 힘을 자랑하던 통일제국 수나라를 상대로 국가의 운명을 걸고, 과감하게 선공(先攻)을 가해 전쟁을 일으켰을까.

그 이전 분열되어 있던 약한 중국의 북조(北朝)와도 평화를 유지해 왔었는데 남쪽 신라에조차 신경 쓰이던 어려운 상황에서 고구려가 먼저 수나라를 공격했다니, 이것은 전쟁의 본질을 제대로 모르는 데서 나온 단견(短見)이 아닐까?

전쟁이란 어떤 목적을 달성하기 위한 수단으로 또는 생존을 위해서 일어난다. 따라서 전쟁을 일으키는 자는 승리할 것이라는 확신이 있거나[나중에 오판(誤判)임이 확인되는 것은 다른 문제임], 가만히 있으면 멸망을 당할 수밖에 없는 절망적 상황 또는 어쩔 수 없이 응전(應戰)할 수밖에 없는 절박한 때 승패를 떠나 선공(先攻)을 취하는 법이다.

　그렇다면 영양태왕은 어떤 절박한 사연이 있었던 것일까?

　음흉한 성격이었던 수문제(隋文帝)는 전쟁보다 정치공작과 외교적 책략(策略)에 능한 군주여서, 장손성의 정치공작으로 북방 초원의 강자 돌궐을 동서(東西)로 분열시키는 데 성공하였다(583년). 본래 성공한 음모는 햇빛 아래 드러나지만 실패한 공작(工作)은 역사기록에 잘 나타나지 않는다. 수나라는 동방의 고구려에서도 영주 도독 위충(韋沖)을 앞세워 은밀하게 공작을 벌였다. 그 증거(證據)가 속말말갈의 한 부족장이었던 돌지계를 충동질하여 일으켰던 반란사건이었다. 두 나라 사이에 긴장이 높아가던 때, 돌지계는 반란을 일으켰으나 다른 말갈인의 호응을 얻지 못해 실패하고, 그 일당은 수나라 영주로 망명했다.

　고구려는 다민족(多民族), 다문화(多文化)를 포용하였던 우리 역사상 유일한 제국이었다. 말갈인은 고구려의 한 구성분자(構成分子)였기에, 말갈인의 이반(離反)은 고구려로서는 영토 한 부분을 빼앗기는 것보다 더 심각한 국가해체(國家解體)를 의미하는 것이었다. 따라서 고구려는 전면전(全面戰)의 두려움을 무릅쓰고라도 응전(應戰)할 수밖에 없는 심각한 사태였다고 할 수 있다.

　그런데 영양태왕이 직접 말갈기병 1만을 이끌고 영주를 침공하였다는 역사기록은 진위(眞僞) 여부를 따져볼 필요가 있다.

　고구려 역사를 살펴보면 광개토태왕의 정복전쟁 이후 태왕이 친정(親征)한 사례는 보이지 않음에도, 영양태왕이 돌연 고구려 군도 아닌 이민족(異民族) 말갈 군을 몸소 이끌고, 그것도 국내(國內)나 국경선도 아닌 천 리 밖 적지(敵地)인 영주에 겨우 1만의 적은 병력(후기 고구려에서는 장군도 3~5만의 병력을 지휘한 사례가 있음)을 이끌고 위험한 원정길에 나섰

360

다니, 이는 영양태왕의 영웅적 풍모(?)를 나타내는 것이 아니라, 상식에 어긋나는 어처구니없는 역사기록이다.

고구려는 제국이었고 왕호(王號)도 태왕(太王)이라 했으니, 추측하건대 말갈 대추장(王)이 1만 기병을 이끌고 도망치는 반역자 돌지계를 쫓다가 수나라 전초기지 영주까지 추격했고, 영주 도독 위충이 본국에 보고할 때 말갈 대추장을 고구려 왕이라고 잘못 보고하므로 후세 역사기록자가 이를 영양태왕으로 오인한 게 진실에 가깝지 않을까.

수문제는 고구려 침략의 기회를 노리고 있다가 이러한 말갈 기병의 국경 침입을 구실로 삼아 전쟁을 일으켰다. 따라서 전쟁의 도화선에 불을 지른 것은 수나라이지 결코 고구려가 아니었다.

한편 수문제가 고구려를 침략한 전쟁에 대해서는 《수서》(隋書)에 '양양(楊諒)이 이끈 육군은 장맛비에 전염병을 만나고, 주라후(周羅睺)의 수군(水軍)은 풍랑을 만나 퇴각하였는데 죽은 자가 열에 아홉이나 되었다'는 기록 외에는 전해오는 것이 없어 전쟁의 구체적 진행 상황은 어둠 속에 묻혀버렸다.

전쟁 역사상 병이나 자연재해로 30만 대군이 전멸되었다 함은 믿기 어렵고, 수군(水軍) 장수 주라후는 바다에 익숙한 강남 진(陳)나라 출신임을 미루어볼 때 이 기록은 패전을 고의적으로 감춘 것이 분명하다.

《수서》는 철저한 고증(考證)을 바탕으로 쓴 양사(良史, 좋은 역사책)로 알려져 있으나, 고구려 원정 기록만은 편찬 책임자였던 위징(魏徵)의 역사의식이 크게 반영되어 있다. 폭군 수양제의 고구려 친정(親征)에 대해서는 그 패전의 자세한 부분까지 시시콜콜 기록하였으나, 수문제의 고구려 침략과 패전에 대해서는 고작 한 줄의 기록밖에 남기지 않았음에 고개를 갸우뚱하게 된다.

생각건대 당나라 건국(建國)의 정당성을 강조하기 위해서라도 양제의 고구려 원정의 어리석음과 비참한 실상을 두드러지게 기록한 반면에, 300년간의 혼란을 끝내고 통일을 이루었을 뿐 아니라 개황의 정치(開皇之治)로 높임 받은 검소한 군주였고, 처음으로 과거제도(科擧制度)를 정착시켜 당시 지식인의 우상(偶像)이기도 했던 수문제에 대한 존경심으로, 패전 사실을 인간의 능력으로서는 어쩔 수 없는 전염병과 태풍〔自然災害〕 탓으로 얼버무린 게 아닐까?

그럼에도 반전(反戰) 주의자였고 고구려 원정으로 가장 큰 피해를 입었던 산동(山東) 출신에다 당태종의 고구려 원정을 누구보다 격렬하게 반대했던 위징은 당태종의 헛된 꿈을 꺾기 위해서 '죽은 자가 열에 아홉이나 되었다'고 참혹한 패전 사실만은 기록으로 남겼다.

따라서 수문제의 고구려 침략전쟁의 경과(經過)는 '고구려 수군이 주라후의 군량운반 함대를 해전으로 격멸하고, 고구려 육군은 성을 굳게 지켜나가 싸우지 않으므로 수나라 육군은 (고구려 영토 깊숙이 들어왔다가) 양식이 떨어지고 6월 장마를 만나 굶주림과 전염병으로 많은 군사를 잃고 퇴각하니, 강이식이 거느리는 고구려 군이 이를 추격해 수나라 군사를 섬멸하고 무수한 군기를 빼앗았다'는 《조선상고사》(신채호 저)의 표현처럼 치열한 전투가 치러졌을 것이라고 추측하는 것이 진상(眞相)에 가까울 듯하다.

말갈족과 우리 민족 (61쪽)

우리 고대사(古代史)는 아직도 밝혀지지 않은 점이 너무 많다. 그중 하나가 말갈족의 정체이다. 말갈족은 상고사(上古史)에 읍루, 물길 등 여러 가지 이름으로 알려졌고, 중세 고려와 근세 조선 초기에는 여진(女眞) 혹은 야인(野人)으로, 최근에는 청(淸)나라를 세운 만주족이라 불리던 우리 민족과 가장 가까운 혈연관계(血緣關係)를 가진 민족이다.

말갈족이 언제 고구려 신민(臣民)으로 완전히 고구려에 복속(服屬)했는지 분명하지 않으나, 국초(國初)부터 고구려 영역에서 함께 살았으며 백산(白山) 부족을 비롯한 속말말갈은 일찍부터 고구려의 한 부분이었고 끝까지 고구려와 운명을 함께했던 운명공동체였다. 고구려 멸망 이후에도 말갈족은 고구려 유민과 힘을 합하여 발해를 건국하고 발해의 구성원으로 살았으나, 발해 멸망 후부터 우리와 다른 길을 걷게 되었다.

고구려는 다민족을 포용했던 전형적인 제국이다. 고구려의 드넓은 영토 대부분은 가도 가도 끝없는 원시림(原始林)으로 덮여 있었고 북서쪽 초원지대는 몽골 초원지대까지 잇닿은 풀밭이었다. 고구려인의 본류(本流)는 농경민(農耕民)이었으나, 드넓은 숲과 초원에는 수렵(狩獵)과 유목에 종사하는 '숲속에 사는 사람'이 있었던바, 이들이 바로 말갈인이다.

이들은 제각기 부족장을 뽑아 독특한 관습과 풍속을 유지하며 살았다. 제국을 통치한 고구려 통치자들은 현명했다. 이들에게 병역의무를 부과해 유사시 군사적 의무를 지우는 것으로 만족하고, 이들 부족의 고유한 풍속과 자치(自治)를 존중했다. 이들 말갈인은 고구려 기병전력(騎兵戰力)의 한몫을 담당했고, 고구려 농경민이 보병으로 성을 지키는 방패라면 이들은 적의 약점을 공격하는 창(槍)으로 강력한 고구려 군사력의 한 축(軸)을 이뤘다.

한편 고구려의 말갈인 통치와 관련하여 가장 눈에 띄는 점은 고구려의 독특한 이원적인 세제(稅制)였다. 농경민에 대한 고구려의 세제와 부역(賦役)은 다소 과중하다 싶을 정도였음에도, 이들 '숲속에 사는 사람들'에 대한 세금은 매우 가벼웠다〔고구려 역사에 유인(遊人)이란 집단이 나타나는데, 이들에게 부과된 세제는 유달리 가벼웠다. 그 존재가 말갈과 같은 부용(附庸) 집단일 가능성이 높다〕. 그래서인지 고구려가 위기에 처하여 어려웠던 시기조차 고구려에 등을 돌린 말갈 부족은 없었다. 수나라 공작정치에 놀아난 돌지계의 반란을 제외하고는.

10세기 무렵 옛 고구려의 정복되지 않은 땅(발해의 영토)에는 큰 재앙이 일어났다. 백두산 화산 폭발이었다. 이 대폭발은 이 지역에 거주하던 고구려 농경민의 농업 생산 기반(인프라)을 파괴해 버려 점차 농경문화는 사라지고 유목 · 수렵 경제만 남게 되지 않았을까? 따라서 발해의 멸망과 함께 우리 역사에서 떨어져 나간 말갈인은 고대 로마제국 때 라인강 너머 숲속에 살았던 게르만 민족처럼 우리나라와 중국 통치권 밖 숲속에 사는 야만인(野蠻人)으로 기록되었다.

그러나 요(遼)가 쇠퇴하고 송(宋)이 허약해지자, 이들 야만인(여진족) 중 아골타(阿骨打)가 금(金)나라를 세워 요를 멸망시켰고 송나라 화북(華北) 지방을 빼앗아 중원을 호령하였다. 또한 명(明)나라가 쇠퇴하자 누르하치가 청(淸)나라를 건국하여 중국 전체를 지배하였던바, 청나라는 중국 역사상 일찍이 없었던 대제국(大帝國)이었다.

일찍이 한족(漢族)이 세운 어느 제국이 티베트, 몽골과 신강성을 완전히 지배한 적이 있었던가? 현재 중국의 드넓은 영토는 말갈족(만주족)에게 물려받은 뜻밖의 유산이다.

인구 2~3백만에 불과했던 한 줌의 말갈족(만주족)이 그 당시 1억이 넘는 인구를 가졌던 중국 대륙을 정복하였던 것은 경이적(驚異的)인 일이었으나, '미라(mirra)를 잡으러 갔다가 미라가 되었다'는 이야기처럼, 중국 대륙을 완벽하게 정복하였기 때문에 오히려 말갈족은 민족으로서의 존재와 독자성을 잃어버리고 소멸되어 버렸다.

청나라 황제와 지배층이 된 말갈인은 대륙의 풍요로운 삶과 문화에 동화되어 정체성을 잃고 한족으로 동화되어 버렸다. 용감하고 충성스러웠던 '숲속에 살던 말갈인'은 황제의 명령에 따라 제국의 넓은 국경선을 방어하기 위해 멀리 서쪽 중소국경(中蘇國境)의 '이리' 지역에까지 이리저리 이주하여 살다가 소수민족으로 흩어져 버렸다. 오늘날 만주에 만주족 자치구(自治區)는 있지만 순수 말갈족의 문화와 언어를 지닌 말갈인(만주족)은 찾기 어렵다고 한다.

말갈족은 발해 멸망 후 19세기까지 그 누구에게도 정복된 적이 없었다. 고구려 멸망 때도 만주의 광대한 원시림은 정복자가 발을 들여놓기에 너무 숲이 깊었고, 요(遼)나 원(元), 명(明)나라도 요동반도와 요동성(遼陽) 일대를 지배하는 데 만족했지 말갈족을 실질적으로 지배하고 통치한 나라는 없었다.

말갈족(여진족, 만주족)은 우리 역사에서 떨어져 나간 후에도 우리 민족에게 각별한 호의를 품고 있었고, 세력이 약할 때에는 고려나 조선을 부모(父母)의 나라로 떠받들었다. 세력이 강해져 중국의 화북 지방을 차지했던 금(金)나라조차 처음에는 군신(君臣) 관계가 아니라 형(兄, 금나라)과 아우(고려) 정도로 만족하여 우호관계를 유지하였다.

〔물론 당시 고려인에게는 어제까지 어버이 나라라며 머리를 조아리던 야인(野人, 말갈인)이 중국 중심부를 정복하여 금나라 황제가 되었다고 하루아침에 형(兄)으로 부르라고 했을 때 얼마나 황당하고 분노했을지는 상상이 간다.〕

청(淸)의 경우조차 광해군(光海君)의 현실적인 외교정책이 유지되었더라면 두 번에 걸친 호란(胡亂)은 결코 일어날 수 없었다.

왕권(王位) 지키기에만 급급하던 명청이 왕과, 입만 열면 씨알머리도 먹히지 않은 거창한 대의명분(大義名分)만 뇌까리고 눈앞에 닥쳐온 재난을 거들떠보지도 않던 못난 대신(大臣, 이른바 사대부 계층)들. 호란(胡亂)을 앞두었던 인조(仁祖) 당시의 위정자 모습은 지금 우리에게도 반면교사(反面敎師)가 된다.

고구려 역사를 나름대로 연구하였던 작가가 보기에, 우리 역사상 가장 큰 아픔은 고구려 멸망이고, 그에 못지않게 한때 우리 민족의 한 부분이었던 말갈족(野人)의 상실과, 천 년 동안 여러 차례 이들을 끌어안을 기회가 있었음에도 그러지 못했던 기회의 상실이다.

말갈족은 오랫동안 우리나라(고려와 조선)와 중국 쌍방으로부터 귀찮고

경원(敬遠) 받은 존재로 역사의 뒤안길에서 버림받은 떠돌이 야만인이었다. 이들 말갈족이 역사 무대에서 제대로 자리 잡지 못했던 때, 이들이 우리 민족의 한 부분임을 자각한 역사 인식이 뛰어난 영주(英主)가 있어 이들을 우리 품 안에 품었거나, 하다못해 영토 확장을 꿈꾸는 걸출하고 야심 많은 군주라도 있었더라면, 우리 역사와 동북아의 세력판도는 지금과 완전히 달라졌을 터이다.

이제 말갈족은 사라져버린 민족이 되어버렸고, 안타깝게도 우리와 가장 가까웠던 형제민족은 이미 현실 세계에서는 찾아볼 수 없다.

만리장성의 위치 (156쪽)

만리장성(萬里長城)은 춘추전국시대부터 쌓기 시작하여 진시황 때 처음 완성하였다. 그 후 여러 왕조의 수축(修築)을 거쳐 현재의 만리장성은 명(明)나라 때 쌓은 것으로, 세계에서 유례없는 거대한 건조물(建造物)이다. 시대에 따라 그 위치는 다소간 변동이 있었으나 현재 동쪽 산해관(山海關)에서 서쪽 가욕관(嘉峪關, 옛 옥문관, 양관)에 이르는 6,000km에 달하는 긴 성이다.

그런데 최근 만리장성의 동쪽 끝이 산해관(하북성)에서 2천 리나 떨어진 압록강 어구인 호산(虎山, 고구려 시대 박작성)으로 바뀌었다고 한다.

진한(秦漢)이나 수당(隋唐) 시절 장성 위치는 현재 위치와 큰 차이가 없었음은 이론(異論)이 없고, 송(宋)나라 시대에는 현재의 장성 터가 요(遼)의 지배하에 있었으니, 이 주장의 근거는 지금 흔적도 찾을 수 없는 명(明)나라 시대 요동 지역을 목책(木柵)으로 둘렀다는 변장(邊牆) 목책선(線)을 만리장성으로 둔갑시킨 모양 같다. 당시 이 목책선은 명나라 지배 영역을 표시하는 나무울타리로 사람은 물론 토끼나 여우도 마음대로 드나들 수 있었던 엉성한 목책이었다고 기록하고 있다.

그렇다면 새로운 만리장성은 우리가 알고 있었던 종래의 만리장성과 그

개념(槪念)을 달리하는 것인가? 지금까지 만리장성은 북방 유목민족 침입을 막기 위해 수백만 중국 백성을 동원하여 피와 눈물로 쌓았던 방어용 축성(築城)이고 인류 역사상 최대 건조물(建造物)로, 장성 안은 관내(關內), 그 밖은 오랑캐들의 거주지로 구분하는 경계선으로 알고 있었는데, 이제 북동 지역(남만주)까지 새로 추가된 2,000㎞의 만리장성은 정치적 지배영역(支配領域)을 나타내는 단순한 나무울타리였다는 뜬금없는 이야기가 된다.

만리장성의 길이를 제멋대로 연장하는 짓에 대해 왈가왈부(曰可曰否)함이 옳고 그름은 모르겠으나 그 주장이 의미하는 숨은 뜻은 간단하지 않다. 지금 흔적도 남아 있지 않은 목책선을 만리장성에 포함시킴에 우리가 관심을 갖는 것은 이것이 최근 중국 역사학자들 일부가 추진하는 동북공정(東北工程) 및 고구려 역사를 중국 지방사(地方史)로 편입시키려는 시도(試圖)와 맞물려 있기 때문이다.

이처럼 어처구니없는 일부 중국 역사학계의 움직임에 대하여 과연 우리 사학계는 제대로 대응하고 있는 것일까. 고구려 옛 땅이었던 만주는 물론 북한 땅의 유적 발굴에조차 참여하지 못하고 있는 우리 사학계의 답답한 현실을 모르는 바 아니지만, 실사구시(實事求是)가 가능한 문헌학(文獻學) 분야에서의 연구나마 제대로 이루어지고 있는가?

우리 고대(古代) 역사를 연구하는 분들은 중국이나 일본 학자에 비해 너무나 어려움이 많다. 그들은 자기 나라 자료와 적의 자료를 비교 검토하면 큰 어려움이 없을 테지만, 불행하게도 우리 역사 연구자에게는 우리 입장에서 쓴 믿을 만한 역사자료는 거의 없고 적(敵)이 기록한 자료와 이를 부실(不實)하게 옮겨 쓴 자료(《삼국사기》)밖에 없다. 따라서 적국과 우리나라 간 이해(利害)가 날카롭게 대립하는 경우에는 주의 깊은 수사관처럼 주어진 자료를 일단 의심의 눈으로 살피고 역사의 흐름을 거시적(巨視的)으로 내려다보며 그 자료 뒤에 감추어진 진실을 찾기 위한 연구 분석

없이 현재 남아있는 역사기록 해석만으로는 그 당시 진상(眞想)과 거리가 먼 엉뚱한 해석이 나올 수 있다.

역사연구란 역사기록을 짜깁기하거나 어떤 이름난 학자(?)의 논문 자구(字句)를 그대로 인용하면 되는 아무나 할 수 있는 단순 작업이 아니다. 역사서술이 그 당시 시대상황과 맞지 않고 엉뚱하다면, 아무리 권위 있는 스승의 이론이거나 유일한 역사기록 원문(原文)의 자구라 할지라도 당연히 제대로 바로잡고 고쳐야 마땅하거늘.

역사기록에서 감춰진 승리들 (179쪽)

소설이란 본질적으로 픽션(fiction)이지만, 역사소설이라 불리려면 그 줄거리는 역사적 사실(역사기록)에 바탕을 두어야 할 것이다. 나관중이 지은 《삼국지연의》속에는 작가의 문학적 상상력과 많은 픽션이 섞여 있지만 그보다 천 년 전에 진수가 쓴 위촉오(魏吳蜀) 삼국의 정사(正史) 《삼국지》(三國志)가 있어 이를 바탕으로 쓰였기에 누구나 관심만 있으면 역사적 사실과 나관중의 문학적 상상력에 의한 픽션을 쉽게 구별할 수 있다.

그러나 고구려와 수당(隋唐) 사이에 일어난 70년 전쟁을 배경으로 쓴 이 소설에는 진수의 《삼국지》같은 바탕(텍스트)이 없다. 고구려 역사를 기록한 《삼국사기》의 수당과의 싸움 부분은 그 내용이 너무나 부실(不實)하여 소설을 쓰는 데 그리 도움이 되지 않았고, 유감스럽게도 참고자료였을 뿐이기 때문이다.

〔김부식의 사대주의적 역사관에 대한 논란은 이미 있어 왔지만, 수당과의 싸움에 대한 기술(記述)을 보면 그 이상의 문제점이 드러난다. 김부식은 묘청(妙淸)의 난 ― 왕건의 건국이념에 따라 대고려주의(大高麗主義)를 주장하였던 자주파의 반란 ― 을 토벌하였던 사대주의파의 우두머리였다. 그의 철학이었던 소고려주의(小高麗主義, 한반도 지배만으로 만족하자는 주의)의 정치적 입장과 목적이 역사편찬에도 영향을 미쳐 고구려의 옛 땅인 요동에 대한 역사 서술에서

고의로 부실(不實)하게 기록한 듯한 혐의가 짙다.〕

자신이 쓴 역사소설에서 창작 부분을 밝히는 일은 작가의 입장에서 피곤하고 김새는 일이지만, 고구려 역사의 참모습을 알고자 하는 독자에게 이 소설의 내용 중 역사기록에 바탕을 두지 않은 문학적 상상력에 의한 픽션 부분을 밝히지 않는다면, 《삼국지연의》의 경우와 달리 고구려 역사는 밝혀지지 않은 부분이 많기에 역사적 사실과 픽션 부분을 구별하기 어려워 왜곡된 역사지식을 잘못 알려줄 가능성이 크다.

《황금삼족오》 2권 "우리의 외침으로 벌판을 메우라"와 "아득히 뻗은 가시밭길" 그리고 "요하는 흐르고"에서의 단문진(段文振)의 전사(戰死)는 역사기록을 근거로 하였다기보다는 문학적 상상력의 소산(所産)이다. 그러나 이러한 픽션을 쓴 데는 나름대로 까닭이 있다.

첫째 위징이 편찬한 정사(正史)인 《수서》는 정치적 목적이 짙게 배어 있는 기묘한 역사서이다. 수문제를 훌륭한 군주로 존경하여 당태종에게 볼멘소리를 들은 적도 있었던 위징인지라, 수문제의 첫 번째 고구려 원정(598년)에 대한 패전기록은 간단하기 짝이 없다.

'양량(楊諒, 양제의 동생)이 이끈 육군은 장맛비로 질병을 만나고, 주라후(周羅喉)의 수군은 풍랑을 만나 퇴각했는데 죽은 자가 10의 9나 되었다'라고 간단히 써 참혹한 패전은 인정하였으나 그 원인은 불가항력(不可抗力)의 자연적인 재앙으로 얼버무렸다.

그런데 같은 위징이 양제의 패전 기록을 씀에는 마치 사람이 바뀌기라도 한 듯 미주알고주알 열을 올려 기록했다. 원정군 총수 113만 3,800명, 별동군 30만 5,000명 중에 살아 돌아온 자는 겨우 2,700명뿐이라니. 어느 나라 어느 전사(戰史)에서 이렇게 자기나라의 참혹한 패전을 백 명 단위까지 밝히며 만천하에 공포한 일이 있었던가? 물론 이는 양제의 실패를 드러내 당나라 건국의 정당성을 나타낼 때에만 보이는 태도일 뿐, 고구려의 강력함을 나타내려는 것은 아니었다.

그런데 위징은 전쟁 초기 단문진의 죽음을 《수서》에 병사(病死)로 기록하고 있다. 단문진은 당시 가장 뛰어난 전략가였고 병부상서(국방장관)로 수나라 본국의 안전과 군량보급의 총책임을 맡고 있었던 것 같다. 단문진의 갑작스러운 죽음은 시기가 너무 공교로운 데다가, 이미 검토한 바와 같이 양제의 잘못을 부각시키는 것 외에는 《수서》의 기록에 숨기는 부분이 많아, 문학적 상상력을 동원하여 재미난 이야기로 꾸민 바이다.

둘째, 후기 고구려 시대 고구려의 요서(遼西) 침공은 고구려와 수나라 전쟁의 원인이 되었던 말갈 기병의 영주 공격(598년)과 어느 사료(史料)에도 찾아볼 수 없어 사실로 믿기 어렵지만 신채호 선생의 《조선상고사》에만 쓰여 있는 연개소문의 서정(西征)이 있다. 《조선상고사》에서는 연개소문은 645년 당태종 원정이 끝날 즈음 대군을 이끌고 요서의 적봉(赤峰)을 거쳐 멀리 만리장성을 넘어 상곡(上谷, 현재 하북과 산서 북쪽)까지 쳐들어갔다고 쓰고 있다.

그런데 수양제의 제 1차 고구려 원정 때(612년)에는 당태종 원정 때와 달리 막강한 기병군단을 가졌던 돌궐이 고구려에 대하여 우호적인 중립국이었고, 거란에 대한 고구려의 영향력이 강하게 미치고 있었을 때인 데다, 605년에 일어났던 참사(慘事)로 인하여 수나라에 대한 거란인의 적개심이 컸던 때였다. 따라서 요서(遼西)의 정세는 당태종 원정 때와는 비교할 수 없이 고구려에 유리한 상황이었다.

그런 점에서 이 당시 고구려의 요서 원정은 충분히 가능성이 있었다. 따라서 실재(實在, Sein)라기보다 당위(當爲, Sollen, 마땅히 있을 법한 일)의 관점에서 나온 작가의 픽션이라 할 것이다. 또한 수양제 습격 사건 역시 그러하다.

을지문덕과 연개소문의 성과 이름 (198쪽)

《삼국사기》별전(別傳)을 아무리 살펴보아도 우리 역사상 손가락으로 꼽을 영웅 중 한 분인 을지문덕의 기본적인 인적사항(人的事項)조차 적혀 있지 않다.

흔히 을지와 연개는 성씨이고 문덕과 소문은 이름으로 알기 쉽다. 그러나 연개소문의 동생이 연(정토)이고 당나라에 벼슬하던 손자가 연(헌충)임을 미루어 볼 때 연(淵)이 성이고 이름이 '개소문'임이 분명하다.

고구려 초기와 중기시대 고구려인의 성명(姓名)은 이름의 뜻은 무시하고 그 당시 불리던 이름의 발음을 한자어(漢字語)로 표기(表記)한 때문인지 이름자에서 어떤 뜻을 찾기가 어려우나, 후기 고구려 지배층에서는 오늘날 우리가 쓰는 한자식(漢字式) 이름을 썼다. 그리고 평양의 대성산성 산봉우리 중 하나는 소문봉(蘇文峰)이라 부른다. 그렇다면 연개소문의 이름은 '소문'이 자연스러운데 가운데 글자 '개'(蓋)란 무엇일까?

로마사를 읽어본 사람은 위대한 인물에 존칭(尊稱)을 붙인 것을 보았을 것이다. 한니발을 물리치고 카르타고를 정복한 스키피오에게 '아프리카누스', 지중해 해적을 소탕한 폼페이우스에겐 '마그누스'(위대한), 내란을 평정하고 로마의 평화를 가져왔던 옥타비아누스에겐 거창하게 '아우구스투스'(신성하고 경배를 받아 마땅한 인물) 같은 칭호를 이름 뒤에 붙였다. 혹시 연개소문의 '개'도 존칭을 나타내는 접사(接司)는 아니었을까?

이에 비해 을지문덕의 경우는 연개소문처럼 동생이나 손자가 역사서나 금석문(金石文)에 나타나지 않으니 성이 을(乙)씨인지 을지(乙支)인지는 분명치 않다.

그러나 연개소문의 개(蓋)에서 보듯 을지문덕의 지(支)가 성(姓)에 속한 글자가 아니고 로마식의 존칭 접사가 아닐까? 다만 이 가설(假說, 다른 학자 중에도 존칭 접사라 주장하는 분 있음)이 정론(正論)으로 자리 잡으려면 동북아 제국, 특히 고구려의 영향을 크게 받았던 말갈족의 금(金)과 청

(淸), 또는 고구려적 요소가 적지 않게 보이는 일본 막부(幕府)의 무인(武人) 사회에서 왕이 아닌 무인의 성에 이러한 존칭 접사를 붙인 사례를 찾아야 할 것이다.

을지문덕의 경우 '지'가 존칭 접사이고, '을'이 성씨라면 어떻게 될까? 그러면 을지문덕은 고구려 최고의 귀족가문 출신이 된다. 을(乙)이란 새(鳥)를 의미하고 새란 동북아시아 민족에게 가장 신성하게 여겨지던 상징이므로 제사장(祭司長, 天君) 같은 고귀한 혈통이 아닌 사람이 함부로 쓸 수 있는 성씨가 아니다.

역사상으로도 선조인 을소(乙素)는 건국 초기 유리왕(재위 기원전 19년~기원후 18년) 때 대신을 지냈고, 을두지(乙頭智)는 대무신왕 때 좌보(재상)을 지냈으며, 국상(國相) 을파소(乙巴素)는 고국천왕(재위 179~197년) 때 진대법(賑貸法)을 처음 실시한 명재상이었다. 후기 고구려에 와서도 평양성 북성(北城)을 건설한 분이 을밀(乙密)로 그 이름을 따서 을밀대라고 이름 지어졌다는 전승(傳承)이 있다. 따라서 건국 초기부터 후기 고구려 시대까지 끊임없이 인재를 배출한 고구려 유일의 명문 거족이니, 왕족의 성(姓)인 고(高)씨를 제외하고는 이보다 더 대단한 가문이 고구려에 없었다.

담징이 호류지 금당벽화를 그렸다는 전설 (305쪽)

담징(579~631년)이 호류지 금당벽화를 그렸다 함은 일본 정사(正史) 기록은 아니고 '솔거가 황룡사에 그린 소나무'처럼 호류지에 전승(傳承)되어 내려오는 이야기로 알고 있다. 이에 대해 일본 학자들의 깊은 연구가 많을 것으로 알고 있고, 근래에는 담징이 그렸다 함을 부정하는 것이 추세인 듯하다. 그러나 기록이 풍부하게 남아 있을 일본에서 많은 연구가 쌓여 있었을 텐데도 아직도 담징이 아닌 누가 그린 것인지 밝히지 못함도 이상하거니와, 금당벽화의 그림이 서역의 영향이 짙은 것으로 미루어 한반도 예술가가 아닌 중국계 화가(일본인이라고 하지 않음은 솔직하지만)가 그린 게 아닐까 추측한다 함에 이르러서는 이를 논박(論駁)하지 않을 수 없다.

그리스에서 싹트고 근동(近東)에서 자라난 헬레니즘 문화가 수만 리 떨어진 간다라(파키스탄 북서부와 아프가니스탄)에서 꽃피어 우아한 그리스 여신 모습이 부처의 얼굴로 재현(再現)되고, 다시 동으로 수만 리 떨어진 고구려 그리고 경주와 부여에서 더 아름다운 모습으로 되살아나는 것이 무엇이 이상한가?

고구려는 열린사회였고 다민족, 다문화를 포용하였던 제국이었다. 초원의 길과 실크로드를 통하여 중국은 물론 서역(西域)과 그보다 더 먼 세계까지도 그다지 먼 땅이 아니었다. 고구려 고분벽화에는 서역인이 씨름을 하고 있고, 서역 구자악(龜玆樂)은 중국보다 한반도 음악에 더 큰 영향을 끼쳤다고 한다. 왜 중국 화가에게는 당연하고 고구려 화가 그림에 서역풍이 짙은 것을 이상하게 여기는 것일까?

610년 전후를 살펴보면 고구려와 백제, 신라의 많은 지식인과 예술가가 일본으로 건너가 '아스카문화'를 꽃피우는 밑거름이 되었지만, 중국인은 일본 사정을 정탐하려 608년에 보낸 사신 배세청(裵世淸)이 있을 뿐 눈 닦고 보아도 그 당시 뛰어난 중국인 학자나 예술가의 도일(渡日)한 기록이 없지 않은가?

나는 NHK가 실크로드를 정밀하게 탐사(探査)하고 심도(深度) 있게 TV 다큐멘터리로 방영하고 책으로 펴낸 데 감명받았다. 그런데 실크로드의 소그드인에게 기울인 애정만큼 서역문화가 고구려에서 활짝 꽃피고 경주와 부여에서 무르익었다가 나라(奈良)와 교토로 건너가 일본 문화의 모태(母胎)로 자리 잡은 과정을 탐구하지 않은 점은 유감스러웠다.

어떤 문화도 다른 문화의 영향을 받지 않은 독자적, 독창적인 것은 없고, 물은 높은 데서 낮은 곳으로 흐르기 마련이다. 고대의 문화는 중국 또는 인도와 서역에서 흘러와 한반도란 저수지에 고였다가 일본 열도로 흘

러 들어갔다. 그것은 일본인이 조금도 부끄러워할 일이 아니라 물의 흐름
이었고 순리(順理)였다.

담징의 금당벽화 논쟁에서 느끼는 것은 한일 양국의 문화인들이 비틀린
자존심과 열등감 때문에 손바닥으로 하늘을 가리는 어리석음에서 벗어나
서로 상대방을 제대로 인정해주는 풍토가 빨리 자리 잡기를 바라는 마음
이다. 최근 우리나라 미술 평론가 유홍준 교수가 《문화유산 답사기 일본
편》에서 담징의 호류지 금당벽화는 우리나라 사람이 만든 전설이라고 단
정하였다.

내가 읽은 고대사에 따르면 호류지는 쇼토쿠 태자가 607년 창건했고
670년에 불탔으나 708년에 재건했는데 이때 불타버린 원래 담징의 금당
벽화를 다시 복원했다고 한다. 670년에 불탄 원래의 호류지는 전형적인
백제식 가람의 배치였고, 당시 유물 중 남아 있는 '백제관음상'은 높이
210cm로 그 우아한 자태와 단아한 아름다움은 불교 미술의 극치를 보여
주는 일본의 국보이다.

불타버린 원래의 금당벽화를 고구려 승려 담징이 그렸다는 게 그리 이
상하지 않은데 유 교수는 거두절미(去頭截尾)하고 '일본에서는 그렇게 전
하지 않는다'고만 쓰고 있다. 그렇다면 쇼토쿠 태자의 호류지 창건 당시
과연 어떤 다른 천재 화가가 있어 금당벽화를 그렸다는 것인가? 일본 학계
의 납득할 만한 주장을 《문화유산답사기》에서 자세히 설명해서 우리나라
독자의 궁금증을 풀어주는 게 마땅한 도리가 아닐까.

역사가 기록한 폭군, 수양제 (337쪽)

서양에서 폭군이라면 로마의 네로 황제를 떠올리지만, 동양에서 폭군
의 대명사는 수양제(隋煬帝)가 아닐까.

양제는 《수서》에서 대표적인 악인으로 묘사되었고, 한번 악인으로 낙
인(烙印) 찍히면 세상인심이란 그가 저지른 일은 물론이고 저지르지 않은

일까지도 들쐬워 거짓말을 전파하게 되고, 세월이 흐르게 되면 실제 있었던 사실(事實)로 둔갑하는 경향이 있는데 양제에 대한 평가에도 그런 점이 없지 않다.

기록에 의하면 양제는 어려서부터 영특한 재능을 보였고 학문에도 뛰어나 중국 역대 황제 중 양제만큼 많은 저서를 남긴 사람은 없고, 특히 시에 뛰어나 수나라 최고의 시인이었다. "사람들은 내가(수양제) 황위(皇位)를 부모에게 물려받아 천하를 보존하고 있다고 말하지만, 사대부(士大夫)로 태어났더라도 반드시 천하를 차지했을 것이라 생각한다"고 뽐냈던 것이 어색하지 않을 만큼 재능이 뛰어났다.

그뿐 아니라 젊은 시절 당시 최고의 선지식(善知識)이었던 천태지이(天台智顗) 스님을 마음의 스승으로 삼아 두 사람이 주고받은 서신(書信)이 지금도 남아 있는데, 그 서신에는 높은 이상을 지닌 독실한 불교 신자의 모습이 엿보인다고 한다.

양제가 아버지인 수문제를 독살(毒殺)했다거나 여자에 관련된 여러 가지 추잡한 이야기들은 후세 사람이 지어낸 거짓이 아닌가 싶다. 양제 끌어내리기에 앞장선《수서》에조차 그런 일이 기록되지 않았음으로 미루어 짐작할 수 있다. 호색한이라면 오히려 당태종이지 양제는 매우 가정적인 사내로 보인다.

그러고 보면 양광(楊廣, 양제)이 황태자가 되기 위해 저지른 치사한 음모와 거짓 위선(僞善)을 감안하더라도 황제에 오르기 전 양제는 깔끔한 최우등 모범생의 모습으로 다가온다.

이에 비하면 당태종 이세민은 현무문 사건에서 보이는 처참한 골육상쟁의 모습이 먼저 떠오르는 싸움 이외는 별로 아는 바가 없는 무골(武骨)일 뿐이었다. 현대 중국 역사가로《수당오대사》(隋唐五代史)를 쓴 여사면(呂思勉)도 "당태종은 중재(中材, 별로 뛰어나지 않은 인물)에 불과하다. 그의 성공은 시대의 운(運)에 불과하다"라고 혹평하고 있다.

그렇다면 어떻게 중재(中材)에 불과하고 흠 많은 당태종이 중국 역사상 가장 위대한 황제로 칭송을 받는데, 학문과 예술에 뛰어난 재능을 지닌 지식인이고 높은 이상을 지닌 독실한 불교 신자였던 양제는 역사상 최악의 폭군이 되었을까?

돌이켜보면 통치자의 유아독존(唯我獨尊)식 독선과 교만이 얼마나 무서운 죄악이던가! 새삼스레 인간의 지성(知性)과 재능이 그 인간을 얼마만큼 값있게 하는지 무척 의문을 갖게 한다.

'제왕(帝王)은 무치'(無恥, 부끄러워할 일이 없다)라는 말이 있다. 외적으로부터 나라를 잘 지켜 백성들을 편안하게 하고 정치를 잘하여 백성들을 부유하게 한다면 개인적인 흠 따위야 전혀 문제될 것이 없지만, 그렇지 못할 경우는 어리석은 군주(暗君, 昏君)이고, 경우에 따라 폭군(暴君)으로 평가받을 수밖에 없다.

따라서 통치자는 결과로서 평가 받는 자리이다. 변명 따위 헛소리는 용납되지 않는다. 자기치세(自己治世) 중에 일어나는 모든 일에 무한책임을 져야 하고, 한걸음 더 나아가 통치기간 중에 행한 행동이나 정책에 의해 후세(後世)에 미치는 영향까지도 역사는 냉엄하게 심판한다.

양제는 그런 점에서 아주 어리석은 군주였음에 틀림없다. 제왕으로서 가장 큰 결점은 독선(獨善)과 옹고집이었다. 양제는 신하들의 비판을 용납하지 않았다. 듣기 싫은 소리를 하는 신하가 있으면 "뻔한 일을 가지고 잘난 척 간언(諫言, 비판)을 올려 인기나 얻으려는 수작"이라고 혐오했다. 그러니 바른말을 하는 신하(良臣)는 내쫓김을 당하고, 주위에는 눈치나 보고 비위를 맞추는 못난 신하(盜臣)와 간신(奸臣)만 우글거릴 수밖에.

나라를 다스림은 지극히 어려운 일이라 군주가 스스로 몸을 낮추어 현실을 있는 그대로 밝게 살피고, 상하 간에 그 뜻이 원활하게 소통되도록 언로(言路)를 넓게 뚫으며, 열두 번 심사숙고해도 좋은 통치를 하기가 쉽지 않거늘, 우물 안 개구리같이 스스로 눈과 귀를 닫고 아랫사람에게 겁을 잔뜩 주어 입까지 틀어막고서야 어찌 제대로 나라를 다스릴 수 있으랴.

천재성을 가진 자는 일반적으로 독선적 경향이 있는 법이지만 양제의 경우는 그 정도가 너무 심했다. 어찌 혼자 힘으로 천하를 움직일 수 있으랴. 그리고 파멸이 뻔히 보이는데도 포기하지 않고 옹고집을 부려 고구려 원정을 계속하였던 것을 보면 편집광적인 정신병자로 볼 수밖에 없다.

당태종은 중재(中材) 밖에 안 되었는지 몰라도 상식에다 열린 귀와 마음을 가져 자기보다 더 뛰어난 훌륭한 신하들과 더불어 통치했으니, 천하를 다스림이 어찌 독불장군(獨夫) 양제와 비교하겠는가.

다음으로 양제의 터무니없는 허세이다. 일찍이 볼 수 없었던 거대한 토목공사(土木工事)와 사치는 재정파탄을 가져와 백성들의 허리를 휘게 하였고, 미친놈같이 한자리에 가만히 있지 못하고 재위(在位) 기간 13년 8개월 중 장안에 1년, 낙양에 4년 머물렀을 뿐 나머지 8년 반은 천하를 쏘다녔다. 그때마다 적으면 10만, 많으면 50만, 고구려 원정 때는 100만이 넘는 인원을 거느리고 흥청거리며 다녔으니 그러고도 나라가 망하지 않았다면 그것이 더 이상할 터이다.

이런 비정상적인 짓을 하는 자의 경우 시를 잘 짓거나 예술을 사랑하는 건 좋은 점이 아니라 더 많은 비용을 낭비하게 만드는 결점이 될 뿐이다.

역사를 살펴보면 통치자의 우열(優劣)에 따라 국가의 흥망이 결정된 경우가 많다. 진시황은 바보 자식을 후계자로 삼아 나라가 멸망했으나, 수문제는 너무 잘난(?) 고집쟁이를 후계자로 삼아 나라를 말아먹었다는 생각이 든다.

수양제의 공과 (347쪽)

양제가 폭군임은 분명하나 역사적인 공과(功過)는 객관적으로 평가해야 한다. 중국 역사상 최대 건축물(建築物) 만리장성은 그 규모와 외관의 뛰어남은 인정하더라도, 장성 밖은 오랑캐 땅(塞外)이고 그 안은 중국 땅(關內)이라는 상징성 외에는 별다른 역할을 못 하였다. 그러나 수문제 때 시작하여 양제 때 완성한 대운하(大運河)가 중국인에게 끼친 영향은 만리장성과 비교할 수 없이 크다.

대운하는 당시 중국의 중심부(華北)와 신개발 지역(江南)을 잇는 경제적인 대동맥(大動脈)으로 강남의 풍부한 식량과 물산(物産)을 강북(중국 중심부)으로 실어 날랐고, 정치와 문화 그리고 사회적으로 중국이 진정한 통일국가를 이루는 초석이 되었다. 당나라 300년의 번영이 이 운하에 힘입은 바 컸고 그 후 천수백 년이 지난 19세기까지 중국의 물류(物流) 흐름에 큰 역할을 담당했으니, 양제의 대운하 건설은 중국 역사상 가장 위대한 토목사업이었다고 아니할 수 없다.

또 하나 양제를 위한 변명(?)을 하자면 인구 감소에 대한 문제이다. 역사기록에 따르면 양제 당시 수나라 호구수(戸口數)는 900만 호가 넘었는데, 당태종 정관(貞觀) 년간에는 300만 호도 안 되어 10여 년간 고구려 원정과 내란으로 인구의 2/3 이상 감소했다는 것이다.

과연 그러할까? 이는 통계(統計)의 마술이고 착시(錯視) 현상이지 숫자 그대로 믿을 수 없다. 고구려 원정과 내란, 이에 따른 기근으로 심각한 인구 감소가 있었던 것은 사실이겠지만, 원래 사람의 목숨이란 끈질긴 것이므로 그렇게 짧은 시간 60% 이상 감소란 있을 수 없다.

추측하건대 양제 때는 효율적인 조세(租稅) 징수와 징병(徵兵)을 위해 악착스럽게 소가족(小家族) 호구조사를 실시하다가 당나라에서는 느슨하게 중국 고유의 대가족제도로 돌아가는 것을 눈감아 주었다면 호구수 변동은 기록에 나타난 만큼 큰 의미가 없다고 할 수 있다. 또한 혼란기에 흔히 발생하는 유민(流民)이나 노예로 전락한 자, 권세 있는 자에 빌붙어 병역과 조세를 피한 자들을 감안해야 할 것이다.

그러나 심각한 인구감소가 있었음은 사실이고 고구려 원정으로 피해가

컸던 지역과 내란으로 전쟁터가 되었던 화북 지방이 특히 심하여, "이수
(伊水)와 낙수(洛水, 현재 낙양)에서 동해(東海, 산동성)에 이르는 천 리
땅에 인적이 드문 형편"이라는 위징의 상소문이 당시 실정을 나타내는 듯
하다.